LOCUS

LOCUS

LOCUS

LOCUS

to

fiction

to 41

費爾迪杜凱

Ferdydurke

作者：維・貢布羅維奇 (Witold Gombrowicz)

譯者：易麗君 袁漢鎔

責任編輯：李芸玫

法律顧問：全理法律事務所董安丹律師

出版者：大塊文化出版股份有限公司

台北市105南京東路四段25號11樓

www.locuspublishing.com

讀者服務專線：**0800-006689**

TEL：(02) 87123898　FAX：(02) 87123897

郵撥帳號：18955675　戶名：大塊文化出版股份有限公司

總經銷：大和書報圖書股份有限公司

地址：台北縣五股工業區五工五路2號

TEL：(02) 89902588　FAX：(02) 22901628

排版：天翼電腦排版印刷有限公司　製版：源耕印刷事業有限公司

初版一刷：2006 年 12月

定價：新台幣350 元

Printed in Taiwan

FERDYDURKE
費爾迪杜凱

Witold Gombrowicz 著
易麗君 袁漢鎔 譯

目次

譯序

易麗君

維托爾德·貢布羅維奇是一位享譽歐美的現代派小說家、劇作家和散文家，是波蘭荒誕派文學的著名代表人物之一。他於一九〇四年八月四日出生在波蘭凱爾采省奧帕托夫縣馬沃什策村。他的祖輩原是生活在立陶宛日姆茲地區的波蘭貴族。在歐洲，波蘭和立陶宛兩民族聯盟的國家自十四世紀末葉起，數百年間曾是疆域遼闊、領土面積僅次於俄國的泱泱大國。但自十七世紀末葉起，波蘭共和國國勢日衰，至一七九五年被俄國、普魯士和奧地利三國瓜分而滅亡。一八六三年最後一次大規模的抗俄民族起義失敗，貢布羅維奇的祖父奧魯弗雷·貢布羅維奇失去了在日姆茲的地產，舉家遷居凱爾采省。一九一一年維托爾德·貢布羅維奇隨父母遷居華沙。一九二七年他畢業于華沙大學法律系，獲碩士學位。同年他去巴黎攻讀哲學和經濟學，一九二八年回國，在法院擔任見習律師，一九三三年發表處女作短篇小說集《成熟期的日記》。自一九三四年起，他開始向華沙《信使晨報》、《時代》和《斯卡曼德爾》等報刊投稿，發表了許多文學評論，在波蘭文壇嶄露頭角。一九三七年他發表長篇小說《費爾迪杜凱》，評論界反應強烈，認爲是一部不同凡響的作品，貢布羅維奇一時聲譽鵲起。一九三八年他在《斯卡曼德爾》雜誌上發表第一部劇作《勃艮第公主伊沃娜》。一九三九年正當他在國外旅行時爆發了第二次世界大戰，使他有家難歸，滯留在阿根廷，漂泊異鄉，過著艱苦的生活。直到一九四七年他才在布宜諾斯艾利斯的波蘭銀行裡找到了穩定的工作。

一九五一年他與設在巴黎的波蘭僑界的文學研究所建立了聯繫，並在該所的刊物《文化》月刊上發表作品。一九五三年在巴黎出版長篇小說《橫渡大西洋》。一九五五年他辭去了銀行的工作，埋頭於文學創作，並與朋友合作將已出版的作品翻譯成西班牙文。他在巴黎出版的主要作品還有長篇小說《春宮畫》（1960）、《宇宙》（1965），劇本《婚禮》（1953）和《輕歌劇》（1966）等。一九五七年至一九六六年間出版了他的三卷集《日記》。

一九六三年貢布羅維奇獲得福特基金會的贊助，來到西柏林，在那裡住了一年，後又去了巴黎附近的洛雅蒙，在那兒，他與加拿大的羅曼語言文學家瑪麗·麗塔·拉布羅塞結婚，婚後雙雙去了尼斯，定居在尼斯近郊的旺斯。一九六九年七月二十五日他在旺斯因心臟病逝世，葬於該地。一九六六年至一九七七年間巴黎的文學研究所出版了他的十一卷集《作品選》，一九八六年至一九九七年波蘭克拉科夫文學出版社出版了《貢布羅維奇全集》，共十五卷。

波蘭的荒誕派文學興起於二十世紀二〇年代，維特凱維奇的荒誕劇登上克拉科夫的戲劇舞臺，比巴黎上演尤涅斯科的荒誕劇要早近三十年。二十世紀三〇年代波蘭文壇又湧現出一批荒誕的小說。這種現象既反映了第一次世界大戰和俄國革命在波蘭知識份子心中引起的震動和慌亂的餘波未平，也反映出一九一八年波蘭國家獨立後的現實與人們過高的期望值之間的巨大反差，尤其是三〇年代波蘭出現的經濟危機和政治極權化，使廣大知識份子對國家前途和個人命運由希望的頂峰跌向了絕望的深谷。他們痛感世界的不合理性，存在的無根無由，人命賤如螞蟻，個人面對紛繁事物而無能爲力，美好的願望往往落空。貢布羅維奇的作品反映的正是知識份子的這種心態，反映的正是他們生活的平庸，精神的空虛，思想的迷惑、苦悶和焦慮不安。

貢布羅維奇富於冒險精神，而且有足夠的智慧使自己成爲波蘭文壇標新立異的大師。他具有哲學家的頭腦，可他毫不尊重大學裡教授們講授的經典哲學，同樣也不遵循文學傳統，他似乎是在與波蘭一貫嚴肅認眞的精英文學家們對著幹，裝做是在「玩文學」，「玩得」既天眞又老練。他似乎是以一種滑稽逗笑的方式娛樂讀者，實際上是在不斷地做著誘導的遊戲，促使讀者去接受苦澀的眞理。他的作品乍看頗似故弄玄虛，零亂龐雜而令人費解，然而細讀之後方知他不僅言之有物，而且發人深思。他是在認眞表現那些變幻不定、難以捉摸、難以表述的東西。他是以荒誕不經的手法來表現他所意識到的人的處境的荒誕無稽。或者說，是荒誕的社會存在決定了他的荒誕意識，造就了他那荒誕的藝術表現手法。

他進行文學創作總是力圖超越一切現有的成規，放棄理性分析手段和推理思維，處處流露出一種成年人不成熟的心態，抑或是未成年人對世界的好奇。雖然他並不忽視人物性格基本的連續性、前後一致性和情節的必要性這一類傳統規律，但他不是靠一般通用的藝術手段取勝。他不是靠營造跌宕起伏的故事情節而是靠著意刻畫人在荒謬處境中的心路歷程來吸引讀者。他靠的是穎異、靈性、天馬行空式的自由創作。他突破了通常的小說結構，常中斷故事的發展脈絡，加入一些與情節主幹聯繫鬆散的光怪陸離、滑稽可笑的插曲，這種故事中套故事的做法，使讀者彷彿同時在讀好幾部作品。

《費爾迪杜凱》是波蘭文學中第一部成功的自我題材小說，他那些充滿調侃意味的長篇議論，展示出了他的創作思想，他在寫作過程中遇到的難題以及他所作出的抉擇，引導讀者按照他的意圖去理解他書中描寫的人和事。他不僅進行自我心理分析，同時也試圖回答讀者可能提出的問題：作者是個什麼樣的人，作爲一個作家他是以什麼方式實現自己的個性。貢布羅維奇以多種不同的角色身分跟讀者交流：作爲書中的主人翁，他有好幾種不同的化身；作爲講敍整個故事的敍述者，他直接向讀者傾訴自己的創作心得、體會、得失和苦惱。

貢布羅維奇是個徹底的反傳統主義者，他把人們遵循某種固定原則過規範化的日子稱爲陷入「模式」。他對模式化的生活極其反感，在作品中不斷地對其進行辛辣諷刺。他爲自己各類作品構想的情節有著驚人的相似之處，可以說他的全部作品是同「模式」作不懈鬥爭並爲展示自己的生存觀而建造的大廈。他追求的是人生的眞實性，卻又認爲這種眞實性是可望而不可即的。

在他的作品中充滿了成熟與不成熟、實質與形式、天性與文明社會的對立。在他看來，世界是一張無形的大網，人一旦被拋進這個世界，便永遠也突不破這張網的魔力。異化的社會決定了人性的異化。人在與他人的相互關係中形成某種「模式」，從而人就會失去自己的個性，這便是社會對人性的奴役。人性中的不成熟性，使人變得幼稚可笑，使人的行爲變得荒誕不經。

「費爾迪杜凱」是作家創造的一個新詞，在波蘭語中沒有明確的含義，與書中敍述的內容也沒有直接的聯繫，但它是一種文學影射。波蘭著名作家雅・伊瓦什凱維奇的兩個女兒在二十世紀四〇年代曾組織了一個「費爾迪杜凱迷俱樂部」，試圖對這個詞兒進行多方面的探討。貢布羅維奇從阿根廷給她們寫了一封「致『費爾迪杜凱迷』的公開信」，說明這個詞兒是反傳統、反媚俗的象徵，是他的創作思想和美學革命的一種標誌。

《費爾迪杜凱》是通過一個荒誕離奇的故事，揭露社會的落後、虛假和不平，講述一個向社會的固有習俗挑戰，同約定俗成的公式化的生活「模式」進行較量的人的生存問題。小說的主人翁尤瑟夫是一位三十歲的青年作家，這個形象也是作者本人的化身，他的作品《成熟期的日記》難爲評論界和讀者所理解。在他絕望之際，他昔日的老師平科把他變成一個十幾歲的少年，重新將他送回學校，與一群十幾歲的頑童同窗共讀。他逐漸習慣了自己的尷尬處境，從心理上「返老還童」，被改塑成了十幾歲的尤齊奧。然而學校塑造人的「模式」是對學生進行蒙昧教育，低能的教師逼迫學生死記硬背書本中陳腐無用的知識，剝奪學生的獨立思考能力，扼殺學生的個性，使學生永遠處於不成熟的無知狀態，因此遭到學生們的抵制和反抗。可是學生採取的抵制手段又是十分幼稚可笑，他們是以自己的不成熟去反抗學校企圖讓他們永遠不成熟的做法。在現實生活中，類似小說中描寫的那種摧殘青少年的灌輸式教學，可以說帶有相當的普遍性，只不過貢布羅維奇將它推向了極致，展示了出來，故而顯得那麼荒謬絕倫。尤齊奧想方設法要從那種奴役人性的教學程式中解脫出來。平科老師又安排他住到華沙一個非常新潮的工程師家裡，可這意味著新的精神奴役。在這個充滿了虛僞和做作的現代派家庭裡，尤齊奧被當成一個缺乏教養的粗野的小夥子而受到蔑視。他愛上了工程師的非常新潮的女兒祖塔，可高傲的祖塔根本不把他放在眼裡。爲了報復平科和祖塔，他以一種惡作劇的方式設局讓祖塔的男友和道貌岸然的平科老師深夜同時去跟十六歲的祖塔幽會，讓平科大丟其臉。就在工程師家裡陷入一團混亂之時，尤齊奧第二次逃跑。

尤齊奧懷著重獲眞實自我的朦朧希望，跟隨同班同學敏透斯離開城市，到農村去尋找未被城市文明扭曲的人，「尋找眞正的長工」。他們在鄉下見到的「純樸的農民」卻是處在蒙昧的原始狀態，他們憎恨「城市文明的傳播者」，可他們唯一的能耐就是裝成一群狂吠的狗，企圖以此嚇跑兩個城裡的人。尤齊奧不巧在鄉下遇到了自己的一位姨媽，於是便和敏透斯一起跟隨姨媽到了她的莊園。波蘭獨立後，資本主義有了長足的發展，然而在農村卻保存著一成不變的封建宗法統治，地主莊園維持著貴族生活的傳統「模式」，主僕之間等級森嚴。作者譴責封建地主的寄生生活和僞善的道德觀，用白描的筆墨繪出了一幅貧苦農民蒙昧無知、甘受壓迫和剝削的荒誕、扭曲的畫面；姨媽僞裝的慈善，姨父的傲慢，表兄弟的輕浮，全都統一在對下人的殘忍之中。佐霞是這個家中唯一值得同情的人物。她的一舉一動都受到父母的嚴格監視，完全喪失了「自我」，她的生命毫無意義，是一個徒具人形的人。她像一張琴，人人可以拿她彈出自己愛聽的曲調，然而和她本人無關；她像一塊軟麵團，任人揉搓，還以爲本來就該如此。這個形象是另一種人生荒誕絕望的象徵。

貢布羅維奇展示的現實毫無出路，他甚至對革命也作了十分荒誕的理解。敏透斯試圖傳播自由、平等的思想，但他卻用挨耳光的這種荒唐手段強使地主家的小廝跟他「拜把子」交朋友，他通過小廝煽動農民反抗地主。他的所作所爲引起了莊園主的恐慌，小廝因他而受到主人的無情懲罰。敏透斯和莊園主之間的矛盾終於激化了，引得村裡的農民都來毆打地主，平靜的莊園頓時一片大亂。尤齊奧在混亂中再次逃跑。然而他又落入佐霞溫柔的懷抱，不得不違心地扮演一個多情的情人角色，再次陷入貴族少年劫持情人的「模式」。貢布羅維奇通過這個情節想說的是，人從來就沒有過完全眞正的獨立，從來就不是他自己，永遠也不能成爲他自己。人們通過相互觀察，相互監視，相互影響，也相互塑造。人爲了在社會上生存，就不得不採納某種生存的「模式」，接受別人的思想，戴上一副假面具。因此人在生活中永遠是演員，永遠都在扮演某種角色，永遠都在裝腔作勢，時刻都在適應別人對他的期望；人們在相互監視中總是在歪曲別人，同時也被人歪曲。因爲人總是離不開跟別人的相互依存關係，故而永遠也不會有獨立的人格；如果人的行爲有悖於他周圍的環境，就會造成嚴重的後果。

《費爾迪杜凱》是一部寓有強烈批判精神和諷刺意味的作品。小說中深刻地揭示了波蘭當時存在的各種典型的落後現象，在這個社會上文明、教育、道德、理想、親情、愛情、友誼、意志全都不可避免地貶值、扭曲和變得畸形，現實中充滿了荒唐、醜陋、殘酷、陰暗和瘋狂。貢布羅維奇不是以現實主義的手法精確刻畫時代的面貌，而是以一種丑角式的幽默、冷漠和戲謔的嘲諷態度對待他所否定的事物，在諷刺各種醜惡的社會現象的同時，也進行自我嘲諷。

貢布羅維奇的寫作似乎是漫不經心的，作品中戲劇性的場面彷彿是從生活中信手拈來。他善於捕捉生活中令人啼笑皆非的事物，用滑稽可笑、荒謬絕倫的語言表現出來，把嚴肅的人生哲理和插科打諢混雜在一起。在場景的描繪上，把誇張推向了極致，造成滑稽的漫畫式效果；通過被改造過的、被誇大了的、被扭曲了的畫面展示出一個哈哈鏡裡映照出來的變態世界。作品中的人物也是非傳統的形象，而常常是漫畫式的，或醜態百出，或乖張古怪，他們隨時都受到外界的威脅，心中充滿了恐懼，他們是二十世紀長不大的孩子。作家正是力圖通過人物荒誕怪僻、愚蠢可笑的行爲，表現出他自己心目中混亂、荒謬、醜惡的世界，表現外部世界對人性的摧殘，表現生活在這個世界上的人的無奈。作家在語言運用上可謂是隨心所欲，無拘無束，任意發揮，遣詞造句粗俗多於典雅，時而利用雙關語、訛音、諧音、近義詞、多義詞，使文學生動活潑，妙趣橫生；時而又用些怪話、反話，用些空洞無物、既不聯貫又晦澀難懂或毫無意義乃至看似用詞不當不太通順的詞句，以顯示人的思想空虛和世界的混亂。

《費爾迪杜凱》打破了波蘭傳統小說的寫作手法，從內容到形式都別開生面，使人讀後既驚愕，又茫然，又不能不承認作者用心之良苦，構思之深邃。自二十世紀六〇年代初開始，貢布羅維奇的作品在世界上就引起普遍的關注，被翻譯成了英語、法語、德語、西班牙語、日語、瑞典語、義大利語、荷蘭語等二十多種文字。他的劇本也被搬上了法國、美國和德國的舞臺。貢布羅維奇由於在文學創作中所取得的成就，一九六六年獲紐約阿·尤瑞科夫斯基文學基金獎，一九六七年獲法國蒙戴出版商國際文學獎，一九六八年獲諾貝爾文學獎提名。《費爾迪杜凱》被西方評論界奉爲二十世紀荒誕派文學的經典名著之一。

這裡奉獻給讀者的是第一個從波蘭文原著翻譯的貢布羅維奇作品中譯本。波蘭語言文學專家阿格涅什卡·雅辛斯卡女士協助解決了作品翻譯過程中的一些疑難問題，譯者在此特向她表示衷心的感謝。

第一章 劫持

星期二我就是在這種無精打采、依稀微光的時刻醒來，當時黑夜已然過去，而黎明尚未完全到來。我猛地從睡夢中驚醒，立刻便想坐上計程車向火車站奔去。我似乎覺得，自己要出遠門——直到一分鐘過後，我才悲哀地意識到，我所要乘坐的火車在車站並不會停靠，也沒敲響過任何一種鐘點的鐘聲。我躺在朦朧的光線裡，而我的肉體卻在令人難以忍受地顫抖，用恐懼壓迫我的靈魂，靈魂壓迫肉體，每一次最輕微的顫慄都在期待中蜷縮。我心裡明白，什麼事也不會發生，什麼變化都不會出現，無論什麼事永遠也不會到來，無論想幹什麼都幹不成，無論想採取什麼步驟都是徒勞。這是一種非存在的畏懼，非生存的恐怖，非生命的不安，非現實的憂慮，是我所有的細胞面對內在的分裂、彌散和化成粉末的生物的吶喊，是一種對於有傷體面的瑣碎性和渺小性的畏懼，是一種對於分化的惶惑、剎那間的驚慌，是一種對於我自身所具有的和從外部威脅著我的暴力的恐怖。而至關重要的是，這種情緒始終跟我如影隨形，寸步不離。

這種情緒或許可以稱爲自我感覺，一種內在的、分子間的滑稽模仿和嘲弄的自我意識，一種對我的肉體的失控部分和我的靈魂的類似部分與生俱來的譏諷的自我意識。

我從夜裡折磨我的夢魘中驚醒了，那使我痛苦的夢是恐懼的標誌。由於應理解爲違反自然規律的時間倒退，我看到了自己只有十五、六歲時的那副模樣，總而言之，我返回了青少年時代，我站立在風中，站立在一塊石頭上，就在河岸水磨的旁邊。我在說些什麼，我聽見了自己早已喪失的公雞似的尖細的嗓音，我看到了未成形的臉上未長全的鼻子和一雙太大的手——我感覺到了那種介於成年和未成年之間的過渡性的發育階段的令人不快的連貫性。我在笑聲和恐懼中醒來，因爲我似乎覺得，今天這個已過而立之年的我，在對昔日那個還是懵懵懂懂的乳臭未乾的我進行滑稽模仿和嘲笑，而昔日的那個我又對今天的這個我進行滑稽模仿，而且是以同等的權利。我覺得兩個我都在被相互模仿。可悲的記憶啊，你偏偏要我們知道我們是踏著怎樣的道路才達到今天這種狀態！再往後，在半睡半醒，而實際上是已經醒了的情況下，我似乎覺得我的軀體不是統一的，覺得某些部分還是小男孩的，覺得我的頭腦在挖苦和譏諷我的小腿，小腿也在挖苦和譏諷頭腦；我覺得手指在嘲弄心臟，心臟在嘲弄大腦，鼻子在嘲弄眼睛，眼睛在嘲弄鼻子，在咯咯笑，在吼叫——所有這些部分在一種無所不包的和令人不安的普遍譏諷的氣氛中野蠻地相互施暴。當我完全清醒，徹底恢復了意識，並對自己的一生開始認眞思考時，恐懼非但沒有絲毫減輕，反而變得更加強烈，雖說有時笑聲中斷了（或是加強了）恐懼，人笑得嘴巴都合不攏。在我生命的中途進入了一座幽暗的森林。更糟糕的是這座森林「蒼翠碧綠」。

我在清醒時跟在夢中一樣，都是不定型的，分裂的。不久之前我已邁出了決定性的一步，過了不可避免的三十歲生日，過了一座里程碑。從出生證明看，從外表看，我都像個成年人。但我並不是個成年人——因爲我能算個什麼東西呢？一個三十歲的橋牌迷？一個沒有固定崗位、偶爾解決一些雞毛蒜皮的生活瑣事並且純屬臨時性質的工作人員？我的生活情況又是怎樣？我常在咖啡館、小酒吧行走，遇上人便去交談幾句話，有時甚至相互交流思想，但這是種不確定的狀態，我不知道自己究竟是個成年人，還是個乳臭小兒；就這樣處於年齡轉折期，我既不是成年男子，也不是乳臭小兒——我什麼也不是——而我的那些同齡人都早已娶妻成家，都早已有了一定地位，與其說是在生活中有什麼地位，還不如說是在形形色色的國家機關中佔有一席之地。他們對我的態度便帶有某種理所當然的不信任感。我的那些姑媽，那些爲數眾多、拉不開扯不斷、像衣服上的補丁黏住不放但又都眞心誠意愛我的四分之一慈母，老早就挖空心思竭力對我施加影響，希望我能成爲一個什麼人物穩定下來：要不就當名律師，要不就當名機關工作人員。我的不確定狀態對於她們是件極其苦惱的事，她們不知我是個何許人物，也就不知該怎樣跟我交談，見到我最多也只是嘟嘟囔囔，哼唧幾句。

「尤齊奧❶，」在第一遍和第二遍嘟囔之間她們說，「再也不能這樣下去了，親愛的孩子。別人會怎麼議論你？如果你不願當名醫生，至少也該當上個情場高手或馬販子，總之得有個明確的身分……得有個明確的身分……」

而且我還聽見一個姑媽對另一個姑媽悄聲說，我在社交上和生活上是如何如何不開竅，然後又開始嘟囔說，她們確實被我在她們腦子裡製造的眞空折磨得受夠了，又說了些重複過多遍的話。事實上，這種狀態是不能永遠持續下去的。自然規律的指針是冷酷無情和堅定不移的。當我最後的牙齒，也就是智齒全都長出來了之後，應該認爲——我的發育已臻成熟，不可避免的宰殺時刻也就到來了。男子漢應該忍著莫大的悲哀宰掉可憐兮兮的小男孩，就像蝴蝶從蛹裡飛出，留下已經完成了使命的蛹的屍體一樣。我得從塵霧、紛亂、混濁的沙灘，從漩渦和波濤的喧囂裡，從蘆葦和席草叢，從蛙鳴的鼓噪聲中，轉移到清晰透明的、晶化定型的模式中——我得梳洗打扮，穿戴整齊，進入成年人的社會生活，去跟成年人籠絡饒舌，說空話廢話。

當然！我已經嘗試過，我已經努力過，而且——一想到嘗試的結果，落下的笑柄便使我渾身發抖。爲了讓自己梳洗打扮和竭盡所能解釋清楚，我已著手寫一本書——奇怪，但我覺得，我進入成年人的世界不可不作一番解釋，儘管眼下還沒人知道我的解釋，但願這些解釋不是越描越黑。我渴望首先用一本書去博得他們的好感，以便往後親自與人接觸時有個堅實的基礎，而且——我盤算——如果我能在人們的心靈播下有關我自己的積極的印象，那麼這種印象反過來又

❶尤齊奧和後文所稱的尤久尼奧、尤傑切克、尤傑克都是尤瑟夫的暱稱。

會促使我最後定型。這樣一來，即使我不願意，我也必定會變爲成年人。可是，爲何我手中的筆背叛了我？爲何神聖的羞恥心不允許我寫出一部通篇陳腔濫調、空洞無物的長篇小說？爲何我不從心性、靈魂著筆去編造冠冕堂皇的情節，而要從下面的肢體著筆去編造一套情節呢？我何苦在文本中塞進些什麼青蛙、腳丫子等全是不成熟和發酵發得過頭的內容，而僅僅是用風格、語氣、冷淡而沉著的調子將它們在紙上隔離開來，以表明我所渴望的正是跟發酵的因素分道揚鑣？我爲什麼好像是在做些違心之事似的，給我的書名定爲《成熟期的日記》？朋友們苦口婆心勸我不要採用這個標題，而且要處處謹防對不成熟的最輕微的影射，但他們全都白費了口舌。「別這麼做。」他們說，「不成熟是個危險的概念，如果你認爲自己不成熟，誰又會認爲你成熟了呢？成熟的首要條件就是自己認爲自己已經成熟了，缺了這一條就什麼也算不上了。這麼簡單的道理難道你不明白？」但我卻覺得，過於輕易和廉價地去掉自身的乳臭味兒，壓根兒就是不適宜的；成年人都過於機靈，過於敏感，要欺騙他們談何容易！何況一個人身後總跟著個乳臭小兒，缺了乳臭小兒他就不能在公開場所露面。或許我對嚴肅的態度過於嚴肅了，對成年人的成熟性評價過高。

回憶，回憶！腦袋埋在枕頭裡，雙腳藏在被子下，受到譏笑和恐懼的輪番折磨，我衡量著進入成年人行列的利弊得失。對於這種進入總是孕育著的不良後果，它所導致的個人內心的損傷和扭曲，太多的人保持沉默。文學家們，那些擁有上帝賦予的天分的人，偏好以最遙遠、最可有可無的事物作爲創作題材。例如寫查理二世皇帝由於布倫希爾德的婚姻而產生的精神悲劇，卻不肯觸動自己演變爲公眾的、社會的人這樣最重要的問題。他們希望看到，每個讀者都認爲他們是由於上帝的恩寵，而不是由於人的恩寵才當上了作家，認爲他們是帶著天賦從天上落到地上的；他們羞於說明自己是以怎樣的個人讓步，是以怎樣的個人挫折爲代價而換得寫出布倫希爾德或者哪怕是寫出有關養蜂人生活的權利。不，有關自己的生活他們隻字不提，他們僅僅是寫養蜂人的生活。顯然，寫出二十本關於養蜂人生活的書後，便能給自己豎立一尊塑像。但是，養蜂之王和他這名男子私人之間又有何關係，連接點又在哪裡？這名成年男子和青年人之間，青年人和小男孩之間，小男孩和兒童之間的聯繫又在哪裡？須知曾幾何時他也是一名兒童。那麼你們的乳臭小兒又能從你們的王那裡得到什麼慰藉？不恪守這種聯繫的生活也不能充分實現自身的發展，這就像一座從上而下建造的房子，不可避免要以自我的精神分裂而告終。

回憶！人類的禍根在於我們在這個世界的存在不能容忍任何明確的、固定的等級，而寧願一切都在不間斷地流溢、氾濫、移動，每個人都必須被每個人感覺到並作出評價，而有關我們這種蒙昧的、狹隘的和呆板的人的概念，論其重要性並不亞於有關敏捷的、開朗的和委婉的人的概念。因爲每個人都是以自己在另一個人靈魂裡的反映爲轉移，這種依賴關係極其深刻，哪怕那個靈魂愚蠢無比。於是我堅決反對我的那些創作同行的意見，他們對待頭腦愚鈍者的見解採取一種貴族式的傲慢態度，他們提出 *odi profanum vulgus* ❷。這是一種規避現實的多麼廉價和簡單化的方法，是對虛假的高尚多麼可憐的逃匿！與之相反，我認爲見解越是愚鈍，越是狹隘，對於我們便越是重要，越是迫切，這就非常像一雙擠腳的鞋比一雙合腳的鞋對腳的刺激更爲強烈一樣。啊，人們的判斷！一旦你這個勇敢分子將自己的思想用印刷字體包裝，讓它出現在紙上，使其流傳於人群中間，那麼展現在你面前的就將是對你的智力、心靈、性格，對你這個生命個體的所有細節進行評判和議論的深淵。啊，紙張，紙張，印刷字體，印刷字體！在此且不說我們的那些姑媽和私底下那些最誠摯、最親切的評判，不，我倒寧願只提及別人的那些姑媽的評判——那些有文化的姑媽，那些爲數眾多的四分之一女作家和那些在各種雜誌上發表自己見解的半吊子女批評家的評判。須知如今圍著世界文化坐滿了成群的跟文學掛上鉤、像補丁一樣黏住不放的娘兒們，她們牢牢地牽扯進精神價值領域，她們對美學一知半解，往往帶有自己的某種觀點和考慮，她們意識到奧斯卡．王爾德❸已然過時，而蕭伯納❹則是個怪誕的大師。唉，她們知道，做個女人就得是獨立的、果敢的和比較深沉的，因此她們通常都是獨立不羈，比較深沉，可以毫不誇張地說，都是果斷自信的，而且全都富有姑媽的善良。姑媽，姑媽，

❷拉丁語，意爲：我憎惡民衆。

❸奧斯卡．王爾德（Oskar Wilde, 1854-1900）英國作家，詩人，唯美主義的代表人物。

❹蕭伯納（George Bernard Shaw, 1856-1950），英國劇作家，一九二五年諾貝爾文學獎得主。

姑媽！啊，誰若從來不曾置身於姑媽文化的實驗室，從來不曾受到姑媽們的那種使人變得庸俗低級、剝奪人生的一切生命的思維方式的薰陶，並被其默默無言、不帶一聲歎息地製成實驗標本，誰若不曾在報刊上讀到過姑媽對於自己的評判，誰就不會了解什麼是瑣碎，誰就不會知道姑媽滿腦子裝的雞毛蒜皮小事是些什麼玩意兒。

再者，讓我們瞧瞧那些把地主和地主婆的評判，寄宿學校女生的評判，小職員們吹毛求疵的評判，高級官吏們官僚主義的評判，鄉下律師們的評判，小學生們言過其實的評判，老人們過於自信的評判，還有政論作家們的評判，社會運動家們的評判，博士夫人們的評判，以及聽慣了雙親評判的孩子們的評判，丫鬟、女僕、聽差和廚娘們的評判，上寄宿學校的表姐妹的評判——那是一片評判的海洋，此中每個人都把你描繪成第二個人，都在其自身的靈魂深處塑造你。好像你就降生在成千上萬有點兒擁擠的靈魂裡一樣！鑒於我的書比通常的成熟讀物更難懂，更微妙，我的處境也就更困難，更微妙。誠然，我的書爲我贏得了一群不同凡響的朋友，假若那些文化姑媽，以及其他那些平民代表能夠知道我是怎樣經常出入那個封閉的、甚至連他們的幻想也達不到的小圈子，並受到那些公認的因享有輝煌和讚美而出類拔萃的人供養，而且我是在文化巔峰主持智者的對話，恐怕他們都得拜倒在我的面前，捧我的臭腳。但從另一方面講，我的書中必定有些什麼不成熟的東西，有些什麼給不拘禮節者授之以柄的東西，有些什麼吸引非驢非馬四不像的中間人物，吸引這種最可怕的半知識份子階層的東西——成熟期誘來了文化的半上流社會。或許，我的書對於愚昧的頭腦過於微妙，而與此同時，對於那些只是對權威的外在標誌敏感的平民百姓又不夠高尚和莊重。不止一次，當我走出神聖的殿堂，走出我受到親切的敬重和殷勤款待的美好的地方，在街上遇到某位工程師太太或是一個寄宿學校的女生時，她們都像對自己人，對一個未成年的老鄉、哥兒們那樣不拘禮節地對待我，拍著我的肩膀，叫嚷道：「你好，尤傑克，你這個傻瓜，你——你這個長不大的！」就這樣，對一些人而言，我是個聰明人，對另一些人而言，我是個蠢貨；對一些人而言，我是個知名人士，對另一些人而言，我幾乎不引人注目；在一些人看來，我是個平民百姓，在另一些人看來，我是個豪門貴族。游離於高貴和卑賤之間，既跟這種人又跟那種人保持毫不拘禮的親暱關係，既受到敬重又受到輕蔑，既高傲又卑怯，既有才幹又無才幹，一切以形勢主導，碰上怎樣就怎樣，隨遇而安！從此我的生活比在家居的寧靜中度過的那些日子分裂得更加嚴重。我不知道自己是屬於哪一方面的，是屬於那些珍視我的人，還是屬於那些不珍視我的人。

然而最糟糕的是，我憎恨半知識份子平民百姓，恐怕任何時候任何人都還不曾那麼憎恨過，但在懷著敵對態度憎恨的同時，我又站在平民百姓那邊背叛了自己；我抗拒精英和貴族，從他們友好地張開的臂膀中逃向了那些將我視爲乳臭小兒的人的愚昧無知的魔掌。比方說，你在活動時、說話時、夢囈時、寫作時，所思所想、所考慮的是否僅僅是那些無可救藥的成年人，僅僅是明晰的定型的概念的世界，是否也有平民百姓、未成年人、小學生、寄宿學校女生、地主、農民、文化姑媽、政論家、雜文家的幻影在不停地折磨你，是否也有可疑的、混濁的半上流社會的幻影在什麼地方窺視著你，像爬蔓植物、攀藤植物以及其他在非洲生長的植物慢慢地將你裏上一層蔥綠，事實上這對於人的自我編排、自我組織是件至關重要的、決定人的進一步發展的事。我片刻也不能忘懷未成熟的人們的未成熟的世界，我怕得要死，厭惡得要死，每每想到它那種泥沼的蔥綠便渾身發抖。然而我擺脫不了這種想像，我像著魔似的被吸引住了，如同一隻小鳥見到蛇一樣。彷彿有個什麼魔鬼在誘惑我走向不成熟！彷彿我是在違抗自然規律，賞識並且喜愛較低層次的領域。這樣一來，我身上也就永遠有股乳臭味。我連靈巧地說上一秒鐘的話也不會——儘管我只要鼓足勇氣就能愛說多久便能說多久——因爲我知道，在外地的某個地方有個醫生認爲我是蠢貨，並期盼從我嘴裡吐出來的只是一些蠢話。我在社交場合完全不能表現得合乎禮儀和莊重，因爲我知道，某些寄宿學校的女生預料我做出的全是不成體統的舉止。確實，在精神世界中往往會發生持續不斷的壓力，我們不是獨立存在的，我們只是與另外一些人相互依附而存在，是另一些人的看法的「因變數」，別人把我們看成是什麼人，我們就是什麼人，至於說我總是帶著某種不健康的快感最樂意依附於那些沒長大的人，那些半大小子，半大姑娘，以及那些文化姑媽，這已是我個人的災難。而人一直總是不能擺脫姑媽——人之所以是幼稚的，這是因爲總有個幼稚人認爲你是幼稚的；人之所以是愚蠢的，這是因爲有個蠢貨認爲你是愚蠢的；人之所以是嬌嫩的，這是因爲有個未成年人潛藏在你身上，沐浴在自身的稚嫩綠色中。但，假若不是這個「但」字讓人好歹還能活下去，簡直就得叫人發瘋！在這個更高層次的成年人的世界跟前轉來轉去，卻不能進入這個世界，跟斯文、優雅、智慧、莊重近在咫尺，離成年人的判斷、相互推崇、等級、價值也只有一步之遙，卻只能隔著玻璃去舔這些糖塊。作爲另類，對這些只能是可望而不可即。爲什麼我跟成年人交往，總像是只有十六歲，總是給人一種僅僅是在裝大人的印象？看來得去裝作家，裝文學家，去漫畫式地誇張模仿他們的文學風格和成年人的矯揉造作的詞語？作爲一名藝術家得暗地裡採取有利於敵人的做法，去參與爭奪自己的這個「我」的無情的公眾遊戲？

就這樣，在走向公眾生活的開頭，我便接受了半莊重的敬意，被慷慨地施行了較低層次的傅聖油禮❺。而使事情更加複雜化的是，我這個人的社交方式仍留下許多遠不能符合要求之處，面對半莊重的上流社會人士，我仍處在一種完全混沌的、低劣的、模糊的、毫無自衛能力的狀態。由執拗而產生的某種無能，或許是出於膽小，不允許我與人配合默契地去玩任何成熟。不止一次由於恐懼，我乾脆去擰那個諂媚地帶著自己的精神進入我的心靈的那個人一把。我是多麼羨慕那些在搖籃裡便已被昇華了的文學家，眼看著他們被預先指定要往高處走，他們的靈魂在一個勁兒地往上竄，彷彿有根錐子在戳他們的屁股。我羨慕那些嚴肅的作家，他們從靈魂深

❺傅聖油禮是基督教洗禮、臨終、國王加晚等時的一種塗油（聖膏）儀式。

就是一板一眼的，他們在巨大的創作痛苦中，天生不費力氣地玩弄概念的延伸，達到了那種頂尖的、崇高的、徹底神聖化的程度，以至於連上帝本身在他們看來也幾乎成爲某種尋常的事物，也不怎麼高尚。爲什麼不允許每個人再寫出一部有關愛情的長篇小說，或者在深沉的痛苦中去刺激一下某種社會痛處，成爲替被壓迫者吶喊的戰士？或是寫詩，成爲詩人，並且相信「詩歌光輝的未來」？抑或成爲一個天賦奇才的人物，用自己的精神去哺育並提高廣大庸人的精神？可是，自我折磨，自尋苦惱，自我犧牲，以自焚爲祭物，儘管總是處於更高的境界，總是處於如此被昇華了的——成年人的範疇，又算得上什麼樂事？自我滿足，還有別人的滿足——借助千百年來的文化慣例宣洩自己的情感和精力，是如此實在，就如同有人在儲蓄銀行存進了自己的一筆款項。然而，很可惜，我只是個乳臭小兒，乳臭味是我唯一的文化慣例。我兩次被抓獲和受到限制——一次是由於我難以忘懷自己的童年往事，另一次是由於別人想像中的關於我的童年——我在他們靈魂裡撂下了這麼一幅漫畫：一個憂鬱的稚嫩的奴隸，一隻藏在又深又密的叢莽裡的昆蟲。

這種處境不僅令人不快，而且是危險的。因爲成年人厭惡不成熟遠甚於厭惡其他任何事物，他們憎恨不成熟超過憎恨一切。他們容易經受住一切最酷烈的破壞行徑，只要它是在成熟的範疇裡發生的。若是有個革命者，用一種成熟思想對抗另一種成熟思想，例如爲了建立共和制度去摧毀君主制度，抑或相反，用君主制度去破壞並吞沒共和制度，對他們而言並不可怕。他們反而會以愉快的心情看著活動如何在成熟的、被昇華了的人的利害關係中進行。但是如果他們在某個人身上嗅到不成熟的氣味兒，嗅到乳臭小兒和青澀少年的氣味兒，他們便都會撲向這個人，就像一群天鵝撲上去啄殺一隻鴨子——他們會將辛辣的諷刺、嘲笑、挖苦劈頭蓋腦傾瀉到這隻醜小鴨頭上，他們絕不允許早已被他們逐出自己世界的棄兒弄髒了他們的巢。那麼事情該怎樣結束呢？在這條路上我將走向哪裡？我常想，是在怎樣的背景下，我身上產生了這種發育不全的奴性，這種對稚嫩的念念不忘？莫非是因爲我出自一個有特別多的閱歷淺的、次等的、過渡性的生靈的國度？出自一個任何人都穿不上一件有領襯衫的國度？出自一個與其說是憂傷和厄運無所不在，毋寧說是笨伯帶著蠢貨在四野徘徊和呻吟的國度？也許是因爲我生活在這樣一個時代，這個時代每五分鐘便產生一批新口號和新鬼臉兒，而且是盡其所能變換著，把自己的面孔扭曲得怪模怪樣？也許是因爲我生活在一個過渡性的時代？……當灰白的曙光從厚窗簾的縫隙透進來時，我正躺在被子裡總結自己一生的得失，不由羞得滿面通紅，一絲不倫不類的傻笑使我打了個寒噤——於是我爆發出一陣無力的、獸性的笑聲，一種機械的、彷彿有人撓我腳心一樣引發的笑聲，彷彿不是我的臉而是我的腳在咯咯地笑。應該儘快結束這一切，儘快跟童年決裂，儘快作出決定，重新開始——應該開始做點兒什麼！應該忘記，最終忘記那些寄宿學校的女生！擺脫那些文化姑媽和鄉下婦女的愛護，忘掉那些粗俗下流的小官吏，忘記腳和自己丟臉的過去，蔑視青澀少年，蔑視乳臭小兒——牢牢地固守在成熟的土壤上。啊，最終接受那種極端貴族的立場，蔑視！蔑視！不，不是像迄今那樣，用我自己的不成熟去喚醒、吸引、誘惑別人的不成熟，而是——相反——從自己身上發掘成熟，用成熟去激勵他們走向成熟，用心靈去對心靈說話！用心靈？但是能夠忘記腳嗎？用心靈？那麼腳又何在？難道能夠忘記文化姑媽們的那些腳嗎？再者，如果儘管作出一切努力，還是不能（幾乎可以肯定是不能）戰勝從各處冒芽、繁殖、蓬勃生長的嫩綠，那時又該怎麼辦？如果我以成熟的姿態對待他們，而他們則仍一貫地以不成熟的姿態對待我，如果我帶著智慧走向他們，而他們卻帶著愚昧走向我，那時我又該怎麼辦？不，不，在這種情況下，我寧願頭一個以不成熟的方式開始。我不想讓我的智慧受到他們的愚昧的傷害，我寧可拿愚昧去對抗他們！再說，我也不想，不想跟他們對抗，我寧願跟他們在一起。我愛，我愛那些幼芽，那些花蕾，那些嫩綠的灌木叢，啊！我感覺到了，他們又抓住了我，跟我愛戀般地擁抱，我再次爆發出機械的、腳的笑聲，我唱起了一支粗俗的小曲：

在斯科利莫夫，在法拉穆什卡別墅，
在米奇小姐的女教師的斗室，
有兩名歹徒正躲藏在衣櫥裡……

驀然間我覺得嘴裡發苦，喉嚨發乾——我發現，我不是獨自一人。除了我還有別人站在屋角，就在爐子旁邊，在光線尚未照到的地方——有第二個人在房間裡。

但房門是關著的，而且上了鎖。那麼這不是人，只是個幻象。幻象？鬼怪？幽靈？死人？我立刻便感覺到，這不是個死人，而是個活生生的人，瞬息間我渾身毛骨悚然——我嗅到了人的氣味兒，如同狗嗅到了狗的氣味兒一樣。又是嘴裡發乾，心跳加劇，呼吸不暢——原來是我自己站在了爐前。這一回不是夢——的的確確站在爐前的是跟我一模一樣的人。但我覺察到，他比我更加害怕；他低頭站立，眼睛向下看，雙手順著身側垂著——他的畏懼給我增添了勇氣。我從被子底下偷偷向外看，彷彿不是看自己，我瞧見了那張臉，它既是我的臉，又不是我的臉。那張臉從深幽的暗綠裡顯露出來，本身是較亮的綠色——這是我自己所具有的那張面孔。瞧，這是我的鼻子……我的嘴巴……我的耳朵，我的家。歡迎您，熟悉的角落！多麼熟悉！我多麼熟悉這掩飾畏懼緊張的嘴唇的扭曲。瞧這嘴角，瞧這下巴，瞧這隻耳朵，茲濟希曾給我撕破了一點兒——留下了雙重影響的標記和徵候，這是一張外部和內部兩股力量相互磨損的臉。這是我的面孔——這難道就是我嗎——這是否也是別人的面孔——但這就是我。

我突然覺得不可思議，這怎麼就是我。就像照鏡子，當我們出乎意料地在鏡子裡看到了自己，猛然間我們沒有把握那是不是就是我們自己。現在突然瞥見跟我一模一樣的人，就是這樣令我驚詫不已，這種形態的意外如此具體，令我厭煩到極點。但見此人一頭剪短的又梳得怪模怪樣的頭髮，耷拉著的眼瞼，穿著長褲，聽、視、呼吸器官齊全——這分明是我的配備，莫非這就是我?線條清晰，輪廓分明，細節可見、詳盡……太清楚了。他勢必也覺察到我在打量他的細節，因爲他顯得更加靦腆，微露笑意，用手做了個不明確的動作，往暗處退走。

但是從視窗射進來的光線越發強烈，體型顯露得越來越明晰——手上的指頭、指甲已然歷歷可見——而且我看到……我看到他略微縮了縮身子，看也不看我一眼就給我打了個手勢，希望我不要看他。我不能不看。這就是說，我正是這般模樣。奇怪，眞的，就像德・蓬帕杜夫人❻一樣。這純屬偶然。爲何是這般而不是另一種樣子?曇花一現。他身上的許多毛病和缺陷在陽光下一一顯露了出來，但他卻縮著身子站立著，類似夜裡活動的生靈，光線會使其成爲犧牲品——就像一隻在房間中央被抓住的耗子。細節顯露得越來越清晰，越來越可怕，他身體的各部分從各個方面展現了出來，單獨的部分，而那些部分卻都是極其明確，極其具體的……達到了清晰得令人作嘔的極限……達到了令人作嘔的極限……我看到了手指、指甲、鼻子、眼睛、大腿和腳掌，這一切都裸露在外面——我宛如被這些細節施了催眠術似的爬了起來，向他邁出了一步。他打了個寒顫，搖了搖手——像是爲自己向我道歉似的，他說，這不是那麼回事，反正無所謂——請允許，請原諒，請讓我……但開頭像是警告的手勢，然後就莫名其妙而卑怯地結束了——我向

❻德・蓬帕杜（de Pompadour, 1721–1764），侯爵夫人，法國國王路易十五的寵信，對國王的政策有很大的影響。

他走去，我已不能制止伸出的手，就在他的臉上狠狠地搧了一記耳光。滾開！滾開！不，這根本不是我！這是某種偶然的東西，某種外來的東西，強加於人的東西，是外部世界和內部世界彼此之間的某種折衷物，這根本不是我的軀體！他發出一聲歎息，消失了——逃之夭夭了。而我獨自留下，確切地說並非獨自——因爲並沒有我，我沒感覺到我的存在，每個思想，每個反應，每個行動，每個字，一切都似乎不是我的，而彷彿是在我之外的某個地方確定下來的，爲我搞出來的——而我其實是另一個人！那時有股可怕的憤怒情緒控制了我。嗐！創造自己的形式！公之於眾，把自我表現出來！只要我的形態是從我自身產生的，只要不是被別人弄出來的！憤怒推動我去找紙張，我從抽屜裡拿出紙張。清晨已經到來，房間裡陽光燦爛，女僕送來早上用的咖啡和小圓麵包，而我則以閃閃發光和精雕細琢的形式開始寫下我自己的作品的最初幾頁。這作品像我，跟我一模一樣，是直接從我心裡產生的，獨立自主地表達我自己同所有的人和所有的事處於對立狀態的道理。突然之間門鈴響了，女僕打開了門，門口出現了塔·平科，他是一位博士和教授，而確切地說，是位教師，克拉科夫來的有修養的語文學家。他個子又小又矮，瘦骨嶙峋，禿頭，戴夾鼻眼鏡，著長禮服西褲，夾克衫，指甲殼凸出，泛黃，腳蹬一雙黃色的軟山羊皮鞋。

你們可認得教授？

教授對你們而言可是知名的？

教授？

喔唷！喔唷！喔唷！喔唷！喔唷！一見到這副模樣兒，這種淺薄得可怕、陳腐得徹底的模樣兒，我趕忙趴在我的文稿上，用整個身子蓋住我的文稿，但他卻坐了下來，因此，我不得不跟著坐了下來，而他坐下後便就我的一位姑媽的去世向我表示哀悼，那位姑媽老早就過世了，我早已把她忘得一乾二淨，拋到九霄雲外了。

「紀念死者，」平科說，「是新時代和舊時代之間的方舟，就像民間歌謠一樣（密茨凱維奇❼）。我們在體驗死者的生活（奧・孔德❽）。先生的姑母謝世，這就有理由可以，甚至應該寫寫她對文化思想的貢獻。死者有過自己的缺點（他歷數了一些缺點），但她也曾有過給公眾帶來好處的優點（他歷數了各種優點），總的來說會是一本不錯的書。我是想說，可以得3^+——也就是及格有餘。簡而言之，死者曾是一個積極的因素，綜合評價是肯定的，而且我自認爲將這一

❼亞當・密茨凱維奇（Adam Mickiewicz, 1798–1855），波蘭偉大浪漫主義詩人，民族解放運動革命家，世界文化名人。

❽奧・孔德（August Comre, 1798–1857），法國哲學家，社會學家，實證主義創始人。

點告訴先生，是我的榮幸。我，平科，站在捍衛文化價值的立場上，認爲先生的姑母——特別是由於她已謝世——毫無疑問也屬於我所捍衛的文化價值範疇。而其實，」他寬容地補充說，「*de mortuis nihil nisi bene* ⑨，因此即使能指出這樣那樣的不足之處，又何必讓一位年輕的作者——對不起，應該說是侄兒——掃興……但這是什麼？」他見到桌上已經開了頭的文稿便驚叫了起來，「這麼說，不僅僅是侄兒，而且還是位作者！我看到，我們都是在文學園地裡試一試我們的力量？嘖，嘖，嘖！一位作者！讓我馬上瞧瞧，加以鼓勵……」

於是他就這麼坐著，手伸過桌子抓起那些紙張，同時戴上夾鼻眼鏡，一直坐著。

「這不是……這只不過是……」我坐在一旁喃喃說。世界突然崩塌了。姑媽和作者把我搞得暈頭轉向。

「喏，喏，喏，」他說，「嘖，嘖，一隻小母雞。」

他這麼說著，揉了揉一隻眼睛，然後掏出一根紙菸，用左手的兩個指頭捏著，用右手的兩個指頭反覆擠壓，當煙味兒刺激他的鼻孔時，他打了個噴嚏。他就這麼坐著，開始讀了起來。他讀的時候，很瀟脫地坐著。而我，當我看到他在讀，差點兒沒暈了過去。我的世界崩塌了，立刻又按照古典教師的原則組合。我不能撲向他，因爲我坐著，而我之所以坐著，是因爲他坐

⑨拉丁語，意爲：對死人只說好話。

著。無緣無故，坐著便被提升到首要地位，也就成了最大的障礙。這樣一來，我只得坐在座位上扭來扭去，不知該怎麼辦才好，不知該怎樣表現。我開始擺動一隻腳，眼睛往牆上瞟，而且開始啃手指甲。而在這段時間裡，他始終如一地、符合邏輯地坐著，他坐得穩穩當當，擺出一副正在讀學生作業的古典教師的架勢。時間漫長得可怕，一分鐘漫長得像一個鐘頭，每一秒鐘都在無限期延長。我感到渾身不舒服，就像一個有人想用一根吸管慢慢吸乾的大海。我發出一聲呻吟：

「上帝保佑，只要不是教師！千萬別擺出教師的架勢！」

有棱有角、僵化、生硬的教師多次傷害過我。但他依然以教師的姿態讀著，把紙張湊到眼睛跟前以典型的教師的姿態吸吮我那些自發的無所顧忌的文字。窗外矗立著一座公寓樓房，縱橫都是十二個窗戶！是夢？還是醒？他爲何到這裡來？他爲什麼坐著，我又爲什麼坐著？在此之前所發生過的一切又是怎樣的奇異？那些夢境、回憶、姑媽、痛苦、精神，剛開頭的作品——所有這一切都濃縮爲一個平庸的教師的坐姿？世界蜷縮成一個教師，一切都變得不可思議。他坐得有意義（因爲他在讀），而我卻坐得毫無意義。我痙攣著，花了老大的力氣試圖站立起來，然而正是在這個關頭，他突然從夾鼻眼鏡下面寬容地瞥了我一眼——我立刻就變小了，腳變成了小腳丫，手變成了小手兒，人變成了小人兒，整個身心都變小了，作品也變成了小小的習作，就連軀體也都縮小了。而他卻在不斷漲大，坐在那兒瞟著我，讀著我的練習本，永生永世沒完沒了地坐著，阿門！

各位是否見過這種駭人聽聞的事，是否也曾縮小成個什麼人？唉，縮小成個姑媽，這已是某種出奇得不成體統的事，而縮小成一個淺薄刻板的十足的教書先生則達到了不成體統的小型化的巔峰。我還注意到，教師就像頭家牛，靠我的嫩綠長膘。這是一種多麼古怪的感受——感覺到教師在牧場上啃你的嫩綠，而他卻是在住宅裡，坐在椅子上，讀著你寫的東西——但他又是在啃你的嫩綠，在放牧吃草。看來在我的身上發生了某種可怕的事，而在我之外又發生了某種愚蠢的事，某種極其不現實的事。「精神！」我叫喊了起來，「我！精神！並非小作者！精神！我本是活著的！我！」而他還是照舊坐著，紋絲不動地坐著，坐著，就這麼在自己的座位上生了根似的坐著，就這麼絕對不可動搖地坐著，這種坐法既是愚蠢透頂，而同時又是不可抗拒。他從鼻樑上摘下夾鼻眼鏡，用手帕擦了擦眼鏡，然後又戴到鼻樑兒上，而那鼻子便是某種不可戰勝的東西。那不過是稱之爲鼻子的鼻子罷了，不過是只淺薄刻板的、平庸的、教書先生的鼻子罷了。它相當長，說到底是由兩根平行的小管兒構成的。他開口說道：

「又是什麼精神？」

我叫嚷說：

「我的精神！」

那時他又問：

「是家族的？祖國的？」

「不是家族的，是我自己的！」

「自己的？」他善意地接梗兒說，「我們談論的是自己的精神？起碼我們是不是了解國王瓦迪斯瓦夫的精神呢？」他依舊坐著。

什麼瓦迪斯瓦夫國王？我像一列火車出乎意料地被調到瓦迪斯瓦夫國王的支線上。我趕緊剎車，張大了嘴巴，我意識到自己不了解瓦迪斯瓦夫國王的精神。

「但歷史的精神我們了解嗎？但古希臘文明的精神我們了解嗎？但法蘭西文明的精神，中庸和良好鑒賞力的精神我們了解嗎？有位除我之外誰也不知道的十六世紀的田園詩作家，他頭一個使用『肚臍眼』這個表達方式，他的精神我們了解嗎？我們了解語言的精神嗎？該說『wykonywa』還是『wykonuje』⑩？」

問題一個接著一個使我猝不及防。成百上千種精神突然把我的精神憋得透不過氣來。我喃喃說，我不知道。他又追問，有關卡斯普諾維奇⑪的精神我知道點兒什麼，詩人對農民的態度

⑩wykonyać 是波蘭語動詞，意爲完成。wyonywa 是 wyonyać 的單數第三人稱的錯誤變位元。「他在完成……」應說 wykonuje 才對。

⑪楊・卡斯普諾維奇（Jan Kasprowicz, 1860-1926），波蘭現代派詩人。

如何？接著他又問我是否知道萊勒韋爾⑫的初戀？我乾咳了一聲，偷偷朝指甲殼上瞥了一眼——指甲殼是乾乾淨淨的，沒有污垢。那時我回頭張望，彷彿是期盼有人會給我提個詞兒。但是我背後什麼人也沒有。夢想終歸是夢，只有上帝是可信的。出了什麼事？上帝！我趕忙扭過頭恢復正常狀態。上帝啊！我瞥見了他，但那已不是我的目光，而是耷拉著腦袋、皺著眉、不信任的目光，是十足孩子氣的、充滿了小學生的仇恨的目光。一種不應有的、不合時宜的願望在我心中油然而生，我眞想揉個紙球甩向老師的鼻頭。我知道自己的處境很糟糕，便竭力用一種社交的腔調問平科城裡有什麼新鮮事，但我喉嚨裡發出來的不是正常的聲音，而是尖細的、嘶啞的嗓音，彷彿我又在經歷變聲的階段，於是便緘口不言。但平科卻在問，關於副詞我知道點兒什麼，他命令我進行名詞變格：mensa, mensae, mensae⑬，動詞變位：amo, amas, amat⑭。他把嘴一撇，說道：「嗯，就這樣吧，還得花點兒工夫。」他掏出記分冊，給我打了個不及格的分數，而與此同時，他依然坐著，他這坐是絕對的，壓根兒就沒想到要站起來。

什麼？什麼？我想喊叫，說我不是學生，說一定是發生了什麼誤會。我想跳起來逃跑，但

⑫約．萊勒韋爾（Joachim Lelewela, 1786-1861），波蘭著名史學家，政治家。

⑬拉丁語，意爲：桌子。這裡表示的是拉丁語中名詞的第一格、第二格和第三格的變格規則。

⑭拉丁語，意爲：愛。這裡拉示的是拉丁語中動司的第一位、第二位和第三位的變位元規則。

是有個什麼東西從後頭像老虎鉗似的夾住了我，把我釘在了坐位上——是孩子氣的、幼稚的屁股黏住了我。帶著這樣一個幼稚的屁股我一動也不能動，而教師照舊坐著，坐著的同時表現出如此完美的教師職業道德，以致我不是喊叫，而是伸出兩根手指舉手，就像在學校裡學生想要發言時所做的那樣。平科又把嘴一撇，說道：

「科瓦爾斯基坐好。又是要上廁所？」

我就像做夢似的坐在非現實的荒誕中，嘴巴給堵住了，聽教師教訓，被教師鎮住了。我坐在孩子氣的屁股上——而他卻像坐在雅典的衛城並往記分冊裡寫著什麼。終於他開了口：

「嗯，尤齊奧，走吧，我們上學去！」

「上什麼學校？」

「上皮烏爾科夫斯基校長的學校。第一流的教學機構。六年級還有空位。你的學業給荒疏了，首先得彌補缺陷。」

「可讓我上什麼學校？」

「上皮烏爾科夫斯基校長的學校。你別害怕，我們，教師們，我們愛小孩。嘖，嘖，嘖，別以自己年紀小爲藉口而賴著不肯上學。到我這裡來！」

「可是，讓我上什麼學校?!!」

「上皮烏爾科夫斯基校長的學校。皮烏爾科夫斯基校長正好請我給他塡滿所有的空位子。

學校必須運轉。沒有學生就不會有學校，而沒有學校就不會有教師。上學去！上學去！到了那裡，我會把你弄成個在校生。」

「可是，讓我上什麼學校?!!」

「哎，只是請別任性，別噘嘴！老老實實上學去！上學去！」他招呼女僕，吩咐遞給我外套。女僕不明白爲什麼一位不相識的先生要把我帶走，於是哭叫起來，平科狠狠掐了她一下——被掐的女僕再也不能大哭大叫了，她齜牙咧嘴，爆發出一陣大笑——他終於牽著我的手，把我帶出屋外。街上房屋鱗次櫛比，行人熙來攘往！

員警！太愚蠢了！太愚蠢了，要是眞的這麼做！這是不可能的事，因爲太愚蠢！正是由於太愚蠢，我又怎能抗拒……我面對淺薄的教師總是沒輒，淺薄的教師總是平庸的。就像有個什麼人對你們盡說些太平庸、太沒意思的話時你們不知所措一樣，我碰上的正好是這種情況，完全不知所措。白癡似的，幼稚的小兒屁股使我癱瘓，剝奪了我進行反抗的一切可能性；我邁著小快步挨著大步流星走著的巨人緊趕慢趕，我對這個小兒屁股簡直是毫無辦法。別了，精神；別了，剛開頭的作品；別了，我自己的眞實的模式！歡迎，歡迎，可怕的、幼稚的、嫩綠的、羽毛未豐的模式！聽著先生平庸的教訓，我挨著巨型大個兒的教師邁著碎步緊趕慢趕，教師只是一個勁兒地嘟囔：「嘖，嘖，小雞快跑……流鼻涕的小鼻子……我愛，哎，哎……小人兒，小傢伙，小傢伙，哎，哎，嘖，嘖，小不點兒，尤齊奧，尤齊奧，尤久尼奧，尤傑切克，小不點兒，小不點兒，嘖，嘖，小屁股，小小屁股，小屁……」在我們前面是一位用皮帶牽著一條小小的杜賓狗⓯的穿著講究的太太，狗狂吠著，撲向平科，撕破了他的褲腳管。平科大叫大嚷，給了狗和牠的女主人以否定的評價，用別針別住了褲腳管。我們繼續往前走去。

⓯杜賓狗是一種英國短毛、長耳、長尾巴的小獵犬。

第二章　囚禁和進一步變小

瞧，就在我們前方——不，我不相信自己的眼睛——立著一座相當單調的樓房，那就是平科牽著我的小手，不管我怎樣大哭大鬧、怎樣抗議，硬往裡面拽並終於從後門把我推了進去的學校。我們到達的時候正好碰上課間的大休息，在學校的院子裡有一群從十歲到二十歲之間的人在轉著圈兒散步，同時在吃著第二道早餐，啃著塗了黃油或乾酪的麵包。環繞院子的圍牆上有許多縫隙，有許多母親和姑媽在透過縫隙向院子裡張望。她們永遠也不能充分滿足自己追求無盡慰藉的欲望。平科懷著極大的欣喜之情將學校的氣息吸進他那獨具一格的鼻管。

「嘖，嘖，嘖，」他叫喊起來，「小傢伙，小傢伙，小傢伙……」

與此同時有位瘸腿的教員——多半是位值日教師——帶著一臉對平科諂媚的神情向我們走了過來。

「老師，」平科說，「這是小尤齊奧，我想把他登記在六年級學生的名冊裡。尤齊奧，過來拜見老師。我馬上就去跟皮烏爾科夫斯基商談此事，暫時把他託付給閣下，好讓他習慣於跟同學們相處。」我想抗議，但卻啪地跺了一下腳。吹來一陣清風，樹葉沙沙晃動，而跟樹葉一起晃動的是平科的一縷頭髮。

「我希望他會表現得不錯。」老教育家撫摸著我的小腦袋說。

「哎，年輕人都可好？」平科壓低了嗓門兒問道，「我看到，他們都在轉著圈兒溜達——很好。他們邊蹓躂邊相互交談，而那些母親都在窺視他們的一舉一動……很好。再也沒有比母親躲在圍牆後面窺探學齡男孩更美好的事啦。誰也不能比藏在圍牆後面的母親更能獵獲他們身上新鮮的、孩子氣的特徵。」

「儘管如此，他們總是不夠天眞爛漫，」教師酸溜溜地抱怨說，「他們不願成爲像嫩洋芋那樣討人喜愛。我們讓母親們像抱雞婆孵蛋那樣孵化他們，但這還遠遠不夠。我們始終不能從他們身上發掘出年輕人的飽滿精神和天眞無邪。尊敬的同事難以相信，在這一點上他們是多麼固執和懷有抵觸情緒。他們根本就不願意。」

「這是你們教育實踐知識的能力方面的問題！」平科尖銳地指責道，「什麼？他們不願意？他們必須願意！我這就讓你們瞧瞧，怎樣喚醒他們的天眞。我打賭，半個鐘頭後就會出現加倍的天眞。我的計畫是這樣的：我開始觀察學生們，我以盡可能最幼稚的辦法讓他們知道，我是把他們看成天眞、無邪的孩子的。這樣做自然會激怒他們，他們將竭力表現出自己不是天眞幼稚的，那時他們必定會掉入眞正的天眞和無邪之中。這對於我們，教育家們，是件多麼甜美的事！」

「但閣下是否會認爲，」教師問他說，「硬去誘發學生的天眞乃是一種不符合時代要求的陳舊的教育手段？」

「不錯！」平科回答，「請你們盡量提供給我這類陳舊的手段！再也沒有比眞正陳舊的教育手段更好的東西了！這些可愛的小傢伙，被我們放在極度非現實的氛圍裡進行教育，他們渴望的首先便是生活和現實，因此，最讓他們揪心的莫過於自己的無知無邪。哈，哈，哈，我這就去疏導他們的無邪，我要將他們鎖在這種愛心的理念裡，就像關在盒子裡一樣。你們瞧著吧，你們會變成怎樣單純無邪的人！」

於是他便藏在一棵高大橡樹的樹幹後面，稍微靠邊，而值日老師則牽著我的小手把我往學生們中間領，我既來不及解釋，也來不及提出抗議。他把我領去後便鬆開手，把我留在學生圈子的中央。

學生們在走動著。一些學生彼此往腰上掄拳頭或是相互挖苦，另一些學生則把腦袋埋在書本裡，不停地嘀著什麼，還用手指塞著耳朵；還有一些學生滑稽地模仿別人的舉止，或是伸出一隻腳想把人絆倒。但他們那種精神恍惚的迷茫的目光卻在我身上滑來滑去，他們並未發現我是個三十歲的人。我走到邊緣第一個學生跟前——我深信，這場玩世不恭的鬧劇很快就會收場。

「同學，請聽我說，」我開口道，「正如同學所見，我不是……」

但他卻叫喊起來：

「你們瞧呀！來了個新同學！」

他們將我團團圍住，不知是誰嚷嚷道：

「由於什麼調皮任性的原因您大人閣下這麼晚才在學校裡露面？」

另一名學生又傻笑著尖叫道：

「莫不是跟某個娘兒們吊膀子耽擱了，尊敬的同學？莫非是張狂的同學竟會那麼懶散？」

聽著這種不堪入耳的話我緘口不言，彷彿有人把我的舌頭擰斷了似的；他們卻沒住嘴，似乎是停不住，越是令人討厭的詞語他們說得越是起勁，越是帶著一種狂熱的固執，他們用這些詞語玷汚了自己和周圍一切。他們說什麼少婦、婆姨、娘兒們、剃頭的、打擺子的、色情狂、矮胖子、教書匠、波蘭語課、理想、淫蕩。他們的動作是笨拙的，他們的面孔油乎乎，長滿了化膿的青春痘，而他們談論的題目，在年齡較小的人群中——是性器官，而在年齡較長的人群中——是性問題。他們使用的語言是仿古風格結合帶拉丁語詞尾的單詞。這些東西混雜在一起便構成了一種特別令人厭惡的雞尾酒。他們看起來就像被胡亂塞進什麼東西裡面，擺置得完全不是地方，在空間和時間上都被擺錯了位置。他們時而朝值日教師，時而朝躲在圍牆後面的母親們匆匆掃上一眼，痙攣地抓揪自己的屁股，而一直受到監視的意識甚至妨礙了他們進早餐。

於是我呆呆地站著，仿佛被這一切弄得張皇失措，完全沒有能力解釋，而且我發現這場鬧劇壓根兒就沒有結束的跡象。當學生們發現有位陌生的先生躲在橡樹後邊，正留神、細心地觀察他們，他們的煩躁更是加倍地增長，終於響起了一片竊竊私語，說是督學到學校來了，正站在橡樹後面觀察他們。「督學！」一些人說著，同時伸手去抓書本，示威性地接近橡樹。「督學！」另一些人說著，同時遠離橡樹。但不論是前者還是後者目光都死盯著平科，片刻也不肯移開。平科微妙地躲在樹後，用一枝鉛筆在一張從記事本上撕下來的紙片上寫著什麼。「他在寫著什麼，」這裡那裡到處都有人悄聲說，「他在記錄自己的觀察。」這時平科卻巧妙地將那紙片兒拋向了他們，看起來就像風將紙片兒吹了過去似的。紙片兒上寫的是：

> 根據我在某學校課間大休息時所進行的觀察，我敢肯定，男青年是純潔無邪的！對此我深信不疑。證據就是——學生們的外表和他們無邪的交談，還有他們無邪的和極其可愛的小屁股。
>
> 塔・平科
>
> 9月29日，華沙

學生們得知這記錄的內容，學校便成了炸了窩的蟻穴。「我們是純潔無邪的？我們，當今的青年？我們，這些已在追逐女人的漢子是無邪的？」哄笑和嘲笑在不斷增長，雖說是暗地裡進行，卻是非常強烈，這裡那裡到處都出現了冷嘲熱諷。咳，幼稚的老頭兒！多麼幼稚！哈，多麼幼稚！但不久我便意識到，笑聲持續的時間太長了……我意識到這種笑聲不會結束，而且還在不斷增長，並且趨於穩定，而在穩定的同時在反映自己的惱怒中變得過於虛假。這是怎麼回事？爲什麼笑聲不能停息？過後我才明白，像惡魔一樣陰險的善耍權術的平科給他們注入了一種怎樣的毒素。因爲實際情況是，這群學生被禁錮在學校裡，遠離生活——自當是無邪的。不錯，儘管他們並非無邪，也該是無邪的！他們的無邪在於渴望自己不是無邪的。他們懷裡摟著女人是無邪的！他們打架鬥毆是無邪的。他們在朗誦詩歌時是無邪的，他們在玩撞球時是無邪的。他們在吃飯、睡覺時是無邪的。他們在表現得無邪時是無邪的。他們無止無休地受著神聖的天眞爛漫的威脅，甚至當他們在流血，在折磨人，在強暴婦女或者在咒罵人時也是如此，他們所做的一切都是爲了不致陷入無邪之淵！

因此他們的笑聲不是停息，而是增強，再增強，一些人暫時忍住更強烈的反應，但另一些人卻忍不住——開頭他們是緩慢地，然後越來越快開始說些最髒最醜的詞兒，那種詞語就連喝醉了酒的車夫都羞於出口。他們暗地裡狂熱而快速地交流一些骯髒的罵人話、粗野不堪的惡言惡語和其他的下流話，而有些人則用粉筆在圍牆上將這種污言穢語畫成幾何圖形。在秋天透明的空氣裡充斥了那種比他們開頭用來款待我的髒話還要骯髒一百倍的污言穢語。我似乎覺得自己是在做夢——因爲只有在夢中才會落入比平常所能想像的一切都更爲愚蠢的境地。我試著制止他們。

「你們幹嘛說×？」我急切地問一個同學，「你們幹嘛說這個字?!」

「住嘴，小子！」粗暴的傢伙回答，同時給了我一拳，「這是個特好的字！立刻給我說一遍，」他惡狠狠地低聲說，「立刻給我說這個字！這是我們唯一的自衛方式，否則我們就得被變成小屁孩子了！你沒看到督學正躲在橡樹後面，正要把我們變成小屁孩子？你這個孱頭，嬌生慣養的人，如果你不立刻說出一些最骯髒的下流話，看我不扭斷你的手！喂，梅茲德拉烏，過來呀，看住他，讓這個新來的表現得像樣點兒。而你，霍佩克，你去散佈一些帶辣味兒的笑話，讓它們在同學們中間流傳。先生們，厲害點兒，因爲他就要把我們變成小屁孩子了！」

這個被別人稱爲敏透斯的粗野的無賴發出了這些命令之後，便偷偷走到了橡樹跟前，在樹上刻下了四個字，刻得那麼巧妙，以至於無論是平科還是圍牆外面的母親們全都看不見它們。充滿了隱密的滿足感的悄悄的笑聲傳遍了四周。圍牆外面的母親們和橡樹後面的平科聽到年輕人的笑聲也都好心地笑了起來——於是到處籠罩著雙重的笑聲。年輕人在惡意地笑，因爲他們捉弄了老年人，但老年人卻由於年輕人無憂無慮的快活而老老實實地笑了。兩股笑聲在靜悄悄的秋天的空氣裡角力，樹葉從橡樹上紛紛飄落，學校生活就反映在這種貌似和諧的交流中。老校工揮動掃帚把垃圾掃進垃圾箱，青草已經枯黃，天空是蒼白的……

然而轉眼之間躲在樹後的平科變得那麼天真，由於佔了便宜而興奮異常的眾無賴變得那麼天眞，那些把鼻子埋在書本裡的馬屁精也變得那麼天眞，總而言之，整個局面變得那麼令人厭惡的天眞，使我開始帶著所有未曾表達出來的抗議淹沒在其中。我不知道，該拯救誰——自己，同學們，還是平科？我朝橡樹稍微走近了點兒，悄聲說：「老師。」

「什麼？」平科問，同樣是悄聲地。

「老師，請老師從那裡走出來。他們在橡樹的另一面寫上了髒字。他們因此而發笑。請老師從樹後走出來。」

當我悄聲說出的這些傻乎乎的句子蕩漾在空中，我覺得我是個神祕的無知的聰明人，我被自己的處境嚇了一跳——我用手掩著嘴巴，立在橡樹近旁，對平科悄聲說著話，平科站在橡樹後面，在學校的院子裡……

「什麼？」縮著身子藏在樹背後的教師問，「他們寫的是什麼？」

「髒字！他們寫的是髒字！請老師出來！」

遠方響起了汽車的喇叭聲。

「他們寫在了哪裡？」

「在橡樹上。在另一邊！請老師出來！請老師結束這一切！請老師別讓人捉弄！老師想讓他們相信他們自己是無邪的和天眞爛漫的，而他們卻給老師寫下了髒字……請老師不要招惹他們。夠了。這種話我不能再說下去了。我會發瘋。老師，請老師出來！夠了！夠了！」

晴和的晚秋懶洋洋，我悄聲說話的時候，樹葉在紛紛飄落……

「什麼？什麼？」平科叫嚷起來，「我能懷疑我們年輕人的純潔性？永遠不！像我這樣一個生活閱歷豐富的老人和教育家可不是那麼容易動搖的！」

他從樹後走了出來，學生們見到他那副尊容，發出了野性的吼叫。

「親愛的年輕人！」當學生們稍微安靜了一點兒之後，他開口發表演說，「你們不要以爲我不知道，你們彼此之間經常使用一些不成體統的髒字。我知道得很清楚。但是，你們別擔心，任何越軌行爲，甚至最糟糕的惡作劇，都不能動搖我心中這種深刻的信念，我堅信你們實際上都是謙恭的和無邪的。你們的老朋友將永遠把你們看成是純潔的、謙恭的和無邪的，將永遠相信你們的謙恭、純潔和無邪。至於那些髒字，我知道，你們雖然一再重複，但並不明白是什麼意思。你們說那些髒字，不過是爲了表現自己，那多半是某一個同學從他的女僕那裡學來的。嗯，嗯，這並不是什麼壞事，相反，這比你們給人的印象更爲純潔無邪。」

他打了個噴嚏，滿意地揉了揉鼻子，轉身向辦公室走去，他要跟皮烏爾科夫斯基校長談談我的事。圍牆外面的那些母親和姑母興奮異常，相互摟抱著反覆說：「這是位多麼老練的教育家！我們的小傢伙都是小屁孩，小屁孩，小屁孩！」但是他的演說卻在學生們中間引起了一陣驚慌失措。他們一個個呆若木雞地望著離去的平科，直到他消失。接踵而來的是冰雹似的惡言惡語。「你們聽見了嗎？」敏透斯吼叫道，「我們是無邪的！說我們是無邪的！眞是見了鬼，瘟疫病！他以爲我們是無邪的，他把我們當成是無邪的！他始終把我們當成是無邪的！……」他顛來倒去這麼說著，怎麼也不能從這個詞裡解脫出來，這個詞把他纏住了，捆住了，把他掐死了，讓他變得天真，變得無邪了。但就在這時，一名又壯又高、被同學們稱爲塞豐的小夥子彷彿也隨之落入了在空中發作的天真，只聽他像在自言自語，但那聲音足夠讓大家都聽見——在晴朗、透明的空中那聲音就像山上乳牛脖子上的鈴鐺一樣清脆：

「無邪？爲什麼？無邪正好是優點嘛……應當是無邪的……有什麼奇怪的呢？」

他話剛說出口，敏透斯立即就抓住了話柄。

「什麼？你承認無邪？」

他後退了一步，好像這話說出來就有點兒傻氣。但受到刺激的塞豐又抓住他回敬了一句：

「我承認！有趣，爲什麼我不能承認？在這方面我可不是那麼孩子氣。」

敏透斯被他的話激怒了，像回聲一般跳起來挖苦：

「你們聽見了嗎？塞豐是無邪的！哈，哈，哈，無邪的塞豐！」

響起了一片喊叫聲：「塞豐是無邪的！莫非自以爲是的塞豐沒有跟娘兒們接觸過？」

按雷伊⑯和科哈諾夫斯基⑰的模式編造的有傷大雅的俏皮話紛至遝來，霎時間世界又變得

⑯尼・雷伊（Mikolaj Rej, 1501–1569），十六世紀波蘭名重一時的作家。

烏煙瘴氣。但這些俏皮話激怒了塞豐，他變得倔強起來：

「不錯，我是無邪的，我還要說，我還沒有開竅，我也眞不明白，爲什麼我要爲此感到羞愧。同學們，你們中任何人恐怕都不會認眞地說，骯髒比純潔更好。」

他後退了一步，這話聽起來確實糟透了。學校院子裡籠罩著一派寂靜。過了許久終於響起了一片低語聲。

「塞豐，你不是說著玩兒的吧？你當眞是沒開竅的？塞豐，這不是眞的！」

他們後退了一步。但敏透斯啐了一口唾沫。

「先生們，這是眞的！你們只要瞧瞧他！看得出來！呸！呸！呸！」

梅茲德拉烏叫喊說：

「塞豐，這不可能！你讓我們丟了臉，讓我們給你開開竅！」

塞豐：

「什麼？我？你們要給我開開竅？」

霍佩克：

⑰楊．科哈諾夫斯基（Jan Kochanowski, 1530-1584），波蘭大詩人，世界文化名人，也是十九世紀以前最傑出的斯拉夫詩人。

「塞豐，聖母啊，塞豐，你想想吧，這不只涉及你個人，你讓我們，讓我們大家都丟了臉，我將沒有勇氣朝任何姑娘瞥上一眼。」

塞豐：

「沒有姑娘，有的只是小妞兒。」

敏透斯：

「小妞兒……你們聽見了嗎？或許還有小男孩，什麼？或許大家都是小男孩？」

塞豐：

「啊，不錯，這是從同學嘴裡替我說出來的，小男孩！同學們，爲什麼我們要羞於提起這個詞兒？難道它比別的詞兒差嗎？爲什麼我們在復興的祖國要爲我們的小妞兒感到害羞？相反，應該在心中記掛她們！我不禁要問，爲什麼要以做作的自命不凡的姿態羞於說出一些純潔的用語，諸如小男孩、鷹雛兒、騎士、雄鷹、小妞兒等等——這些用語恐怕比小酒館的詞彙離我們年輕的心更近些，敏塔爾斯基⑱同學正是用這種小酒館的詞彙汚染自己的想像力。」

「他說得好！」幾個人隨聲附和道。

「馬屁精！」另一些人吼叫道。

⑱敏塔爾斯基是敏透斯的姓氏。

「同學們！」塞豐叫喊說，他已沉湎於自己的無邪，變得頑強、衝動、狂熱，「讓我們一心向上！我提議，我們立刻盟誓，永遠既不摒棄小男孩，也不摒棄鷹雛兒！我們絕不交出我們家族由來的土壤！我們的家族源自小男孩和小女孩！我們的土壤是小男孩和小女孩！年輕的人，高尚的人，跟我走！我們的口號——青春的熱情！我們的宣言——青春的信仰！」

塞豐的十幾名追隨者聽到這個號召，受到青春激情的鼓動，舉起了右手盟誓，猝然之間換了一副莊重的、容光煥發的面孔，敏透斯在純淨的空氣裡撲向了塞豐，塞豐也被激怒了——但幸好有人將他倆分隔開，使他們沒來得及發生鬥毆。

「先生們，」敏透斯掙脫別人的拉扯，「你們幹嘛不用腳踢這隻鷹雛兒，踢這個小男孩？你們身上難道已是一點熱血也沒有了嗎？你們難道沒有自尊心？踢呀，你們幹嘛不踢？只有用腳踢才能拯救你們！你們要當小夥子！你們要給他點兒厲害瞧瞧，讓他知道我們是小夥子跟大姑娘打交道，而不是什麼小男孩跟小妞兒打交道！」

他發了瘋。我望著他，額頭上直冒冷汗，臉色蒼白。我原本懷著一線希望，以爲平科離開後我多少能恢復常態，並且作出一點解釋——嗐！我怎能恢復常態，既然在離我兩步之遙的清新的、充滿生機的空氣中天眞和無邪越來越增強，小屁孩子變成小男孩，又變成了小夥子。世界彷彿被摧毀，又按照小男孩、小夥子的原則重新組合。我後退了一步。

怒氣沖沖的塞豐在一片蒼白的淡藍色的空間裡，踏著院子裡光影交錯的硬邦邦的地面叫嚷道：「抱歉，我要說，敏塔爾斯基是個搗亂鬼！我建議，不要去理睬他，我們做我們的，就像沒有他一樣，讓他滾蛋！同學們，這是個叛徒，自己青春的叛徒，他沒有任何理想！」

「什麼理想？蠢驢！什麼理想？你的理想不可能是別的，只能是跟你自己一樣，儘管我不知道，你的那些理想該有多漂亮。」敏透斯反覆地大肆反擊，「難道你們沒有感覺到，你們沒有看到，他的那些理想必定是粉紅色的，肥肥胖胖的，帶有個大鼻子？你們這群畜生！要不了多久你們都得羞於走到街上去！你們怎麼不明白，那些眞正的小夥兒，那些看門人、更夫和農民的兒子，那些跟我們同齡的形形色色手藝匠人、學徒和長工會譏笑我們！他們會把我們看得一文不值，什麼也不是！小夥子們，千萬別當小男孩兒！」他轉著圈地朝各個方面請求，「小夥子們，你們要頂住！」

激動情緒在增長。學生們面紅耳赤，彼此向對方跳將過去。塞豐一動不動地呆立著，雙手交叉在胸口，而敏透斯卻握緊了拳頭。圍牆後邊的母親們和姑媽們也都表現得非常激動，她們弄不清裡面發生了什麼事。但是大多數學生都遲疑不決，一邊使勁地把黃油麵包往嘴裡塞，一邊反反覆覆地說道：

「難道張狂的敏透斯是個無恥之徒？塞豐是個理想主義者？我們得死死記住，我們得死死記住，要不我們就會得1分。」

另有一些人，他們不想捲入這場爭吵，便進行有關體育運動的策略性交談，裝作對某一場足球賽感到極大興趣。但不時總有某個學生看來是無法抗拒那熾熱的、令人面紅耳赤的爭論話題，先是豎起耳朵諦聽，沉思，臉上泛起紅暈，然後便參與塞豐一派或敏透斯一派。教師坐在帶靠背的長凳上曬太陽，打瞌睡，夢中還在品味遠處年輕人的天眞無邪。「咳，小屁孩子。」他嘴裡嘟囔著。

只有一個學生不受整體的思想騷動控制。他站在一旁，享受著太陽光的溫暖，他穿件花格子襯衫，一條柔軟的法蘭絨褲子，左手腕上繫條金鏈子。

「科佩爾達！」兩派都在喊他，「科佩爾達，到我們這邊來！」他似乎激起了普遍的嫉羨，敵對陣營雙方都想爭取他，但他既不聽這一方的，也不聽那一方的。他伸出一隻腳，用腳尖點地。

「我們蔑視看門人、更夫、學徒和形形色色的流浪漢的意見！」塞豐的朋友佩佐叫嚷道，「他們不是有知識的人。」

「那麼，寄宿學校的女生呢？」梅茲德拉烏底氣不足地回應了一句，「寄宿學校女生的意見難道你們也蔑視不成？你們該考慮考慮，寄宿學校的女生們會怎麼想？」

接著是一片叫喊聲。

「寄宿學校的女生們喜歡純潔的人！」

「不，不，她們更喜歡骯髒的人！」

「寄宿學校的女生?!」塞豐輕蔑地拖著長音問道，「我們在乎的只是高雅的小姑娘的意見，而那些小姑娘是跟我們站在一邊的！」

敏透斯走到他跟前，用斷斷續續的聲調說道：「塞豐！你別跟我們頂著幹！你後退一步我也後退一步！我們兩個都後退，你願意嗎？我準備……向你道歉，我準備做一切……只要你收回有關小男孩的那些話……並且讓人開開竅。你收回關於小男孩的那些話，我也收回關於小夥子的那些話。這不僅僅是你個人的事。」

佩拉什奇凱維奇在作出答覆之前，用明朗、溫和，但又充滿內在力量的目光打量了他一下。帶著這樣的目光作出的答覆只能是強硬的，而不可能是別的。那時，他後退了一步，同時回答說：

「為了理想我隨時準備獻出生命！」

然而敏透斯已揮起拳頭向他撲了過來。

「上呀！上！衝向他，小夥子們！揍小男孩！打呀，殺呀！你們去揍，去殺了小男孩！」

「向我靠攏，小男孩們，向我靠攏！」佩拉什奇凱維奇吼叫道，「你們要保衛我，我還沒開竅，我是你們的小男孩，你們要保衛我！」他扯起刺耳的嗓門兒叫喊著。聽到他的召喚許多學生都感到自己是反對小夥子的小男孩。他們在塞豐的周圍站成密集的一圈，抵抗敏透斯的支持者。一陣拳打腳踢，皮帶抽得呼呼響。塞豐跳上一塊石頭，叫喊著鼓舞反抗者——但敏透斯的人已開始佔上風，塞豐的隊伍節節後退，瓦解。已經看得出來，小男孩敗陣已成定局。面對明顯的頹勢，塞豐突然以最後的力氣按〈雄鷹進行曲〉的曲調唱了起來：

嗨，小男孩兄弟們，請給他力量，
讓他從死者中甦醒過來，
讓他奮起，讓他的生命大放光芒！

這歌聲立刻得到回應，許多人隨著唱了起來，歌聲在增強，在擴散，在壯大，像翻滾的浪潮。他們唱著歌，一動不動地站著，以塞豐爲榜樣，眼睛盯著遠方的某一顆星辰，也牢牢地盯著進攻者的鼻頭。面對此情此景，進攻者捏緊的拳頭鬆弛了下來。他們不知如何向對方進攻，如何向對方挑釁，以什麼方式向對方挑釁——那些人則吉星高照，衝著他們的鼻頭唱歌。歌聲越來越雄勁，越來越充滿活力，越來越熾烈。敏透斯的人中這個那個悄聲嘟囔了句什麼，左右轉了轉身，完成了幾個多餘的動作，走到一旁觀陣去了。終於連敏透斯本人也被迫猶猶豫豫地乾咳了一聲，離開了。

……有時會發生這樣的事，一場不健康的夢會把我們帶向這樣一種境地，那裡的一切都約束、扭曲、窒息我們，因爲那是來自青春時代——須知年輕時候發生的一切對我們而言都已太老，都已過去，都已成了古董，任何痛苦都不能跟這種夢，這種境地的痛苦相比。再也沒有什麼能比返回到我們已從中成長起來的那些事物中更可怕的了。人再也無法返回早已成爲過去的、年輕時代的、不成熟的事物中去了，那些事早已被推到了角落，早已解決了……例如天眞無邪的問題。啊！三倍聰明的是那些人，他們僅僅是靠今天的問題活著，他們一過而立之年便只靠成熟的問題生活，將所有已過時的問題統統留給那些年老色衰的姑媽們。因爲題材和問題的選擇對於個人和整個民族都是極其重要的，而我們常常看到，對於理智的和成熟的人，一旦向其灌輸過於年輕或者過於老邁——與時代精神和歷史進程的節奏不相符的思想，他們遇到成熟的論題時轉眼之間就會苦澀地變得不成熟。確實，再也不能更容易地使世界變得幼稚和幼小了，除非向其暗示類似的問題。應該承認，平科以其獨具的最著名、最堅忍不拔的教書匠所特有的大師技巧，立刻使我和我的同學們捲入了辯證法和有可能最大限度變小的問題而糾纏不清。我彷佛陷入了一個不知疲乏地使人變小和取消成人資格的夢境裡面。

大群鴿子在明亮的陽光和空氣中飛翔，時而迴旋在屋頂的上方，時而落在橡樹上，接著又向遠方飛去。我無法忍受塞豐勝利的歌聲，敏透斯帶著梅茲德烏拉和霍佩克慢慢走到院子對面的角落。過了一段時間他才逐漸回過神來，能夠開口說話。他呆滯地盯著地面。終於開了口：

「喂，現在怎麼辦？」

「現在怎麼辦？」梅茲德烏拉回答，「除了更使勁地使用我們那些最使自己變得下流的粗話別無出路！就四個字，就四個字，這是我們唯一的武器。這是我們小夥子的武器！」

「再一次，」敏透斯問，「又一次？直到使人膩煩？一再老調重彈？我們得轉著圈兒地哼那支老曲兒，只是因爲對方唱的是另一支歌？」

他們沮喪極了，向前伸出兩隻手，後退了幾步，又朝四周環顧一番。高高懸掛著的天空，輕盈，蒼白，冷森森，帶幾分嘲諷的意味；樹木，院子中央高大的橡樹，似乎調轉了身子背朝他們；老校工站在離學校大門不遠處，從鬍鬚下邊露出一絲冷笑，離開了。

「窮酸漢，」敏透斯喃喃說，「窮酸漢……你們想想看，倘若某個窮酸漢聽到了我們這些知識份子的蠢話……」突然，他被自己嚇了一跳，撒腿便想逃跑，在透明的空氣中他想快快逃離。

「夠了，夠了，我既不想當小男孩，也不想當小夥子，這一切都讓我受夠了……」

朋友們抓住了他。

「敏托[19]，你怎麼啦？」沐浴在空氣中的人們說道，「你是首領！缺了你，我們會一籌莫展！」

敏透斯的手被人抓住不放，他低下了腦袋，苦澀地說道：

「難辦……」

受到震驚的梅茲德拉烏和霍佩克沉默不語。梅茲德拉烏由於煩躁，抓起一段鐵絲機械地往

[19] 敏托是敏透斯的暱稱。

圍牆的一個縫隙裡捅，捅傷了一位母親的眼睛。但他很快便扔掉了鐵絲。圍牆後面的母親發出一聲痛苦的呻吟。最後霍佩克小心翼翼地問道：「這事兒該怎麼辦，敏托？」

敏透斯驅走一時的猶豫，振奮了起來。

「沒辦法，」他說，「我們必須鬥爭，鬥爭到底！」

「好樣兒的！」朋友們叫喊道，「我們就想擁有一個這樣的你！現在你重新又是我們的首領，我們從前的敏透斯！」

但是首領絕望地擺了擺手。

「啊，你們這種狂呼亂叫！它比塞豐的歌好聽不了多少！不過，也真難辦，既然需要這麼幹，那就這麼幹。鬥爭？可是沒法鬥爭。我們不妨設想一下，即使我們搧他耳光，那又怎樣？這樣做正合他的心意，我們會把他變成一位殉難者，到那時你們就會看到，他會向我們裝出一副怎樣百折不撓和受冤屈的樣子。再說，即使我們想撲向他們，你們已經看到了——他們會以此等英雄氣概頂住我們的進攻，以致我們中最勇敢的人也會溜之大吉。不，這樣做一點兒用處也沒有！壓根兒一切都不管用——咒罵也罷，攻擊也罷，髒話也罷，統統都不管用，不管用！我跟你們說，這只不過是給他的磨盤裡注水，助長了他的聲勢，這只不過是給他的小男孩送奶。這肯定正是他所期望的！不，不，不能這樣幹。不過幸好，」說到這裡，敏透斯的嗓音平添了一種古怪的冷酷，「幸好，還有別的辦法……更有效的辦法……我們將一勞永逸地剝奪他唱歌的雅趣。」

「什麼辦法？」朋友們看到了希望的閃光，連忙問道。

「先生們，」他乾巴巴，一本正經地說道，「如果塞豐自己不願意，我們就必須用暴力使他開竅。我們將不得不劫持他，把他捆綁起來。幸好，還可以通過耳朵進入內心。我們將把他捆綁起來，讓他開竅到這種地步，以至他的親娘也認不出來！我們會一勞永逸地毀掉這個小玩意兒！不過，別聲張！你們去準備繩索！」

我懷著一顆怦怦跳動的心，屏聲息氣地聽著這個陰謀，就在此時平科出現在學校門口，朝我點了點頭，要我跟著他去見皮烏爾科夫斯基校長。鴿群又飛回來了，撲搧著翅膀落到圍牆上，圍牆後面便是那些母親。我一邊沿著學校長長的走廊走去，一邊心急火燎地思考，該怎樣作出解釋，怎樣提出抗議，但我不能集中思想，因爲平科沿路碰見痰盂便往每個痰盂裡吐痰，還命令我也照樣吐，所以我不能……就這樣邊走邊吐痰，我們走進了皮烏爾科夫斯基校長的辦公室。皮烏爾科夫斯基身材高大，像個巨人，他坐著接待我們，穩穩地坐著，威嚴地坐著，但見到我便露出一臉的慈祥，毫不遲疑地按父親的方式擰我的面頰，製造出一種親暱熱情的氣氛，然後用手捂住下巴，我以躬身行禮代替了抗議，校長越過我的頭頂上方，用厚重的男低音對平科說道：

「小屁孩，小屁孩，小屁孩！多謝你記得把他送來，親愛的教授！上帝會報答你，同事先生，爲這名新學生！假若所有人都善於將大化小，我們就會比本來的樣子還要大兩倍！小屁孩，小屁孩，小屁孩。您是否相信，被我們人爲地化小並變成孩子的成年人，與自然狀態的孩子相比，會是學校更好的組成部分？小屁孩，小屁孩，沒有學生就不會有學校，而沒有學校也就不會有生活！拜託了，請記住不斷送學生來。我們的學校無疑値得扶持，我們製造小屁孩的方法是無與倫比的，就這方面而言，我們的教師群體是經過最愼重挑選的。您是否願意見見我們的教師群體？」

「非常樂意。」平科回答，「眾所周知，再也沒有什麼比肉體對精神的影響大的了。」校長將通向教師休息室的房門推開一道縫，兩位先生很有分寸地朝裡邊瞥了一眼，我跟著他們也朝裡瞥了一眼。我一看便著著實實嚇了一大跳！在一個大房間裡，教師們圍桌而坐，他們在喝茶，啃小圓麵包。我平生從未一次見到這麼多、這麼令人失望的老頭兒和老太婆。多數喝茶的聲音都很響，頭一個咂嘴有聲，第二個吧唧吧唧地響，第三個呼嚕嚕地往嘴裡吸，第四個大口大口地往喉嚨裡灌，第五個哭喪著臉，禿頂，而教法語的女教師則眼淚汪汪，一個勁兒地拿手帕的一角去擦拭。

「是的，教授先生，」校長自豪地說，「教師群體是經過愼重挑選的，它特別令人不快和富有刺激性，這裡沒有一個看來令人愉快的個體，清一色的教育群體，正如您所見——即便迫不得已有時不得不雇用某個年輕的教員，我關心的也總是這個人至少得有一個令人反感的特徵。是的，比方說，那位歷史教員，很遺憾，年富力強，乍看平凡，但只要請您稍加注意，就不難發現他有一雙怎樣的斜眼。」「不錯，但那位教法語的女教師看起來討人喜歡。」平科以信任的語氣說，「她說話結巴，愛流眼淚。」「啊，這就是另一回事了！有道理，起初我沒有注意到這一點。不過，順便問一句，她偶爾難道不是很吸引人？」「哪有這回事?!我自己就不能做到跟她談話一分鐘不打兩次哈欠。」「啊，這又是另一回事了!不過，他們是否都是知輕重、有分寸的人？是否都相當有經驗?他們來教書，是否都意識到自己使命的重大意義？」「這是在首都能找到的一批最聰明，最聽話的腦袋。」校長回答說，「他們當中任何人都沒有一絲兒自己的思想；再說，要是在某個人的頭腦裡產生了自己的思想，我便會立即淸除那思想，或者對那位思想家下逐客令。這是一批完全無害的窩囊廢，他們教的只是教學大綱裡有的東西，不，他們不會在教學大綱裡發揮自己的思想。」「小屁孩子，小屁孩子，」平科說，「我看，我是把我的尤齊奧交到一雙可靠的手裡了。因爲再也沒有什麼更糟糕的事能比得上教師本身的招人喜歡了，尤其是，如果教師偶爾還有自己的見解的話。只有眞正不可愛的教育家才能向學生灌輸這種可愛的不成熟，這種招人喜歡的無能和笨拙，這種缺乏生活本領，都應是年輕人的特點，這可使他們成爲我們這些認眞負責的、有天賦的教育家教育的對象。只有借助適當選擇的人員，我們才能使整個世界返回童年。」「嘶！嘶！嘶！嘶！」皮烏爾科夫！斯基校長拉住平科的手悄聲說，「不錯，應當讓成年人都變成小屁孩，但這種話得輕聲說，關於這件事不宜過於高聲談論。」就在此時，一個個體轉向第二個個體，問道：「喂，喂！嗯，喏，有什麼消息？有什麼消息嗎，同事先生？」「有什麼消息？」第二個個體回答說，「跌價了。」「跌價了？」第一個個體說，「恐怕是漲價了吧？」「漲價了？」第二個個體反問，「恐怕總有點兒什麼東西跌價了。」「小圓麵包不肯跌價。」第一個個體嘟囔道，同時把剩下的一點兒沒吃完的小圓麵包藏進了衣袋。「我讓他們按規定節食，」皮烏爾科夫斯基校長悄聲說，「只有按規定節食，他們才能達到眞正貧血，只有貧血的飲食才能長出 *age ingrat* ⑳的粉刺，那是未成熟的青春期的標誌。」

教書法的女教師驟然瞥見校長站在門口，由一位外表很威嚴的陌生人陪同，她被茶水嗆了一下，尖聲叫嚷起來：「督學！」

聽到這一聲喊，所有的個體都打了個哆嗦站立起來，擠成一堆，活像一群灰山鶉。校長不願更驚嚇大家，便得體地關上了休息室的房門，然後平科在我的額頭上親吻了一下，莊重地說道：「哎，尤齊奧，去吧，到教室去，馬上就要上課了，而我在這段時間裡去幫你找個住宿的地方，下課後我來領你回家。」我想抗議，但是無情的教師以自己絕對的教師權威突然讓我嘗到了教師的厲害，使我沒能抗議，我對他深深鞠了一躬，然後便向教室走去，心中塞滿了說不出的抗議以及淹沒了那些抗議的嘈雜聲。教室也在喧囂。在一片大混亂中學生們在課桌後搶佔

⑳拉丁語，意爲：未成熟的青春期。

了座位，他們大叫大嚷，彷彿片刻之後他們就得永遠沉默似的。

不知什麼時候教員出現在講臺上。就是那個在教員休息室發表重要觀點，說跌價什麼的同一個個體，他哭喪著臉，面色蒼白。教員在椅子上坐定之後，便翻開日誌，抖掉馬甲上的粉筆灰，捲起了衣袖——爲了不讓袖子在胳膊肘上磨破。他緊閉著嘴巴，克制住滿心的怒氣，同時蹺起了二郎腿。接著他歎了口氣，試圖開口講話。吵鬧聲以成倍的強度再次勃發。所有的人都在狂呼亂叫，恐怕只有塞豐一人除外，他積極地拿出練習本和書本。老師朝教室裡瞥了一眼，整了整翻起的袖口，收縮了嘴唇，張開了嘴巴，立即又閉上了。學生們繼續鼓噪著。老師皺起眉頭，撇了撇嘴，用手指頭敲了敲課桌，思考著什麼遙遠的事，然後又掏出懷錶，放在桌面上，歎了口氣，再次抑制著內心的惱怒，或把滿腔的怒火吞下去，也可能是在打呵欠，好長一段時間他都在養精蓄銳，終於他將日誌在講臺上重重一拍，吼叫道：

「夠了！請安靜！開始上課。」

這時全班學生（除了塞豐和他的幾個追隨者之外）團結得像一個人，表示迫不及待地要上廁所。

老師酸溜溜地一聲苦笑。由於臉色特別不健康，像泥土一樣，他通常被稱爲綠色貧血。

「夠了！」老師機械地吼叫了一聲，「不准你們請假！靈魂想上天堂？但爲什麼誰也不准我請假？爲什麼我就必須坐在這裡？坐下，我不准任何人請假。我要把敏塔爾斯基和博布科夫斯基寫進日誌，而如果還有誰敢吭一聲，我就把他叫起來回答課堂提問！」於是一下子便有不少於七個學生拿出了證明，說是由於這種或那種疾病他們沒能預備功課。此外還有四個學生宣佈得了偏頭疼，一個得了蕁麻疹，還有一個手腳抽搐，得了痙攣病。「不錯，」綠色貧血不無嫉妒地說，「但爲什麼誰也不會爲我開證明，說我由於某個不能歸咎於我的原因而無法備課？爲什麼我不能得痙攣病？爲什麼？試問，爲什麼我就不能得痙攣病？爲什麼除了禮拜天我必須天天坐在這裡？滾開，證明都是僞造的，疾病都是裝出來的。坐好，我們熟悉這套把戲！」但是有三個跟老師最親暱、最善於詞令的學生走到了講臺跟前，開始講起了有關猶太人和小鳥的好玩兒的故事。綠色貧血用手指塞住了耳朵，「不聽，不聽，」他喃喃說，「我不能，請你們發發善心，請你們不要誘惑我，要知道現在是上課時間，假若校長將我們當場逮住，該如何是好？」

他打了個寒噤，不安地朝教室門口瞥了一眼，面頰上浮現出蒼白的恐懼。

「假若督學將我們當場抓獲該怎麼辦？同學們，我預先警告你們，督學在學校裡！眞的！我警告各位同學……這會兒絕不是做蠢事的時候！」驚恐惶惑的教師呻吟道，「得立即準備好課堂教學對付最高當局。喏……嗯……你們當中哪位對課業掌握得最好？不要吹牛自誇，現在不是開玩笑的時候！我們得開誠佈公實話實說。什麼？誰都是什麼也不會？你們要毀了我！喏，或許能找到一些人會點兒什麼，喏，朋友們，勇敢點兒，勇敢點兒……啊，你們說，佩拉什奇凱維奇會？上帝保佑，我一向認爲佩拉什奇凱維奇是個優等生。喏，佩拉什奇凱維奇什麼掌握得最好？《康拉德・華倫洛德》㉑還是《先人祭》㉒？或者是浪漫主義概要？請佩拉什奇凱維奇向我坦白承認。」

塞豐已經牢牢認定自己是個小男孩，他站立起來，回答說：「對不起，老師。如果老師當著督學的面提問我，我會根據自己掌握得最好的知識回答——但此刻我不能洩露我掌握了什麼，因為在洩露的同時我也會背叛自己。」

「塞豐，你要毀了我們。」別的學生帶著恐懼的心情七嘴八舌地應聲說道，「塞豐，你坦白承認吧！」

「嗯，嗯，佩拉什奇凱維奇，」綠色貧血退讓地說，「為什麼佩拉什奇凱維奇不肯坦白承認？要知道我們這是私底下談談。請佩拉什奇凱維奇向我坦白。佩拉什奇凱維奇大概沒有毀掉我和你自己的意圖吧？如果佩拉什奇凱維奇不願公開說出，那就請佩拉什奇凱維奇作個暗示。」

「對不起，老師，」塞豐回答，「但我不能玩弄任何妥協手段，因為我是不容妥協的，我既不能做違心的事，也不能背叛自己。」

說完此話，他便坐了下來。

㉑亞當・密茨凱維奇的敘事長詩。

㉒亞當・密茨凱維奇的著名詩劇。

「罷，罷，」教師喃喃說，「這種情操會爲佩拉什奇凱維奇帶來榮譽。不過，請佩拉什奇凱維奇別把此事放在心上，我只不過是私底下開開玩笑罷了。當然，當然，不能曲解我的意思。今天我們該上什麼？」他嚴峻地說道，並且垂眼去看課堂計畫，「啊哈！給學生闡明和解釋，爲什麼斯沃瓦茨基㉓能在我們心中激起愛和讚歎？那麼，先生們，我爲你們朗讀我自己的講稿，然後你們逐個兒背誦你們自己的功課。安靜！」他大聲說。所有的學生都趴在課桌上，用雙手撐著腦袋；而綠色貧血則不引人注目地翻開了相應的課本，咬了咬嘴唇，歎了口氣，克制住內心的什麼，開始朗讀起來。

「嗯……嗯……爲什麼斯沃瓦茨基能在我們心中激起讚歎和愛？爲什麼我們在讀著這首奇妙的、豎琴般的長詩《在瑞士》㉔時我們會跟詩人一起哭泣？爲什麼當我們聽到《精神之王》㉕的那些英雄的、青銅般的詩行時會在我們心中激起衝動？爲什麼我們無法掙脫《巴爾拉迪娜》㉖中的那些奇跡和魔幻？又爲什麼當響起《里拉·文浧達》㉗中的那些控訴時我們的心便會裂成碎

㉓尤留斯．斯沃瓦茨基（Julisz Slowacki, 1809–1849），波蘭著名詩人，劇作家。

㉔尤．斯沃瓦茨基的長詩。

㉕尤．斯沃瓦茨基的具有象徵主義特點的長詩。

㉖尤．斯沃瓦茨基的重要詩劇。

片？而且我們還準備展翅飛翔，奔去拯救不幸的國王？嗯……爲什麼？因爲，同學們，斯沃瓦茨基是位偉大的詩人！瓦烏凱維奇！爲什麼？請瓦烏凱維奇重述一遍——爲什麼？爲什麼讚歎，愛，哭泣，衝動，心，飛翔，奔跑？爲什麼，瓦烏凱維奇？」

我似乎覺得，我又聽到了平科的聲音，但平科是被安插在一所規模小得多的女子寄宿學校，沒有這等開闊的眼界。

「因爲他是位偉大的詩人。」瓦烏凱維奇說。學生們都在用小刀刻課桌，或者用紙搓成小球，盡量搓得最小，又把小球投入墨水瓶。這就有點兒像池塘和池塘裡的游魚。於是他們又用頭髮做成的釣線來釣魚，然而這遊戲並不成功，紙球不肯上鉤。於是他們又用頭髮搔鼻孔，有的在練習簿裡一次又一次地練習簽名，有時帶彎曲筆劃的花筆尾，有時不帶。有個學生用了整整一頁紙練習書法：爲—什—麼，爲—什—麼，爲—什—麼，斯沃—瓦茨—基，斯沃—瓦茨—基，斯沃—瓦茨—基，瓦茨—基，瓦茨—基，瓦—采克，瓦—采克，斯沃—瓦茨—基，貝—殼—跳蚤。他們的面孔都發萎，失去了表現力，不久前的激動、爭吵、討論都已在九霄雲外了。只有幾個幸運兒一頭埋進了華萊士㉘的驚悚小說，忘記了上帝創造的世界。甚至塞豐也被迫鼓足性

㉗尤．斯沃瓦茨基以古代波蘭傳說爲題材的悲劇。

㉘埃．華萊士（Edgar Wallace, 1875–1932），英國作家，大量驚悚小說和偵探小說的作者。

格的全部力量，以期不背棄自己自我完善和自學成材的原則，但他善於找到解決困難的辦法，使不快也能成爲愉快的源泉，將不快視爲對自己性格力量的考驗。而其他的學生則只能窩起手掌窩出一些小丘和小坑，然後帶點兒俄國味兒往小坑裡呵氣——嘿！嘿！小坑，小丘，小坑，小丘。教師歎了口氣，壓了壓怒火，看了看錶，說道：「偉大的詩人！你們得記住，因爲這很重要！我們爲什麼愛？因爲他是偉大詩人，他是偉大詩人！你們這些懶鬼，不學無術的傢伙！我沒發火，而是很平靜地對你們說，但你們得把我的話好好裝進腦子裡去——我再重複一遍，請同學們注意聽：偉大的詩人，尤留斯・斯沃瓦茨基，偉大的詩人。我們愛尤留斯・斯沃瓦茨基，我們讚歎他的詩歌，因爲他是位偉大的詩人。請寫下家庭作業的題目：『爲什麼在偉大詩人尤留斯・斯沃瓦茨基的詩中隱含激起讚歎的不朽的美？』」

講課至此，一個學生神經質地扭動身子，呻吟似的喃喃說：「但我壓根兒就不讚歎！我壓根兒就不讚歎！他不吸引我，我無法讀完他的詩，至多不能超過兩節，即使是這兩節詩也不吸引我。上帝，救救我吧，既然我不讚歎，又如何能使我讚歎？」這種天眞的表白竟使老師一時語塞。

「安靜點兒，看在上帝的分上！」他尖叫起來，「我給加烏凱維奇打1分。加烏凱維奇想毀了我！加烏凱維奇大概沒有意識到自己都說了些什麼？」

加烏凱維奇：

「我不明白！我無法理解，如果不令人讚歎，又如何令人讚歎？」

教師：

「如果我已上千次向加烏凱維奇解釋，啓發他讚歎，怎麼就不能令加烏凱維奇讚歎？」

加烏凱維奇：

「但我就是讚歎不起來。」

教師：

「這是加烏凱維奇的私事。看得出來，加烏凱維奇不是個有學識的人。別人都讚歎不已。」

加烏凱維奇：

「但是，我敢以名譽擔保，誰也不讚歎，如果除了我們這些在校生，誰也不去讀，又怎能讚歎？而我們又都是被迫不得不硬著頭皮去讀的。」

教師：

「小聲點兒，看在上帝的份上！這只是因爲有文化並且達到一定文化高度的人不多……」

加烏凱維奇：

「有文化的人照樣不讀。沒有人讀，沒有人讀，壓根兒就沒有人讀。」

教師：

「加烏凱維奇，我有老婆和孩子！請加烏凱維奇至少可憐可憐我的孩子！加烏凱維奇，毫無疑問，偉大的詩歌應該使我們讚歎，須知斯沃瓦茨基是偉大的詩人……或許斯沃瓦茨基感動不了加烏凱維奇，但加烏凱維奇恐怕不會對我說，密茨凱維奇、拜倫、普希金、席勒、歌德……不能打動他的心……」

加烏凱維奇：

「誰也不能打動。任何人對任何詩歌都不感興趣，詩歌使所有的人都感到厭煩。誰也無法讀完超過兩節或三節的詩。啊，上帝，我不能……」

教師：

「加烏凱維奇，這是不能容忍的蠢話。偉大的詩歌，既然偉大，又是詩歌，就不可能不使我們讚歎，因此也就必然使我們讚歎。」

加烏凱維奇：

「但我不能。而且任何人都不能！啊，上帝！」

教師額頭上沁出了大顆的汗珠，他從皮夾子裡掏出妻子和孩子的照片，試圖用這些照片來打動加烏凱維奇，然而加烏凱維奇只是一個勁兒地反覆說：「我不能，我不能。」這令人不安的「我不能」在繁殖，在生長，在傳染，從教室的各個角落都飄來了「我們也不能」的低沉的咕噥聲，眼看就有引發普遍的不能——無能——的危險。教師陷入了可怕的絕境。再過一秒鐘就可能爆發——什麼？——無能，再過一會兒就可能掀起逆反心理的野性的吼叫，就會傳到校長和督學的耳中，再過一會兒整座樓房就會坍塌，將他的孩子壓在瓦礫之下，而加烏凱維奇卻不能受到感動，加烏凱維奇仍在一個勁兒地說他不能，他不能。

不幸的綠色貧血感覺到，他同樣面臨無能的危險。

「佩拉什奇凱維奇！」他叫喊道，「請佩拉什奇凱維奇通過朗誦某些比較精彩的片段向我，向加烏凱維奇，向所有的同學顯示詩歌總體的美！要快，因爲 *periculum in mora*!㉙請注意聽！誰若是吱一聲，我就要做課堂測驗！我們必須能，我們必須能，否則孩子就得遭殃！」

佩拉什奇凱維奇站立起來，開始朗誦長詩的片段。

佩拉什奇凱維奇在朗誦著。塞豐絲毫也未受到如此突然出現的普遍的無能的影響，相反——他總是能，因爲他恰恰是從無能中挖掘出自己的才能。他朗誦著，懷著激動的心情朗誦著，朗誦的音調準確適度，而且受到崇高精神的鼓舞。尤其是，他朗誦得很美，借助詩歌的美和詩人的偉大，以及藝術的莊嚴而增強的朗誦的美，在不知不覺之中轉換成了一切可能感受到的美和偉大的雕像。尤其是，他朗誦的神態神祕而又虔誠；他朗誦得很熱切，富於靈感；他唱出了詩

㉙拉丁語，意爲：危險在於遲延。

聖的吟唱，就如詩聖的吟唱理應唱出的那樣。啊，多麼美妙！這是怎樣的偉大，怎樣的天才，怎樣的詩歌！蒼蠅，牆壁，墨水，指甲，屋頂，黑板，窗戶，啊，無能得到了防止，孩子得到了拯救，妻子也同樣得到了拯救。現在已是每個學生都表示贊同，每個學生都能感受到詩歌的美，只是每個人都在請求他停止朗誦。與此同時我覺察到，我的鄰座在用墨水塗抹我的手──他已塗抹完自己的手，現在開始塗抹我的手了，因爲很難脫下鞋子塗抹自己的腳，而別人的手，更可怕的是，他看成與自己的手沒有什麼兩樣，塗抹一下又有何妨？──沒事。但要把腳怎麼辦？搖晃？搖晃一下又有何妨？一刻鐘後，加烏凱維奇自己哼起來，說夠了，說他已經承認，已經體會到了詩的美，說他收回自己的意見，贊同老師的話，並表示道歉，說他能讚歎。

「看到了吧，加烏凱維奇?!至於說到使學生養成崇敬偉大天才的習慣，再也沒有比學校更合適的地方了！」

但從聽眾中冒出了許多古怪的事。差別消失了，所有的學生，無論是塞豐旗幟下的還是敏透斯旗幟下的，都同樣在詩聖、詩人、綠色貧血和孩子以及迷離恍惚的重負之下痙攣。光秃的牆壁，光秃的黑色課桌，課桌上的墨水瓶，都沒有給人絲毫多樣化的感覺。透過視窗可以看到一小塊外牆，牆上有塊突出來的紅磚，有人在紅磚上鑿出一句話：「他栽了。」此外除了教育家的軀體，便是自己的軀體，別無其他選擇。這樣一來，凡是沒有專心去數綠色貧血額上的頭髮，去研究他皮鞋上繫錯的鞋帶的人，便竭力去數自己的頭髮，並且去扭擺自己的脖子。梅茲德拉烏坐不安穩，霍佩克機械地把腳後跟踢得啪嗒響，敏透斯皺眉蹙額，似乎隱入痛苦的沮喪；有些人沉湎於幻想，另一些人則墜入悄聲自言自語的陋習，一些人在揪拉鈕扣，撕損衣服，到處都是離奇的反射和古怪動作的密林和荒原。唯獨一個反常的塞豐，越是出現普遍性的困境，他越能順利地發展，因爲他有一種特殊的內在機制。借助這種機制他甚至能因窮致富。牢記妻子和孩子的教師沒有停止喋喋不休：托維安斯基[30]，托維安斯基，托維安斯基，使命主義，各民族的基督，長明燈，犧牲，四十四[31]，靈感，苦難，贖罪，英雄，象徵……這些詞語灌進耳中，折磨頭腦，而那些面孔也扭曲得越來越可怕，失去了面孔的原有形態，一個個都無精打采，厭倦，疲累得隨時都準備採納任何一種表情——對這些面孔可以隨心臆想，要怎樣想像就怎樣想像。啊，這是怎樣的一種想像力的訓練！然而現實也同樣受到折磨，同樣變得厭倦，無精打采，被磨成了光板，在不知不覺之中慢慢變成了理想的世界。現在請讓我發揮想像力吧，請讓我幻想吧！

綠色貧血仍在一個勁兒地說：「他是詩聖！他預言過未來！同學們，我懇求同學們，讓我們再重複一次——我們讚歎，因爲他是偉大的詩人，我們敬仰，因爲他是詩聖！這是一個不可更

[30] 安・托維安斯基（Andrzej Towiański, 1799-1878），哲學家，波蘭救世主說流派的代表人物之一。

[31] 「四十四」是亞當・密茨凱維奇在詩劇《先人祭》中想像的未來「民族救星」的代號。

替的字眼。齊姆凱維奇，請齊姆凱維奇複誦一遍！」齊姆凱維奇重複說：「他是詩聖！」

我明白了，我必須逃跑。平科，綠色貧血，詩聖，學校，同學們，從早上開始的所有經歷猝然在我的腦子裡翻轉，落下——有如抽中了大獎。逃跑。逃到哪裡去？往哪兒逃？我沒有細細思考，可是我知道，如果我不想成爲從四面八方向我襲來的古怪行爲的犧牲品，我必須逃跑。但我沒有逃跑，而是開始用一根手指頭在皮鞋上鼓搗，這種鼓搗使人喪失了活動能力，摧毀了人逃跑的意向，因爲在這裡如何既要逃跑而同時又用手指頭在下邊鼓搗？逃跑——逃跑！逃離綠色貧血，逃離虛幻和無聊——但我腦子裡裝著綠色貧血塞給我的詩聖，用手指頭在下邊鼓搗，我不能逃跑，我的無能比不久之前加烏凱維奇的無能更嚴重。理論上似乎是——世上最容易的事莫過於直截了當地走出學校，再也不回來。平科或許不會透過警察局尋找我，小屁孩教育學的觸角大概也不會伸得那麼遠。只要想逃就行了。但我不能這樣想。因爲逃跑需要有逃跑的意志，既然手指頭在下邊鼓搗，面容又在無聊的怪相中消耗得不成樣子，又能從哪裡去找意志？現在我明白了，爲什麼他們當中誰也不能從這所學校逃跑——正是他們的面貌和整個形象毀了他們逃跑的可能性，他們每個人都是自己怪相的囚徒，儘管他們理應逃跑，但他們沒有這樣做，因爲他們已經不是那種應該是的人。逃跑——意味著不僅——逃離學校，而且首先是——逃離自己。呵，逃離自己，逃離平科把我變成的乳臭小兒，還我本來的成年男子的面目！但是，如何逃離自己目前所處的這種狀況？到哪裡去找支點，去找反抗的基礎？我們的形式貫穿了我們，從裡到外禁錮了我們。我曾有過一種信念，認爲哪怕現實能贏得片刻存在的權利，我的處境就未必會那麼荒誕，就未必會變得那麼觸目驚心、不可思議，或者大家都會叫嚷說：「這麼個大男人在這兒幹什麼?!」但是在普遍怪誕的背景下，我這種情況的個別怪誕也就淹沒其中了。啊，請讓我哪怕看一看一張沒有被扭曲的面孔，相形之下我或許就能感覺到自己面孔的怪異——但是周圍看到的全是被碾壓過、關節脫臼、被翻過的面孔，我的面孔由這些面孔反襯出來也就像從哈哈鏡裡照出來的一樣。反射鏡的現實牢牢地抓住了我！是夢？是醒？忽然，科佩爾達，就是那個曬得黝黑，穿法蘭絨長褲，在院子裡聽到「寄宿學校女生」這個詞兒就高傲地微笑的傢伙，落入了我的視線。他面對綠色貧血，就像面對敏透斯跟塞豐的爭吵一樣無動於衷。他彎下身子漫不經心地坐著，看上去很好，看上去很正常——雙手插在衣兜裡，整潔，精神飽滿，平易近人，舉止得體，令人喜愛。他的坐姿相當輕慢，蹺著二郎腿，眼盯著自己的腳。彷彿靠這兩隻腳逃離了學校。是夢？是醒？「難道？」我暗自思忖，「難道終於出現了一個普通的男孩子？不是小男孩，也不是小夥子，而是一個普通的男孩子？跟他一起或許喪失了的能力會返回……」

第三章　抓住和進一步蹂躪

教師越來越頻繁地看錶，學生們也掏出自己的懷錶，看了看。終於響起了救命的下課鈴聲，綠色貧血話說了半句便住了嘴，逃之夭夭，課堂也隨之甦醒了過來，掀起了一陣可怕的叫囂——唯獨一個塞豐靜靜地坐著，全神貫注，沉湎於自己的內心世界。綠色貧血剛一離去，上課時受到有關詩聖的單調乏味的討論壓制的關於無邪的論題，現在又重新火爆起來，燒到了白熱化的程度。學生們直接從呆板的夢境面對面重開小男孩、小夥子的論爭，而現實卻逐漸變成了空想的世界。現在請讓我發揮想像力吧，請讓我臆想！塞豐本人沒有參加論戰，只是坐在一旁關愛自己——他的追隨者由佩佐統領，而霍佩克則充當了敏透斯的助手。於是重新在令人窒息的密集空氣裡綻放出緋紅色的臉膛兒，爭論不斷擴大——許多理論家的姓名，形形色色的學說像從彈弓裡彈射了出來，投入戰鬥，各種世界觀在激昂的人們頭頂上拚殺，那邊又有一支已經開竅和被人開竅的稚嫩團隊，帶著性覺悟新手的狂熱向保守派報刊的蒙昧主義發起了衝鋒。什麼「國家民主黨！——布爾什維克主義！——法西斯主義！——天主教青年！——持劍騎士！——波蘭人！——雄鷹！——童子軍！——小心點兒！——敬禮！——時刻準備著！」……越來越獨出心裁的詞彙紛紛飄落。原來每一個政黨都用自己男孩子的特殊理想充塞這些詞彙。除此之外，各個思想家又都獨立行動，用自己的感受和理想來塡滿它們。再者，他們還用影院、小說、報紙來加以補充。於是各種類型的小男孩、小夥子、共青團員、運動員、哲學家、懷疑論者便在戰場上方開槍放炮，相互吐唾沫，都受到莫大的刺激，一個個面紅耳赤，而從下方傳來的只是呻吟和叫喊：「你幼稚！」「不，你才幼稚！」因爲所有這些思想無一例外全是極其貧乏，極其狹隘，極不相宜，極其荒謬的；他們在論戰激烈時拋出的這些話，又像彈射器那樣往後反衝，他們對自己的拋射出的東西感到恐懼，同時又無法收回那些已經說出的欠思考的話。他們失去同生活、同現實的一切聯繫之後，受到所有派別、流派、潮流的擠壓，總是被視爲受教育的對象，總是被虛假包圍，總是演奏虛假的協奏曲！不管做什麼都是愚蠢的！在表現慷慨激昂時是虛假的，在表現抒情性時是糟透了的，在表現傷感主義時是苦澀的，在表現自嘲、開玩笑和說俏皮話時是笨拙的；他們在飛升時自命不凡，在墮落時令人厭惡。世界就是這樣運動。世界就是這樣運動和發展。學生們被人虛假地對待，他們能不是虛假的嗎？既然是虛假的，那麼他們能以不丟臉的方式說話嗎？因此可怕的無能彌漫在令人窒息的空氣中，現實逐漸變成了空想的世界，唯獨一個科佩爾達沒有被拉入這場紛爭，他漫不經心地拋著修指甲的小銼，眼睛盯著雙腳……

這時敏透斯在一旁和梅茲德拉烏一起準備什麼繩索，而梅茲德拉烏甚至解下了吊褲帶。我背脊上起了一層雞皮疙瘩。倘若敏透斯實行自己通過耳朵使塞豐開竅的計畫，那麼現實……現實就會變成一場噩夢，乖戾就會強化到這種程度，以至逃跑的事壓根兒就不用提。應該不惜一切代價進行反抗。但是我獨自一個能反抗所有的人嗎？何況我還在用手指頭往皮鞋上鼓搗！不，我不能。啊，請讓我瞧瞧哪怕只是一張沒有扭曲的面孔吧！我走到科佩爾達跟前。他站立在視窗，眼望著院落，同時從牙縫裡打著呼哨，穿著法蘭絨長褲。看來，這個人至少胸中不懷任何理想。該如何向他開口呢？

「他們想要對塞豐施暴，」我直截了當地說，「若能勸住他們別這麼做，或許就更好些」。如果敏透斯對塞豐施暴，學校的氣氛就會變得完全不可忍受。」

我惶惑不安地等待著，不知科佩爾達會以怎樣的腔調發表怎樣的意見……但是科佩爾達沒有回答一個字，只是像他站立時那樣用平穩的雙腳霍地從窗口跳進了院落。在院子裡他繼續從牙縫裡打著呼哨。

我留在原地，被他的行動弄得暈頭轉向。這是怎麼回事？他躲開了。爲什麼他以跳窗代替了回答？這事不正常。爲什麼是腳——爲什麼腳在他身上被提到了首位，提到了前頭，放到了額頭上？我用手擦了一下額頭。是夢？是醒？但是沒有時間思考。敏透斯一步跳到了我跟前。直到這時我才發現，敏透斯原來就站在附近，偷聽了我對科佩爾達說過的話。

「你瞎攙和什麼？」他吼叫道，「是誰允許你跟這個科佩爾達議論我們的事？此事與他毫不相干！你竟敢跟他談論我！」

我後退一步。他破口大罵，說了許多最難聽的話。

我懇求地小聲說：「敏透斯，你別對塞豐這麼做！」

我的話剛說出口，他便光了火兒：「你知道，我把他放在什麼位置上！把他跟你放到了一起？我把你們放在屁也不……不可小視的位置上！」

「你別這麼做，」我央求他說，「你們別給自己惹這個麻煩！難道你在這件事上沒有看到你自己會有個什麼下場？聽我說，你能想像嗎？你是否看到了這一幕？就在這裡，塞豐給五花大綁躺在地上，而你用暴力，通過耳朵使他開竅！難道你在這件事上沒有看到你自己的下場？」

他扭曲著面孔作出越來越難看的怪相。

「我只看到，你是個不壞的小男孩！塞豐把你也拉過去了！而我，你可知道，我把你們小男孩放在什麼位置上？我把你們放在屁也不……不可小視的位置上！」

他衝我的腳脖子踢了一腳。

我在尋找詞彙，如同一向那樣，總是找不著。

「敏透斯，」我悄聲說，「拋棄這個念頭……停止把你自己變成……難道只是因爲塞豐是無邪的，你就必須是放蕩不羈的嗎？拋棄這個念頭吧。」

他瞥了我一眼。

「你想要我幹什麼？」

「停止幹蠢事！」

「停止幹蠢事？」他含糊地咕噥道，他的眼睛罩上了一層霧。「停止幹蠢事。」他憂鬱地說，「要知道有些小夥子，他們不幹蠢事。的確有這麼一些小夥子，他們是看門人、更夫的兒子，是僕役，長工——他們挨家挨戶送水，或是打掃街道……他們必定會譏笑塞豐！譏笑我，譏笑我們的蠢事！」——他陷入了自己痛苦的思索，片刻之間他拋棄了老一套的做派和裝出的粗野，面部的痙攣舒展了。猝然他又跳將起來，宛如給燒紅的熨斗烙了一下似的。「不，小屁孩！小屁孩！小屁孩！」他吼叫道，「不，不，我不能允許把學生們看成是無邪的。我必須通過耳朵向塞豐施暴！瞧他還……」他的面孔重新扭曲得其醜無比，令人噁心，他嘴裡噴出連串髒話，嚇得我後退一步。

「敏透斯，」我在恐懼中機械地悄聲說，「我們逃走吧！我們從這裡逃走吧！」

「逃走？」

他豎起了耳朵。他不再唾沫四濺地罵髒話了，而是以懷疑的目光瞥了我一眼。他變得比較正常了——我趕緊抓住這個機會，如同快淹死的人抓住一根救命稻草。

「我們逃走吧，我們逃走吧，敏透斯，」我悄聲說，「拋棄這個念頭，我們逃走吧！」

他遲疑了。他的面孔似乎耷拉了下來，猶豫不決。我看到關於逃跑的思想對他起了積極的作用，同時又膽戰心驚，生怕他重新落入扭曲的醜態，便挖空心思拼命尋找適當的詞彙，以便鼓勵他下定決心。

「逃跑！去爭取自由！敏透斯，逃到長工們那裡去！」

我了解他嚮往僕役們的眞正的生活，我以爲他會被長工的鈎鉤鉤住。啊，我已不在乎自己都在說些什麼了，我關心的只是使他遠離荒誕，使他不要猝然扭曲面孔作怪相。但見他目光灼灼，兩眼冒火，還兄弟般地在我的腰上擂了一拳。

「莫非你想開溜？」他悄聲、親暱地問道。

他咧開嘴笑了，笑得文靜而純潔。我的臉上也綻開了恬靜的笑容。

「逃跑，」他嘟囔道，「逃到……長工們那裡去……逃到那些在堤岸上牧馬，在河裡洗澡的眞正小夥子那裡去……」

也就在那時，我看到了一件可怕的事——他的臉上浮現出某種新鮮的東西——某種憂傷，某種逃向長工行列的學齡小夥兒的特殊的魅力。他的嗓音由粗暴轉向了悅耳。他把我當成了自由人，不再戴上假面，流露出一種思念和抒情的韻味。

「嗨，嗨，」他唱歌似的悄聲說，「嗨，跟長工們一道啃黑麵包，跨上沒有備鞍的馬背，在草原上自由馳騁……」

他嘴角唇邊露出一絲兒苦澀的、古怪的微笑，他的身體變得更靈活、更勻稱，可在他的後脖子和肩膀上卻顯示出某種沒骨氣的背叛。現在他已是個思念長工們的自由的學齡小夥兒——已是坦率直爽，不帶一絲兒謹小愼微。他對我齜牙咧嘴地笑著，我後退了一步。我陷入了可怕的境地。我也該齜牙咧嘴地笑嗎？如果我不齜牙咧嘴，他隨時都會破口大罵，可如果我也齜牙咧嘴……會不會更糟糕呢？他在這裡向我展示的神祕的魅力，會不會反倒比他的醜陋更荒誕？見鬼，活見鬼！我幹嘛要提起什麼長工讓他想入非非？最終我沒有齜牙，只是噘起嘴巴，輕輕打起了呼哨，就這樣我倆面對面站立，齜著牙，噘著嘴，打著呼哨，或者是悄悄地笑著，世界似乎折服了，並且按齜牙咧嘴的想逃跑的小夥子的原則來組織安排。猝然之間，離我們兩步之遙，從四面八方響起了譏諷的狂笑！我後退一步。塞豐，佩佐，外加半打別的塞豐分子，抱著無邪的肚子哈哈大笑，臉上帶著寬容的惡作劇的表情。

「笑什麼?!」敏透斯被當場抓獲，呵斥道，但爲時已晚。

佩佐嚷嚷起來。

「哈，哈，哈！」

而塞豐則大聲叫喊道：

「恭喜！恭喜！敏塔爾斯基！我們總算弄明白，你們心裡裝著的是什麼！我們當場抓住了同學！同學幻想的是長工！想跟長工一道在草原上縱馬奔馳！你們裝成生活中的現實主義者，粗暴無禮，詆毀別人的理想主義，而在靈魂深處，你們都是感傷主義的。你們是長工感傷主義者！」

梅茲德拉烏盡其所能粗暴地叫嚷：「閉嘴！狗東西！他媽的！混蛋！」但也爲時已晚。任何咒罵，甚至最粗鄙的罵人話也不能挽救敏透斯，他的祕密幻想被 *in flagranti* ㉜ 抓獲。他的面頰燒起血色的紅暈，而塞豐仍在勝利地、惡毒地添油加醋：「詆毀別人的理想主義，而自己卻向長工們獻媚。現在至少清楚了，爲什麼純潔有礙於他！」

眼看敏透斯似乎就要撲向塞豐——但他沒有撲過去。眼看他就要以最粗野下流的辱罵粉碎對方的進攻，但他沒有粉碎。他被 in flagranti 抓獲，又怎能摧毀別人？他呆立不動，神態冰冷，惡毒而謙和。

「唉，塞豐，」爲了爭取時間，他表面上滿不在意地開口說，「你認爲我是在裝模作樣？可你就沒有裝模作樣嗎？」

「我？」出乎意料的塞豐回答道，「我沒對長工裝模作樣。」

「只是對理想？啊，我不能對長工裝樣子，可是你能，因爲你是對理想裝樣子？你不願意

㉜拉丁語，意爲：當場。

瞧瞧我嗎?我倒希望,如果這不致引起你的不快,從正面瞧瞧你的面目。」

「幹嘛?」塞豐神情不安地問,掏出了小手帕,而敏透斯突然奪過這方小手帕,使勁往地上一摔:「幹嘛?因爲,我無法忍受你的那副面孔!你別再裝出這麼一副高尙、純潔的樣子!啊,你能嗎?別再裝了,我說,否則我就會給你做鬼臉,它是那麼可怕,讓你再也不想——再也不想……我這就讓你瞧瞧……我這就讓你瞧瞧……」

「你讓我瞧什麼?」他回答。可是敏透斯像發高燒似的叫喊道:「我讓你瞧瞧!我讓你瞧瞧!你讓我瞧瞧,我就讓你瞧瞧!閒扯夠了,喂,與其閒扯什麼小男孩,不如讓我們瞧瞧你的小男孩,而我也讓你瞧瞧,我們就會看到,誰在誰面前逃跑!你讓我瞧瞧!你讓我瞧瞧!夠了,那些空話,夠了,那種不明確的、羞羞答答的表情,小小不然的表情,夠了,那種嬌裡嬌氣,女娃娃式的表情!人幹嘛要在自己面前隱藏自己的表情——見鬼,活見鬼——我向你挑戰,各人作出強烈的,超乎尋常的表情,作出整個嘴臉的表情,你將看到,我讓你瞧瞧,我那種表情會讓你的小男孩逃到狗頭國裡去!閒扯夠了!你讓我瞧瞧,你讓我瞧瞧,而我也讓你瞧瞧!」

瘋狂的想法!敏透斯向塞豐挑戰進行表情決鬥。所有的人都安靜了下來,大家都望著他,宛如望著個精神失常的人,而塞豐則準備迎接嘲諷的侮辱。敏塔爾斯基的面孔表現出那種魔鬼式的惡毒,以致大家一下就明白了挑戰的可怕現實性。表情!表情——既是武器,又是酷刑!這將是一場短兵相接的戰鬥!有些人嚇壞了,他們看到敏塔爾斯基公開拿出這可怕的一著,迄今每個人使用這一著都是極其愼重的，恐怕只有關起房門，在鏡子前面才能自如地公然使用。我後退了一步，因爲我明白，他被徹底激怒了，他發了瘋，他不僅想用表情傷害小男孩和塞豐，也想傷害長工，小夥子，傷害他自己，傷害我，傷害一切！

「你膽怯啦？」他問塞豐。

「難道我會爲我的理想感到羞怯？」塞豐回答，同時無法隱藏輕微的慌亂，「難道我會害怕？」可他的嗓音略微有點兒發顫。

「那就說定了，塞豐！時間——今天課後！地點——就在教室裡！你指定自己的裁判，我任命梅茲德拉烏和霍佩克作爲自己的裁判，至於總裁判（說到這裡，敏透斯的嗓音中出現了幾分怪誕），我建議讓這個新生，這個今天剛到學校來的新生擔任總裁判。他會不偏不倚。」

什麼？我？他建議由我來當總裁判？是夢？是醒？可我不能！我不能當！我不想攙和這件事！這種事我連看都不能看！我奮起抗議，但是通常的畏葸已讓位於群情激昂，所有的人都開始狂呼亂叫：「好！說下去！快點兒！」與此同時響起了上課的鈴聲，一個留著山羊鬍子的小人兒走進了教室，坐到了講臺上。

這是在教員休息室裡發表自己的觀點，說什麼漲價的同一個個體。一個特別友善的小老頭兒，一隻銀白色的帶個小小的蒜頭鼻的小鴿子。當他翻開教學日誌，教室裡立即籠罩著死一般的寂靜。當他那雙變得和藹可親的眼睛順著名單向上瞟，所有姓氏以A打頭的學生都嚇得發抖，而當他的眼睛向下瞟時，所有姓氏以Z打頭的學生又都嚇得半死。因爲各個人什麼都不會。由於爭論的緣故，大家都忘記了做拉丁語翻譯作業，唯有塞豐一人例外，他已在家裡準備好了功課，能應付老師的任何要求、提問，除他之外，誰也不能。然而，小老頭兒壓根兒就沒想到他自己引起了怎樣的恐慌，只是用開朗的目光順著念珠似的長串姓氏瞟來瞟去，考慮著，遲疑不決，像是自己跟自己過不去，直到最後他才信賴地說出一個姓氏：「梅德拉科夫斯基。」

但是很快就看出，原來梅德拉科夫斯基不能翻譯今天的作業凱撒[33]，更其糟糕的是，他竟不知 animis oblatis[34]屬於 ablalivus absolutus[35]。

「唉，梅德拉科夫斯基同學，」溫和的老頭兒帶著眞誠的責備說，「您不知道 animis oblatis 是什麼意思?什麼形式?爲什麼您會不知道呢?」

於是他傷心不已地給他打了1分。接著他又容光煥發，重新懷著無限的信賴，提問姓氏以K字母打頭的學生，叫到了科佩爾斯基，以爲這個學生會以優異的成績給他慰藉，他用目光和充滿最大信任的手勢鼓勵學生進行崇高的角逐。但無論是科佩爾斯基，還是科泰茨基，無論是

[33] 凱撒（Gaius Julius Caesar，前 100–前 44），古羅馬統帥、政治家的作家。

[34] 拉丁語，意爲：奉獻靈魂。

[35] 拉丁語，意爲：奪格。它是拉丁文語法中表示「離開」一類意思的格。

卡蒲賽青斯基，還是科韋克，都不知道 animis oblatis 是什麼意思，他們走到黑板前面，悶悶不樂地沉默著，靜寂無聲。小老頭兒翹起了山羊鬍子，表現出轉瞬即逝的失望情緒，又重新提問。彷彿他是昨天才從月球上來的一樣，彷彿不是來自這個世界，在不斷增長的信賴中提問一個個學生，每次都期待有個優秀的、走運的學生能體面地回答提問。可誰也沒能回答。他一連在教學日誌上打了將近十個1分，可始終沒有意識到，他的信賴均被無聲的、冷冰冰的恐懼感排擠開了，誰也不想要他的這種信賴——可憐的輕信的老頭兒！人們對於這種信賴也毫無辦法。大家試圖以各種方式說服他停止提問，全是徒勞。有人一再提供證明，有人尋找托詞，有人稱病，也全是徒勞。教師帶著理解和同情說道：

「什麼，博布科夫斯基同學！您由於不以自己的意志爲轉移的原因沒能預習新課？請同學別著急，我會提問舊課文。什麼？頭痛？好極了，我這兒正好有句有趣的 de malis capitis ㊱的諺語，就像是專門爲您找到的一樣。什麼？同學感到迫切需要立刻上廁所？啊，博布科夫斯基同學！說這話幹什麼？要知道，這種事在古人那裡也能找到！我這就能從書的第五篇裡找到著名的 passus ㊲向同學介紹，那裡寫的是，凱撒的整個部隊，吃了不新鮮的胡蘿蔔，就都產生了這

㊱拉丁語，意爲：關於頭痛病的。
㊲拉丁語，意爲：片段。

等急需。整個部隊！整個部隊，博布科夫斯基！如果手邊就有如此天才的、經典的描寫，幹嘛要自己去笨拙地胡編？這些經書是生命，同學們，是生命！」

人們忘記了塞豐和敏透斯，忘記了爭論——都不想活了，都盡力想把自己變成不存在。學生們都蜷縮了起來，都變得灰溜溜，都消失了，都緊憋肚皮，收縮了手和腳，但是誰也沒有感到無聊，甚至都說不上無聊，因爲大家都在陰鬱地擔驚受怕，每個人都懷著恐懼的痛苦心情等待著，看何時災難會落到自己頭上。而那些面孔——普通的面孔——在恐懼的壓力下逐漸變成了朦朧的陰影，變成了面孔的幻象，終於不知究竟是什麼更瘋狂，更不實在，更加虛幻——是面孔，還是莫名其妙的 accusavy cum infinitive ㊳，抑或是得了幻想病的老頭兒的惡魔似的信賴。現實逐漸變成了空想的世界。現在你讓我臆想吧，你倒是讓呀！

教師給博布科夫斯基打了1分，總算挨個兒問完了 animis oblatis，他又臆想出一個新的問題——自反動詞複數第三人稱 calleo, coleavi, colleatum, colleare ㊴ 的 passivum futurum coditionalis ㊵ 如何變化，而且這個想法使他頗感自得。

㊳拉丁語，意爲：帶原形動詞的第四格。是一位拉丁語句法結構的名稱。

㊴拉丁語，意爲：燃燒。這裡表示的是動詞主動體變位。

㊵拉丁語，意爲：被動體將來時的條件式。

「這是特別有趣的事！」他一邊搓著手，一邊叫嚷說，「這是既有趣又大有教益的事！喏，同學們！這是個很微妙的問題！這是表現才能的最好場所！因爲如果 olleare ㊶ 的變化形式是 ollandus sim ㊷，那麼……喏，喏，喏，同學們……」同學們都在恐懼中消失了。「啊，不錯！喏，喏？collan……collan……」

誰也沒有回應他的提示。小老頭兒仍未失去希望，還在一個勁兒地重複：「喏，喏，collan，collan……」他依然容光煥發，用謎語式的提問啓發、激勵、鼓舞，而且盡其所能——召喚知識，召喚回答，召喚運氣，召喚滿足。他忽然發現誰也不願回應，發現他是在對著大牆跳舞。他的熱情熄滅了，沉悶地說：「collandus sim!collandus sim!」他重複了一遍，已是神情沮喪，被普遍的沉默征服了。然後他又補充說：「這是怎麼啦，同學們？難道你們眞的不懂！難道你們不明白 collandus sim 會培養知識份子，發展智力，鍛煉和全面完善個性，並且同古代的思想融合？你們不妨想想，既然由 olleare 能變成 ollandus，那麼由 colleare 必然要變成 collandus，因爲第三變位法的 passivum futurum 的結尾是：dus, dus, us，唯一例外的是例外動詞，結尾是：Us, us, us——同學們！再也沒有什麼比語言更有邏輯性了，在語言中凡是不合邏輯的都例外！Us, us, us，

㊶拉丁語，意爲：發臭，發出氣味。

㊷拉丁語，它是 olleare 的一種變化形式。

同學們！」他在失望中結束道，「難道你們就眞的感受不到蘊含在詞尾結構中的完美！」

這時加烏凱維奇霍地站立起來，哼哼唧唧地抱怨說：「哎喲，喲，喲，媽媽，姑媽！既然沒發展，您怎能說發展？既然沒完善，您怎能說完善？既然沒豐富，您怎能說豐富？啊，上帝，上帝——上帝，上帝！」

教師：

「什麼，加烏凱維奇同學？us 沒完善？同學說，這種詞尾沒有完善？說第三變位法 passivi futuri 的詞尾沒有豐富？這怎麼可能，加烏凱維奇？」

加烏凱維奇：

「這個小尾巴沒有使我豐富！這個小尾巴沒有使我完善！壓根兒就沒有！哎喲，上帝，我的上帝！媽呀！」

教師：

「怎麼沒有豐富？加烏凱維奇同學，如果我說豐富，那就是豐富！要知道我說的是：豐富。請加烏凱維奇相信我！普通腦袋不能理解這些大大的益處！若要理解，必須讓自己經過長年的研修成爲不同凡響的思想家！天主基督啊！須知去年一年我們學習過凱撒的七十三首詩，在這些詩中，凱撒描寫他是如何把自己軍團的幾個大隊安置在一座山丘上的。難道這七十三首詩連一個字也沒有點化加烏凱維奇認識古代世界的全部財富?難道沒讓同學從中學到一點寫作風格、清晰思維、精確行文和軍事藝術?」

加烏凱維奇：

「什麼也沒學到！什麼也沒學到！沒學到任何藝術。我只是害怕1分。我只是害怕1分！啊，我不能，我不能，我不能！」

普遍的無能開始威脅大家。教師發現，無能也在威脅他，更糟糕的是，他若不能以加倍的信賴戰勝自己突然出現的不信任和無能，他就會滅亡。

「佩拉什奇凱維奇！」被大夥兒拋棄的孤獨者絕望地叫喊道，「請佩拉什奇凱維奇立即歸納歸納我們在最近三個月所取得的成果，指出思想的整個深度和風格的妙處，而我信賴，我信賴，耶穌，瑪利亞！我堅信！」

塞豐，就像前面說過的那樣，總能應付任何要求和提問，他站立起來，流暢地、輕而易舉地開口述說：「第二天，凱撒召開了會議，斥責了士兵們的急躁和貪心。因爲他覺得，士兵們認爲他們能根據自己的見解作出判斷，知道該到哪裡去，該做什麼；在撤退的號令下達後，他們仍自行其是，軍事法庭和副司令官們都無法阻擋住他們。他解釋說，對阿瓦雷庫姆來說，地點的不利條件具有多麼大的意義，當他們抓到了敵人，但沒有抓到統帥，沒有抓到騎兵，也就失去了有把握的勝利。由於地點的不利條件，在戰鬥中甚至出現了不小的損失。而營地的防禦工事、山的高度和城市的牆垣都阻擋不住的那些人的精神價值又該受到何等熱烈的讚揚?!同樣也該斥責那些認爲自己比統帥更了解勝利和戰鬥結果的人們的過分一意孤行和膽大妄爲。應該在要求士兵謙恭和節制的同時，也要求士兵勇敢和堅毅。隨後，凱撒進一步作出決定，下令吹號收兵，讓十個軍團立即停止戰鬥。命令得到執行，但是剩下的一些軍團的士兵沒有聽見號聲，因爲有一片遼闊的谷地把他們跟駐地分隔開來。由於凱撒已下令，於是他們受到戰地法庭和副司令官們阻攔，要他們立即撤退，可是那些士兵受到勝利希望的鼓舞，加之他們的力量超過敵人，豈願在戰鬥順利時跑掉?他們興奮到這種程度，以至於覺得無需避讓，靠勇氣戰勝敵人並非難事。在到達城市牆垣和城門之前，他們沒有停止前進。這時在城市的各個角落都聽到一片喧囂聲，結果是，那些被突然響起的吶喊聲嚇壞了的人，認爲敵人已出現在城門口，都紛紛逃離了城市……」

「collandus sim，同學們!collandus sim!多麼清晰!這是怎樣的語言!這是怎樣的深度，怎樣的思想!collandus sim，這是怎樣的智慧寶庫!啊，我呼吸到了，我呼吸到了!collandus sim，一直是，永遠是，直至最後都是 collandus sim, collandus sim, collandus sim, collandus sim, collandus sim……」

忽然響起了下課鈴聲，學生們發出了野性的尖叫，小老頭兒吃了一驚，走出了教室。

就在這一瞬間，所有人立刻從呆板的規範夢境進入了私人夢境，面對面重開有關小男孩、小夥子的論爭，討論沸騰了，而現實卻逐漸變成了空想的世界。現在請讓我發揮想像力吧，請讓我臆想！他是故意這麼做的，他是故意叫我當這個總裁判的！爲的是讓我不得不瞧瞧，讓我看到。他犯了牛脾氣，倔強得嚇人，他傷害自己的同時，也想傷害我，他不能忍受的是，我誘導了他暫時傾心於長工。我能瞧著這情景使自己的臉面喪失殆盡嗎？我知道，如果我陷入了這種耍猴的把戲，我的面孔將永遠也不能恢復正常，逃跑的事將不可挽回地落空。不，不，他們愛耍猴，讓他們耍去，但不是當著我的面，不是當著我的面！我一邊用指頭在皮鞋直鼓搗，一邊拉住他的袖子，懇求地望著他，悄聲說：「敏透斯……」

他推開了我。

「喂，別來這一套，我的大男孩！這沒用！你是總裁判，就此完事大吉！」

他稱我大男孩！這是個多麼令人厭惡的字眼兒！從他那方面而言，這是個殘酷的行爲。我領悟到，一切都完了，我們全力追求的，正是我最擔心的東西，也就是十足的醜態，荒誕。這時有種野性的、不健康的好奇心甚至控制了那些旁觀者，他們迄今只是無動於衷地反覆說：「難道塞豐魯斯[43]……」所有人的鼻翼都鼓了起來，所有人的臉上都現出了火燒火燎的紅暈，很顯然，

[43] 即塞豐，只是加了個拉丁語詞尾。

這一場表情決鬥將是刺刀見紅的，將是生死決鬥，而不是空口說白話！大家把他倆圍得密不透風，在沉重的空氣裡吶喊道：「開始！戰勝他！加油！接著幹下去！」

唯獨一個科佩爾達最平靜地伸了個懶腰，拿起作業本，邁著自己的雙腿走了……

情緒低落的塞豐維護著自己的小男孩原則，宛如一隻抱雞婆豎起羽毛一動不動地孵蛋——看得出來，他還是有點兒畏縮，似乎想打退堂鼓！佩佐一眼就看出塞豐不可估量的潛力，這是他那高人一等的信念和原則所賦予他的。「他撞到我們手上了！」佩佐附著塞豐的耳朵悄聲說，給他打氣，「別發怵！想想自己的原則！你靠原則就能輕易做出一切表情，想做出多少種就做出多少種；可他沒有原則，他就不得不靠自己，而不是靠原則做出表情。」在這番悄悄話的感召下，佩拉什奇凱維奇的神態開始有所改善，不久便煥發出神采，顯得十分平靜，因爲他的那些原則果然給了他無窮的力量，隨便多少種表情也都能做得出來。梅茲德拉烏和霍佩克見此情景，便把敏透斯拉到一邊，懇求他千萬別冒徹底失敗的風險。

「你別毀了自己和我們，最好是立即投降——他比你更富於表情，比你強一百倍——敏托爾[44]，趕緊裝病吧，趕緊裝作暈倒，然後，只要局面稍許緩和一點，我們就會幫你進行解釋！」他只是回答說：「我不能，決心已下！滾開！滾開！你們想要我當膽小鬼？你們去轟走這

[44]敏托爾是敏透斯的暱稱。

些看熱鬧的傢伙！他們令我心煩！除了裁判和總裁判，別讓任何人從旁觀察我。」但他臉上的傲氣已越來越少，倔強和明顯的怯場混合在一起，同塞豐平靜的自信形成鮮明的對照。梅茲德拉烏見狀嘟囔道：「他的情況不妙。」接著便惡狠狠地驅趕所有的人。大家悄悄離去，在沉默中小心地關上了身後的門。突然在空蕩蕩的、封閉的教室裡只留下我們七個人，也就是，除佩拉什奇凱維奇和敏透斯外，還有梅茲德拉烏、霍佩克、佩佐和不起眼的古澤克，他是塞豐的第二位裁判，還有我，作爲總裁判，站立在中央，裁判們的啞巴總裁判。響起了佩佐的譏諷的、雖說是充滿了威脅的聲音，他面色有點兒蒼白，拿著一張紙片宣讀決鬥的條件：「決鬥雙方面對面站立，依次做出一系列表情，其中對佩拉什奇凱維奇的每一個建設性的漂亮表情，敏塔爾斯基都得回報以破壞性的醜陋反表情。各種表情——無論是最富個人色彩的，最與眾不同的，最獨特的，還是最傷人的，最富毀滅性的——均可不受限制地使用，直到得出結果。」

他住了嘴，而塞豐和敏透斯也站好了規定的地位，塞豐揉了揉面頰，敏透斯動了動頜骨——而梅茲德拉烏則戰慄得上牙磕下牙，終於宣佈：

「你們可以開始！」

正是當他說「可以開始」，正是在他說出「可以開始」這句話時，現實最終越過了自己的界線，非現實達到的頂點變成了噩夢，而從不眞實的事件中導出的事件，成了徹頭徹尾的夢境——我被牢牢地釘在了事件的中心，像只被網網住的蒼蠅，不能動彈。看起來似乎是，經由長期訓練的途徑終於達到了丟盡面子的程度。平常的臉變成了怪相，而怪相——空虛的、空泛的、沒有內容的、貧瘠的怪相——抓住了誰便不肯放手。假若敏透斯和塞豐把面孔端在手上，彼此向對方擲去，一點兒也不會令人感到奇怪——不，不，已經沒有什麼好大驚小怪的了。我開始喃喃地說：「你們可憐可憐自己的面孔吧，你們至少也該可憐可憐我的面孔。面孔不是東西，面孔是具有某種氣質的人，是人，是人！」但是塞豐已然擺出了面孔，匆匆作出了第一個表情，動作是那樣猛烈，以致我的面孔竟像古塔膠㊺那樣扭曲了起來。確切地說：他像個從暗處走到亮處的人，眨巴著眼睛，帶著十分虔誠的驚訝，向右邊張望，又向左邊張望，開始翻動眼珠子，目光盤旋上升，眼睛瞪得老大，嘴巴張開，輕輕叫喊了一聲，彷彿在教室天花板上看到了什麼，做出了著迷的表情，便凝固在這種表情裡，凝固在陶醉和精神振奮中；然後他把雙手交叉在心口，舒了口長氣。

敏塔爾斯基痙攣了，蜷縮成一團，以亦步亦趨的、滑稽模仿的、毀滅性的反表情從下邊向其進攻：同樣翻動著眼珠子，同樣抬高視線，瞪大眼睛，同樣張開嘴巴，沉浸在傻乎乎的著迷狀態。他轉圈兒地弄出這樣一副嘴臉，直到有隻蒼蠅掉進了他那吃飯的傢伙，於是他吃掉了蒼蠅。

㊺古塔膠又稱杜仲膠，由杜仲的樹皮和葉子提取而成，具有絕緣性能。

塞豐沒有注意到他吃蒼蠅，敏透斯的默劇對於他似乎壓根兒就不存在（因爲他對敏透斯的優勢就在於他做出的一切都是爲了原則，而不是爲了自己），可他突然哭了起來，哭得那麼熱切，那麼動情，他抽抽搭搭地哭著，以這種方式達到了懺悔、感悟和激動的巔峰。敏透斯也開始啜泣，他抽泣良久，淚湧如泉，直到鼻涕一滴滴從鼻子裡流下，於是他猛地一下把鼻涕擤進了痰盂，以這種方式達到令人厭惡的巔峰。然而，他此等對最神聖的感情的狂妄褻瀆，畢竟使塞豐心緒不寧——他下意識地發現了對方的舉動，忍無可忍，怒火中燒，在啜泣的間隙裡，向大膽的狂徒投去瘋狂的一瞥！多麼冒失！敏透斯等待的正是這一刻！當他感覺到自己已成功地把塞豐的目光從高處吸引到了自己身上，霎時間就齜牙咧嘴，把嘴巴噘得那麼令人厭惡，以至於對方受到致命的打擊，發出了吁吁聲。似乎，敏透斯佔了上風！梅茲德拉烏和霍佩克悄悄舒了一口氣！但爲時過早！這口氣舒得太早了！

由於塞豐及時判定他沒有必要去追趕、超越敏透斯的面部表情，而且由於惱怒他自己的面孔也開始不聽指揮——他迅速退卻了，調整了面部的線條，重新抬起目光向高處張望，更有甚者，他還向前伸出一隻腳，稍微把頭髮弄得蓬亂，使一縷髮絲搭在了額頭上。他帶著原則和理想自給自足地堅持了許久，然後又舉起一隻手，出乎意料地伸出一根指頭向上一指！這一著來得是何等迅猛、突然！

敏透斯也立即伸出同樣一根指頭，朝它啐了口唾沫，又用這根手指挖鼻孔，用這根手指抓耳撓腮，使自己丟盡了臉面。他使出渾身解數，竭力在發動攻擊時進行自衛，在自衛的同時開展進攻。然而塞豐的手指始終不可戰勝，始終停留在高處。敏透斯的一切努力都沒有效果，他開始咬自己的手指，將手指往牙齒中間塞，還摳腳後跟。他做了人力所能做到的一切，都是爲了喚起塞豐的憎惡——可惜，可惜——佩拉什奇凱維奇的冷酷無情的不可戰勝的手指始終指向上方，不肯退讓。敏塔爾斯基的處境變得非常可怕，因爲他已窮盡了自己的一切令人噁心的醜態，而塞豐的手指始終是指向上方。各位裁判和總裁判都驚駭不已！敏透斯做出自己最後引起痙攣的努力，把自己的手指插進了痰盂，滿頭大汗，面紅耳赤，一副極其令人厭惡的樣子！看，他還在塞豐面前抖動著他那沾滿痰的手指。但是，塞豐不僅沒有注意到他，不僅連手指頭都沒有顫動一下，而且，更有甚者，他的面孔像暴風雨後的虹霓閃閃發亮，在這張臉上以七種色彩顯露出神奇的鷹雛兒—雄鷹以及純潔的、無邪的、沒有開竅的小男孩的風采！

「勝利啦！」佩佐叫喊道。

敏透斯的樣子看起來很可怕。他一直退到了牆根兒，聲音嘶啞，呼哧呼哧，嘴冒白沫，他抓住手指頭，使勁扯，想扯掉它，想連根扯斷，拋棄，毀掉跟塞豐立下的這種約言，獲得獨立！雖說他竭盡了全力，不顧疼痛地去扯，還是不能扯掉！無能又在折磨他！可塞豐總是能，不間斷地能，他平靜得有如天空，手指頭向上指著，自然不是考慮到敏透斯，也不是考慮到自己，而是爲了原則！啊，多麼駭人聽聞！他倆一個朝一邊，另一個朝另一邊扭曲著面孔，齜牙咧嘴！

而我，總裁判，站立在他倆中間，恐怕是永遠被禁錮了，成爲別人的怪相、別人的面孔的囚徒。我的面孔猶如他們的面孔的鏡子，同樣變得極其醜陋，恐懼，醜惡，驚恐在我這張臉上鑿出了不可磨滅的印記。一個小丑站在兩個小丑中間，除了扮鬼臉還能下定決心幹什麼？我的一根腳指頭悲劇性地附和他們的指頭，而我也扮起了鬼臉，扮起了鬼臉，我知道，在這種鬼臉中，我在一點點失去自我。恐怕我已永遠再也逃不脫平科了。再也不能回到自我，啊，多麼駭人聽聞！多麼可怕的寂靜！因爲有時是絕對寂靜，無任何兵器的鏗鏘聲，有的只是表情，無聲的動作。

猝然間敏透斯刺耳的尖叫打破了寂靜：「堅持住！抓住他們！打呀！殺呀！」

這是怎麼回事？又有什麼新玩意兒？還能有什麼？難道還不夠？敏透斯放下了手指，撲向了塞豐，搧他的耳光——梅茲德拉烏和霍佩克也撲向了佩佐和古澤克，也搧他們的耳光！沸騰起來了！肉體在地板上滾成了一團，我站立在他們上方一動不動，像個總裁判。不到一分鐘，佩佐和古澤克便像木頭似的躺在地板上，被人用吊褲帶捆得牢牢實實，敏透斯則叉開兩腿坐在塞豐的胸口上，開始放肆地吹牛：「怎麼樣了，小蠕蟲？你這無邪的小男孩，你以爲你戰勝了我？你向上伸出一根小小的指頭，就心滿意足了！怎麼樣？是你，小玩意兒（他還用了一些最難聽的粗話），是你自己產生了錯覺，你以爲敏透斯沒有辦法，允許自己給繞在你的小小的指頭上？可我告訴你，如果別的辦法不行，他就會用暴力把這個小小的指頭拉下來！」

「放開……」塞豐嗓音嘶啞地說。

「放開！我馬上就會把你放開！我馬上就會把你放開，只是我不知道你會不會完全是原來的樣子。讓我們談談！豎起你的小耳朵！幸好還能進入你的心裡頭……用暴力……通過耳朵……我這就要進入你的心裡頭！我跟你說，豎起你的耳朵！你等著，無邪的傢伙，我會對你說些什麼……」

他衝塞豐彎下腰悄聲說了起來——塞豐臉色發青，像頭挨刀的小豬崽兒吱吱尖叫著，像條從水裡撈出的魚那樣蹦跳著。敏透斯擠壓他，在地板上展開了追逐。但見他開始用嘴巴一會兒衝著塞豐的這隻耳朵，一會兒又衝那隻耳朵窮追不捨，塞豐用腦袋打滾，帶著耳朵逃避——他看到自己無法逃脫，便嚎叫起來，他咆哮著，想以此淹沒掉那些要命的、想使他開竅的話語，他陰鬱地嚎叫著，悲慘地嚎叫著，他嚎叫得越來越凶，在絕望的、原始的吼叫中忘乎所以，簡直令人無法相信，理想竟能發出咆哮，就像野牛在荒原吼叫一般。劊子手也發出了吼叫：「塞住嘴巴！塞住嘴巴！用塞口物塞住！傻瓜！看什麼？塞住嘴巴！快拿手帕塞住他的嘴巴！」

他這是衝我吼叫。這是要我拿手帕塞住塞豐的嘴巴！因爲梅茲德拉烏和霍佩克全都叉開兩腿各自騎在裁判身上，他們無法挪動身子。我不想幹！我不能！我一動不動地站著，厭惡的情緒使我不能動作，不能說話，不能有任何表達方式。啊，總裁判！三十歲，三十歲，我的三十歲在哪兒？我的三十歲在哪裡？沒有三十歲了！這時平科驟然出現在教室門口，站立著——穿一雙黃色的麂皮鞋，披一件褐色的大衣，手裡握著一根手杖——站立著，站立著。就這樣絕對地站立著，猶如坐著一般。

第四章　孩子氣十足的菲利陀爾的前言

在繼續敘述這些眞實的回憶之前，我想在下一章裡塞進一個說枝節話的話題，講個名爲「孩子氣十足的菲利陀爾」的故事。諸位已經看到，教育家平科是如何惡毒地把我變成了小屁孩兒的，諸位已經看到我們知識青年的理想的隱蔽角落、生活的無能、失衡的絕望、裝模作樣的悲哀、無聊的苦惱、虛構的可笑、時代錯亂的煎熬、屁股和臉以及身體其他部分的發狂。諸位已經聽到了一些詞語，詞語，粗野的詞語，同高尙的詞語作對的詞語，還有其他同樣是無關緊要的，在課堂上教師們說出的詞語——諸位都曾經是無言的看客，看到了從無關緊要的詞語開始而以扮低級而古怪的鬼臉告終的一幕是件多麼難解的事。人在青春的萌動期便已沉沒到說空話大話的裝鬼臉之中，而且在這樣的熔爐裡鍛造我們的成熟。再過片刻諸位便會看到另一種現實，另一種決鬥——萊伊達的G·L·菲利陀爾教授和可倫坡的莫姆森（他有個高雅的外號叫「反菲利陀爾」）教授之間的生死鬥爭。那裡同樣會出現涉及身體各個部分的詞語，但不應去尋找目前的整體的這兩個部分之間的緊密聯繫。如果有人認爲，我將短篇小說《孩子氣十足的菲利陀爾》塞進我的這部作品，目的並非僅僅爲了填補紙上的空白，略微縮小我面前這些白紙的巨大空隙，這個人或許就會大錯特錯。

但是假若那些行家裏手，那些研究家，那些借助挑剔藝術作品中結構性缺陷的專門研究小屁股構想的平科們對我作出這樣的指責，說什麼根據他們的意見，渴望填補空白是個人的不充分的理由，說別的任何時候所寫的任何東西都不應塞進藝術作品中，我就會回答說，在我的樸素的信念裡，身體的各個部分，以及說明這些部分的詞語，都是重要的美學——藝術的結構性紐帶。我還可以證明，我的構思在嚴密性和邏輯性方面都絕不遜於那些最嚴密和最合邏輯的構思。請看——身體的基本部分，良好的、熟悉的屁股是身體各部分的基礎，所以動作開始於屁股。如同樹木從主幹上分叉一樣，從屁股分出身體各部分的分支，如腳趾、手、牙齒、耳朵，而且由於微妙和精細的加工，一些部分還會不引人注目地轉變爲另一些部分。而人的面孔在小波蘭㊻也被稱爲「頭臉」，有如樹冠和樹葉是以不同部分的形式從樹幹上生長出來的一樣，「頭臉」是從屁股的主幹上生長出來的。這樣頭臉便結束了由屁股開始的整個生長系列。既然已追索到頭

㊻小波蘭是波蘭歷史地區名稱，曾包括克拉科夫、桑多梅日以及盧布林等大片波波蘭南部及東南部地區。較今小波蘭省大。

臉，對我而言還剩下什麼？如果什麼也沒剩下——就得返回各個不同部分，以便通過各個部分再度追索到屁股。短篇小說《菲利陀爾》的用途正在於此。《菲利陀爾》是結構的回轉，是巧妙的樂句，或者更確切地說——是樂曲的結尾，是顫音，或者不如說是轉折，腸扭轉。沒有這種轉折，我恐怕永遠也到不了左邊的小腿肚子。這難道不是鋼鐵的結構骨架？難道還不足以滿足最精妙的專業化的要求？倘若各位還要深入探討各個部分更深層的聯繫，深入探討從指頭到牙齒的各種通道，深入探討某些受偏愛部分的神祕意義，進而深入了解各個關節的重要性，既深入探討部分的整體，又深入探討部分的所有部分，那時又會怎樣？我敢向各位保證，就填滿稿紙的空白地方而言，這是一種異常重要的結構形式，靠對這種結構的深入研究可以填滿整整三百部書。填滿的空白地方越多，就能贏得越高的地位，在自己的地位上也就能坐得越來越舒適，越來越寬鬆。每當夕陽西下、鯉魚在水中嬉戲、漁夫默默無言地坐在湖邊注視著明鏡般的水面的時候，各位是否喜歡站在湖邊上吹肥皀泡？

我向諸位推薦我的通過重複增強效果的方法。由於這種方法系統重複某些詞語、短語、情景以及部分，我不斷地強化了它們，同時也把風格的完整性的印象強化到近乎狂熱的極限。通過重複，一切神話都是通過重複最輕鬆地創造出來的！但是請注意，這種部分的結構不僅是結構，說實在的，也是全部哲學，是我在這裡以無憂無慮的雜文的泡沫形式輕鬆介紹的全部哲學。請告訴我，你們是怎麼看的——照你們的看法，讀者難道不是僅僅吸收一部分，僅僅是部分吸收嗎？讀者讀了一部分，或者讀了一個片段，然後便中斷，等有時間再讀下面的一個片段，不止一次會出現這樣的情況，那就是從中間開始，或者是從結尾開始倒著讀下去，一點點往前讀。還有一種不少見的情況，就是讀者讀了幾個片段之後便扔在一邊，甚至不是因爲書引不起他的興趣，而是由於別的什麼事轉移了他的注意力。即使是終於讀完整本書，諸位是否認爲，如果沒有專家指點，讀者就能用眼睛看懂整部作品，就能了解並領悟作品各個部分之間的關係與和諧？那麼，作者爲了讓專家能對讀者說聲作品結構不錯，是不是就得長年累月費盡心機，絞盡腦汁，剪裁、壓縮、砍削、補綴，弄得汗流浹背，苦不堪言？接下去讓我們瞧瞧日常的個人生活場所！難道不是隨便一個什麼電話，或者隨便一隻什麼蒼蠅就會中斷他的閱讀，而他中斷的地方也正好就是所有單獨部分匯合成一個戲劇性結局的統一體的地方？尤其是，如果就在這種時刻他的兄弟（假定是這樣）走進了房間並對他說了些什麼，那又會怎樣呢？作家崇高的勞動面對兄弟、蒼蠅或者是電話，就會變成是白費勁——呸，討厭的小蒼蠅，爲什麼要叮已然喪失了尾巴，沒有什麼能轟走你的人？補充一句，我們還應注意到，你們的作品，唯一的、獨特的、經過錘煉的作品，會不會僅是根據每年都要出現先知的原則思想出現的其他三十萬部同樣獨一無二的作品的一個極小部分？多嚇人的部分！因此我們構想全部，是爲了讓部分讀者的最小部分吸收部分作品的最小部分，而且僅僅是部分？

就這個話題很難開什麼小玩笑。但小玩笑總會不請自來。因爲我們早已學會在遇到別人對我們鞭韃似的狠狠取笑的時候用句笑話來回敬。將來是否會出現嚴肅的天才，能面對現實生活的渺小而不發出愚鈍的竊笑？誰的偉大能最終勝過渺小？唉，你呀，我的調子！輕鬆的雜文的調子！且讓我們再看看（爲了飲乾極小部分之杯），我們盲目地受其支配的結構的標準和原則，其實也只勉強是一個部分——而且是微不足道的一個部分的產物。世界微不足道的部分，專家和美學家狹小的圈子，比小拇指大不了多少的小世界，整個兒一家咖啡館便能容得下，這些人在那兒一邊不斷地相互擠壓，一邊想出越來越細微、講究的要求。然而，更糟的是，你們的感受和風格實際上算不得什麼感受和風格——不，你們構想只有一部分合乎他們的胃口，絕大部分合乎他們胃口的是他們自己對構想對象的理解。創作者之所以努力表現構想的能力，就是爲了讓專家能夠表現出自己對該構想物件的理解？輕點兒，噓！這事很微妙。瞧，有這麼一位五十歲的作家跪在藝術的祭壇前創作，心裡想的是傑作、和諧、精確性、美、精神和制勝，這時又有這麼一位專家，在對作家的創作素材進行了深入的研究之後認可了這部作品，然後作品問世，走向讀者——於是作家帶著完全、徹底的痛苦孕育出現的東西，被讀者在電話和煎牛排之間難以名狀地部分接受。在這裡作家以靈魂、心靈、藝術、勞動、苦難提供了精神食糧——而在那裡讀者壓根兒就不想接受它，即便是想接受，也是不太樂意，勉勉強強，在電話鈴沒響的時候。小小的生活細節會毀了你們。你們就像那種向龍挑戰的人，可一隻小小的哈巴狗就能將其逼得萬般無奈。

接下去，我要問（還是爲了一口吸乾這極小部分之杯），根據你們的意見，按照所有的標準構思的作品表現的是全部，還是僅僅只是一部分？嘿，難道一切形式不是可以歸結爲淘汰？難道構思不是提煉？難道詞彙除了只表示現實的一部分還能表示別的什麼？剩下的就沒有涉及。歸根結柢究竟是我們創造形式，還是形式創造我們？我們覺得，是我們在構思，其實這是一種錯覺，在同等程度上我們是被結構所左右。你寫下的東西迫使你寫下進一步的內容。作品不是由你產生的，你想寫這件事，可寫出來的卻往往是另一碼事。部分都趨向整體，每一個部分都暗自朝著整體的方向發展，都在竭力追求圓滿，尋求補充，要求其餘部分仿照自己的模式接續下去。我們的頭腦從各種現象攪和在一起的汪洋大海中撈出其中某個部分，假定是——耳朵或腳，立刻，在作品的開頭，耳朵或腳便出現在我們的筆端，爾後我們便不能擺脫這個部分，只好對它補寫接續的部分，已寫的這一部分便迫使我們寫出其餘的各種器官。我們圍繞著部分打轉，如同常春藤纏繞著橡樹。開頭奠定了結尾，而結尾也爲開頭打了基礎，中間部分則是在開頭和結尾之間創作出來的。對整體的絕對無能是人類靈魂的寫照。遇到這種生出來就不像我們的部分，就像一千匹貪欲的烈性種馬落到我們的子女的母親的床上，那時我們該怎麼辦？——唏，爲了挽救父親身分的外貌，恐怕唯有遷就。既然我們的作品不像我們所想的，我們就必須帶著全部的道德壓力去跟我們的作品合轍兒。哦，哦，我記得，多年前我認識一位作家，他在創作生涯開始的初期寫成了一部歌頌英雄的書。他純屬偶然地在行文的開頭便敲擊了歌頌英雄的琴鍵，雖說他同樣能很好地敲出懷疑的或是抒情的調子——然而他筆下出現的第一批句子便是歌頌英雄的，因此考慮到結構的和諧，他不得不一步步強化英雄主義的主題直到結尾。他反覆推敲，盡力將句子寫得完美，他修飾、潤色、完善，一再修改，使開頭適應結尾，使結尾適應開頭，直到終於寫成一部生動和充滿最深刻信念的作品。那時他又把自己這份最深刻的信念怎麼辦？能擯棄最深刻的信念嗎？一位對文學負責的作家難道能夠說這只是他耗費了大量時間和精力英勇地寫出來的，說這只是他偶然間神奇地碰上的嗎？能夠說他的最深刻的信念根本就不是他的信念，而是從外部不知怎麼地找上了他，撞上了他，纏上了他，鑽到了他的筆下來的嗎？絕對不能！須知像找上來、編出來、碰上了、纏上了的這等小玩意兒，不能納入較高的文化範疇，充其量不過是輕薄得不起作用的泡沫雜文的代用品罷了。不幸的英雄徒勞地感到羞愧，他躲躲藏藏，試圖避開部分，部分一旦逮住了他便不肯放手，他必須適應自己的部分。他必須變得跟部分相似，直到創作生涯終於到了尾聲，到那時他便完全被同化，變成個英勇的人——自己的英雄主義的孱頭。他只是像躲避火一樣躲避成熟期的同學與夥伴，因爲那些人不能不對與部分適應得如此嚴絲合縫的整體表示驚詫。於是他們衝他叫喊說：「嘿，博萊克！你可記得這個指甲蓋兒……這個指甲蓋兒……博萊克，博萊克，博魯希，你可記得綠色草場上的指甲蓋兒？指甲蓋兒？指甲蓋兒，博羅，指甲蓋兒在哪裡？」

因而正是這些原則的、基本的和哲學的道理促使我們在各個部分的基礎上構築作品——將作品作爲作品的細小部分對待——也將人作爲部分的組合物對待——在我將整個人類作爲部分和一大堆部分的混合體對待的時候。但是假若有人這樣指責我，說這種細小部分的概念，老實講，根本就不是任何概念，只是胡謅、挖苦、拿人開刀；說我不是遵循藝術的嚴格規則和標準行事，而是試圖用那種挖苦話來挖苦他們，我就會回答說：「是的，正是如此，我的意圖正是這樣，而不是別的。」而且，上帝保佑，我會毫不遲疑地承認：「先生們，我渴望能在多大的程度上偏離你們自己，就在多大程度上偏離你們的藝術……我無法忍受你們的藝術，因爲我也不能忍受你們——連同你們的觀念，連同你們的藝術觀點，連同你們整個的藝術世界。」

先生們，人世間存在著許多或多或少可笑的社交界，或多或少使人丟臉、使人蒙羞、有損尊嚴的社交界——與此同時，愚昧的數量也並非到處都一樣。比方說，理髮師圈子乍一看要比鞋匠圈子更易受愚昧感染。但是在人世上藝術界所發生的一切，已打破了愚昧和恥辱的所有記錄——已到了這種程度，以至於一個多少算是正派和穩健的人面對這種幼稚而自命不凡的狂歡，不得不低下被羞恥燒得滾燙的頭。啊，那些誰也不聽的充滿靈感的歌聲！啊，那些專家們賣弄的聰明以及音樂會和詩歌晚會上洋溢的熱情，還有那些獻辭、吹捧、討論，還有那些一邊朗誦或諦聽，一邊一起煞有介事地領會美的神祕時的面孔！由於某種令人痛心的自相矛盾的原因，你們所做或所說的一切，正好就在這種場所會變成笑柄。因爲在數百年內往往會有某個社交界跌入這種愚昧的痙攣之中。可以十分有把握地得出結論：它的觀念與現實不符；它簡直塞滿了大量的虛假觀念。毫無疑問，你們的藝術觀念達到了觀念幼稚的巔峰。如果你們想知道，如何並在怎樣的意義上須要加以修正，我可以立刻告訴你們——不過你們得豎起耳朵。

在我們的時代，大凡自覺天賦其才該拿起鋼筆、畫筆或單簧管的人追求的究竟是什麼？他首先渴望的是成爲藝術家。他渴望創造藝術。他們想著有朝一日能用眞、善、美以饗自己和自己的同胞，他想成爲祭司和先知，同時將自己天才的寶藏奉獻給渴求這些美德的人類。或許他還渴望把天才奉獻於爲理想和爲民族服務。多麼崇高的目的！多麼光輝的意圖！難道莎士比亞們和蕭邦們的作用不正在於此嗎？但是，請你們注意，根本的問題在於，你們既不是蕭邦也不是莎士比亞——你們還沒成爲十足的藝術家和藝術的祭司——在你們當前的發展階段，你們充其量只是半個莎士比亞和四分之一個蕭邦（啊，該詛咒的部分！）——有鑒於此，這種自命不凡的態度唯有暴露你們可憐的不足——而且這看起來，你們似乎想要強行跳上紀念碑的基座，不惜損傷你們軀體的一些珍貴和敏感的部分。

請你們相信我：在已成爲事實的藝術家和剛剛渴望成爲事實的大群半藝術家和四分之一藝術家之間存在著巨大的差別。那種適合業已形成自己完整輪廓的藝術家幹的事，落到你們身上便會有另一種含意。然而你們，不是按照自己的程度和根據自己的現實情況爲自己創造觀念，而是用別人的羽毛來打扮自己——這就是爲什麼你們會成爲永遠無能，永遠吃三分的進修生的原因。你們是些藝術的奴才、模仿者、景仰者、追隨者，藝術把你們留在了門廳。確實，可怕的是讓你們知道你們是怎樣地竭盡所能，你們又是怎樣地不成功；他們每次是怎樣對你們說，還不十分成熟，而你們又是怎樣一再重新拿著新作品往藝術家的行列裡擠；你們是如何想方設法強迫別人接受這些作品；是如何以可悲的小小不然的二流成果自救；如何彼此說些恭維話，舉辦藝術晚會，迫使自己和別人不斷地接受自己的無能的新作態。你們寫的、生產出的東西哪怕對於你們自己有那麼一丁點兒意義也好，你們甚至連這麼一點兒慰藉也感受不到。因爲所有這一切，我再說一遍，全都僅僅是仿製品，都是從大師們那裡偷看來的——這不是別的，只是一種爲時過早的妄想，以爲這一切就已是珍貴的，就已是價值。你們的境況是人爲造成的，而既然是人爲的，便必然會生出苦果——在你們的圈子裡已在孳生相互的反感、輕視、惡意，每個人都在蔑視別人，而且也在蔑視自己，你們是自我蔑視的行會——直到你們終於自己對自己輕蔑得要死。因爲一個二流的作家如果不是以受到一次次的大頂撞作結局，又能是什麼？頭一次對他進行無情頂撞的是堅決不肯欣賞他的作品的讀者；第二次對他進行使他丟臉的頂撞的是他自己的現實，是他不擅長表現的現實；而第三次頂撞並踢他一腳是來自藝術方面，是所有的頂撞中最令他丟臉的頂撞，他躲避到藝術裡面，而藝術卻蔑視他，把他視爲無能的和不及格的蠢貨。至此恥辱之杯也就斟滿了；至此他也就開始了徹底的喪家之犬的生涯。於是他這麼一個二流作家便成了來自各方面的譏笑的物件，被圍困在頂撞的交叉火力之中。確實，對這麼一個三次受到頂撞、一次比一次更丟臉的人，還能寄予什麼希望？難道一個受到如此整治的人不該離去，不該躲到什麼地方，讓誰也見不著他嗎？難道在光天化日之下標榜自己、渴求榮譽的不及格者能是健康的嗎？難道不是必然會引起天性的呃逆嗎？

但首先你們得回答我——難道，照你們的意見，山梨會比鳳梨更好，汁水更多？難道你們寧可讓前者對後者佔有優先地位？難道你們喜歡舒舒服服地坐在涼臺上的一張籐椅上大吃山梨？丟臉，丟臉，先生們，丟臉，丟臉啊！我不是哲學家，也不是理論家，不是。——我談論你們，我思想上考慮的是你們的生活，你們要明白，唯有你們個人的境況在折磨我，使我無法擺脫。啊，這種無法剪斷連接人的頂撞的臍帶的無能！受到頂撞的靈魂——聞不出香味的花朵——滿以爲是好吃的卻不好吃的糖果——受到蔑視的婦女——這些總是使我感受到一種簡直是肉體的痛苦。我沒有學會忍受這種不滿意的本領——每當我在城裡遇上某位藝術家，並且看到他在其生存的環境中通常處於受頂撞的狀態，他的每個動作、每句話，他的信仰、熱情、挫折、氣惱、自尊、寬容、痛苦全都微微散發出一點普通的、令人不快的氣味，我便感到難堪。而我之所以難堪，並非因爲我同情他，而是因爲我跟他一起活著，因爲他的妄想也觸及我，同樣也觸及每個人，滲入到人的某種意識之中。請你們相信我，是時候了，該詳細說明和弄清楚二流作家的觀點了，否則對所有的人都不好。難道這不令人感到奇怪？難道那些 ex professo ㊼ 獻身於形式

㊼ 拉丁語，意爲：十分內行地。

並且——可以認爲——對風格敏感的人會不加抑制地同意接受這種尷尬而不自然的境況？正是從形式、風格的觀點出發，其後果必然是再糟糕不過的——倘若一個人處於尷尬的地位，處於從各方面講都是低劣的地位，那麼他說出的每一句話就都是廢話，這一點難道你們不明白？

你們會問，在這種情況下，我們的觀念應該是怎樣的？我們能夠以符合我們現實的方式發表意見，而同時又能更加獨立自主嗎？先生們，一個夜晚，比方說從星期二到星期三就使自己變爲成熟的大師，這不是你們的能力所能辦到的——然而，你們在某種程度上能夠挽救自己的尊嚴，那就是遠離藝術，是藝術使你們平添了一個使人難堪的小屁股。首先你們要與藝術這個詞兒永遠斷絕關係。同樣也要跟第二個詞兒——藝術家——永遠告別。你們別再沉浸在那些你們沒完沒了一再單調重複的詞彙裡。每個人難道不是都有那麼一點兒藝術家的素質嗎？人類難道不是不僅在紙上或畫布上創造藝術，而且也在日常生活中每時每刻都在創造藝術嗎？當一個姑娘將一朵鮮花插到頭髮上，當有人在談話中脫口而出給你們講個小笑話，當我們融化在黃昏時分的光影變化中，所有這一切不是藝術實踐又是什麼？因此何必要搞這種區分「藝術家」和其他人的古怪而又荒謬的分類？倘若你們不是驕傲地自稱藝術家，而是直截了當地說「我搞藝術或許比別人稍多一點兒」，會不會更爲合適？再者，你們對那種包含在所謂的「作品」中的藝術的高度崇拜，對你們又有何意義？你們怎麼如此癡心妄想和白日做夢，以爲是人都傾心讚美藝術作品，以爲我們聽到巴哈㊽的賦格曲便因享受到天籟而眩暈？難道你們從未想過，文化的那種藝術領域——你們想要封閉在你們過分簡單化的用語裡的那個領域——是多麼不純潔，多麼混濁，多麼不成熟?你們令人膩煩的、普遍犯的錯誤首先在於:你們把人同藝術的交往簡化到僅僅是藝術激情，同時解釋這種交往又極端地局限在個人方面，似乎我們中每個人都是靠自己的手和腳來感受藝術，而與其他人處於密封式的隔絕狀態。然而，在現實中我們與之打交道的是由許多激情，也是由許多人組合成的混合體，人們相互影響，創造出集體的感受。

因此，當一位鋼琴家在舞臺上演奏蕭邦樂曲的時候，你們便會說，蕭邦音樂的魅力在於天才鋼琴家以其巧妙熟練的出色演奏闡釋了蕭邦的音樂而使聽眾入了迷。但是，在現實中或許任何一個聽眾都沒有被迷住。不能排除的是，假若他們事先不知道蕭邦是偉大的天才，而鋼琴家也是偉大的天才，他們或許就會帶著較低的熱情來聽這場音樂會。同樣有可能出現的是這種情況:如果他們中每個人都缺乏熱情，但都在鼓掌，都在叫喊，都在扭動著身子，那麼這一切就應歸因於別人都在叫喊著扭動身子，因爲他們中每個人都在想，別人都體驗到莫大的享受，都感到非凡的激動，他自己怎麼能體驗不到?於是乎，他的激動便開始借助別人的酵母膨脹。這樣一來便容易發生這樣的事，那就是雖然大廳裡誰也沒有直接被音樂傾倒，所有的人卻都作出表示讚歎的示意動作，因爲每個人都在適應自己的鄰座。直到當所有的人彼此一起相應激動起

㊽巴哈（Johann Sebastian Bach, 1685–1750），德國作曲家，其作品對西洋近代音樂發展有深遠影響。

來的時候，我便可以說，是那些示意動作在他們心中引起了激動——因爲我們必須適應我們的示意動作。但有一點同樣是肯定的，那就是我們參加那種音樂會，就如同在進行某種宗教活動（完全就像我們陪同別人參加彌撒一樣），虔誠地跪倒在藝術之神面前。在這種情況下，我們的讚歎或許僅僅是一種崇敬的行爲，是在完成一種宗教儀式。然而誰又能說，在這類美中究竟有多少是眞正的美，而又有多少是歷史——社會學的行爲？噢，噢，眾所周知，人類需要神話——人類從自己眾多的創造者中選擇這個或那個創造者（可誰又能探究和查明這種選擇的途徑？）並把他抬高到凌駕於別人之上，開始用心學他，在他身上發現自己的祕密，同時又在感情上依附他——但是假若我們以同等的頑強精神去抬高別的藝術家，他或許就會成爲我們的荷馬㊾。難道你們沒有看到，有多少形形色色的、經常是超出美學之外的因素（我簡直可以單調地沒完沒了地列舉出這些因素）構成了藝術家和作品的偉大？你們想把我們同藝術的這種混濁的、複雜的、困難的共存關係包容在一句幼稚的陳詞濫調中，說什麼「富有靈感的詩人歌唱，而聽眾則聽得心醉神迷？」

因此，請你們拋棄那種對待藝術的溫情脈脈的態度，看在上帝的份上！請你們拋棄鼓吹和誇大藝術的整個體系。與其陶醉於神話，還不如讓事實造就你們。僅此一點便應給你們增添不

㊾荷馬（Homer，約西元前九世紀至八世紀），古希臘詩人，到處行吟的盲歌者。

壞的輕鬆感，同時把你們放進現實——但同時也請你們丟掉恐懼，不要以爲這樣做會使你們淪爲赤貧，會削弱你們的精神——因爲現實永遠要比天眞的幻想和騙人的虛構豐富得多。我馬上就能向你們證明，在這條新的路上有怎樣的財富在等待著你們。

可以肯定，藝術在於形式的完善。可是你們——也就在這裡顯示出你們另一個基本錯誤——你們想像的是，藝術在於創造在形式方面完美的作品。你們把那種創造形式的無邊無際的全人類的過程歸結爲生產幾部長詩或幾首交響曲，你們甚至永遠也不能像應有的那樣感覺出並向別人解釋在我們的生活中形式的作用是多麼巨大。甚至在心理學中你們也不能保證形式佔據應有的地位。到目前爲止，你們總是覺得，是感情、本能、思想在主宰著我們的行爲，而傾向於把形式看成表面的附加物和普通的點綴品。當有位寡婦走在丈夫的棺材後面號淘大哭，你們以爲她哭是因爲她沉痛地感受到自己的損失。當某位工程師、醫生或者是律師殺死自己的妻子、孩子或者是朋友，你們便認爲他是被自己嗜血的本能所控制。而當某位政治家發表愚蠢的演說，你們便承認他愚蠢，因爲他說的全是蠢話。然而在現實中往往情況是這樣：人的本質並不以直接的與自己的天性一致的方式表現出來，而往往是在某種限定的形式中得到反映——那種形式，那種風格，那種生存方式不僅是出自我們，也是從外部強加於我們的——所以同一個人在外表上可以表現得聰明或愚蠢，嗜血或像天使般善良，成熟或不成熟，問題在於他偶然碰上怎樣的風格以及他受別人支配的程度如何。就像那些蠕蟲、昆蟲整天都在尋求食物一樣，我們總是在毫不停歇地追逐形式，爲風格、爲我們的生存方式跟別人吵罵。在乘坐有軌電車，在吃飯、遊戲、休息、辦事的同時——我們總是不停地尋找形式，我們因形式而快樂或者由於形式而痛苦；我們使自己適應或違反形式，砸碎它或默許它，讓形式來造就我們，阿門。

啊，形式的威力！由於它許多民族在滅亡。它引起戰爭，它使我們身上產生某些並非出自我們的東西。你們在輕蔑它的同時永遠也不能理解愚昧、惡和罪行。它支配著我們最細微的下意識動作，它是集體生活的基礎。可是對於你們，形式和風格始終還是純美學領域的概念——對於你們，風格只是稿紙上的風格，是你們寫的小說的風格。先生們，誰會去搧你們跪在藝術的祭壇前大膽地向人們翹著的屁股呢？形式對於你們不是某種有生命的和有人性的東西，某種——我想說的是——實際的和日常的東西，而僅僅是某種節日的標誌物。當你們趴伏在你們的稿紙上的時候忘記了你們自己——你們不在乎完善你們本人的具體的風格，只是在眞空裡搞某種抽象的風格模擬。你們不是讓藝術爲你們服務，而是你們爲風格服務——你們帶著羔羊般的溫順允許藝術阻礙你們的發展，把你們推向消極無爲的地獄。

現在你們瞧瞧，一個人若是不滿足於形形色色的概念論者的空泛詞藻，而是用新鮮的視角去看世界，去理解我們生活中形式的深不可測的意義，這個人的態度會是多麼不同。倘若他拿起筆，就已不是爲了能當上藝術家，而是爲了——比方說——更好地表現自我，向別人解釋他自己本人；或者是爲了使內心協調得更好，也有可能是爲了加深、加強自己同別人的關係——考慮到別人的精神對我們的精神的莫大而富有創造性的影響；或者，比方說，他會努力爲自己奪取他想要的那種世界，也就是奪取對他而言生活中必不可少的那種世界。顯而易見，他將不惜作出努力，使作品靠藝術魅力吸引和征服別人——但他的主要目的將不是藝術，而是他自己本人。我說「自己」而不說「別人」，是因爲已到了這樣一個時候：你們該停止自以爲是高人一等的生物，自以爲你們能教導什麼人，能照亮什麼人前進的道路，能引導什麼人，能使什麼人變得高尚和有道德。是誰授權你們享有這種優越性的？什麼地方講過，說你們已屬於上流社會？是誰提升你們爲貴族？是誰發放給你們成熟的特許證？啊，不，我所說的這種作家，絕不會因爲自認爲是成熟的人而獻身於寫作，而恰恰是因爲了解了自己的不成熟，並且知道他不擁有形式，知道他是屬於正在向上爬但尚未爬上去的那種人，知道他是正在努力做但還什麼也沒有做出來的那個人。如果他碰巧寫出一部無才氣和不聰明的作品，他會說：「好極了！我寫得愚蠢，可我並未跟任何人簽訂提供清一色聰明而完美的作品的合同。我表現出了我的愚蠢，並爲此而感到高興，因爲我所喚起的反對我自己的人的惡感和嚴酷在鍛造我，磨練我，就像是在重新再造我，使我再一次重新獲得新的生命。」——由此可見，具有健康哲學的先知是如此強烈地堅信自己，甚至愚蠢和不成熟既不能嚇倒他，也不能損害他——他能昂著頭表現出、顯示出自己的消極無爲，而此時你們卻什麼也無法表現，因爲恐懼使你們說不出話來。

在這種意義上，我向你們推薦的改革或許會給你們帶來不小的安慰。但應補充說明的是，只有對事物持這種態度的精英作家才能對付如此麻煩的問題，也就是來自屁股的迄今最令你們不快的屁股問題。我在這裡所觸及的問題，或許是風格和文化的所有問題中最基本、最可怕、最本質（我毫不遲疑地使用這個詞兒）的問題。我想以形象的方式這樣給那個問題作番說明：你們不妨想像一下，一個成年的成熟的詩人趴在稿紙上創作……但在脖子上卻給他安置了一個小青年，或者是某個半開化的半知識份子，或者是個姑娘，或者是某個具有平庸、疲憊靈魂的人物，或者是個更年輕、更低級、更蒙昧的生靈——就是那個生靈，那個小青年，那個姑娘，那個半知識份子，或者是某個蒙昧的四分之一文化的愚昧無知的孩子，突然撲向他的靈魂，緊緊纏住它，卡住它，用爪子擠壓它，緊抱它，猛擊它，吸吮它，用自己的年輕使它變得年輕，給它添加自己的不成熟，按照自己的模式擺弄它，把它降到自己的水平——咳，把它摟進了自己的懷抱！可是這位創造者不是跟侵犯者較量，而是裝做沒有發現他，而且——這是多麼瘋狂！——認爲只要給個臉色就可以避免暴力，仿佛他沒有被任何人侵犯。從偉大的天才開始，到次要的二流詩人結束，難道這樣的事不正是發生在你們身上？一切較成熟、較高級和較年長的生靈都是以上千種形形色色的方式依賴於處在較低發展階段的生靈，這難道不是事實？難道那種依賴性沒有徹底穿透我們直至要害之處？它走得那麼遠，以至可以說，年長的是被年幼的重新塑造的。難道我們寫作時不是不得不適應讀者？我們說話時——難道沒有受聽我們說話的人所左右？難道我們不是要死要活地愛上了青春時代？難道我們無須每時每刻謀求較低層次生靈的垂青，盡力適應他們，或者屈從於他們的暴力行爲，或者屈從於他們的魔力——難道這種半蒙昧的低層次生靈在我們身上實施的痛苦的暴力不是所有的暴力中最富有成效的嗎？但是你們——一如既往並與你們的全部辯解相反——唯一能辦到的就是把腦袋埋進沙裡，你們充滿了傲慢的死板的好爲人師的思維根本無法意識到這一點。須知在現實中你們是不斷地被侵犯，而你們卻裝做什麼事也沒有發生——啊，因爲你們，成年人，只是跟成年人來往，你們的成熟是如此成熟，以至只能跟成熟攀親。

然而假若你們少一點兒爲藝術，或者爲教導和完善別人著急，多一點兒爲值得憐憫的你們自身著急，你們或許就永遠也不會忽視這種可怕的人身侵犯，詩人或許就不會爲別的詩人創作長詩，他或許會感覺到自己是被迄今沒有注意到的力量自下而上地看透和塑造。他或許會領悟到，只有承認這力量才能從它們的束縛中解放出來；他或許會努力使得在他的風格、態度和形式中——既是藝術形式，也是日常生活形式中——明顯地表現出跟低層次人員的那種關係。他或許已經不會感覺到自己只是個父親，而會感覺到自己既是父親，又是兒子；他或許不僅作爲一個聰明、文雅、成熟的詩人寫作，而是作爲一個經常犯傻氣的聰明人、不斷變得粗魯的文雅人、不斷年輕化的成年人寫作。如果他離開書桌，偶然碰上一個年輕人或半知識份子，他或許已不再故作大度地、教導式地、合乎教師爺身分地拍拍那人的肩膀，而多半會渾身哆嗦，發出呻吟或大喊大叫，甚至或許會雙膝跪地！他或許不再逃避不成熟，把自己封閉在被拔高了的圈子裡，他或許會領悟到萬能的風格是那種善於有愛心地包容發育不全的風格。這樣一來或許最終會把你們引向洋溢著創造性，充滿詩意的形式，你們大家或許就都會一起變成大天才。

請看，我個人特別的觀念給你們帶來怎樣的希望——怎樣的前景！但是爲了使它成爲百分之百創造性的和明確的觀念，你們必須再前進一步——而這一步是如此大膽，如此堅定，如此能力無邊，其結果又是如此富有破壞性，以致我的雙唇只能悄聲地從遠處提到它。瞧——時候已經到了，歷史的時鐘已經敲響——你們要努力戰勝形式，從形式裡解放出來。你們別再認同限定你們行爲的東西。你們，藝術家們，你們要嘗試偏離自己所有的藝術表現手法。你們不要相信自己的文字。你們要警惕自己的信仰，你們不要相信感情。你們要從構成你們外表的東西那兒往後退，但願你們對一切表面化的東西充滿畏懼，就像小鳥見到蛇便嚇得發抖一樣。

因爲——但我確實不知道今天我的雙唇是否已能說出這一點——錯誤的要求是，人似乎應被規定好了的，也就是說，在自己的理想上是不可動搖的，在自己的宣言上是有自信的，在自己的思想上是毫無疑慮的，在自己的審美力上是果斷的，對於自己的言行是敢於負責的，在自己的整個生存方式上是被一勞永逸地確定了的。請你們進一步看清這種要求的不現實性。我們的生命力是一種永恆的不成熟性。今天我們想到的、感覺到的東西，對於我們的玄孫來說將必然是愚不可及的。何不今天就讓我們承認這些東西裡面包含著時間將會帶來的那份愚蠢……而且迫使你們過早地下定義的那股力量也並非像你們認爲的那樣完全是人的力量。要不了多久我們就會意識到，最重要的已不是爲理想、風格、論題、口號、信仰而死，同樣也不是固定在這些觀念裡封閉起來；而是另一種做法：後退一步，求得同不間斷地與我們發生關係的一切保持一定的距離。

退卻。我預感到（但我不知道我的雙唇是否已經承認這一點）總退卻的時間不久就會到來。大地之子將會明白，他表現出來的並非跟自己最深刻的本性一致，而只是，也總是以來自外部——或者被人，或者被環境——令人痛苦地強加於他的造作的形式表現出來。因此他便開始畏懼自己的這個形式，並爲這個形式感到羞慚，就像此前他尊重這個形式，爲它而感到驕傲一樣。很快我們就會開始害怕我們的身分和個性，我們就會清楚看到，它們至少並非完全是我們的。於是我們不再大聲叫喊什麼「我相信這一點」、「我感覺到這一點」、「我就是這樣的」、「我不許」……我們將改用謙卑的語氣說「就我而言相信的是」、「就我而言感覺到的是」、「就我而言是這麼說過、做過和這樣想的」。詩人將會藐視自己的歌唱。統帥將會在自己的命令面前嚇得發抖。祭司將會畏懼祭壇，而母親則將會向兒子不僅灌輸原則，同樣還會灌輸規避原則的能力——爲了不至於讓原則把兒子掐死。

這條路將是漫長而痛苦的。因爲無論是個人還是整個民族，今天都已學會了很不錯地處理自己的心理生活，而且有能力根據意願，或受眼前利益的驅使創造風格、信仰、原則、理想、感情，不過沒有風格他們不會生活。我們還不知道如何面對秩序的魔鬼保衛我們最深刻的新見解。偉大的發現是必不可少的——是用一隻人的柔軟的手對形式的鋼鐵鎧甲——聞所未聞的狡點和思想的高度誠實以及極其突出的思想敏捷——的沉重一擊，以使人能擺脫自己的僵化，能調和自身的形式和非形式，法律和無政府狀態，成熟和永恆的神聖的不成熟。但在這一切出現之前，請你們告訴我：難道照你們的意見，山梨會比鳳梨更好？難道你們喜歡舒舒服服地坐在涼臺上的一張籐椅上大吃山梨？你們是否也樂意坐在樹陰下專心致志於這件事，讓柔和清新的微風來吹涼你們身體的一些部分？我是以一種嚴肅的態度，以一種對文字負責的精神，同時也是帶著對你們身體無一例外的所有部分的最大關懷來問你們這個問題的，因爲我知道，你們是人類的一部分，我也是人類的一部分，而且，我也知道你們是部分地加入某種也是部分的部分，同所有的部分和部分的部分一起，我同樣也是那種部分中的一部分。部分，部分，部分，部分，部分，部分，部分，部分，部分，部分……救命啊！啊，那些該詛咒的部分！啊，吸血的、令人恐怖的部分，你們重新逮住了我，難道就躲不開你們嗎？唉，我該往哪裡躲，我該怎麼辦？啊，夠了，夠了，夠了，讓我們結束書的這一部分，讓我們趕緊走進另一部分，我敢發誓，在下一章裡已不會再出現部分，因爲我會擺脫它們，卸掉它們，把它們拋到外部去，同時在內部留下（至少是部分地）無部分。

第五章　孩子氣十足的菲利陀爾

高級綜合學家菲利陀爾博士——萊德大學綜合學教授，阿納姆南部地區生人——無疑是所有時代聲譽最爲卓著的綜合學家之王。他以高度綜合的充滿激情的精神來開展活動，這種活動主要是借助於加法＋無窮大——遇到意外情況也借助於乘法＋無窮大——來進行的。他是個身材高大的男子，相當胖，飄散的鬍鬚，一張先知的面孔，戴副眼鏡。根據牛頓的作用和反作用原理的思想，這種水平的精神現象不可能不在自然界中引發一種自己的逆反現象，因此很快便在可倫坡產生了一位同樣著名的分析學家，他在哥倫比亞大學獲得博士學位後，也獲得了高級分析學教授的職位，並迅速爬上了科學生涯的最高一級。這是個乾癟、瘦小的男人，臉刮得很乾淨，一張懷疑論者的面孔，戴副眼鏡，他唯一的內在使命便是追擊和摧毀著名的菲利陀爾。

他從事分解方面的工作，而他的專長則是借助仔細的分析、算計，尤其是借助刮人家鼻子的方法將人分解爲諸多部分。他就這樣借助刮人家鼻子喚起鼻子的獨立自主存在的意識，在這個過程中鼻子自發地朝各個方向移動，使鼻子的主人嚇得要死。他乘坐有軌電車的時候，如果感到無聊，便經常耍這種把戲。他遵循自己最深刻的使命，撒腿便去追擊菲利陀爾，甚至在西班牙的一座小城鎮他也獲得了反菲利陀爾的雅號，對此他自豪得發瘋。菲利陀爾——得知那位在追擊他之後——不用說，也撒腿去追擊對方。兩位學者彼此追逐了好長一段時間，毫無結果，因爲自尊不允許他們中任何一方接受這樣的想法，即他不僅是追擊者，而同時也是被追擊的人。這樣一來，比方說，菲利陀爾在不來梅，反菲利陀爾便從海牙趕到不來梅，他不肯，同樣也不能考慮菲利陀爾在這同一時間，爲了同樣的目的正乘直快火車從不來梅趕往海牙。兩位正在奔馳的學者發生相撞的事故——最高的鐵路事故級別的事故——完全偶然地發生在華沙「布里斯托爾」旅館第一流的餐廳裡。菲利陀爾在菲利陀爾教授夫人的陪同下，手拿火車時刻表正在研究最便捷的鐵路轉接車次。這時氣喘吁吁的反菲利陀爾手挽自己的旅行分析伴侶——墨西拿的芙羅拉·根泰——直接從火車站闖了進來。我們，也就是在場的目擊者，助教泰奧菲爾·波克萊夫斯基博士、泰奧陀爾·羅克萊夫斯基博士和我，意識到形勢的嚴重性，立即著手做記錄。

反菲利陀爾走到一張小桌前，默默地用目光向站起身來的教授進攻。他們都努力從精神上制服對方。分析學家冷冷地從下方進逼，綜合學者則用充滿不屈不撓的尊嚴的眼神居高臨下地回擊。當目光決鬥沒有決定性的結果，兩個精神敵人開始用單詞決鬥。分析學博士和大師說：

「麵疙瘩！」

綜合學家回報說：「麵丸子！」

反菲利陀爾叫嚷起來：「麵疙瘩，麵疙瘩，也就是麵粉、雞蛋和水的組合！」

菲利陀爾立刻回擊：「麵丸子，也就是高級的麵食，它本身就是一種最高級的麵團！」

他目光如閃電，鬍鬚飄拂，很顯然，他取得了勝利。高級分析學教授在無能爲力的狂怒中後退了一步，但隨後他立刻又開始了可怕的大腦活動，確切地說，他本人面對菲利陀爾是個虛弱的孱頭，便著手收拾值得稱讚的老教授愛得超過一切的妻子。根據記錄事態出現了如下的進程：

一、菲利陀爾教授夫人營養非常充足，肥胖，相當威嚴，聚精會神地坐在那裡，一句話也沒說。

二、反菲利陀爾博士教授帶著自己的大腦透鏡叉開兩腿站在教授夫人對面，開始用目光打量她，那目光使她徹底解除了武裝。菲利陀爾教授夫人由於發冷和羞怯打了個寒戰。菲利陀爾博士教授默默無言地用一塊旅行毛毯裹住了她，還用一種充滿無限蔑視的眼神衝著放肆無禮的人投去雷擊般的一瞥。但他同時也顯露出不安的痕跡。

三、那時反菲利陀爾悄聲開了腔：「耳朵，耳朵！」隨之爆發出譏諷的大笑。在這些單詞的作用下，耳朵立刻突現了出來，成了有傷大雅的東西。菲利陀爾吩咐妻子把帽子拉到耳朵上，但這沒有多大的幫助，因爲那時反菲利陀爾又彷彿是自言自語地嘟囔道：「鼻子上的兩個小洞！」於是以一種既無恥又是分析的方法將可敬的教授夫人的鼻孔展示了出來。形勢變得很險惡，尤其是鼻孔是無論如何遮不住的。

四、萊德大學教授威脅說要喊員警。勝利的天平明顯地向可倫坡方面傾斜。分析學大師深奧地說：「指頭，手指頭，五個指頭。」

可惜，教授夫人的肥胖不足以掩蓋事實，事實突然整個兒以空前的鮮明性出現在所有的人面前，這就是手指頭的事實。手指頭，每一邊都有五個。菲利陀爾夫人受到莫大的侮辱，她嘗試著用殘存的一點力氣戴上手套，但是——事實簡直令人無法相信——可倫坡的博士匆忙給她做了尿液分析，一邊哈哈大笑，一邊勝利地吼叫道：

「H2OC4, TPS，一點兒白血球和蛋白質！」

所有的人都站了起來。反菲利陀爾博士教授的情婦爆發出一陣粗俗的大笑，教授領著她離去了，菲利陀爾教授則在下列簽名者的幫助下立即把妻子送進了醫院。簽名者有助教：泰．波克萊夫斯基、泰．羅克萊夫斯基和安．希維斯塔克。

翌日清晨，羅克萊夫斯基、波克萊夫斯基和我跟教授一起，來到了菲利陀爾教授夫人的病榻旁。她的瓦解仍在始終如一地繼續發展。自打反菲利陀爾用分析的尖嘴薄舌開了個頭，她便逐漸喪失了自己的內在聯繫，時不時只是沉悶地呻吟道：「我腳，我耳朵，腳，我的耳朵、手指、腦袋，腳——彷彿是在跟身體的各個部分告別，這些部分已開始自發地挪窩兒。」她的人身已處於瀕死狀態。大家聚在一起尋找立刻進行搶救的手段。這種手段並不存在。斯・沃派特金副教授還乘飛機從莫斯科趕來，於七點四十分到達。在舉行有他參加的會商之後，我們再次認爲有絕對必要盡快採用綜合的科學方法。這種方法也不存在。但就在此時，菲利陀爾集中了自己的一切思維能力，以致後退了一步，說道：「面頰！面頰，給一記響亮的耳光！身體的所有部分唯有面頰能恢復我妻子的尊嚴！啪嗒一聲，啪地一聲，便能在某種更高榮譽的意義上複合那些瓦解了的部分。因此須要趕快行動！」

然而在城裡找到那位世界上有名望的分析學家談何容易！直到傍晚他才在一家第一流的酒吧間讓我們逮住。他在一種清醒的醉態下一瓶接著一瓶地灌酒，他喝得越多反而越清醒，而他的那位分析情婦也是一樣。他倆正是那種醉於清醒大大超過醉於酒精的人。當我們走進酒吧間的時候，酒吧間跑堂的臉色都慘白得有如白布，都膽怯地藏到了櫃檯後面。他們默默無言地獻身於某種難以形容的冷血的鬧宴狂飲中。我們定好了行動計畫。教授應先做個用右手攻擊對方左面頰的假動作，然後用左手打擊其右面頰，而我們——也就是幾位華沙大學的博士助教，波克萊夫斯基、羅克萊夫斯基和我，以及副教授斯・沃派特金——必須立即準備作記錄。計畫是簡單的，行動也不複雜。但是教授的手垂下了，而我們這些見證人則全都呆若木雞。面頰沒有了！沒有，我再說一遍，面頰沒有了，只有兩朵小小的玫瑰花，類似用紅菇做的小花飾！

反菲利陀爾以魔鬼的機靈預見到了菲利陀爾的計畫並做了預先的防備。這位清醒的酒神給自己的面頰紋了四朵小小的玫瑰花，每一邊面頰上紋了兩朵，類似用紅菇做的小花飾！這樣做的結果便是他的面頰失去了面頰的意義，而與此相關的是，菲利陀爾摑的耳光也失去了一切意義，不用說更高的意義了。就其實質而言——摑在玫瑰花和紅菇上的耳光不是摑耳光——而是給人以某種打壁紙的印象。我們不能讓一位受到普遍敬重的教育家、青年的導師，因爲妻子有病去打壁紙而成爲別人取笑的對象，便勸說他下決心放棄這種舉動，以免日後悔之不及。

「你這條狗！」老人吼叫道，「你眞卑鄙，哼，卑鄙，卑鄙的狗！」

「你這堆大糞！」分析學家帶著可怕的分析的傲慢回敬說，「我也是大糞。你若是樂意——就請你衝我的肚子踢一腳。你不是踢我的肚子，你是在踢肚子——僅此而已，別無其他。你想用摑耳光傷我臉面？臉面你能傷，但不能傷我——不能傷我。我根本就不存在！根本就沒有我！」

「我還要傷你！如果上帝允許，我就是傷你又何妨！」

「我暫時可是刀槍不入的！」反菲利陀爾笑道。坐在他旁邊的芙羅拉·根泰哈哈大笑起來，宇宙博士向她投去性感的一瞥，隨後便走了出去。但芙羅拉·根泰卻留下了。她坐在一隻高凳上，用一對被徹底分析過的鸚鵡和母牛的黯然乏味的眼睛望著我們。緊接著，八點四十分，我們——菲利陀爾教授、兩位醫師、沃派特金副教授和我舉行了一次例會。像通常那樣由沃派特金副教授執筆記錄。會議的進程如下：

所有三位法學博士：

「鑒於上述情況，我們看不到通過維護榮譽的途徑解決爭端的可能性，我們建議最可敬的教授先生對所受到的侮辱不予理睬，因爲這侮辱來自一個沒有能力在榮譽方面得到滿足的人。」

菲利陀爾博士教授：

「我可以不予理睬，可我妻子就要死了。」

斯・沃派特金副教授：

「妻子是沒救了。」

菲利陀爾博士：

「您別這麼說，您別這麼說！啊，搧耳光，這是唯一的救藥。但是搧不得耳光。沒有臉面。沒有上帝的綜合手段。沒有榮譽！沒有上帝！是的，可臉面是存在的！搧耳光是存在的！上帝是存在的！榮譽、綜合是存在的！」

我：

「我看，教授的思維邏輯是站不住腳的。臉面要不就有，要不就沒有，怎能既沒有又有？」

菲利陀爾：

「先生們，你們忘啦，我還有兩片面頰。他的臉面不存在，可我的還存在。我們還能拿我的兩片未被觸動過的面頰押寶。先生們，只要你們願意理解我的思想——我不能搧他的耳光，但他能搧我的耳光——是我搧他，還是他搧我，反正都一樣，總算是搧耳光，總算是一種綜合！」

「哦！可如何迫使對方搧教授的耳光?!如何迫使對方搧教授的耳光?!如何迫使對方搧教授的耳光?!」

「先生們，」天才的思想家精神集中地回答，「他有臉面，可我也有臉面。這裡的原則是某種類比，因此我將主要不是按邏輯的原則，而是按類比的原則行事。Per analogiam ㊿要有把握得多，因為支配天性的是某種類比。如果他是分析之王，那麼我就是綜合之王。如果他有臉面，那麼我也有臉面。如果說我有妻子，那他則有情婦。如果他把我的妻子給分析掉了，那我就可以把他的情婦給綜合掉，這樣一來，我就會對他贏得可能遭到拒絕的掌嘴！這樣一來我就能迫使他、挑起他搧我的耳光——如果我不能搧他的耳光的話。」於是他不再耽擱便向芙羅拉·根泰點了點頭。

我們都緘口不言。她搖動著身體的所有部分走近前來。她一隻眼睛朝我，另一隻眼睛朝教授斜視，牙齒在齜向斯泰凡·沃派特金的同時又向前齜向羅克萊夫斯基，屁股則衝著波克萊夫斯基扭動。她給人所造成的印象是如此強烈，以至副教授悄聲說了一句：「教授當眞要用自己

㊿拉丁語，意為：通過類比。

的高級綜合法去向這五十塊不同的部件進攻？去對付這種從（dp＋pd）的根到冪的沒有靈魂的收費的組合？」

但是萬能的綜合學家有個特點，那就是任何時候都不失去希望。他邀請芙羅拉·根泰坐到桌旁，用一杯齊紮諾[51]招待她。開頭爲了試探，綜合地說了一句：「靈魂，靈魂。」

她回答了一句類似的話，但並非一樣的，她回答的只是一部分。

「我！」教授說，一面仔細地端詳著她，盯住不放，想在她心中喚起丟失了的我。「我！」

她回答道：「啊，先生，很好，五個茲羅提[52]。」

「一致！」菲利陀爾突然大聲地叫道，「高度一致！一致！」

「對我而言什麼都一樣，」她滿不在乎地說，「無論是老人還是小孩。」

我們屏聲靜氣地望著這個地獄的黑夜分析員，反菲利陀爾把她訓練得十分出色，甚至有可能他自幼便爲自己培養了她。

然而綜合科學的締造者不肯甘休。他開始了一個艱苦鬥爭和努力的時期。他給她讀了《精神之王》[53]的頭兩節詩，爲此她要求付給十個茲羅提。他跟她進行了一次有關愛情，支配和統一

[51] 齊紮諾是一種義大利葡萄酒。

[52] 茲羅提是波蘭貨幣的名稱。

一切的愛情的漫長而富於靈感的談話，爲此她拿走了十一個茲羅提。他給她讀了兩部由最著名的女作家寫的、主題是通過愛情而再生的一般化的長篇小說，爲此她給自己算出了該得一百五十個茲羅提，一分錢也不肯讓。而當他打算喚醒她的人格尊嚴時，她要求付她不多不少只是五十二個茲羅提。

「爲古怪的行徑得付款，老傢伙。」她說，「對此可沒有限價。」

她那雙陰鬱的貓頭鷹眼睛動了起來，對成本提高毫不在意，而反菲利陀爾在城裡正爲那些努力和措施的白費勁而暗自幸災樂禍……

在有沃派特金副教授以及三位博士參加的會議上，傑出的研究家用下列的一段話給敗績作了總結：

「這件事總共花費了我數百茲羅提。確實我看不到綜合地處理的可能性，我徒勞地試過了最高一級的一致，正如現在看到的——人類，把一切都變成了金錢，並且把零頭都花光了。被估計爲四十二茲羅提的人類不再是一致的。的確，不知該怎麼辦。可妻子在那裡會完全喪失內在聯繫。腳已經動起來在房間裡散步，若是要打盹——自然，是妻子在打盹，不是腳——就必須用手扶住，可是手也不聽使喚。可怕的無政府狀態，可怕的肆無忌憚。」

53《精神之王》是波蘭浪漫主義詩人尤．斯沃瓦茨基的長詩。

醫學博士泰・波克萊夫斯基：

「可反菲利陀爾在散播流言，說教授是個令人厭惡的狂人。」

沃派特金副教授：

「是否可以借助金錢跟她較量較量？既然一切都在變成金錢，難道就不能從金錢方面襲擊她？抱歉，我不很清楚我腦子裡想的是什麼，但是在人的天性中就有這種東西——比方說，我曾有個得了膽怯症的女病人，我不能用勇敢醫治她，因爲她不能吸收勇敢，但我給了她如此大劑量的怯懦，以致她再也無法忍受。正因爲她無法再忍受怯懦，就不得不大起膽子，頃刻之間就變得勇敢極了。最好的辦法是 per se 54，翻過衣袖讓裡子朝上，這就是說，讓自己在自身中起作用，自行起作用。或許該用金錢綜合她，只是，我承認我不知該怎麼做……」

菲利陀爾：

「金錢，金錢……可金錢總是個數字，是個總數，與一致毫無共同之處。其實只有一分錢是不可分的，而一分錢又不能給人留下任何印象。除非……除非……先生們，假若給她那麼大的一筆款子，讓她本人都驚呆變傻了呢？——讓她變傻？先生們……讓她變傻？」

我們全都沉默不語。菲利陀爾跳將起來，他那黑色的鬍鬚飄散著。他陷入了一種亞躁狂狀

54 拉丁語，意爲：通過自己。

態，這位天才每七年就要陷入這種狀態一次。他賣掉了兩棟公寓樓和城郊的別墅，將所得的總數爲八十五萬茲羅提的款項全部換成了一茲羅提的硬幣。波克萊夫斯基驚詫地望著他，這位淺薄的縣級醫生永遠也不能理解天才，他不能理解，所以根本就不理解。這時哲學家已是充滿了自信，給反菲利陀爾發了一封嘲諷的邀請信，那一位以嘲諷回答嘲諷，於八點半鐘準時出現在「阿爾卡紮爾」餐廳的單間，一場決定性的實驗就要在那裡進行。兩位學者相互握手，只是分析大師冷冰冰、不懷好意地笑了笑，說：「嗯，請您留神，先生，請留神！我的姑娘並不像先生的妻子熱衷於分解那樣熱衷於組合，在這方面我是放心的。」

他也逐漸陷入了亞躁狂狀態。波克萊夫斯基博士拿著鋼筆，沃派特金拿著紙張。

菲利陀爾教授是以這樣一種方式著手實驗的：他先把一枚，僅僅是一枚一茲羅提的硬幣放到了桌上。根泰沒有反應。他放上第二枚一茲羅提的硬幣，又加上第三枚，同樣沒有反應，可當他放上第四枚時，她開了口：「啊呵，四個茲羅提。」

在放上第五枚時，她打了個哈欠，而在放上第六枚時，她滿不在乎地說：「怎麼回事，老頭兒，又在玩兒高尙？」

但在加到九十七枚硬幣的時候，我們記錄了第一次驚詫的表情，而在加到一百一十五枚硬幣的時候，迄今一直遊移於波克萊夫斯基博士和我之間的目光，開始稍微集中到金錢上。

在加到十萬硬幣時菲利陀爾在喘著粗氣，反菲利陀爾則開始顯出有點兒不安，而不純的交際花到這時精神才得到某種程度上的集中。她像釘在了那裡似的望著不斷增長的錢堆，其實那錢堆已越來越不成堆。她在努力計數，但已數不清是多少。總金額不再是總金額，而成了某種不可勝數的東西，某種莫名其妙的東西，某種比總金額更高的東西。總金額以自己的巨大，跟蒼穹一樣的巨大炸裂了大腦。女患者發出低沉的呻吟。分析學家撲上去相救，但是兩位博士拿出渾身的力氣按住了他——他悄聲給她出主意，讓她把整體分解成一百份或五百份。但卻是徒勞，整體不讓分解。當勝利在望的綜合知識祭司陳列出自己所有的一切，給那一大堆，應該說是給那巨大的數額，給那座山，給那座金錢的西奈山，用一枚唯一的不可分割的一格羅什㊺硬幣蓋上封印，那時，彷彿有個什麼上帝附體，交際花站立了起來，顯示出所有的綜合症狀，哭泣、歎息、微笑、沉思，並且說道：「先生們，這是我。我。某種高級的東西。」

菲利陀爾發出勝利的歡呼，而就在此時，反菲利陀爾則發出恐怖的怒吼，並從醫生們的手裡掙脫了出來，對準菲利陀爾的臉頰搧了重重的一記耳光。

這啪的一聲是雷霆——是從分析家的內臟迸發出來的綜合的閃電，深沉的黑暗消散了。副教授和醫生們都激動地向受到嚴重侮辱的教授表示祝賀，而他那不共戴天的仇敵則在牆腳下抽

㊺格羅什是波蘭輔幣的名稱，等於百分之一茲羅提。

搔，痛苦得發出嚎叫，但任何嚎叫都不能阻止既定的榮譽進程，因爲迄今不名譽的事進入了普通的榮譽的軌道。

萊德的G・L・菲利陀爾博士教授提出了兩名決鬥的證人，沃派特金副教授和我，而具有反菲利陀爾雅號的P・T・莫姆森博士教授也提出了兩名決鬥的證人，那是兩名助教。菲利陀爾的決鬥的證人對反菲利陀爾的決鬥證人彬彬有禮地提出異議，而那些人也從自己方面對菲利陀爾的決鬥證人提出異議。綜合隨著這些體面程式的每一步增長而增長。哥倫比亞人宛如坐在燒得通紅的煤炭上扭動著身子，萊德人則滿面笑容，默默地撫摸著自己的長鬍鬚。在市醫院裡生病的教授夫人開始粘合各個部分，用勉強能聽得見的聲音要求喝杯牛奶，醫生們的精神爲之一振。榮譽從烏雲後面露了出來，向人們甜蜜地微笑。最後的搏鬥將在星期二上午七點鐘進行。

應當由羅克萊夫斯基博士拿鋼筆，沃派特金副教授拿信號槍，波克萊夫斯基拿紙張，而我則拿所有的人的外套。綜合旗幟下的不屈鬥士心中沒有任何疑慮。我記得，他在決鬥前一天的早上對我說的一番話。

「我的兒子，」他說，「無論是他犧牲也好，還是我犧牲也好，不論誰犧牲，我的精神總會勝利，因爲問題不在於死亡本身，而在於死亡的性質，而死亡的性質將由一種綜合的結果所決定。如果他倒下，就是他用自己的死亡對綜合表示敬意——如果他打死了我，那也是以綜合的方式把我打死，因此也將是我死後的勝利。」

在熱情勃發中，他想更隆重地紀念這光榮的時刻，便邀請了兩位女士，即妻子和芙羅拉，讓她們以一般助手的身分一旁觀戰。然而不祥的預感在折磨著我。我擔心——我擔心什麼？我自己也不知道在擔心什麼，不知下文的恐懼整個晚上都在折磨我，直到來到廣場上我才明白自己擔心的是什麼。清晨乾燥而明朗，宛如圖畫一般。兩名精神上的敵對者相向而立，菲利陀爾向反菲利陀爾鞠躬，反菲利陀爾也向菲利陀爾鞠躬。也就在這時我明白了自己擔心的是什麼。是對稱性——事物總是相互對稱的，其中既包含著它的力量，但同樣也包含著它的弱點。

形勢具有這樣一種特點，那就是，菲利陀爾的每個動作必須有反菲利陀爾類似的動作來回應，由菲利陀爾掌握主動權。如果菲利陀爾鞠躬，那麼反菲利陀爾也必須鞠躬。如果菲利陀爾開槍射擊，那麼反菲利陀爾也必須開槍射擊。就是說，一切，我強調一遍，一切都必須沿著決鬥雙方規定的軸線進行，這軸線就是形勢發展的中心線啊！但如果那一位突破軸線斜向一邊，那該怎麼辦？如果他跳開，該怎麼辦？如果他來個惡作劇，多少避開點兒對稱以及類似的鐵的法則，那時又該怎麼辦？啊，反菲利陀爾精明的腦袋能藏匿怎樣的瘋狂和背叛？當我正在跟各種想法作鬥爭時，菲利陀爾教授抬起了手。集中注意力，直接瞄準了對手的心臟，開了一槍。他開了槍，可是打偏了。他打偏了。而這時分析學者隨之也舉起了手，瞄準了對手的心臟。我們已經，已經準備發出勝利的歡呼。似乎一切已成定局，如果那一位綜合地射中心臟，那麼這一位也必定射中心臟。似乎簡直沒有別的出路，沒有任何智力的偏門可走。但是突然，轉眼之間，分析學者費了很大的力氣輕輕尖叫了一聲，發出一聲哀嚎，略微偏離了一點，手槍的槍管偏離了軸線，猝然朝一旁開了槍，子彈打在了菲利陀爾教授夫人的小拇指上，她當時跟芙羅拉·根泰一樣正站在附近觀戰。這一槍構成了精湛技藝的巔峰！手指頭掉了下來。菲利陀爾夫人大驚失色，把手舉到了嘴邊。而我們，決鬥的證人，在片刻之間失去了自制力，我們發出了驚訝的喊聲。

這時發生了可怕的事。綜合學高級教授忍受不住了。他對那一槍的準確性、精湛技藝和對稱性入了迷，被我們驚歎的喊聲弄得暈頭轉向，他也偏離了，也是射到了芙羅拉·根泰的小拇指上，還從喉嚨裡發出一聲短促的乾笑。根泰也把手舉到嘴邊，我們又發出了讚歎的喊叫。

這時分析學家又開了一槍，打掉了教授夫人第二個小指頭，那時她正把第二隻手舉到了嘴邊——我們發出了驚奇的叫喊，而在四分之一秒之後，綜合學家的槍響了，那是從十七米的距離以毫釐不爽的準確性射出來的，也打掉了芙羅拉·根泰的類似的指頭。根泰把手舉到了嘴邊，我們重又發出了驚歎的叫喊。對射就這麼一直進行了下去。槍聲不斷，殘酷的、激烈的、像出色本身一樣出色的射擊接連不斷，而手指頭、耳朵、鼻子、牙齒就像樹上的葉子被狂風刮得紛紛飄落，而我們，決鬥的證人，勉強來得及一浪高過一浪地叫喊，這是一種快如閃電的準確性使我們嘴裡不停地發出的驚詫的叫喊。兩位女士已經喪失了所有天生的分支和突出部分，她們之所以沒有作爲屍體倒下，簡言之是因爲她們同樣來不及，再者，我想，把自己展現在如此的準確性面前，其中必有自己的快感。可最後彈藥不夠了。可倫坡的大師最後一槍洞穿了菲利陀爾夫人右肺的肺尖，而萊德的大師作爲回報也立刻洞穿了芙羅拉·根泰右肺的肺尖。我們再次發出驚詫的叫喊。接著便是一派寂靜。兩個軀幹都死了，倒在了地上——兩位射擊手互相對視著。

怎麼拉？兩人相互對視，兩人都不太清楚——這是怎麼回事？究竟是怎麼回事？彈藥已經沒有了。再說屍體已經躺在了地上。其實已經沒有什麼好做的了。快到十點了。說實在的，分析獲得了勝利，那又怎樣？什麼事也沒有。同樣，綜合也可能獲得勝利，照樣什麼事也不會有。菲利陀爾撿起一塊石頭，衝著一隻麻雀扔了過去，但他打偏了，麻雀飛走了。太陽開始烤得厲害，反菲利陀爾撿起一塊石頭朝樹幹扔了過去，他擊中了。這時一隻母雞出現在菲利陀爾眼前，他撿起石塊扔了過去，也打中了，母雞逃之夭夭，藏進了灌木叢。兩位學者離開了陣地——各自朝著自己的方向走去。

傍晚時分反菲利陀爾已在耶焦爾諾，而菲利陀爾則在瓦弗拉。一個在乾草垛下捕獵烏鴉，而另一個則看中了某一處偏僻的路燈，在五十步的距離朝路燈瞄準。

他們就這樣在世上漫遊，邊走邊瞄準什麼，能用什麼就用什麼，遇到什麼就向什麼扔了過去。他們哼著歌曲，而且他們最喜歡砸玻璃，也喜歡站在涼臺上往過路行人的禮帽上吐痰，更不用說當他們乘車遇上「野牛」牌小汽車時不會忘記向「野牛」吐痰了。菲利陀爾練就了一種專長，練得那麼出色，以至他站在街上能把痰吐到站在涼臺上的某個人身上。可反菲利陀爾熄滅蠟燭是把一整盒火柴扔到火焰上。他們最樂意用小口徑步槍獵青蛙，或是用弓箭獵麻雀，要不就是站在橋上往水裡扔紙片兒或鞋子。他們最大的精神享受便是買個兒童氣球，追著它跑過田野和森林——跑得老遠，老遠，譃！——同時不錯眼地盯著它，等著它啪地一聲炸裂，就像給一顆看不見的子彈擊中那樣。

每當科學界有人回憶起早先輝煌的往事，談到精神搏鬥、分析、綜合以及一去不返的全部榮耀，他們便只是帶著一副沉入夢幻世界的樣子回答：「不錯，不錯，我記得這次決鬥……射得很准！」

「可是，教授，」我叫喊道——跟我一起叫喊的還有羅克萊夫斯基，他在這段時間裡結了婚，在烏鴉街安了家，「可是，教授，教授說話像個孩子！」

對此，返老還童的老頭兒反駁說：「一切都有孩子的一面。」

第六章　誘惑和進一步驅向年輕化

恰恰就在敏透斯對塞豐的身心實施暴力襲擊達到頂點的時候，教室的門打開了，deus ex machina ⑯平科走了進來，他在一切方面總是最可靠、最可信賴的。

「好極了，你們在玩兒小皮球，孩子們！」他叫嚷說，儘管我們壓根兒就沒玩兒小皮球，根本也沒有小皮球，「玩兒小皮球，你們在玩兒小皮球，玩兒小皮球。一個人把小皮球拋給另一個人，拋得那麼漂亮，而那一個又接得多麼漂亮！」而當他看到我蒼白的，由於恐懼而痙攣的臉上出現的兩塊紅暈，又補充說道：「啊，多麼漂亮的紅暈！學校對你的健康有益，尤齊奧！小皮球對你也是同樣有益的。走吧，」他說，「我領你到姆沃齊亞克太太那裡去看看她家的膳宿客房，所有的事我都跟她在電話裡談妥了。我給你在姆沃齊亞克一家那兒找到了一個住處。就

⑯拉丁語，意爲：意想不到的救星。

你這種年齡，假若在城裡有自己單獨的住宅或許會顯得不成體統。從今天開始——你的住處就在姆沃齊亞克太太那裡。」

他就這麼把我領走了，爲了讓我樂於前往，他一路講著有關姆沃齊亞克的事，說他是位工程師和設計師，也講到姆沃齊亞克太太，說她是位工程師夫人。「這是個現代派的家庭，」平科說，「一個現代派—自然主義的家庭，提倡新潮流，與我的思想不合拍。但我覺察到你身上有某種虛假的東西，愛裝腔作勢，還總是在裝作成年人——姆沃齊亞克一家會給你治癒這種討厭的毛病，教會你自然、單純。可我忘了告訴你，那邊還有個女兒，祖特卡·姆沃齊亞庫夫娜，女子寄宿學校的學生。」他低聲補充說，同時捏緊了我的手，用教育家的斜視從夾鼻子眼鏡下朝我瞥了一眼。「寄宿學校的女生，」他說，「也是現代派的，嗯，這不是個最走運的夥伴，存在嚴重的危險……不過，從另一方面看，再也沒有什麼能比現代派的寄宿學校女生更能把你拉向年輕化了……她會用青春的熱情感召你。」

有軌電車在行駛。許多樓房的視窗都擺著花盆。有個人從最高一層往平科頭上吐李子核兒，但是吐偏了。

什麼？什麼？寄宿學校女生？我立刻就明白了平科的計畫。「他是想用寄宿學校女生將我徹底禁錮在青春年少裡。他的如意算盤打的是，一旦我愛上個年輕的寄宿學校女生，就不再願意去當成年人。在家裡，跟在學校裡一樣，沒有片刻鬆弛，爲的是不讓我偶有機會鑽空子。」

我心想。再也沒有時間可丟失的了，我趕緊在他的手指頭上咬了一口，撒腿便逃。在街角上我看到一個成年女子——便朝她奔了過去。我的面孔是驚惶的，呆滯的，扭曲的，一心只想離平科遠點兒，離他那可怕的寄宿學校女生遠點兒，更遠點兒。但是十足的變小專家緊跑幾步便閃電般地追上了我，抓住了我的衣領。

「找寄宿學校女生去！」他吼叫道，「找寄宿學校女生去！找青春去！找姆沃齊亞克一家去！」

他把我塞進了輕便馬車，硬要把我送到寄宿學校女生那裡去。馬車一溜小跑，穿過充滿著車輛、行人和小鳥的歌聲的熙熙攘攘的街道。

「我們坐車走，坐車走，你幹嘛掉頭看！你後面什麼也沒有。只有我，坐在你身邊。」他握緊了我的手嘟囔道，滿嘴的唾液直往外噴：「找寄宿學校的女生去，找現代派的寄宿學校女生去！到了那裡寄宿學校女生就會讓他愛上青春！到了那裡姆沃齊亞克一家就會讓他變小！到了那裡他們就會給他安上個完美的小屁股！駕，駕，駕！」他吆喝著，馬匹開始撒開蹄子奔跑，車夫舒舒服服地坐在趕車人的位子上，背衝平科，帶著平民百姓極端的蔑視。而平科卻以最專斷的方式傲然坐著。

但是到了斯塔希茨抑或是盧貝茨基新村的一幢廉價的知識份子房舍門口，他似乎猶豫起來了，變得無精打采，而且——啊，多麼奇怪——他失去了部分專斷精神。

「尤齊奧，」他哆哆嗦嗦、搖晃著腦袋喃喃地說，「我是在爲你作出巨大的犧牲。我這樣做只是爲了你的青春年少。只是爲此我才甘冒風險去跟現代派的寄宿學校女生見面。唉，寄宿學校女生，現代派的寄宿學校女生！」

接著他親吻了我，彷彿是在恐懼中力圖贏得我的好感——而與此同時又像是告別。然後他很快又把手杖在地上敲得咚咚響，在極其興奮的狀態中開始高談闊論，引證、背誦，發表各種思想、格言、見解、觀念，一切都是最高級的、最經典的說教，然而他卻又像個病態的、整個身心受到威脅的教師。他回憶起我所不知的某些文學界朋友的姓氏，我聽到他如何悄聲重複他們對自己的讚揚，隨之又發表對他們阿諛奉承的評論。他還三次用鉛筆在牆上簽上「塔・平科」的大名，簡直就像只要同自己的簽名保持聯繫，就能不斷吸取新的力量的安泰俄斯㊼。我驚愕地望著教師。這是怎麼啦？難道他會害怕現代派的寄宿學校女生？莫非他只是在裝樣子？是什麼奇蹟使得一個如此老謀深算的教師會害怕寄宿學校女生？可這時女僕已給我們開了門，我們兩人走了進去——教授態度謙恭，沒有了通常的優越感，我的面孔像塊揉皺了的抹布，慘白、呆滯、震驚。平科用手杖敲著地面，問道：「先生和太太在家嗎？」而與此同時房屋深部的門打

㊼典出希臘神話。安泰俄斯，即巨人安泰，他只要身體不離開自己的母親——大地，從那裡不斷吸取新的力量，就會是不可戰勝的。

開了，走出寄宿學校女生，朝我們來了。現代派的女生。

她十六歲，身著毛線衣，裙子，穿一雙低跟的運動膠鞋，具有運動特徵的體型，無拘無束，顯得隨意、有彈性、靈活、敏捷，而且傲慢無禮！一見到她我便在精神上給嚇唬住了，也表現在臉上。我一眼就明白，這是個——強勁的非等閒之輩，可說是比平科更爲強勁，就獨斷專行這一點看，與平科各有千秋，跟塞豐甚至不可相比擬。她使我想起了某個人——誰，誰？——哦，她使我想起了科佩爾達！你們還記得科佩爾達嗎？她跟科佩爾達一模一樣，但更強勁，就其類型而言與科佩爾達近似，但更強有力，就其寄宿學校女生的性質而言，她是完美的寄宿學校女生，就其現代性而言，她是十足的現代派，而且也是雙料的年輕——一是年齡上年輕，二是新潮——她由於年少而富有青春活力，這是她本身的特色。因此我一見到她就驚惶起來，像任何一個碰上比自己更強有力的傑出人物的人一樣。當我看到不是她怕教師，而是教師怕她，看到教師相當不自信地向現代派的寄宿學校女生鞠躬行禮，我的恐懼感就更進一步增強。

「吻您的小手，」他活像是愉快地叫嚷道，裝出一副文雅的樣子，「祖塔58小姐沒有去沙灘？沒有去維斯瓦河游泳？我們能見到媽媽嗎？游泳池的水溫如何？什麼？冷？冷水是最好的，我自己在早年間就常沐浴在冷水裡！」

58 祖塔是祖特卡的暱稱。

怎麼回事?從平科的語氣裡我聽出老年人正在利用體育運動的話題向年輕人討好。多麼恭順的老年人!我後退了一步。寄宿學校女生沒有回答平科的問話——只是瞥了他一眼——她將捏在右手裡的一把英國小鑰匙塞進牙齒間,滿不在乎,毫不客氣地向對方伸出了左手,似乎那不是平科……教授一下子給窘住了,不知該怎麼對待那只向他伸過來的年輕人的左手,最後用雙手握住了它。我鞠了個躬。她從上下牙齒之間拿出了鑰匙,一本正經地說:「母親不在家,不過很快就該回來。請你們……」

她把我們引進一個現代派的客廳,到了那裡她便站立在窗前,而我們則在一張長沙發椅上坐了下來。

「媽媽多半是在委員會開會吧?」教授試探著進行一般性的社交談話。

現代派女性說:「不知道。」

客廳的牆壁塗成了淺藍色,窗簾是奶油色的,小書架上擺著收音機,傢俱都是新款式的,擺得合情合理,潔淨、光亮、簡單,兩個壁櫥,還有一張小桌子。寄宿學校女生站立在窗前,彷彿房間裡一個人也沒有似的。她的肩膀由於烈日暴曬而脫了皮,她在揪著脫下來的皮膚。她對我們的在場毫不在意——她根本沒把平科當回事——時間在一分鐘一分鐘地流逝。平科坐著,蹺起二郎腿,雙手交叉在一起,手指頭急速地轉著圈兒,就像那種無人接待的賓客。他扭動著身子,乾咳了幾聲,又咳嗽了一下,渴望能把談話維持下去,但是現代派女生把臉轉向了窗子,背朝著我們，繼續揪她的脫皮。於是他也一聲不吭，只是坐著——但是他那沒有交談的靜坐是不配套的，不完整的。我揉了揉眼睛。發生了什麼事？因爲，的確是發生了什麼事，這一點是肯定的——可究竟是發生了什麼事呢？是因爲平科威風凜凜的靜坐不配套？是因爲教師給冷落在一邊？教師？不配套要求補充到配套？——你們是否見識過，當一件事已然結束，而另一件事尚未開始時的那種折磨人的空隙？腦子裡出現了一片空白。驟然之間我看到教師身上呈現出衰老。時至今日我還不曾注意到教授已經年過半百，而在此之前我腦子裡似乎從未想過這件事，彷彿自信自專的教師是永恆的，是超越時間的生物。這老人就是教授？怎麼——教授老了？爲什麼他就不能是個老教授？不，不是這麼回事。但這裡有什麼在準備對付我（他們是約好了的，這一點可以肯定）。上帝啊，爲什麼他坐著？爲什麼他到這裡來卻只是跟寄宿學校女生一起坐在我的身邊？只因我跟他坐在一起，他的坐對於我才更加令人苦惱。假若我站著，或許就不至於這麼可怕。但是站起來卻是困難得要命，嚴格地說，沒有理由站起來。不，不是這麼回事——可他爲何跟一個寄宿學校女生一起坐著，爲何這麼蒼老還要跟一個年輕的寄宿學校學生一起坐著呢？憐憫我吧！但是沒有憐憫。爲何他要跟寄宿學校女生一起坐著？爲什麼他的老不是普通的老，而是寄宿生的老？怎麼啦，年老和寄宿學校女生連在了一起？寄宿生的老——這是什麼意思？猛地我覺得太可怕了，但我不能逃跑。寄宿生的老——又年輕又年老的老——這是多麼不配套、不完美、令人感到厭惡的提法。但它卻又在我腦海裡奔馳。忽然間房間裡聽到了歌聲。我不相信自己的耳朵。教師給寄宿學校女生唱起了詠歎調。我從驚愕中恢復了神志。不，不是唱，是哼——平科，受到寄宿學校女生冷漠的侮辱的平科，哼出了輕歌劇中的幾小節，以此強調姆沃齊亞克小姐整個兒不得當的行爲，突出她的缺乏教養和不知分寸。就是說他還是唱了？她迫使老爺子唱歌！這個被冷落在長沙發椅上被迫給寄宿學校女生唱歌的老爺子，難道就是那位威嚴的、專斷自信的、有本事的平科？

我很虛弱。在經歷了這許多波折之後——從一大早，打自魔鬼找上我的那一刻起，我面部的肌肉就連一次都不曾舒張過——我的兩頰發燒，就像在賓士的火車上過了一個不眠之夜。可現在火車似乎是停住了。平科在唱歌。我感到羞慚，爲自己竟然這麼久屈從於一個無害的老頭兒，一個普通的寄宿學校女生對他毫不在意的老頭兒。我這張臉開始不引人注目地恢復常態，我在坐位上調整一下姿勢，過了片刻我重新獲得了完全的平衡，而且——啊，多麼令人高興——重新找到了失去的三十歲男子。我決定以最平靜的方式走出去，甚至無須提出抗議。這時教授抓住了我的手——現在他已完全是另一種樣子了。他變老了，變得和善了，看起來既可憐又笨拙，他激起了我的一種憐憫之情。

「尤齊奧，」他對著我的耳朵悄聲說，「你別學這個現代派姑娘的樣子，那是戰後體育運動和爵士樂——曲棍球時代的新的玩意兒！戰後習俗變得粗野了！缺少文化！缺乏對年長者的尊重！這是新一代享受生活的一種渴望！我開始擔心，這裡的氣氛將會對你不利。你得向我保證，不受這個放肆姑娘的影響。你們很相像，」他宛如發高燒似的說著，「你們有某種共同的東西，我知道，我知道。其實你也是個年輕的小夥子，我沒有必要把你領到現代派的姑娘這兒來！」我朝他瞥了一眼，像看一個瘋子。我，一個三十歲的大男人什麼地方像個現代派的寄宿學校女生？平科在我的眼中蠢到不能再蠢了。可他還在一個勁兒地警告我，說要提防寄宿學校女生。

「新時代！」他說，「你們，年輕人，當今的一代。你們輕視年長者，而彼此之間一見面立刻就會直呼其名。缺乏尊重，缺乏對過去的崇拜。舞廳、皮艇、美國、時代的本能，carpe diem[59]，你們年輕人！」

接著他便開始拼命地奉承我所謂的青春年少，我的現代性。一會兒說我們是現代派的青年，一會兒說對於我們只有腳最重要，一會兒又變換另一種說法，而姆沃齊亞庫夫娜在這段時間內始終漠然地站著，揪著脫落的皮膚，對她背後發生的事渾然不覺。

我總算弄明白，他關心的究竟是什麼——他想用這種方式直接讓我愛上寄宿學校女生。他的如意算盤打的是：立刻把我吸引到寄宿學校女生方面去，從一隻手上直接轉到另一隻手上，當面交割，好讓我不能逃跑。他向我灌輸思想，他對自己充滿了自信，認爲既然我會有一次按塞豐和敏透斯的模式接受青少年的思想，我就會永生永世被禁錮在這種思想裡。實際上教授並不

[59] 拉丁語，意爲：要享用每日的時光，不要放過一日的光陰。

在乎我會成爲一個什麼樣的男孩，只要我擺不脫男孩模式就好。如果他能成功地用現代男孩的思想感召我，使我立地愛上寄宿學校女生，他便能安心地離開，把全部精力花在自己大量的副業上，這些副業不允許他把變小了的我親自帶在身邊。好個自相矛盾：平科——看起來似乎是一個最珍惜自己的優越性的人，竟然去扮演舊派的、引起一代新潮姑娘反感的老好人的有失尊嚴的角色，爲的就是把我誘導到寄宿學校女生的身邊。他用老頭兒和大叔的憤激之情使我們相互對比參照，想用老年人和舊派的方式使我愛上青春和新潮。但是在平科的心目中還有別的並非不重要的目的。僅僅是戀愛對於他還遠遠不夠——他太想僅用一種盡可能最不成熟的方式把我和她捆綁在一起了，而不是以別的方式。假若我用普遍的愛去愛她，恐怕就不合他的心意，不，他渴望的恰恰是，使我陶醉於這種最最劣等的令人厭惡的又年輕又老邁、又新潮又舊派的詩的意境裡，這種詩的意境是從戰前的老頭兒和戰後的寄宿學校女生的組合中產生出來的。看得出來，教師渴望間接分攤我的著迷。一切都是特別精心安排的，但是太過於愚蠢，我聽著老年大叔笨拙的奉承，感到從平科的禁錮下完全解放了出來。我原不知道，只有愚蠢的詩才是眞正吸引人的詩。

莫名其妙地出現了畸形的配置，可怕的詩意十足的組合——那邊是冷漠的現代派寄宿學校女生無動於衷地站立在窗前，這邊是抱怨戰後野蠻化的教授老頭兒坐在沙發床上，而我則處在他倆之間被既年輕又老的詩歌所圍困。上帝啊！可我已是個三十歲的男子！出去，趕快出去！

然而世界彷彿崩潰了，並按照新的原則重新組合，三十歲重新成了蒼白無力的不現實的年齡，窗前的現代派女生越來越具有魅力。那該詛咒的平科仍然不肯甘休。

「腳，」他一再誘導我去注意現代派，「腳，我瞭解你們，我瞭解你們的運動，瞭解美國化了的新一代的脾性，你們寧可要腳而不要手，對於你們腳是最重要的，小腿！精神文化對於你們什麼也不是，只有小腿，運動！小腿，小腿，」他對我可怕的吹捧說，「小腿，小腿，小腿！」

就像在課間休息時他向學生們灌輸不成熟的問題，刺激他們，使他們的不成熟擴大了一百倍那樣，現在他一再向我灌輸現代人的小腿。我則愉快地聽著，看他怎樣將我的小腿同一代人的小腿聯繫在一起。我這時已感覺到青春對老年小腿的殘酷！在這種感覺裡已有了某種小腿與寄宿學校女生的夥伴關係，加上小腿的奇妙的祕密的相互理解，加上腳的愛國心，加上年輕的小腿的狂妄，加上腳的詩意，再加上青春年少的小腿的自豪和對小腿的崇拜！眞是軀體的一個魔鬼般的部分！我無須贅言，這一切都發生在寄宿學校女生背後，她正靠自己的一雙同齡的小腿的支撐站在窗邊，揪著脫落的皮膚，什麼都沒有領會到。

然而，假若不是客廳的門忽然打開，一個新的人物忽然出現在房間裡，我或許最終還會掙脫小腿的誘惑，一走了之。一個新的陌生人走進來把我徹底毀了。她便是姆沃齊亞克太太。她相當肥胖，卻是個有知識的女人和社會活動家，臉上帶著機敏而又細心的神情，她是拯救嬰兒協會或者首都消除童丐災難委員會的成員。平科從沙發床上站起身來，彷彿什麼也沒有發生過似的，依舊是戰前加里西亞的一位斯文、親切的老教授。

「啊，親愛的工程師太太！親愛的太太總是那麼忙，那麼精力充沛，這會兒定是從委員會開完會回來的。我把我的尤齊奧領到了這裡，好心的太太已表示同意照顧他。這就是尤齊奧，這就是我拜託太太照顧的那個小夥子。尤齊奧，我的孩子，給太太行禮。」

怎麼回事？平科重又換成了這種寬容的庇護人的腔調，向這個老女人行禮？我，一個年輕人？以尊敬的態度鞠躬行禮？我不得不這樣做——姆沃齊亞克太太向我伸出一隻小而豐腴的手，帶著轉瞬即逝的驚詫衝我這張在三十歲和十七歲之間蕩鞦韆的臉上瞥了一眼。

「這小夥子多大啦？」我聽見她這樣問平科，同時跟著他走到一旁去了，教授卻一本正經地回答：

「十七歲，十七歲，親愛的太太，四月份剛滿十七歲。看樣子比實際年齡大，或許他是有點兒裝大人，不過他有顆金子般的心，嘿，嘿！」

「啊，裝大人。」姆沃齊亞克太太說。

我沒有提出抗議，而是坐了下來。我坐在沙發床上，宛如給釘在上面似的。這種潛台詞的前所未聞的愚蠢行爲使我無法進行任何解釋。我開始感受到極度的苦惱。因爲平科把姆沃齊亞克太太拉到了窗前，那兒正是寄宿學校女生站立的地方，他們在親暱地交談，時不時朝我投來一瞥。老一套的教師有時故意——儘管裝成是偶然的——抬高嗓門兒。何等的煎熬啊！因爲我聽見他說，就姆沃齊亞克太太而言，我和他是連在一起不可分的——就像此前他把我和寄宿學校女生連在一起置於他自己的對立面一樣，現在他把我和他自己連在了一起。這還不夠，他把我作爲一個好裝腔作勢的小夥兒介紹給姆沃齊亞克太太，說我是裝大人，裝做對一切都感到膩煩。更有甚者，他還動情地談到我對他的依戀，對我在智力和心性方面的優點大加讚揚（只有一個缺點，就是愛裝腔作勢——但這很快就會過去），因爲他說話時總帶著某種老年人的動情和一種典型的舊派教師的聲調，結果是，我也成了一個舊派的非現代的人！他製造了這樣一種活見鬼的局面，使我坐在沙發床上不得不裝做沒有聽見他的談話。寄宿學校女生就站立在窗前，我不知道她是否聽見。那邊平科在角落裡搖晃著腦袋，咳嗽著，動情地談論我，煽起進步的工程師太太對我的興趣和傾向性。啊，誰若能充分估計到跟一個剛認識的陌生人拴在一起是怎麼回事，又是一種多麼不可思議的冒險過程，一種充滿了背叛和陷阱的過程，這個人就能理解我對平科和姆沃齊亞克太太結盟的無能爲力。他錯誤地把我領到了姆沃齊亞克夫婦家中，不僅如此——他還故意提高嗓門兒，好讓我聽見，他這是在錯誤地引導我——別有用心地引導我瞭解姆沃齊亞克一家的祕密，引導姆沃齊亞克一家瞭解我的祕密！

確實，姆沃齊亞克太太帶著憐憫和不耐煩的神情朝我這邊瞥了一眼。平科令人作嘔的廢話必定會使她焦躁，除此之外，當今那些熱衷於集體活動和婦女解放的有事業心的工程師太太，都憎恨年輕人身上的一切虛假和不自然，尤其是忍受不了他們裝大人。作爲進步的、並且全身心關注未來的女性，她們對青春懷有的崇拜之情，比任何時候對青春的崇拜都更強烈，都惹惱她們的惡之大者，莫過於一個小夥子用裝腔作勢玷污自己的青春年華。更糟的是，她們不僅不喜歡，還外加喜歡自己的這種「不喜歡」，因爲這能讓她們感受到自己的進步性和現代性——她們隨時都準備縱容自己的不喜歡。對工程師太太無需重複兩遍，這個胖女人其實能把自己同我的關係建立在任何別的基礎上，而不僅僅是根據新潮–守舊的公式，一切都取決於第一個和音，因爲第一個和音是我們自己選擇的，再說它也只是一種後果。但平科是用老教書匠的弓拉她現代派的弦，她一聽就抓住了調子。

「啊，我不喜歡，」她做著鬼臉說，「我不喜歡！年輕的老頭兒，一臉的膩煩相，肯定是缺乏運動鍛煉！我忍受不了虛假。不過，教授，請教授不妨把他跟我的祖塔作一番比較——她是多麼坦率、無拘無束、自然——瞧，你們過時的教育方法帶來了怎樣的結果。」

我聽了她的高論，對抗議的成效失去了最後的一點信心。一旦她喜歡上了把自己和自己的女兒跟我——一個按過去的原則教育出來的舊派的小夥子——連在一起，她便再也不會相信我是個成年人。如果一個母親喜歡自己的女兒跟你在一起，那就什麼都完了，你必須是她女兒所需要的那種樣子。當然，我能抗議，誰說我不能呢？我隨時都可以站起身，走到他們跟前——無論有多大困難——強行向他們解釋說我不是十七歲，而是三十歲。我能——但又不能，因爲我不想這麼做，我已經只想證明：我不是個舊派的小夥子！我只想做這麼一件事！令我氣得發瘋的是，寄宿學校女生聽到平科的嘮叨，隨時都會發表否定的見解。這件事已掩蓋了我的三十歲問題。別的事情都早就顯得平淡無味了，而這件事卻在白熱化，燒得烤人，使我渾身疼痛！我坐在沙發床上，我不能叫喊，說他是有意撒謊——於是我調整了一下坐姿，伸出兩條腿，竭力裝出無拘無束和大膽的樣子，我按新潮的方式坐著，發出無聲的叫喊，說這不是真的，說我不是這樣的，而是另一個樣子。小腿，小腿，小腿！我向前傾斜，讓自己變得更有神采，我自自然然地坐著，無聲地以整個形象駁斥謊言——如果寄宿學校女生回頭觀瞧，就讓她看看——就在這時，我忽然聽到姆沃齊亞克太太悄聲對平科說：「不錯，這是一種病態的矯揉造作，請你瞧瞧——他一直在裝模作樣。」

我不能動。假若我改變姿勢，就會顯示出我聽見了他們的談話，又會被視爲在裝模作樣——現在所有的一切，無論我做什麼，都會被視爲裝模作樣。這時寄宿學校女生卻從窗邊轉過身來，用目光朝我周身打量，看我怎樣坐著，看我怎樣無法從我裝出來的隨意自然的姿態後撤。我看到她臉上不友善的表情。這樣我就更不能後退。我看到，姑娘身上有一種對我的強烈的青春的不友善態度在迅速增長，快得驚人，純粹的不友善。直到姆沃齊亞克太太中止了談話，en camarade 60——以同學的方式——向女兒問道：「祖塔，你幹嘛這樣盯著看？」

60 拉丁語，意爲：以同學的方式。

寄宿學校的女生的目光始終沒有離開我，她轉變了態度——變得正規了——忠順、坦率、眞誠——她噘起小嘴，拋出了這麼一句：「他整個兒時間都在偷聽。他什麼都聽見了。」

哦！這話說得毫不客氣！我想抗議，但我不能，而姆沃齊亞克太太則在滿懷喜悅之情品味姑娘的語氣的同時，壓低了嗓門兒對教授說：「如今她們對忠順和自然的問題特別敏感——在這一點上她們完全發了瘋。新的一代。這是大戰的道德。我們所有的人，我們和我們的子女都是大戰的孩子。」工程師太太明顯地自我欣賞地說。

「新的一代。」她又重複了一遍。

「瞧她那對小眼睛是如何變得暗淡了。」老頭兒和善地說。

「小眼睛？我的女兒沒有什麼『小眼睛』，教授，只有眼睛。我們——有眼睛，祖塔，讓你的眼睛安靜點兒。」

但是姑娘的臉色變得陰暗了，她聳了聳肩膀，對母親不理不睬。平科雯時憤慨起來，在一旁提醒姆沃齊亞克太太注意：「如果太太認爲這是正常……在我當年，年輕人從來不敢衝……母親聳肩膀！」

這話才使姆沃齊亞克太太滿意，才是正中她的下懷，她胸有成竹地說：「時代，教授，時代！先生不瞭解現今的一代。變化是深刻的。習俗大革命，這陣風摧枯拉朽；地下發生了震動，而我們就待在地震區。時代！一切都必須重新改造！應當摧毀祖國所有的老地方，只留下新地方，應當把克拉科夫也摧毀了！」

「克拉科夫！」平科叫嚷了起來。

然而寄宿學校女生相當輕蔑地聽著兩位老人的這場爭論，她選擇了適當的時機從一旁踢了我一腳，動作乾脆俐落、紮實。偷偷地，憎恨地，以調皮搗蛋的方式踢在我的小腿上，既沒有改變身體的姿勢，也沒有改變面部的表情——她把腳縮了回去，依舊是若無其事地站立著，對平科跟姆沃齊亞克太太說的話無動於衷。母親幾乎始終都在死乞白賴地跟女兒套近乎，女兒卻在同等程度上躲避母親——彷彿她比母親更多一份自尊，因爲她比母親年輕。

「她踢了他！」教授高聲嚷道，「看見了嗎，太太？她踢了。我們在這裡閒聊，而她卻踢了他。這才是野蠻、大膽，是戰後肆無忌憚的一代的無禮行徑。她竟然用腳踢！」

「祖塔，讓你的腳安靜點兒！不過，教授也請別太在意，沒什麼了不起的。」她笑著說，「你的尤齊奧什麼事也不會有。大戰時期在前線發生的事可沒有這麼輕鬆。我本人，作爲女衛生員，在戰壕裡就曾不止一次被普通的士兵踢過。」

她點燃了香菸。

「在我當年，」平科說，「年輕的姑娘們……諾爾維德[61]對此會怎麼說？」

[61] 崔・諾爾維德（Cyprian Norwid, 1821-1883），波蘭浪漫主義詩人，畫家，雕塑家。

「諾爾維德是誰？」寄宿學校女生問。

她一本正經地發問，絕妙地反映了年輕一代四肢發達、頭腦簡單的典型特色和時代的驚詫，她並不過分專注問話本身的含義，她之所以發問，只是爲了品嘗自己的無知。教授雙手抱住了腦袋。

「她沒聽說過諾爾維德？」他叫嚷道。

姆沃齊亞克太太淡淡一笑。

「時代，教授，時代呀！」

出現了前所未有的愉快氣氛。寄宿學校女生對平科表白她不知道諾爾維德，平科因諾爾維德而對寄宿學校女生的無知大爲震驚，母親露出理解時代的微笑。我獨自坐著，被排除在這夥人之外，我不能——我既不能開口說話，也不能理解，角色竟然發生了這樣的轉變，具有糟糕一千倍的小腿的老古董竟然跟現代派的女生交好來對付我，我竟成了他們絕妙樂曲的配合旋律。啊，平科，惡毒的傢伙！就在我默默無言坐著，被她踢了一腳，看上去我很生氣、噘著嘴、繃著臉的時候，平科卻友善地對我說：「尤齊奧，你爲什麼沉默不語？在社交場合應該說點……莫非你是生祖塔小姐的氣？」

「他感到受了侮辱！」女運動員嘲弄地叫嚷說。

「祖塔，向這位先生道歉！」工程師太太用強調的語氣說，「先生在生你的氣。不過，請小夥子別對我的女兒惱火，小夥子不應該胸懷狹窄。當然，祖塔應當道歉。但話說回來，畢竟我們也有點兒做作，這是千眞萬確的。多一點兒自然，多一點兒生命。請看看我，看看祖塔——喏，不過我們會使年輕人不敢再裝腔作勢，請您放心，教授。我們會教導他。」

「從這一點考慮，我想，住在你們府上對他的健康成長有益。喏，尤齊奧，別再愁眉苦臉啦。」

這裡說出的每句話都是決定性的，看來似乎是——早已安排就緒的，確定了的，規定好了的。很快他們便談妥了財務條件，然後平科在我的額頭上親吻了一下。

「祝你健健康康的，小夥子，再見，尤齊奧。你給我表現得好點兒，不要哭，不要哭，我每個星期日都會來看你，在學校我也不會失去跟你的聯繫。向您致敬，親愛的太太，再見啦，再見，祖塔小姐，請小姐對尤齊奧好點兒！」

他走了出去，還能聽到他在樓梯上咳嗽和清嗓子的聲音：「咯，咯，咯，呃咯，呃咯，咯，咯！嗯哼，嗯哼，嗯哼！」我霍地站起身來進行抗議和解釋。但姆沃齊亞克太太把我領進了一間小斗室，就在客廳的隔壁，新潮而不舒適。這間客廳（後來才發現）同時也是姆沃齊亞克小姐的臥房。

「請，」她說，「這是臥室。盥洗間在隔壁。早餐七點。行李都在這裡，女僕已經送來了。」

我還沒來得及結結巴巴說出一聲「多謝」，她已經出門參加首都剷除非歐洲童丐災難委員會的會議去了。我獨自留了下來。我坐在椅子上。一切都歸於寂靜。我腦子裡嗡嗡作響。我待在新居的新環境裡。從一大早我見過那麼多人之後，突然出現無人的境況，只有寄宿學校女生在隔壁客廳裡走動，忙活。不，這不是孤獨——這是跟寄宿學校女生一起的孤獨。

第七章 戀愛

我再次奮起抗議和進行解釋。我必須行動。我不能忍受自己永遠被固定在別人強加於我的狀態。任何延宕都有使狀態固定化的危險。我僵直地坐在一張小椅子上，沒有動手安放和整理我的行李，那行李是女僕遵照平科的吩咐送進來的。

「現在，」我思忖道，「現在是反駁、解釋和求得理解的唯一機會。平科不在這裡，姆沃齊亞克太太出門去了，只有她獨自在家。不能浪費時間，時間會增加負擔，會使人僵化。現在就去，去向她解釋，去向她揭示自己的本來面目，明天就會太晚了。揭示，揭示，揭示。」我是多麼強烈地想讓她看到我，我是多麼渴望展示自己啊——可要讓她看到一個什麼樣的我呢？成年的、三十歲的我？不，不，永遠也不。啊，此時此刻我根本就不想掙脫青春年華，承認自己是個三十歲的男子。我的世界已經坍塌了，我已然看不到現代派的寄宿學校女生的神奇世界之外的世界。運動、靈巧、果敢、小腿、腳、粗野、舞廳、輪船、皮艇——這是我的現實的嶄新的列柱！不，不——我想顯示出的是一個現代派的人！精神、塞豐、敏透斯、平科、決鬥，迄今所有的一切都被推到了次要地位。我所考慮的只是——寄宿學校女生對我怎麼想，她是否會相信平科的話，認爲我似乎是個矯揉造作之徒，是個守舊派——現在我唯一的問題已成了馬上就走出去，去向她揭示我是個現代派的自然的人，讓她理解，是平科歪曲了我，實際上我是另一種人，是跟她一樣的，從年齡到時代，我都是她的同齡人，是跟小腿交好的……

展示出自己——問題在於以怎樣的藉口去向她展示？既然我幾乎根本就不認識她，儘管她身上擁有我的特點，但在社交上她對於我是陌生的，我又如何向她解釋？在生存的更深層面上，接近她對我而言是不可思議的困難。至於我本人——我只能在一些微不足道的瑣事上接近她，我至多只能做到去敲她的房門，問一聲幾點鐘開晚飯。她踢在我身上的那一腳，絲毫也不能使事情變得好辦些，容易些——因爲那只是偶然的隨便一踢，是用腳，並沒有面孔的參與，而我所缺少的正好是相應的面孔。我坐在椅子上，跟關在籠子裡的動物毫無二致，就像一匹被人用韁繩牽住驅趕著的馬，靠人家的馬鞭子與其保持一定的距離。我急得直搓手——怎樣，以怎樣的藉口走近姆沃齊亞克小姐，走近自己？

猝然電話鈴響了，我聽見寄宿學校女生的腳步聲。

我站了起來，小心翼翼地把通向客廳的門打開了一道縫。我察看客廳，一個人也沒有，居室裡空空如也。黃昏到來了，而她通過電話與女友相約七點半在糖果茶室見面，跟她，跟波萊克和娘兒們（她們常有自己的諢名、姓氏、表示方式）一起。「你來吧，準時，一定，是的，不，行，我腳痛，韌帶受了傷，白癡，照片，你來吧，你一定來，我會來的，眞好玩兒，一定。」一個現代派的女生衝著話筒對別一個現代派的女生悄聲說著，身邊一個人也沒有，她們說的這些話使我十分感動。「自己的語言，」我思忖，「自己的現代的語言！」那時我似乎覺得，那姑娘，嘴巴忙於交談，眼睛無拘無束，整個兒被電話機固定不動，變得更容易接近，更有利於實現我的圖謀。我可以不要任何解釋出現在她面前，出現——無需解釋。

我迅速整理了領帶和衣領，把頭髮梳得十分光整，讓分線看得一清二楚，因爲我知道，頭上平直的線條在當時的情況下並非沒有意義。不知何故，線條是現代式樣的。我穿過餐廳的時候從桌子上拿了一根牙籤，便走出去了（電話在門廳），我裝出一副最無所謂的態度出現在門口，站立在門檻邊，肩膀靠著門框。我悄悄向前探出整個上身，牙齒咬著牙籤。牙籤也是現代式樣的。你們可別以爲，就這麼咬著牙籤站著，裝成無拘無束的樣子是件輕而易舉的事，因爲一切都還是處在一種灰心喪氣的麻木不仁的狀態中。當一個人仍然是消極得要命的時候，要讓他同時具有進取心，敢作敢爲，眞是談何容易！

這時姆沃齊亞克小姐對她的友女說：「不，不一定，眞見鬼，好吧，跟她一起來吧，別跟他一起來，照片，胡鬧，對不起，請稍候。」

她放下聽筒，問了一聲：「先生想打電話？」

她用一種社交的、冷淡的腔調問道，彷彿我不曾被她踢過一腳似的。我搖搖頭以示答覆。我只想讓她知道我之所以站在這裡沒有別的任何理由：只是因爲屋子裡只有我和妳，在妳打電話的時候，我作爲現代派的夥伴和同齡人，有權站在門口；姆沃齊亞克小姐，妳該明白，妳我之間一切解釋都是多餘的，簡而言之我可以毫不客氣地參與妳的生活。我冒的風險是很大的，因爲倘若她要求我作出解釋，我會無法解釋清楚，可怕的虛假性立刻就會逼得我後退。但如果她接受我，如果她表示贊許，如果她以沈默表示同意我站在這裡，便會出現我幾乎不敢夢想的自然！那時我便能眞正跟她一起，做個現代少年。「敏透斯，敏透斯！」我膽戰心驚地想道，同時回想起，敏透斯在第一次露出微笑之後如何可怕地做鬼臉。跟女人打交道，誠然，要容易得多。肉體的差異創造了更好的機會。

但是姆沃齊亞克小姐對我看都不看一眼，她把電話聽筒放在耳邊，又交談了相當長的時間（而時間又開始成爲我的負擔），終於她說道：「好吧，準時，肯定，電影院，回頭見。」然後便掛上了電話聽筒。

她站起身，走進了自己的房間。我從嘴裡拔出牙籤，踱回了我的房間。那裡靠牆的櫥櫃附近有張小椅子，放在一旁，不是爲了坐，而是爲了夜裡放衣物用——我僵直地坐到這張小椅子上，搓著手。她回避我——甚至連挖苦一聲都不肯。好吧，可是既然已經開始，就不能將此事擱下不顧，乘姆沃齊亞克太太不在家，必須解決這個問題。你得再試一次，因爲在你可悲的表演之後，她現在會眞地、徹底地把你想像成一個愛裝腔作勢的人；無論如何你的作態會被固定下來，會不斷加強。你現在爲什麼坐在這裡，靠邊兒坐在牆腳底下？你幹嘛搓手？須知待在自己的房中，坐在椅子上搓手，是與一切新潮相抵觸的，是舊式的。啊，上帝！

我停止了搓手，靜靜地諦聽隔壁正在發生什麼事情。姆沃齊亞克小姐在走動，像所有的姑娘在自己的房中走動一樣。可是在走動的同時，她肯定會堅持對我的評價，說我是個愛裝腔作勢的人。得把自己推出自己的房間。當她獨自在那邊塑造你的形象時，你卻不得不坐在這裡無所作爲，眞是太可悲可怕的了——可是如何抓住她，如何再去抓住她，該怎麼辦？我已然沒有了藉口——哪怕是我有藉口，也不能用——因爲這純屬一個人的內心問題，豈能用它作爲藉口！

這時外面天色已然黑了，而孤獨也隨之降臨——那是一種人爲的孤獨，因爲人既是獨處，可又不是獨處，而是跟隔壁的另一個人有著痛苦的精神聯繫——須知只此一點，就足以使得搓手掰手指頭和其他的一些表現都變得荒謬——昏暗和那人爲的孤獨衝擊了我的頭腦，令人目眩，剝奪了我最後一點淸醒感，把人推向了黑夜。黑夜闖進白天對我們而言是多麼常見的事！可是獨自一人，在這個房間裡，坐在一張小椅子上，在這一幕中，我卻是太無用，太無目的的了。我不能在這裡久坐不動。我跟別的人一起共同經歷的過程，顯然說不上什麼可怕，只是沒有夥伴一道經歷的過程就變得無法忍受。由於孤獨我變得有點兒盲目，如同一隻蝙蝠一樣。在經歷了長久的痛苦之後，我重新打開了房門，出現在門邊。站定之後我發現，我又不知該如何抓住她，不知該如何跟她搭腔——她依舊是最嚴格地跟我分清界線，依舊是封閉的。該死的東西正是這種人的形態的清晰而不含糊的輪廓，是這條冷漠的分隔線——形式！

她彎著腰，一隻腳搭在小椅子上，在用一塊柔軟的麂皮擦皮鞋。這其中有點什麼傳統的東西，我覺得，姑娘與其說是想使皮鞋光亮，不如說是想暗地裡鍛煉小腿和腳，使自己的形象更完美，以保持良好的現代派格調。這種想法給我增添了勇氣。我認爲，既然她跟腳一起被當場抓獲，就該表現得更仁慈一點，少一點兒形式主義的派頭。我朝她走了過去——站在了她附近，相隔一、兩步的距離。我縮回了目光，看都不看，默默無言地推薦自己——時至今日我仍清楚地記得，我是如何走近她，如何站在離她一步之距，站在空間區的邊緣上——在空間區裡便是她的天地——記得我如何屏聲息氣，不要任何花樣地湊上前去，爲的是能夠盡量走得更近。我等待著，爲了什麼？——爲的是讓她絲毫也不感到驚奇。這一次沒有牙籤，沒有採取任何特別的姿態。讓她接受我，或者推開我，隨她的便，我極力做到完全被動、消極、不在乎，完全不帶任何色彩。

她從椅子上拿下了腳，伸直了腰……

「先生找我……有事？」她側過身子躊躇地問道，就像任何一個別的人無因由地朝某個人走得太近時那人的反應一樣。而當她直起了腰，我們彼此之間的緊張程度增大了。我感覺到，她想挪開些距離。可因爲我站得太近，她沒能辦到。

我是不是找她有事？

「沒有。」我悄聲回答。

她垂下了雙手，皺眉蹙額地瞥了我一眼。

「先生在裝腔作勢？」她自衛性地說了一句，防備著。

「沒有，」我死乞白賴地嘟囔道，「沒有。」

我旁邊是張小桌子。再遠點兒是暖氣片。小桌子上放有一把刷子和一把小折刀。天越來越黑了——介於夜晚和白天之間的光線稍許模糊了邊界和可怕的分隔線，裹著昏暗的面紗我是眞誠的，我能做到要多眞誠有多眞誠，樂意而且準備跟寄宿學校女生打交道。

我沒有裝相。假若她承認我此刻沒有裝腔作勢，那裝腔作勢是我早前在平科面前假裝出來的。爲什麼我會以爲一個姑娘不能拒絕一個要求被人接納的男子的建議？我是否設想過這個寄宿學校女生在黑暗中會屈服於誘惑，將我看成某個合適的人？爲什麼她不能把我當成一個友好的合適的人選？須知她或許更樂意在家裡有個美國人作伴，而不是守著一個舊派的、酸溜溜的、受了委屈的僞裝者。難道不是嗎？難道她不願利用我在黃昏時分彈奏自己的樂曲？如果我到這裡來了，如果我向她作了自我推薦，說，彈奏吧，彈奏吧，就拿我來彈奏你自己的旋律吧，彈奏那支所有的人都在咖啡館，在沙灘上，在舞廳裡哼唱的現代派曲調——全世界穿網球褲的青年的純潔曲調——拿我奏一曲網球褲的新潮吧！難道你會不願意？

姆沃齊亞克小姐沒料到我會出現在她的身邊，她坐到桌子上，雙手撐著桌沿，帶著某種肉體的幽默——她的臉從昏暗裡顯露了出來，有幾分遲疑，介於驚詫和開心之間——我覺得，她似乎是坐下來彈奏……美國的姑娘們就是這樣坐在船的邊緣上。她坐了下來。這事實本身就使我心中湧動著一股熱潮，至少這中間蘊含著無聲地同意把局面延續下去。看起來，她似乎是打算就這麼長久地坐下去，直到雙手撐得乏力。我揣著一顆忐忑不安的心注意到，她在調動自身的某些魅力。她略微歪著腦袋，不耐煩地晃動著一隻腳，任性地噘起小嘴巴，而與此同時，她那雙現代派女生的大眼睛卻小心翼翼地朝向一旁，朝著餐廳的方向瞥，想看女僕是否會偶然不在那裡。因爲假若女僕看到我們，兩個幾乎不相識的男女待在這裡，又是以這麼古怪的一種組合，她又會說些什麼呢？她是否會指責我們過於矯揉造作，過於虛假？抑或是否會指責我們過於隨心所欲，過於自然？

但是，這種冒險正是姑娘們所喜歡的，尤其是那種只有在黑暗中才能表現出自己會些什麼的姑娘。我感到，我以虛假的不老練的自然征服了寄宿學校女生。我把雙手插進了西服上衣的口袋裡，全神貫注地站在她的對面，捕捉她的每一次呼吸，悄悄地，然而是以全部的力量熱忱地陪伴著她——討人喜歡，雙倍地討人喜歡……這一次時間看起來對我有利。每一秒鐘，在深化虛假做作的同時，也在深化自然。我期待著她會突然對我說點兒什麼，就像是我們倆已經相識了幾百年。她會談起腳，說她腳痛，因爲韌帶受了傷。

「我腳痛，因爲我把韌帶摔傷了。你喝威士忌吧，或者……」

她就要說出這句話，她的嘴唇已開始動了——可她突然卻說出了一句完全是另一碼事的話，一句純屬下意識地說出來的話——她以公事公辦的方式問道：「我能爲您做些什麼？」

我後退了一步，而她，爲說出的這句話感到得意，同時也絲毫沒失去一個坐在桌子上搖晃著雙腿的現代姑娘的氣派和灑脫，而且還擺出了更爲十足的派頭，以強調的口吻，帶著表面上冷漠的關切，再一次問道：「我能爲您做些什麼？」

因爲她感覺到，這句話在她那方面什麼也不會減損，相反，還會給她增添審慎和非感傷主義的清醒，對她保持自己的模式大有好處。所以她一邊像看瘋子似的看著我，一邊又重複問道：

「我能爲您做些什麼？」

我轉過身子，走開了，可是我的後背，在離去時更刺激了她，當我走到門邊便聽見一聲：

「小丑！」

被人一腳踹開，被人拒之於千里之外的我，坐在牆根兒我的那張小椅子上，上氣不接下氣地直喘。

「完了，」我喃喃地說，「她破壞了我的情緒。她爲什麼要破壞？有點兒什麼刺痛了她?!」她寧願乘車來接我，而不願跟我一起乘車走。我的小椅子，就在這裡，在這牆根兒，只有你接受我！是時候了，該把行李打開，箱子就擱在房中央，手邊連條毛巾都沒有。

我悄悄地坐在小椅子上，幾乎是摸著黑動手把內衣褲放進抽屜裡——得整理好，明天得上學去——可是我沒有打開燈，再說，也不值得去打開它。我是多麼乏味，多麼可憐。不過這樣也好，只要能不再動，就這麼坐著，穩穩地坐著，什麼也不想望，直到最後什麼也都不想。

但在坐了幾分鐘之後便無可爭議地發現，我在自己的精疲力竭和精神貧困之中，還不得不重新積極行動。難道是沒有止息的時候？現在——我必須第三次走進她的房間，作爲小丑出現在她的面前，讓她知道，我這方面先前所幹的一切都是蓄意做出的小丑行爲，是我捉弄了她，而不是她捉弄了我。tout est perdu sauf l'honneur㊷——誠如法蘭西斯一世㊸所說。因此儘管貧困和疲乏，我還是站立了起來，重新開始準備走進她的房間。準備工作持續了許久。終於我把門打開了一道縫，首先把腦袋伸進了她的房間。令人炫目的明亮。她已開了電燈。我閉上了眼睛。一句不耐煩的警告傳進了我的耳中：「沒敲門請別進來！」

我在門縫裡搖晃著頭，閉著眼睛回答說：「僕人和墊腳凳。」

我打開了房門，完全走了進去，從容不迫，機智俏皮，啊，這種窮漢的從容不迫！根據惱

㊷法語，意爲：除了幽默一切都已喪失。

㊸法蘭西斯一世（Francois I, 1494-1547），自一五一五年起爲法國國王，他是當時法國文化、藝術的庇護者。

怒有損美貌的古老格言，我決定惹她生氣。我揣測，她會煩躁，而我會在小丑的假面具下保持平靜，我會佔上風。她喝斥道：「先生眞沒教養！」

現代派的嘴巴裡迸出的這些詞兒使我大吃一驚，尤其那語氣是那麼確定無疑，似乎有教養是戰後放肆的寄宿學校女生的最高標準。現代派的戲法擅長交替玩弄有教養和沒教養。我感到自己是個土包子。後退爲時已晚——世界之所以存在，僅僅是由於後退總是爲時太晚。我鞠了一躬，回答說：「尊敬的小姐的墊腳凳。」

她站起身，朝門口走去。糟糕！如果她走出房間，留下我跟土氣粗魯在一起——那就一切都完了！我衝到前面，擋住了她的路。她站住了。

「先生想幹什麼？」

她顯出了不安的神色。

而我，爲自己行動所引出的結果所制約，兼之因爲我已不能後退，便開始走向她。我走向她，一個瘋子，一個小丑，一個裝腔作勢之徒，一隻猴子，走向了姑娘，一名巴洛克式的學生和單身漢，帶著愚鈍的蠻橫走向了她——她後退到桌子後邊——而我則從容不迫地走向她，帶著耍猴的動作，用手指指著方向，像個醉鬼，惡意的土包子，像個土匪向她走去——她退到牆邊，我跟著她。然而，該死！——在我噩夢似的、醜陋地、鼓著一雙蛤蟆眼向她步步進逼的同時，看到——她面對一個瘋子竟絲毫也不失其自己的秀色——當我變得失去人性的時候，她站在牆根，身材矮小，彎著腰，臉色蒼白，兩手下垂，肘部略微彎曲，喘著粗氣，宛如被我拋到牆上一樣。她瞪大了眼睛，一聲不吭，因面臨危險而高度緊張；她懷有敵意，卻是美得驚人——如同在電影裡所看到的——一個現代派的姑娘，充滿詩意和藝術性的姑娘，恐懼非但沒有使她變醜，反而給她增添了光彩，使她更加美麗！又相持了片刻。我走近了她，勢必出現新的解決方式——我腦子裡閃過一個念頭，完了，我必須伸手抓住她，抓住她這張可愛的臉蛋兒——我愛上了她，愛上了！……突然前室傳來一陣尖叫聲。這是敏透斯在向女僕進攻。我們沒有聽見門鈴聲。他來探望我，到我的新居來了，而當他在前室與女僕單獨相處時，便想要強暴她。

由於敏透斯在跟塞豐決鬥之後已不能擺脫自己那副可怕的神態，於是他便帶著這種地獄的連貫性來了，除了極其可怕根本就不可能是別的。他一見到女僕，便毫不遲疑盡其所能地對她採取最粗野、最蠻橫的態度。女僕大叫大嚷。敏透斯在她肚子上踢了一腳，走進了房間，腋下夾著半瓶專賣的烈性酒。

「啊，你在這兒！」他喊叫道，「你好，尤傑克，同學！我登門拜訪來啦。我帶來了燒酒和灌腸！誰，誰，誰，瞧你這張嘴臉！沒什麼，沒什麼，我的也好不了多少！」

讓嘴臉給嘴臉搧耳光！

這就是我們的命運，我們的命運！

你要不就用自己的嘴去掌誰的嘴巴，
要不就吊死在一棵棵樹上！

「是塞豐給你弄出這麼副嘴臉？這幼苗就長在牆根下？向你致敬！」

「我戀愛了，敏透斯，我愛上了……」

敏透斯帶著醉鬼的機靈應聲說：「所以你才有這副嘴臉？難兄難弟，尤齊奧！喏，可你所愛的人給你黏上了一副怎樣的嘴臉！你若是能看到自己的氣色就會明白。沒什麼，沒什麼，我的嘴臉也好不了多少。難兄難弟啊！走吧，走吧，幹嘛在那兒轉腳後跟，把我領進你自己的房間，弄點兒麵包來就灌腸——我有一瓶無憂酒！幹嘛在那兒乾著急！尤齊奧同學，我們去喝一杯，我們去聊聊天，海闊天空地胡扯一通，讓我們放鬆放鬆！再見，尊敬的小姐……bon jour[64]……au revoir[65]向你致敬！Allons, allons[66]！」

我再一次轉向現代派女生。我想說點兒什麼，解釋解釋——說出能挽救我的唯一的一個詞

[64] 法語，意爲：你好。

[65] 法語，意爲：再見。

[66] 法語，意爲：我們走吧，我們走吧！

兒──但是這個詞兒沒有找到，而敏透斯又抓住了我的肩膀，拉著我步履踉蹌地走進我的房間。我們不是由於酒精而醉，而是由於我們的嘴臉而醉。我放聲大哭起來，向他講述了有關寄宿學校女生的一切，什麼也沒有漏掉。他像父親一樣慈祥地聽完我的抱怨，唱了起來：

嗨，嘴臉
在櫟樹上
像隻蒼頭燕！

「喝，喝點吧，你幹嘛不喝？來，一飲而盡！把臉埋進燒酒瓶，把嘴巴埋進燒酒瓶！」他的面容一直是可怕的，粗野得可怕，庸俗得嚇人，他啃著用油膩膩的紙卷著的香腸，整條兒塞進嘴巴的洞窟裡。

「敏透斯，我想獲得解放！我想擺脫她！」我叫喊道。

「擺脫蠢貨？」他問，「媽的，眞見鬼！」

「擺脫寄宿學校女生！敏透斯，要知道我都三十歲了，一天不少！三十歲！」

他帶著驚詫的神情端詳著我，在我的這些話裡必定是蘊含著眞誠的痛苦。但他馬上又噗哧一笑。

「唉，你別瞎扯啦！三十歲！小青年發傻，盡說些沒意思的話，穿網球褲的傻瓜（他還用了一些別的說法，我不便在此一一重複）！三十歲！唉，你知道嗎？」說到此他口對酒瓶喝了一口，又啐了一口唾沫，「我認識你的這位心上人。我見過她。科佩爾達在追求她。」

「誰在追求她？」

「科佩爾達。我們班的那一位。他喜歡她，因爲他也是個現代派。唉呀，如果她眞是一位現代派，那你便是白忙活了。他媽的！現代派的女人只跟現代派的男人交往，只跟和她一樣的人交往。唉呀，唉，如果現代派的女人給你貼上一副嘴臉，那你想擺脫就不那麼容易了。這比塞豐的情況還糟。沒什麼，老弟，每個人都有黏在自己身上的某種理想，如同撒灰的禮拜三67離不開惡作劇的小玩意兒一樣。喝吧，喝吧，喝一點！你以爲，我已獲得了解放？我已把嘴臉變成了抹布，而長工卻一直在折磨我。」

「你不是對塞豐施暴了嗎？」

「那又怎樣？我對他施暴了，可嘴臉還留著。你瞧呀！」他吃了一驚，「我倆可是絕妙的一對。我跟長工調情，而你跟寄宿學校女生。把這瓶燒酒一飲而盡！咳，長工，」他猝然沉入遐

67「撒灰的禮拜三」是天主教掌故，復活節前大齋節的第一天。這一天神甫在教堂裡向信衆頭上撒香爐灰，小夥子們偷偷將木棍兒，雞毛、蛋殼之類的東西黏在成年人的背上捉弄大人。

思，「咳，長工！尤齊奧，要是能逃到長工那裡去該多好！逃到牧場，逃到田野，逃跑，溜之大吉。」他嘟囔著，「到長工那兒去……到長工那兒去……」

我對他的長工壓根兒就不感興趣。我關心的只是寄宿學校女生！我對科佩爾達醋勁大發——唉呀，是科佩爾達在追求她！不過，既然「追求她」，便不是「跟她在一起」，這是否意味著他們並不相識……我不敢問。我們就這樣帶著各自的嘴臉坐著，像兩股道上跑的車，各自沉緬於自己的心思，時不時口對長頸玻璃瓶喝上一口。敏透斯搖搖晃晃地站立起來。

「我該走了，」他自言自語地悄聲說，「要不那老太婆就該回來了。我從廚房出去。」他嘟囔說，「再去瞧瞧女僕。你有個不錯的女僕，很不錯，很不錯……誠然，她不是長工，可她總是來自民眾。說不定她還有打長工的兄弟哩。唉，老弟——長工……長工……」

他走了，而我卻跟寄宿學校女生一起留了下來。月光裡充滿了細小的灰塵，白慘慘，大量的灰塵飄散在那邊的空氣裡，我獨自在這邊待著。

第八章　糖煮水果

第二天早上又是學校和塞豐、敏透斯、霍佩克、梅茲德拉烏、加烏凱維奇，還有那 accusativus cum infinitivo [68]、綠色貧血、預言家、日常普遍的無能，無聊，無聊，眞無聊！又是一切照舊！又是詩聖預言未來，教師單調乏味地嘮叨著詩聖、預言家、掙錢糊口，學生們在課桌下面沮喪地折磨自己，手指像旋轉柵門一樣在皮鞋上打轉轉，再則就是別撒胡椒麵，彼得，別用胡椒麵撒豬肉，別撒胡椒麵，彼得，別用胡椒麵撒豬肉，別撒胡椒麵，彼得，別用胡椒麵撒豬肉。無聊，眞無聊！無聊重新又在擠壓，在無聊、預言家和教師的擠壓下，現實一點點在變成空想的世界。現在請讓我幻想吧，你倒是讓呀——現在已是誰也不知道什麼是現實的，什麼壓根兒就不存在，哪兒是眞實，哪兒又是幻覺，什麼感覺得到，什麼感覺不到，哪兒是自然，哪兒是虛假、

[68] 拉丁語，意爲：第四格帶原形動詞。

裝模作樣。所有的應該存在的東西都跟所有的不可避免地存在的東西混雜在一起；讓一個排除另一個，一個剝奪另一個存在的一切理由，啊，非現實的偉大學校！就是說，在整整五個鐘頭裡我也在幻想自己的理想，空虛中我的嘴臉像氣球般膨脹，毫無阻擋——因爲在一個虛構的、現實中並不存在的世界裡，沒有任何東西能使它恢復正常。這就是說，連我自己也有了自己的理想——現代派的寄宿學校女生。我戀愛了。我作爲憂傷的情人和追求者，幻想著。在贏得所愛的人的歡心的嘗試失敗以後——在試著盡情嘲弄所愛的人之後——莫大的煩惱壓倒了我，我知道，一切均已喪失殆盡。

一連串單調的日子開始了。我受到束縛，關於這些學生的日子我能說些什麼？早晨我上學，放學後回到姆沃齊亞克家吃午飯。我已不打算逃跑，也不想解釋，不想提出抗議——相反，我樂於當個學生，須知作爲學生，遠比作爲獨立自主的成年人離寄宿學校女生更近。啊喲，啊喲！——我已幾乎忘了自己從前的三十歲。教師們喜歡上了我，皮烏爾科夫斯基校長拍我的屁股，遇到意識形態辯論的時候，我每每爭得面紅耳赤，大叫大嚷：「是現代派！只是現代派的男孩！只是現代派的寄宿學校女生！」爲此科佩爾達常嘲笑我。各位大概還能記起科佩爾達，全校唯一的現代派男孩吧？我竭力跟他聯合，試圖跟他交朋友，刺探他跟姆沃齊亞克小姐彼此間關係的祕密——可他總是躲開我，對我的態度比對別人更加輕蔑，似乎他已料想到我已被他同類型的姐妹，現代派的寄宿學校女生給頂回來了。總之，學生們貶抑與自己對敵的青春類型中人，其殘酷程度達到了無以復加的地步，穿著整潔的學生憎恨骯髒的學生，新潮的學生厭惡舊派的學生，如此等等。如此等等，等等，等等！

我還有什麼可說的呢？塞豐死了。他被人通過耳朵強行施暴之後，便一直不能康復，他無論如何也擺脫不了經由耳朵灌輸給他的那些不祥因素。他太痛苦了，常常整個鐘頭，整個鐘頭地試著忘卻那些讓他開竅的話，不管他樂意不樂意，那些話都是他聽見了的。他憎惡自己被玷污的靈魂，帶著內心的不快生活，臉色越來越蒼白，他一直覺得噁心，不住地吐痰，胸中憋悶，發出呼哧聲，咳嗽，但咳不出來，直到最後，他感到不體面，便於某個午後在掛衣架上吊死了。這件事引起了轟動，甚至在報刊上都有所反映。但此事對敏透斯並沒有多少好處，塞豐的死絲毫也沒有改變他的嘴臉的狀況。塞豐死了，那又怎樣？他在決鬥時作出的表情，緊緊地貼在了他的臉上——要擺脫面部的表情可不是那麼容易，一次被挪動的臉面部位不會自己復原，臉不是橡膠做的。因而他照舊帶著一副令人嫌惡的嘴臉行走，甚至連他的朋友，霍佩克和梅茲德拉烏都盡可能躲開他。他越是醜陋，自然就越是爲思念長工而長吁短歎，他越是長吁短歎，他的嘴臉也就——不用說——變得更其醜陋。不幸使我們彼此接近，他思念長工，我思念寄宿學校女生，時間就這麼在共同的歎息中緩緩流逝，而現實中的物件始終是難以接近，高不可攀，彷彿我們臉上都長滿了斑疹。他告訴我，說他有希望佔有姆沃齊亞克家的女僕——那天晚上他從廚房出去的時候，略帶醉意，偷偷地吻了她，不過，這一點兒也不能使他感到滿足。

「這不是那麼回事，」他說，「這不是那麼回事。偷偷吻一個姑娘？雖說是一個直接從鄉下來的赤腳姑娘，而且，據我所知，她有個兄弟是長工，可那又怎樣？他媽的，眞見鬼，該死（他還用了別的一些說法，我不便重複），姐妹不是兄弟，家奴不是長工。我有時晚上去找她，總是挑你的那位姆沃齊亞克太太在委員會開會的時候。我跟她閒扯，胡亂給她編故事，想到什麼說什麼，甚至用鄉下人的方言起勁地說，可她始終不肯把我當成自己人。」

就這樣形成了他的世界——女僕佔第二位，長工佔第一位。而我的世界滿打滿算是從學校到姆沃齊亞克家。

姆沃齊亞克太太以母親的銳敏，很快便發現我迷戀她的女兒。無須添油加醋，平科在一開頭便已使工程師太太激動不已，這個發現更是使她興奮。舊派男孩，裝腔作勢，不善於掩飾對寄宿學校女生現代特徵的讚賞，幾乎是她吊在舌頭上的語言，憑藉這語言，她能品嘗，能感覺出女兒的，而間接——也是她自己的——所有魅力。於是乎我便成了這肥胖婦人的舌頭——我越是守舊，越是不眞誠、不自然，她們便越感覺到新潮、眞誠、質樸。因此這兩種幼稚的現實——新潮的和舊派的——便一個刺激另一個，不斷尖銳化，常因成千上萬最古怪的衝突而激動，同時又不斷結合，堆積成越來越不連貫的幼稚世界。進而到了這種地步，姆沃齊亞克太太開始在我面前炫示自己，誇耀和顯擺新潮，這新潮簡直就替代了她的青春。在飯桌上和在閒暇時，她總是不間斷地談論習俗自由、時代、革命震撼、戰後時期等等，老太婆感到欣喜的是，她在時代上可能比男孩年輕，儘管男孩在歲數上比她年輕。她把自己當成了年輕婦女，而把我當成了小老頭兒。

「怎麼樣，我們年輕的小老兒？」她常說，「我們的臭蛋？」

她是位有知識的現代派的工程師太太，她具有這種人物的精明，常以自己的人生進取精神和自己的生活經驗折磨我，以她瞭解生活、以她作爲衛生員在「大戰」時期在戰壕裡被人踢過這一點來折磨我，以她自己的熱情，自己的見識，自己作爲進步、積極、勇敢的婦女的自由主義，也以她自己的現代派習慣、天天洗澡和公開走進某種迄今仍神神祕祕的廁所來折磨我。奇怪，眞是咄咄怪事！平科時不時來看望我。老教師欣賞我的小屁股。「多麼好的小屁股，」他嘟囔道，「無可比擬！」他還幾乎是過分顯示舊派教育家的 genre 69，盡可能去敲擊姆沃齊亞克太太的耳鼓膜，對現代派的寄宿學校女生表示最強烈的憤慨。我觀察到，在別的地方，比方說跟皮奧爾科夫斯基在一起的時候，他壓根兒就沒有這麼老，也沒有這許多舊派的準則。我弄不明白，究竟是姆沃齊亞克一家在他身上喚起了舊派思想，還是——相反——他喚起了姆沃齊亞克一家的新潮，抑或是根據更高的韻律和諧論據同時彼此相互依賴，相互影響。時至今日我仍然不知，平科——不管怎麼說其實是一位專斷的教師——是否迫於姆沃齊亞克小姐的戰後放縱而落

69 法語，意爲：屬性。

入戰前教師匠的模式，或者可能是他煽起了放縱，同時故意裝出這麼一副和善的老爺爺的不幸和笨拙的形象。究竟是誰創造了誰——是現代派的寄宿學校女生創造出了老爺爺，還是老爺爺創造出了現代派女生？這是個相當沒有實際意義的和空泛的問題。然而又是多麼奇怪，在兩個人的小腿之間竟凝結著整個世界。

不管怎樣，他——作爲舊原則和舊觀點的教育家，她——作爲放縱的女生，他倆在這一點上都感覺良好，漸漸地他來拜訪時停留的時間越來越長，對我的注意越來越少，越來越把精力集中到現代派女生身上。這種事我能說得出口嗎？我忌妒平科。我體驗著非人的痛苦，眼睜睜地看著這兩個人如何相互補充，相互適應，如何爲一首歌詞推敲韻腳，如何共同創作一首有傷風化的老少配的小詩。看到有雙比我差一千倍的小腿的老古董竟然比我更能與現代派女生配合默契，這對我而言是件很丟臉的事。特別是諾爾維德成了他們倆上千次遊戲的藉口，溫和的平科不能容忍她對諾爾維德的無知，這件事傷害了他最神聖的感情，而她卻更喜歡撐杆跳高——故而他總是怒氣沖沖，而她又總是嘻嘻哈哈；他一再勸告，而她不肯買賬；他一再懇求，而她則是一個勁兒地蹦跳——總是如此，總是如此，總是如此！我驚歎教師具有的聰明和老練，他片刻也不曾停止做個教師，總是按教師的原則行事，可他又善於借助對比並用反襯的方法，從現代派寄宿學校女生身上吸取快感。他是多麼機靈地以教師的身分激勵她當好寄宿學校女生，而她則以寄宿學校女生的身分驅使他當好教師。我忌妒得要命，雖說我同樣也以反襯的方法刺激過她。

我也被她弄得興奮不已——可我，啊，上帝！我不想做個舊派的男人跟她在一起，我想跟她一起做個現代派的男人！

唉，痛苦呀，痛苦呀，痛苦呀！我不能，不能從她那裡解放出來。一切解放的嘗試都化爲烏有。我思想上從不吝惜對她的譏嘲，但沒有任何結果——事實上背後的廉價的譏嘲又算得什麼？再說，譏嘲也不是別的什麼，而只是一種景慕。因爲在譏嘲的底部潛伏著不愉快的討好的渴念——如果我嘲笑她，恐怕僅僅是爲了用譏嘲的孔雀羽毛來裝飾自己——也僅僅是因爲我沒有被她接受。而這種譏嘲又反過來整治我自己，使我的嘴臉變得更加令人噁心，更加可怕。我不敢帶著這樣的譏嘲去面對她——她或許會聳肩膀。因爲姑娘，像其他人一樣，永遠不會懼怕那種因爲沒有被允許接近——而進行冷嘲熱諷的人。當時在她的房間裡，對她所作的小丑式的襲擊給我帶來的只有——她從此對我保持警惕，對我不予理睬——她對我的忽視，達到了一個現代派女生所能達到的極限，儘管她深知我醉心於她那現代派的魔力。於是她一邊以經過精心設計的喜鵲的殘酷來加強這種魔力，一邊又竭力提防一切性質的調情，因爲調情有可能使她受我支配。只是，她竟自顧自地變得越來越古怪，越來越厚顏無恥，越來越大膽，越來越尖刻，越來越靈巧，越來越訓練有素，小腿也越來越漂亮，以至她自己迅速爲現代派的魅力所陶醉。午餐時她坐在桌邊，啊，表現出一種不成熟的成熟，充滿自信，自顧自地坐著，對周圍發生的一切無動於衷，而我卻是爲了她而坐到桌前，爲了她，爲她而坐，我一秒種也不能不是爲她而坐在那裡，我與她是一體，她包含了我連同我的譏嘲，她的鑒賞力、她的口味對我都具有決定性的意義，我只能喜歡自己身上她所喜歡的那點兒東西。毫無保留地依附於一個現代派的寄宿學校女生，簡直是在受刑，無法忍受的酷刑！我始終一次也沒能抓到她現代派風格上哪怕是最細微的破綻，始終找不到任何空子使我能鑽出來，獲得自由，逃之夭夭！

她使我對她著迷之處正是——那種成熟性，那種青春期的獨立自主和作風上的自信。我們這些人，在學校裡經常是長一臉粉刺，這玩意兒不斷地給我們蹦出各色各樣的膿皰，也蹦出各色各樣的理想。我們的動作總是那麼笨拙，每邁出一步都犯錯誤，這時——她的 exterieur ⑦⓪便顯得令人讚歎的完美。青春對於她不是過渡性的年齡——青春對於現代派的學生是人生唯一有價值的時期——她蔑視成熟，或者可以說，不成熟對於她才算是成熟——她不承認鬍鬚、髭、保姆，也不承認帶孩子的母親——這便是她的魔力之所在。她的青春無需任何理想，因爲她本人對自己而言就是理想。毫不奇怪，我受著空想的青春的折磨，急切地渴望這理想的青春。可她卻不想要我！她硬是給我裝上了一副嘴臉！隨著日子一天天過去，她賦予我的嘴臉越來越可怕。

我的天啊！她在怎樣折磨我使我醜態百出！唉，我不知道還有什麼能比一個人給另一個人裝上一副嘴臉更殘酷的事了。他怎麼做都行，只要讓對方陷入滑稽可笑，陷入荒誕不經，陷入

⑦⓪拉丁語，意爲：外表。

假面舞會，因爲對方的醜陋，正好襯托出他的美。啊，請你們相信我，給人安上個小屁股與給人安上副嘴臉相比，簡直算不得什麼！最後，我被逼到了絕境，便開始萌發從肉體上毀傷寄宿學校女生的最野蠻的計畫。使她因小臉蛋兒破相而變醜。弄傷她的鼻子，割掉她的鼻子。但敏透斯對待塞豐的實例表明，對肉體施加暴力不會有多大用處，毀損鼻子對靈魂毫無影響，靈魂——只有在精神上戰勝之才能獲得解放。而我的靈魂，既然棲止在她身上，既然我與她是一體，既然她將我禁錮在自己身上，我又能有什麼作爲？設想你除了某一個人之外一無所有，沒有任何支點，跟任何事物沒有任何關係，在這個人的作風徹底主宰了你，你若想獲得解放只有通過他的時候，你能夠靠自己的力量從這個人身上掙脫出來嗎？不能，靠自己的力量絕對不能，絕對不能。除非有第三者從旁幫你一把，哪怕只向你伸出一截兒手指尖兒。然而誰又會幫助你呢？敏透斯會嗎？他不住在姆沃齊亞克家（只是偶爾待在他們家的廚房，而且是偷偷摸摸），他也從未陪伴我跟寄宿學校女生打過交道。姆沃齊亞克、姆沃齊亞克太太、平科，他們所有的人都是寄宿學校女生的狂熱的同盟者，又怎會幫助我？最後還有那受雇的女僕，一個沒有發言權的人物，她能幫助我嗎？可這時嘴臉已變得越來越可怕了。嘴臉越是可怕，姆沃齊亞克太太和姆沃齊亞克小姐便越是強化她們的現代派作風，便越是給我裝上更可怕的嘴臉。啊，作風——暴虐的工具！該死！但是娘兒們打錯了算盤！終於出現了這樣的時刻，由於姆沃齊亞克（不錯，正是姆沃齊亞克）偶然的干預，作風的桎梏鬆動了，而我也獲得了點兒機會，那時——我便展開了全線出擊。前進，前進，前進，進擊作風，進擊現代派寄宿學校女生的魔力！

眞是咄咄怪事——多虧工程師我才獲得了解放，倘若不是工程師，我或許會永生永世被禁錮。他這是無意中造成的一個小小的易位，寄宿學校女生立刻落入我的魔力圈，不是我——落入寄宿學校女生的魔力圈。是的，工程師使女兒落入我的魔力圈，我將至死對此感激不盡。我記得，事情是怎樣開始的。我記得——我放學回住所吃午飯，姆沃齊亞克一家已然坐在桌邊，女僕端上洋芋湯，寄宿學校女生也坐在那裡——她坐的姿勢優美，略帶點兒布爾什維克式的體育文化，穿一雙橡膠運動鞋。她湯喝得很少，卻一口灌下了一玻璃杯涼水，嚼著一片麵包。她盡量不喝湯，加水太多的洋芋稀粥，熱乎乎，太容易消化，必定有害於她保持體型。她似乎是想盡量餓肚皮，能餓多久就餓多久，至少是不吃肉，因爲飢餓的現代派女生比飽食的現代派女生要高出一等。姆沃齊亞克太太湯也喝得很少，而對我在學校的表現如何，她根本就不聞不問。她爲什麼不問？因爲她不承認那種母親式的問長問短，母親的身分壓根兒就令她有點兒厭惡，她不喜歡爲人之母，寧可當個姐妹。

「請吧，維克多，給你鹽。」她一邊說著，一邊把鹽遞給丈夫，用的是一種眞正的忠實夥伴以及威爾斯[71]讀者的腔調。她既有點兒審視未來，也有點兒審視空間，她以一個跟社會罪惡、

[71] 赫貝特·喬治·威爾斯（Herbert George Wells, 1866–1946），英國作家。

不公正和欺凌作鬥爭的個人人道主義造反者的語氣補充說：「死刑是舊時代的殘餘。」

工程師姆沃齊亞克是個地道的歐洲人，有頭腦的城市建築師，他曾在巴黎留學，從那裡帶回了歐洲的悟性，膚色微黑，穿一身寬鬆的便裝，足登一雙黃色的軟山羊皮矮跟皮鞋，嶄新的皮鞋穿在他腳上非常顯眼，上衣是斯沃瓦茨基式的敞領，戴一副角質眼鏡，看問題不帶偏見，是一位富有朝氣的和平主義者，科學工作組織的熱心人士，說話常帶笑料和科學奇談，有時也帶酒吧間的俏皮話。這時他伸手接過鹽，說道：「謝謝，約安娜。」

然後他用自覺的和平主義者的聲調，但又攙和點兒工業大學學生的口吻說：「在巴西他們把成桶成桶的鹽沉入海中，可是在我們這裡卻要花六格羅斯才能買到一克的鹽。他們是政治家！我們，是專家！世界的改組。國際聯盟72。」

姆沃齊亞克太太則心繫昨天的波蘭的鬥爭傳統，嚮往明天的波蘭，滿懷著對更美好明天和對熱羅姆斯基73的玻璃房子的幻想，她這時長長地歎了一口氣，通情達理地問道：「祖塔，昨

72國際聯盟也叫「國際聯合會」，簡稱「國聯」。第一次世界大戰後於一九二〇年建立的國際組織。先後加入的國家有六十三個。第二次世界大戰結束後，國聯無形瓦解，於一九四六年四月宣佈解散。

73斯・熱羅姆斯基（Stefan Eromiski, 1846–1925），波蘭著名作家。「玻璃房子」指其長篇小說《早晨》的主人公所嚮往的一座象徵正義、幸福又沒有流血鬥爭的「玻璃宮殿」。

天跟妳一起放學回家的男孩是誰？如果妳不願意，妳可以不回答。妳知道，我在任何事上都不想約束妳。」

姆沃齊亞克小姐漠然地啃著一片麵包。

「不知道。」她回答。

「妳不知道？」母親帶著愉快的神情說。

「他糾纏我。」寄宿學校女生說。

「他糾纏？」姆沃齊亞克問。

其實他只是無意識地這麼問了一句。但是問話本身就飽含著問題，有可能是女兒的話給舊時代的父親造成一個不滿意的印象。所以姆沃齊亞克太太出面干預。

「這有什麼好奇怪的？」她叫嚷說，但態度上或許帶有點兒過分誇張的做作，「他糾纏她，好大的事！讓他糾纏吧！祖塔，或許妳跟他有約會？好極了！或許妳跟他一起去划船？去一整天？或許妳想去度 weekend ㊹而且夜裡不回家？要是如此妳就別回來，」她討好地說，「妳就放心大膽地別回來！或者妳想不帶錢出門？或者妳想讓他給妳付款，或者妳寧願給他付款，好讓他受妳贍養？要是如此我給妳錢。不過，最有可能的是你們兩人沒有錢也能對付，對吧？」她

㊹英語，意爲：週末。

倔強地叫喊著，同時將整個身子逼向了女兒。顯然工程師太太做得有點兒過分，但女兒很敏捷地避開了她那過於明顯地渴望借助女兒發洩一番的母親。

「好啦，好啦，媽媽。」她毫不猶豫地避開母親，沒有去夾煎肉餅，因爲絞碎的肉末對她無益——太疏鬆，太容易消化了。現代派女生對雙親的態度十分謹愼，從不允許他們過於接近。

但工程師已抓住了妻子的思路。因爲妻子已經暗示，似乎從他干涉女兒的這件事上看到了什麼不好的端倪，他也就渴望表明自己的態度。他們就經常這樣輪流抓住對方的思路。於是他就大聲說：「當然，這其中沒有什麼壞處！祖塔，如果妳想有個非婚生的孩子，那就請便！這有什麼不好?處女崇拜已然過時！我們，工程師，新社會現實的設計師，不承認過去小地主老憨們的處女崇拜！」

他喝了一大口水，打住了話頭，感到自己可能跑得太遠了點兒。可這時姆沃齊亞克太太抓住了他的思路，開始間接地、籠統地慫恿女兒有個非婚生孩子，表達了自己的自由主義。她講述了美國的兩性關係，援引了琳賽[75]的作品，強調當代青年想有個非婚生孩子極其容易等等，等等……這是他們喜愛的話題——一匹時尚小馬。當他們中的一個感到自己跑得太遠，跳下這匹小馬，另一個便馬上騎了上去，往前急馳。這中間確實有些事特別令人感到奇怪，眞的，像已

[75] 奈・瓦・琳賽（Nicholas Vachel Lindsay, 1879-1931），美國詩人。

說過的那樣，他們所有的人（因爲姆沃齊亞克也一樣）都既不喜歡母親，也不喜歡孩子。但應明白，他們產生這種想法，不是從母親的角度，而是從寄宿學校女生的角度來考慮，不是從孩子的角度，而是從非婚生的角度來考慮。尤其是姆沃齊亞克太太更渴望借助女兒的非婚生孩子推進到歷史先鋒的最前列，希望孩子是偶然懷上的，自然而然、大膽、滿不在乎地跟一個同齡人在一次運動旅遊中，在灌木叢裡懷上的，就像許多現代派言情小說中所描寫的那樣。再說這種說法本身，雙親慫恿女兒去幹這種事本身就已部分地顯示了他們所嚮往的情趣。他們感覺到我在寄宿學校女生面前一籌莫展，也就更爲大膽地發揮這種思想——確實，時至今日我無法抗拒灌木叢中十七歲女子的魔力。

但是他們不曾考慮到，這一天我窮得甚至連吃醋的本錢都沒有。實情是——兩個禮拜以來他們不停地給我裝上另一副嘴臉，終於使這副嘴臉變得如此不可救藥，以致連嫉妒別人都辦不到。我猜想，姆沃齊亞克太太所說的那個小夥子，多半是——科佩爾達，可那又怎樣，反正就那麼回事，悲哀、傷心——傷心和思想貧乏——貧乏和極度的疲勞，終至放棄。那時我不是從綠色——蔚藍色的一面，從倔強和明朗的一面表達自己的思想，而是使思想變得貧乏。「那又怎樣？孩子就孩子！」我思忖道，同時想像分娩、餵奶、疾病、產褥熱、嬰兒的屎尿、哺養嬰兒的費用，還想像孩子以自己嬰兒的溫暖和吃奶，很快就會毀了姑娘，把她變成一個笨重和溫柔的小母親。於是我便俯身銜著姆沃齊亞克小姐乏味而抽象地說一聲：「媽咪……」

我說出此話時非常憂鬱，非常動情，非常親切溫柔，我把母親全部的溫暖塞進這個詞兒中，而這是他們在自己對世界的生氣勃勃的、新鮮的、少女的和青春的想像中所不願加以考慮的。我爲什麼要說這句話？唉，不過隨便說說而已。姑娘，像每個姑娘一樣，首先是個唯美主義者，她的主要任務是保持俊俏，而我，在給她的體態配上「媽咪」這種溫柔、充滿感情又有點兒袒胸露懷的表述方式，創造出了某種令人厭惡的邋裡邋遢的猥瑣形象。我心想，她或許會因此而氣炸了肚皮。可是我看到的實際情況是，我的圖謀又落空了，變得猥瑣的是我自己——因爲我們彼此間總是處在這麼一種狀態，凡是我所採取的對付她的一切手段，全都反過來落到我自己的頭上，就像是我在逆風吐痰。

要不是這時姆沃齊亞克噗哧一笑！

他出人意料之外地暗自噗哧一聲笑了，這是一種發自喉嚨裡的笑聲，他抓起餐巾捂住嘴巴，他覺得不好意思——他笑得眼珠子都鼓出來了，笑得大聲咳嗽，他捂著餐巾嗚嗚叫，可怕，機械呆板，不由自主。我驚詫不已！是什麼如此胳肢了他的神經系統？莫非是「媽咪」——這個詞兒？是他的少女和我的媽咪之間的反差令他發笑，使他產生聯想？或許是他聯想到酒吧間的歌舞，而我的憂鬱、哀傷的聲調又把他帶到了人類的庭院。他有一種所有的工程師共同的特點，那就是對淫猥笑話的不可思議的敏感，一聽到淫猥的俏皮話便渾身麻酥酥，而我的用語確實多少帶點兒淫猥笑話的味道。尤其是片刻之前他還是那麼陶醉於非婚生孩子，此時也就笑得一發而不可收拾。眼鏡從他的鼻子上掉落了下來。

「維克多！」姆沃齊亞克太太喊道。

而我還在一個勁兒地給他加油：「媽咪，媽咪……」

「抱歉，抱歉，」他咯咯地笑著說，「抱歉，抱歉……哎喲！我忍不住！抱歉……」

姑娘的頭低到了盤子上方，忽然我幾乎是憑肉眼就能看到，我的話通過父親的噗哧笑聲刺痛了她——畢竟是我刺痛了她，她被刺痛了——是的，是的，我沒有搞錯，旁觀的父親的笑改變了局面，使我脫離了寄宿學校女生的制約。我終於能觸犯她！我靜靜地坐著，像隻兔子。

她的雙親也注意到這一點，都趕忙向她伸出援手。

「維克多，你讓我吃驚，」姆沃齊亞克太太不滿地說，「我們這位小老頭的話一點兒也不俏皮。裝腔作勢罷了，別無其他！」

工程師終於止住了笑。

「什麼，你以爲我是爲此而發笑？沒有的事，我甚至沒聽見他說的是什麼——我是忽然想起了某件事……」

然而，他們的努力只是進一步把寄宿學校女生拖入了一個尷尬的局面。儘管我並不十分理解究竟發生了什麼事，我又重複了幾遍「媽咪，媽咪」，用的是同樣無精打采的消極語調，但顯然通過重複，這個詞兒獲得了新的力量。因爲工程師再次噗哧地笑了，笑聲短促，斷斷續續，是一種從喉嚨裡咳出來的笑聲。多半是這笑聲使他自己覺得好笑——因為他突然縱聲大笑起來，同時忙用餐巾捂住了嘴巴。

「請別插嘴！」姆沃齊亞克太太怒氣衝衝地對我吼叫說，可她以自己的惱怒更加使女兒陷入難堪的境地，最後姑娘聳了聳肩膀。

「安靜點吧，媽媽。」她說，表面上裝出一副無所謂的樣子，可這也同樣使她尷尬。令人吃驚的是——我們兩人之間的關係發生了如此根本性的改變，以至每句話都吸引了他們的注意力。這確實令人感到相當愉快。我覺得，自己贏得了對付寄宿學校女生的能力。不過，其實對我而言反正都是一碼事。我覺得，自己重新獲得了能力，因為對我而言反正都是一碼事；我同時也意識到，倘若我哪怕是在瞬間得以勝利取代了憂鬱、哀傷、疲憊和困頓，我的能力也很快就會消失，因為這古怪的優勢其實是建立在公開承認的垂頭喪氣的無能的基礎上的。於是為了牢記自己的艱難處境，為了表明對我而言反正都是一碼事，表明我是多麼一文不值，我開始在糖煮水果裡亂攪，把麵包屑、殘渣、麵包球兒都扔了進去，用小匙子亂攪一通。我裝出一副呆傻相，歸根結底，對於我，這樣反倒不錯，「哼，活見鬼，我管它哩！」我無精打采地思忖道，同時還往糖煮水果裡放了點鹽、胡椒麵和兩根牙籤，「哼，讓它去，我什麼都吃，只要能弄點什麼填飽肚子，反正什麼都一樣……」那時我就像躺在水溝裡，鳥兒在我的上方飛翔……由於一頓胡亂翻攪，我身上暖意融融，很舒服。

「小夥子在幹什麼?……小夥子在幹什麼?……爲什麼小夥子在糖煮水果裡邊亂攪?」姆沃齊亞克太太悄悄地,卻也是神經質地向我提出問題。我從糖煮水果上抬起無能爲力的目光。

「我只是……反正什麼對我都一樣……」我痛苦而又帶點兒油滑地喃喃說。我開始吃起了雜拌兒粥,這玩意兒在我的精神上確實沒有引起任何不同於糖煮水果的感覺。很難說這件事給姆沃齊亞克一家造成了怎樣的印象,我也不期望能造成什麼強烈的印象。工程師本能地第三次噗哧地笑了起來,那是一種酒吧間的笑聲,庭院的笑聲,像放屁一樣的笑聲。姑娘把頭低垂在盤子上方,默默無言地吃著自己的一份糖煮水果,舉止得體,矜持,甚至——英勇。工程師太太面色蒼白——而且注視著我,宛如給施了催眠術,眼睛鼓了出來。很顯然她是怕我。她害怕了!

「這是裝腔作勢!是作態!」她含糊不清地嘟囔道,「別吃啦……我不允許!祖塔!維克多——祖塔!維克多!祖塔!祖塔!維克多——別吃啦,也別讓他吃!啊……」

我一直在吃。我幹嘛不吃?我什麼都吃,連死耗子都吃,反正什麼都一樣……「唉,敏透斯,」我心想,「不錯,不錯……不錯……管它那個,管它那個,只要有點兒什麼往嘴裡塞就行,管它那個,管它那個……」

「祖塔!」姆沃齊亞克太太尖著嗓門兒吼叫道。看到女兒的崇拜者不加區別地什麼都吃,對於做母親的而言,是無法忍受的。但這時,寄宿學校女生正好吃完了自己的一份糖煮水果,從桌邊站起身，走了出去。姆沃齊亞克太太跟在她後邊也出去了。姆沃齊亞克痙攣地咯咯笑著，用手帕捂住嘴巴，也走了出去。不知他們是吃完了午餐，還是逃跑了。我知道，他們是逃跑！我緊隨其後跳將起來！我方佔了上風！繼續向前，去進攻，去糾纏，去打，去趕，去追，去踩，去抓，去擠，去壓，去掐，去勒，去折磨，別放鬆！他們害怕了？去嚇唬！他們逃跑了？去追！別吱聲，安靜點兒，安靜點兒，安靜點兒，得裝做淒淒惶惶，可憐兮兮，別把乞丐變成勝利者，要知道正是乞丐給你帶來了勝利。他們害怕的是，我會像胡攪糖煮水果那樣給他們把姑娘的大腦攪亂了。哈，現在我知道該怎樣去對付她的做派啦！我能在思想上，在思維方式上，遇到什麼就用什麼去刺傷她，攪拌、弄碎、搞混，不擇手段！不過，慢著點兒，慢著點兒……

誰能相信，是姆沃齊亞克的暗自竊笑恢復了我的反抗能力？我的行動和思想獲得了利爪。不，這一局還沒贏。不過我至少能行動。我知道，我該沿著哪條路線走。糖煮水果給我解釋清楚了一切。就像我胡攪糖煮水果，把它變成了邪乎的雜拌兒粥一樣，我也能破壞寄宿學校女生的現代性，給她塞進外來的、異質的成分，抓到什麼就是什麼，同時胡攪一通。前進，前進，前進，向寄宿學校女生的現代派作風、現代派魅力進攻！不過，別吱聲，別吱聲……

第九章　窺視和進一步深入現代生活

我悄悄溜進了自己的房間，躺在長沙發椅上。我必須周密地考慮行動計畫。當我弄明白我的朝聖歷程是接連不斷的失敗，我是在一個勁兒地往下走，一直走到地獄的底層，這時我眞嚇得渾身哆嗦，大汗淋漓。因爲凡是可口的東西，就不能是極討厭的、糟透的（正如「可口的」這個詞兒本身所表現出的那樣），只有不可口的東西才眞的是不能吃的。我常懷著妒忌的心理回憶起那些漂亮的、浪漫的或古典的罪行、強暴及詩歌和小說描繪的摳出眼珠子——這些都是帶蜜餞的黃油，我知道，這是可怕的，而不是莎士比亞筆下的那些有光彩的迷人的犯罪行爲。不，你們不要對我談起你們那些寫押韻詩的痛苦，我們經常囫圇吞棗地吞下那些痛苦，如同吞下牡蠣；你們不要說那恥辱的糖塊、恐怖的巧克力奶油、貧困的點心、痛苦的冰糖和絕望的美食。爲什麼這樣一位敢用無畏的手指抓破社會最血腥的痛處、揭示一個六口之家的工人家庭的活活餓死的事實的女士，我要問，爲什麼她無論如何都不敢公開用同一個手指挖耳朵？因爲，這樣做或許會更加可怕。餓死，或者在戰爭中數以百萬計的人死亡，可以吞下去甚至帶著好胃口——但世界上始終存在著不能吃的、令人嘔吐的、壞的、不諧和的、討厭的、可憎的陰險事，呸，甚至是魔鬼的鬼東西，那是人的機體所排斥的。然而品嘗百味是我們首要的任務，我們必須品嘗，再品嘗，讓丈夫、老婆、孩子奄奄一息，讓心撕成碎片，只要有滋味，只要好吃！不錯，爲了從寄宿學校女生的魔力下獲得解放，我以成熟的名義所採取的措施已是一種違反烹調藝術的活動，是倒胃口的，是難以下嚥的。

不過我並沒有自我欺騙——我在午餐桌邊的成功是虛幻的，主要是取得了對雙親的勝利，姑娘走了出去沒有受到什麼大的傷害，她仍然是隔得遠遠的，仍然是高不可攀。如何隔著一段距離去損害她的現代派風格？如何徹底把她拖入我的活動軌道？須知除了心理距離之外還有肉體方面的距離——她只是在午餐和晚餐時才跟我見面。如何整治她？如何隔著一定的距離，也就是說，當我不在她身邊，當她是獨自一人的時候，如何在精神上傷害她？「除非是，」我想像力貧乏地思忖道，「通過窺探和竊聽。」我已具有這種官能，多少是他們爲我創造了條件，早在我們相識之初，他們自己就已把我視爲窺探者和竊聽者。「誰知道呢，」我無精打采地想著，同時懷有一絲希望，「我把眼睛貼在房門的鑰匙孔上，難道就不能立刻看到什麼使我打消對她的念頭的東西？因爲不止一個美人在自己的房間裡獨處的時候，表現得令人厭惡至極。」但是這麼做又有危險，因爲寄宿學校女生中的某些人爲自己的魅力所打動，嚴格自律，無論在人前還是孤獨自處的時候都是一樣珍視自己的風格。這樣一來，我同樣可能很好地看到魅力，而不是醜態，而我所看到的孤獨中的魅力，是更具殺傷力的魅力。我記得，我曾出其不意地走進房間，趕巧碰到寄宿學校女生拿著一條抹布放在腳邊，擺出的姿態頗有教養——不錯，但從另一方面看，窺探的事本身在某種程度上就已是一種損害和刺傷，當我們醜陋地窺視美色，我們的目光中便有點兒什麼醜陋的東西會落到美色上。

我以這種方式推理，有點兒像在發高燒——我終於慢騰騰地從長沙發椅上爬起來，朝鑰匙孔的方向走去。然而在我把目光緊對著洞孔之前，下意識地朝窗口投去一瞥。天氣晴好，空氣清新，充滿了秋意——沿著秋天變得更爲亮堂的街道，敏透斯偷偷溜進了廚房的小門。顯然他是去找女僕。在鄰近的別墅的屋頂上方鴿子在明亮的陽光裡飛翔，它們擠做一團，遠處響起了小汽車的喇叭聲，人行道上有個保姆在逗孩子，窗玻璃沐浴在西下的夕陽中。屋前站著個乞丐，一個衣衫襤褸的要飯老頭兒，一個身材矮胖、毛髮很濃、一臉絡腮鬍子的教堂乞丐。大鬍子不禁使我產生了某種想法——我無精打采，蝸牛般地移動著步子走到街上，從街心公園折下一根綠枝。

「要飯的，」我說，「拿去吧，給你五十格羅什。到晚上你會得到一個茲羅提，但你必須把這根綠樹枝含到嘴裡，整個時間叼著它直到晚上。」

大鬍子把綠樹枝含到了嘴裡。我爲給我找到了盟友的金錢祝福，隨後便返回了住所。我把一隻眼睛貼到了鑰匙孔上。寄宿學校女生在走動，就像一個姑娘通常在自己的房間裡走動那樣。她把什麼東西放進了一個抽屜裡，拿出練習簿——放到了桌上——我看到她那張面孔的側面輪廓，低俯在練習簿上方的典型的寄宿學校女生的面孔的側面。

我可憐兮兮地不停頓地從四點鐘偷看到六點鐘（這時乞丐嘴裡也是一直不間斷地叼著綠樹枝），我在癡心地等待著，她或許會以某種神經反射的形式洩露出她在午餐時遭受過挫折的情緒，哪怕是咬一咬嘴唇，或者皺一皺額頭。然而沒有。彷彿沒有發生過任何變故，彷彿我根本就不存在，彷彿從來就沒有任何事擾亂過她寄宿學校女生的心態。而那種寄宿學校女生的心態表現，這時變得越來越冷漠，越來越無情，越來越無動於衷，越來越難以接近，因而能否損害一個無論是孤獨自處還是在人前都表現得一模一樣的寄宿學校女生，也就值得懷疑。幾乎可以懷疑在午餐時是否發生過什麼事。六點鐘左右房門猝然打開了，工程師太太狡黠地站立在門口。

「妳在工作？」她以輕鬆的口氣問道，同時探究地打量著女兒，「妳在工作？」

「我在做德語練習。」寄宿學校女生回答。

母親舒了好幾口長氣。

「妳在工作——那好。妳工作吧，工作吧。」

她撫摸著女兒，一顆懸著的心放下了。莫非她料想過女兒受到過挫折，垮下了？祖塔不樂意地移開了小腦袋。母親想說點兒什麼，張開嘴巴又合上了——她話到嘴邊忍住不說了。她向四周投去疑惑的目光。

「妳工作吧！工作！工作！」她神經質地說著，「忙就好，緊張一點兒好。晚上妳就溜出去參加舞會——妳就溜出去參加舞會——妳就溜出去參加舞會。晚點兒回來，睡個好覺，喊都喊不醒……」

「請媽媽別在這兒嘮叨，煩死人啦！」女兒生硬地叫嚷說，「我沒有時間！」母親帶著內心的讚歎朝女兒瞥了一眼。寄宿學校女生的生硬口氣讓她完全放了心。她看出，女兒在午餐時壓根兒就沒有垮下來。可寄宿學生女生粗魯的生硬話語卻卡住了我的喉嚨。她的生硬是直接衝著她自身的。最讓我們痛心疾首的事，莫過於當我們看到我們心愛的人不僅對我們態度生硬到殘酷的程度，即便是我們不在場的情況下也照樣生硬，彷彿是在給自己遭遇不測做點兒磨練的準備。何況少女的粗暴令人痛心地明顯表現爲少女的變化無常。姆沃齊亞克太太出去之後，那張臉的側面輪廓又低俯在練習簿上方，自我滿足地、若無其事地、冷酷地開始做起了功課。

我覺得，如果我再允許姑娘在獨處時成爲變化無常的人，如果我不能在她和我的窺視之間建立起聯繫，事情隨時都會發生悲劇性的轉折。不是我自身使她受到損害，而是我使她本人感到了愉快，得到了滿足；不是我有可能卡住她的喉嚨，而是她卡住了我的喉嚨。我在門邊咕噥了一聲嚥下一口唾沫，嚥得很響，讓她聽見，讓她知道我在偷看。她打了個寒戰，沒有回頭——

這是最好的證明，她立刻就聽見了——她受到驚擾，把小腦袋更深地埋進了肩膀裡。可是她的側面像也霎時間自行不復存在，其結果是一切變化無常突然、明顯地化為烏有。姑娘帶著被偷看的側影默默地跟我艱苦鬥爭了很長一段時間，這鬥爭表現在她甚至連眼睛都不曾眨一下。她繼續將筆在紙上移動，表現得如同沒有被人偷看一樣。

然而幾分鐘後，門上的鑰匙孔由於我的眼睛在盯著看，開始使她感到不舒服——為了顯示自己的自主性和強調自己的無動於衷，她很響亮地用鼻子大聲吸氣，她粗俗而醜陋地抽了抽鼻子，似乎是想說：「你看吧，我對什麼都不在乎，我用鼻子抽氣。」姑娘們常以這種方式表示自己的最大輕蔑。我等待的正是這一點。當她犯了策略性的錯誤縮緊了鼻子，我在門後邊也同樣明顯地抽了抽鼻子，不過我抽鼻子的聲音不太響，這正是為了表明我好像是受到她用鼻子抽氣的傳染，忍不住也用鼻子抽氣一樣。她靜了下來，像隻兔子——這種雙聲鼻音是姑娘無法接受的——但是鼻子一旦被動員起來，便惹她討厭，經過一番短暫的較量之後，她不得不掏出手帕擦鼻子，然後每隔一段較長的時間，她才神經質地、難於覺察地抽一下鼻子，我也一次又一次地在門後邊重複她的動作。我暗自慶幸，我能如此輕而易舉地從她那裡逗引出鼻子。姑娘的鼻子的現代性比姑娘的腿不知要差多少倍，也較容易攻克，我把進攻點放在它這兒，也就向前邁出了一大步。假如我能使姑娘患上神經性鼻炎該有多好，假如——能使現代派感冒……

可畢竟她在這麼多次用鼻子大聲吸氣之後，沒能站起身來用塊什麼破布塞住門上的鑰匙孔

——若然，就等於承認她是神經性地用鼻子大聲吸氣。別吱聲，就讓我們可憐兮兮地、毫無希望地用鼻子大聲吸氣吧，讓我們把希望隱藏起來吧！可我低估了少女的能耐和狡黠。忽然之間她以大動作用手——用整個前臂從一隻耳朵到另一隻耳朵擦鼻子——而這個勇敢的、敏捷的、大幅度的、滑稽可笑的動作，使形勢變得對她有利，使用鼻子大聲吸氣有了魅力作點綴。她卡住了我的喉嚨。與此同時——我剛來得及從鑰匙孔跳開——姆沃齊亞克太太詭祕地、出乎意料地走進了我的房間。

「小夥子在幹什麼？」她見我以不確定的姿勢站在房間中央，懷疑地問，「小夥子幹嘛站在……這兒？小夥子爲什麼站著？爲什麼小夥子不做功課？小夥子是不是不常進行任何體育運動？總得做點兒什麼吧！」她熱情地提出一連串的問題。她擔心自己的女兒。她從我站立在房子中央的不確定性嗅出了對付她女兒的不明確勾當。我沒有採取任何解釋性措施，依然站立在房子中央，冷漠、笨拙，彷彿受到了抑制，直到姆沃齊亞克太太側著身子朝著我。她的視線落到了屋外的乞丐身上。

「他叼著……什麼？爲什麼他把樹枝叼在嘴裡？」

「誰？」

「乞丐。這是什麼意思？」

「我不知道。他把樹枝放到了嘴裡，就叼著了唄。」

「小夥子跟他說過話。我從窗口見到了。」

「是說過話。」

她的目光在我臉上不安地搜索著。她像鐘擺一樣搖擺不定。她似乎猜到了點兒什麼，猜到樹枝蘊含的潛在用意，對她女兒不友善的、敵對的、辛辣的用意。但她不知道我內心想的花招兒，也無法知道叼在嘴裡的樹枝在我心目中成了現代派的標誌。猜疑是我指使大鬍子把綠樹枝叼在嘴裡的，那是一種荒唐的指責，是無法說出口的。她疑心自己成了我古怪脾氣的犧牲品，不信任地估量我的意向，同時走出了房間。呵—咿！打呀！揪呀！抓呀！追呀！我的想像力的女奴！古怪脾氣的犧牲品！安靜！別吱聲！我跳將過去把眼睛貼到了鑰匙孔上。隨著事態的發展，越來越難以保持原來的、毫無希望的、可憐巴巴的狀態，鬥爭不斷升溫，猴子般的惡作劇佔了沮喪和放棄的想法的上風。寄宿學校女生消失了。聽到牆外的聲音後，她終於弄明白我已不在偷看她，這便給她提供了一個使她得以掙脫捕獸夾子的機會。她上街去了。她是否會注意到乞丐嘴裡叼著的樹枝？是否會猜出大鬍子叼著樹枝是衝著誰去的？即使她猜不出——大鬍子叼著樹枝是怎麼回事，乞丐口腔裡的酸澀綠色苦味也定會傷害她的，因爲這與她對世界的現代派的感受太不相容了。夜幕降臨。街燈使城市沐浴在一派紫羅蘭色中。看門人的小兒子從小店裡回家了。在純淨、透明的空氣中樹葉颯颯飄落。飛機在房屋上方轟轟飛過。房屋的正門砰的一聲關上，說明姆沃齊亞克太太出門了。工程師太太神色不安，心緒煩亂，預感到在懸而未決的問題中有點什麼不美妙的東西，她要去參加委員會的例會，想用某些成年人的帶普遍性的社會事務來沖刷自己的疑慮。

會議女主席：

「各位女士，今天的議程是棄嬰災難。」

姆沃齊亞克工程師太太：

「從哪裡去弄基金？」

夜幕降臨，而乞丐仍站在窗前叼著嫩綠樹枝，像個不諧和音。我獨自留在住宅裡。在空蕩蕩的房間裡開始產生了某種福爾摩斯[76]探案的環境氛圍，當我站立在半明半暗之中尋找巧妙開頭的情節續篇的時候，摻和進了某種偵探的成分。因爲她們都逃走了，我決定強行進入她們的房間，或許在她們留在原地的一點點氣息裡，我能嗅出她們的祕密。在姆沃齊亞克夫婦的臥房——在一個明亮、狹窄、乾淨、簡樸的房間裡——彌漫著肥皂、浴衣的氣味，飄散著雜有指甲銼、煤氣噴燈和睡衣氣味兒的整潔的、現代的、知識份子的溫馨。我在臥室中央站立了良久，吸著

[76] 福爾摩斯，英國作家柯南道爾所著偵探小說《福爾摩斯探案》中的主要人物。

那種氣息，研究著它的成分，尋找著如何以及從哪裡冒出來的一股污染這環境氣息的討厭味道。

表面看來——沒有什麼可挑剔的。乾淨，整齊，陽光，簡省，樸素——梳妝檯的氣味甚至比舊式臥室裡的氣味兒好得多。現代知識份子的睡袍，他的睡衣、海綿刷、刮臉膏，他的便鞋、維希藥片，他妻子的橡膠體操器械、掛在現代窗戶上的淺黃色窗簾都構成了這種令人厭惡的味道的可據以推斷的證據。我也不知道這應歸咎於什麼？標準化？市儈作風？小市民庸俗行爲？不，不是這麼回事，不——但又是什麼？我站立著，不能揭示討厭味道的來龍去脈，缺乏詞彙、手勢、行動，如果不缺這些因素，我或許能逮住那難以捉摸的味道，並且將其帶到自己的房間去——我的目光落到了一本書上，它翻開放在床頭櫃上。這是卓別林⑰的回憶錄，翻開的地方講的是威爾斯如何在他面前跳他自己編的獨舞。「然後，赫・喬・威爾斯很漂亮地跳起了某種神奇的舞蹈。」英國作家的獨舞幫我捕捉到討厭的味道，彷彿給我提供了一根釣魚竿。這就是正確的注釋！這個房間正是在【卓別林】面前獨舞的威爾斯。威爾斯在自己的舞蹈中又是什麼——是個烏托邦主義者。現代派的老頭兒認爲，他能自由表現歡樂，便跳起舞來，他堅持自己有獲得歡樂與和諧的權利……他帶著一千年後將要到來的世界幻景跳舞，他超越時間獨舞，他只是理論上跳舞，因爲他以爲他有權……可這間臥室究竟是什麼？——是烏托邦。在這個房間裡哪裡是

⑰查理・卓別林（Charles Spencer Chaplin, 1889-1977），英國電影藝術家，以其喜劇電影享譽於世。

安置人在夢中發出的那種雜音和嘟囔聲的地方？哪裡是安置另一半的腴體的地方？哪裡是安置姆沃齊亞克儘管刮得很光、但至少是 in potentia [78]存在的鬍鬚的地方？要知道工程師是個大鬍子，雖說他每天都把鬍鬚連同刮鬍膏一起扔進洗臉盆——而這個房間是刮過臉的。早前喧鬧的森林曾是人類的臥房，可是在這個明亮的房間裡，在這些毛巾之間，哪裡是安置森林的喧鬧、陰影、黑暗的地方？這整潔是多麼單調——和狹隘。——這淺藍，與土地和人的顏色都不相稱。在這個房間裡連工程師夫婦也使我覺得似乎令人恐怖，就像威爾斯在卓別林面前跳著自己編排的獨舞一樣。

然而，只要我也跳起了獨舞——那時思想也就會獲得生動具體的形式，變成行動，就會無情地嘲笑周圍的一切，而且從中發掘出討厭的味道。我跳起了舞，但沒有舞伴，在空蕩蕩的房間裡，在寂靜中，充滿了瘋狂，直到沒有了力氣。當我在姆沃齊亞克夫婦的毛巾、睡衣、刮鬍膏、床和體育器械間跳了一陣旋轉舞之後，我趕快撤退，關上身後的房門。我給他們現代派的內室注滿了許多舞蹈的氣息！不過還得繼續，繼續做，現在是寄宿學校女生的房間，現在我要在那裡跳舞，我要在那裡搗亂！

然而姆沃齊亞克小姐的房間實際上是個客廳，她在那裡睡覺，在那裡做功課，要在那裡弄

[78] 拉丁語，意爲：有力地。

出令人討厭的味道其困難程度不知要大多少倍。姑娘沒有自己的房間，只是在客廳的一個角落裡睡覺，這事實本身就分離出一些令人神往、令人陶醉的內容。這其中蘊涵著我們這個世紀十足的臨時性特徵、寄宿學校女生的遊牧生活和某種 carpe diem ⑲的情感，後者以多種祕密渠道同現代青年追求小汽車的那種自由、舒適、快速的特點結合在一起。可以設想，小腦袋（不是腦袋；她們有眼睛，但始終只有小腦袋）一挨上枕頭，立刻便能入睡，而這又使人想到今天生活的緊張和速度。除此之外，sensu stricto ⑳臥室妨礙了我採取像在姆沃齊亞克夫婦臥室裡所採取過的那種行動。寄宿學校女生其實不是私下裡睡覺，而是公開睡覺，她沒有私人的夜生活，而姑娘的那種嚴酷的公開性把她們同歐洲，同美洲，同希特勒、墨索里尼和史達林，同勞動營，同團隊，同旅館、火車站聯繫在一起，形成了極其廣泛的活動範圍，排除了自己的小小角落。藏在沙發床裡的被子具有輔助的性質，至多不過是睡覺的陪伴物。所謂的梳妝檯那裡沒有。寄宿學校女生照的是牆上的鏡子。沒有任何能拿在手上的小鏡子。在沙發床旁邊有張小桌子，黑色，寄宿學校課桌式的，桌上堆有書和練習本。練習本上有把修指甲用的小銼，窗臺上——有把小折刀，一支值六茲羅提的廉價的自來水筆，一個蘋果，一份體育比賽節目單，一張佛烈·亞

⑲拉丁語，意爲：要享用每日的時光；不要放過一日的光陰。
⑳拉丁語，意爲：狹義的；嚴格意義上的。

斯坦[81]和金姐・羅傑斯[82]的合影照片，一包含鴉片的香菸，一把牙刷，一雙網球鞋，而鞋裡卻有一朵花，一朵石竹花，那是偶然扔進去的。這就是一切。多麼樸素，可又是多麼有說服力！

我無言地立在石竹花的上方——我不能不對寄宿學校女生發出聲聲驚歎！多有本領！往鞋裡扔進一朵鮮花，眞可謂一箭雙雕——用體育運動強化了愛情，用愛情給體育運動加了調料！她把鮮花扔進浸透汗水的網球鞋而不是普通的便鞋，是因爲她知道，對鮮花無損的只是——運動的汗水。她把運動的汗水和鮮花聯想起來的同時，也厚待了自己平常的汗水，給汗水平添了幾分鮮花和運動的色彩。啊，大師！一般舊派的、幼稚的、平庸的姑娘都把杜鵑花種在花盆裡，她卻把花扔在鞋裡，扔在運動鞋裡？這個小淘氣！她這麼做定是無意識的，定是偶一爲之！

我一再考慮，把這象徵性的信物怎麼辦！把花拋進洗臉盆？把它塞進大鬍子乞丐的吃飯傢伙裡？然而這些手工操作的和人爲的措施只不過是逃避困難罷了，不行，不能這麼做。應該是花在哪裡就讓它在那裡枯死爛掉，而且不能用肉體的暴力，而是用心理的力量。大鬍子在鬍鬚叢中叼著綠樹枝忠實地、堅忍不拔地站在窗下，蒼蠅在窗玻璃上嗡嗡叫，從廚房裡傳出受到敏透斯的慫恿去找長工的女僕的單調的尖叫聲，遠方有軌電車在拐彎處呻吟——在那種緊張氣氛

[81] 佛烈・亞斯坦（Fred Astaire, 1900-?），美國舞蹈家、歌唱家、電影演員。

[82] 金姐・羅傑斯（Ginger Rogers, 1911-?），美國女舞蹈家、電影演員。

中我帶著疑惑的微笑呆立不動——蒼蠅嗡嗡叫得更響了。我抓住了一隻蒼蠅，扯掉了它的腿和翅膀，把它弄成一個受難的、痛苦的、令人恐怖的和玄乎其玄的小球，不算很圓，但不管怎麼說卻是深不可測的。我把它藏到了花裡，悄悄把它塞進了網球鞋。我做這件事的時候額頭上冒出了汗珠子，這汗珠子竟然要比網球鞋裡養花的汗液強得多！我彷彿是嗾使魔鬼去襲擊現代派女生！蒼蠅以其沉悶的、無聲的痛苦使得網球鞋、鮮花、蘋果、香煙、寄宿學校女生的全部家當大大掉了價，而我卻帶著惡魔的微笑站立著，諦聽著此刻房間裡有什麼動靜和我自身發生了什麼變化，在探究環境氣氛的同時，我變得酷似一個瘋子，就像兩滴水那樣彼此相像——我思忖，不僅僅是小男孩們會淹死貓和折磨小鳥，大男孩和成熟的小夥子們有時也會折磨弱者，他們這麼做僅僅是爲了不再當寄宿學校女生的男朋友，僅僅是爲了戰勝自己的某位寄宿學校女生，寄宿學校女生！托洛茨基[83]難道不是爲此而折磨別人？托爾克瑪達[84]難道不是爲此而折磨別人？托爾克瑪達的寄宿學校女生又是處在何種狀態？安靜，別吱聲。

[83] 托洛茨基（Лев Д. Троцкий, 1879–1940），俄國工人運動活動家，蘇聯國務活動家。一九二七年因派別活動被清除出聯共（布），一九二九年被逐出蘇聯，一九三二年被開除蘇聯國籍。

[84] 托爾克瑪達（Thomas de Torquemada, 1420–1498），多明我會修士，一四八三年起任西班牙異端裁判所大裁判長，以殘酷無情聞名於世。

用綠樹枝點綴的大鬍子堅守在崗位上——此刻蒼蠅在中國的、拜占庭的網球鞋裡受苦——我的舞蹈留在了姆沃齊亞克夫婦的臥室裡——我開始更深入地胡亂翻找現代派女生的東西。我觸到了裝內衣的壁櫃，但是櫃子裡的內衣使我大失所望。內褲不過是內褲而已——現代派的內褲絲毫也無損於姑娘，它們喪失了從前的家庭的特點，反倒跟輪船上穿的短褲有某種親緣的關係。然而在一個我用刀子撬開的抽屜裡——有一堆信，寄宿學校女生的情書！我一下子就撲了上去，雖說這時大鬍子、蒼蠅、舞蹈仍在連續不斷地起作用。

啊，現代派寄宿學校女生的魔窟！那抽屜裡包藏著怎樣的內容！直到這時我才有了個概念。當代寄宿學校女生們是多少可怕的祕密的女主人，倘若她們中的某一個人出賣託付給她的祕密，那將會惹起多大的風波！但是祕密落到姑娘們手中，就如石沉大海，這些姑娘都太俊俏，都太標致，怎肯到處宣揚……而那些不會受到美貌束縛的姑娘，又不會收到這樣的書信……這是件絕妙的事，只有受到美貌束縛的人才能接觸到人類的某些心理內容。啊，姑娘，這恥辱的貯藏室竟然由於美貌而上了鎖！無論是老年人還是年輕人，把這種東西送到了這裡，送進了這神殿，恐怕都寧願死三次，寧願在文火上烤焦，也不願它們被公開……世紀的面目——二十世紀的面目，許多時期混合的世紀的面目若隱若現地顯露了出來，猶如西勒諾斯[85]從密林深處冒了出來。

在那些信件裡夾雜著中小學生寫的情書，是如此令人不快，令人厭惡，令人生氣，令人煩躁，如此荒唐，如此粗俗，如此糟糕，如此丟人，如此無恥，實屬有史以來見所未見——無論是古代歷史還是中世紀歷史均未見過。假若有個來自亞述、巴比倫、希臘或者中世紀波蘭的同齡人，或者哪怕是齊格蒙特·奧古斯特86時代某個普通窮小子讀到這種情書，定會臉上燃起紅暈，定會被掌嘴。啊，他們發出了何等可怕的不和諧音調！他們的情歌是多麼刺耳地走了調！彷彿是大自然本身懷著對那些可悲的、受到塡塞式教育的乳臭小兒的無限蔑視，不想讓無知者的部落繁殖，剝奪了他們對少女說話的聲音。只有那些由於恐懼而什麼也沒有表露的信件，才算是可以將就的，例如：「祖塔跟瑪雷霞和奧萊克一起去網球場，明天，來電話吧，海涅克。」只有這樣的短箋還不算丟臉……我找到了梅茲德拉烏和霍佩克各兩封信，內容庸俗，形式粗野，力圖以過分的妄自尊大給自己裝扮一副成熟的外表。他們像飛蛾撲火，明知會被燒死……

但是高等學校學生的書信也並非不那麼怯生生，儘管他們已巧妙地將自己的羞怯掩飾了起來。可以看出，他們中每個人用自來水筆在紙上塗鴉的時候是何等膽怯，何等吃力，是如何謹小愼微，字斟句酌，爲的是不致急轉直下墜入自己的不成熟和自己的小腿的深淵。因此我在任

85 西勒諾斯是希臘神話中的精靈，性癡酒，能預言未來。或稱其爲預言之神。

86 齊格蒙特·奧古斯特（Zygmont Agust, 1520-1572），一五二九年起爲立陶宛大公，一五四八年起正式即位爲波蘭國王。

何一封信中都不曾找到任何一句提及小腿的話，卻發現了許多地方都談到了感情、社會事務、掙錢問題、社交情況、打橋牌和賽馬，甚至涉及國家制度的更迭。尤其是那些政治家，那些受「學院生活」培養出來的會耍嘴皮子的人特別有本領，他們特別小心地隱藏了小腿，但他們卻系統地給寄宿學校女生郵寄自己的所有的綱領、號召書及思想宣言。「祖塔小姐，興許小姐樂於瞭解我們的綱領……」他們寫道。但在那些綱領中同樣沒有一個地方明確地提到小腿，除非是偶然出現的 lapsus linguae [87]，例如將「消退」寫成了「小腿」。也有個別羅茲人在自己的宣言中錯誤地寫出了「我們這些羅圈腿」。除了上述兩處意外事件，小腿再也沒有出現過。同樣，許多在報刊上以「爵士樂隊時代」爲題寫文章的年老的姑媽們，常常力圖借助一些遠非色情的刊物同寄宿學校女生建立精神聯繫，使她不致在墮落的道路上走得太遠。在這類刊物上，小腿受到最嚴格的掩飾，讀著這類刊物，給你的印象是壓根兒就沒有一個地方涉及小腿。

再往下看——在抽屜的底部壓著成堆的、如今已普遍存在的常見的小詩集，數量不下三四百，其實——應該承認——這些小冊子根本就不曾被這位寄宿學校女生裁開過，也不曾被她翻閱過。這些小詩集都有「獻給……」的獻詞，語調是那麼出自內心，那麼眞誠，那麼誠懇，那麼直率。它們以最強勁的口吻要求姑娘把詩集細讀一遍，強使姑娘去讀，以一些精巧的、致人死

[87] 拉丁語，意爲：筆誤。

命的詞語譴責姑娘不去閱讀，而對閱讀則大加頌揚，把閱讀捧上了天，對不閱讀則以排除出文化人的社會相威脅。它們要求姑娘考慮到詩人的孤獨，詩人的勞動，詩人的使命，詩人的作用，詩人的痛苦，詩人的先鋒性，詩人的天賦，詩人的靈魂，把詩集從頭至尾讀上一遍。然而最奇怪的是，這裡沒有明確地提及小腿。更爲奇怪的是，詩集的標題也絲毫沒有蘊涵小腿的意思。有的只是諸如：《蒼白的曙光》、《東升的曙光》、《新曙光》、《新的破曉》、《戰鬥的時代》、《時代裡的戰鬥》、《艱難時代》、《青春時代》、《年輕人在警戒》、《青春的前哨》、《戰鬥的青春》、《行進的青春》、《靜止的青春》、《嘿，年輕人》、《青春的苦澀》、《青春的眼睛》、《青春的嘴巴》、《年輕的春天》、《我的春天》、《春天和我》、《春的韻律》、《機關槍的韻律》、《衝著山的排射》、《信號旗》、《天線》、《螺旋槳和我的親吻》、《我的愛撫》、《我的思念》、《我的眼睛》、《我的嘴巴》（關於小腿任何地方連個影兒都沒有），而所有這一切都是用詩歌體寫成的，帶有精確的半諧音，或者不帶精確的半諧音，有的還帶有大膽的隱喻，或者帶有詞的潛在旋律。但是小腿到處就像完全沒有一樣，少得可憐，少得不成比例。有些作者巧妙地以精湛的詩歌技法將其隱藏在美的後面，隱藏在技巧的盡善盡美、作品的內在邏輯和聯想的合理推論後面，要不就是隱藏在階級意識、鬥爭、歷史曙光以及類似的客觀的反小腿的因素後面。但是明眼人一看便知，那些詩作在藝術上晦澀難懂，矯揉造作，對任何人都沒有用，只不過是一種複雜的密碼罷了。勢必存在著某種充分的而非隨便什麼樣的道理驅使這麼多思維孱弱、無足輕重的幻想家去編造這些古怪的字謎。在經過片刻的深入思考之後，我竟成功地將下列詩行的內容翻譯成了能懂的語言：

詩

地平線像酒瓶一樣爆裂
綠色的斑點不斷膨脹伸向雲天
我重又走向松樹下的陰影——
在那裡：
我貪婪地一口喝乾
我每日的春天。

我的翻譯

小腿，小腿，小腿
小腿，小腿，小腿，小腿

小腿，小腿，小腿，小腿，小腿——

小腿：

小腿，小腿，小腿

小腿，小腿，小腿。

再往下看——寄宿學校女生眞正的魔窟在這裡剛剛開始——再往下便是出自那些法官、律師、檢察官、藥劑師、商人、房產主和地主、醫生等等之手的成捆的隱私短箋——也就是出自這麼一幫有身分的道貌岸然的正派人士之手的短箋，他們這些人通常是令我佩服得五體投地的！當那只蒼蠅仍在無聲地受苦的時候，我驚得目瞪口呆。這麼說，他們，與他們的外表相反，也都跟寄宿學校女生有關係？「眞是令人難以置信，」我一再想，「眞是令人難以置信！」這麼說，是那種成熟性把他們擠壓到如此地步，以至他們禁不住要背著妻子、兒女祕密給六年級的現代派寄宿學校女生寄去那些又長又酸的情書？當然，在這些書信裡更是任何地方都不曾明確地提及小腿，恰恰相反，每個寫信的人都詳盡地解釋了爲什麼要建立這種「思想交流」，都認爲「祖塔小姐」會理解他，不會曲解他的意圖等。然後又以一些拐彎抹角卻也是諂媚的詞語向現代派女生表示敬意，在字裡行間懇求，希望她能樂於憑想像想一想他們，自然，這些都得祕密進行。每個人，雖說是一次也沒有提及小腿，卻都竭力強調，並且竭力突出自己現代派男孩的特徵。

檢察官寫道：

「儘管我每次出場都是穿著檢察官的長袍，可實際上我什麼也不是，只是個聽候差遣的男孩。我遵守紀律，循規蹈矩，他們命令我做什麼，我就做什麼。我沒有自己的見解。法院的院長能當眾譴責我。最近他就曾把我稱做蠢貨，我總是站起來請求他允許我說話，像個小學生。」

政治家在信裡一再保證說：

「我是個男孩，我僅僅是個獻身政治的男孩，獻身歷史的男孩。」

某個具有特別性感和特別柔情的靈魂的軍士寫下了下列的話：

「我的義務是盲目服從。爲執行命令我必須隨時準備獻出我的生命。我是一名奴隸。須知指揮官們對我們的稱呼總是——小夥子們。完全不考慮我們的年齡因素。完全不理會我們的出生證，那玩意兒純粹是一種形式上的無用的東西。妻子和兒女都只是附加物。我不是什麼騎士，而是一個當兵的男孩，帶著一個男孩的忠實的盲目的靈魂，我在兵營裡只是一條狗，我只是一條狗！」

地主寫的是：

「我已然破產，我的妻子不得不出門給人當廚娘，我們的孩子們只得過一種狗樣的生活，而我——已不是什麼地主，只是個被放逐的男孩。前途茫茫，卻也從中體驗到一種神祕的樂趣。」

但是 en toutes lettres [88]，在任何地方都一次也沒有一清二楚地提到小腿。所有的寫信人都在信裡的附言中懇求寄宿學校女生要嚴格保密，並且強調，他們傾訴的那些知心話哪怕只是一個字洩露出去讓大家知道，他們的前程便會毀於一旦，弄得永世不得翻身。

「這只是對你說的。你要把它保存在自己身邊。對任何人都不能吐露一個字！」

不可思議！這些書信才以最清晰的方式向我揭示了寄宿學校女生的全部威力。哪裡沒有她的存在？誰能抗拒她的魔力？誰的頭腦裡沒有裝著她的小腿？在這些想法的影響下我的兩條腿開始打起了哆嗦，我差點兒要跳起舞來，向那些二十世紀的老男孩，那些像奴隸一樣排成佇列被人拿著鞭子操練、催促、驅趕和訓練的老人表示敬意。那時我在抽屜的底部又發現一個帶有教育部督學標識的大信封，寫位址的文字最明白無誤地表現出平科的手跡！那封信是寫得乾巴巴的。

「我再也不能，」平科寫道，「寬容你們的輕視態度，不能寬容你們對包含在教學大綱裡的知識的令人震驚的無知。

「我要傳你到我的辦公室面談——到督學處，後天，星期五，下午四點三十分。我要給你解釋、評介和講授諾爾維德的詩歌，以填補你在學業上的空白。

「我必須提醒你注意，我是以一位教授，一位教育工作者的身分合法地、正式地、公事公

88 拉丁語，意爲：在每一封信裡。

辦地、文明地傳你到這裡來的。如果你抗拒不來，我將致函女校長，建議開除你的學籍。

「我再強調一遍，我再也不能容忍你在學業上的缺陷，而作爲教授我有權不容忍。務請順應要求。塔・平科，哲學博士、名譽教授於華沙」

他們之間竟然走得那麼遠？他竟然威脅她？事情竟然是這個樣子？她這麼長時間向他賣弄自己的無知，直到教師露出了自己的齙牙。平科，作爲平科，他不能給自己安排跟寄宿學校女生的約會，但作爲中學和高等學校的教授他能憑藉自己的職務放心大膽地約她去見面。他再也不能滿足於在家裡，在雙親的眼皮底下跟她調情，便利用自己的職權，想通過合理合法的正當途徑將諾爾維德硬塞給姑娘。既然他沒有別的什麼辦法，他便希望至少和他的諾爾維德一起在姑娘的生活中起一份作用。我心懷極度的驚訝，手裡捏著這封信，站立在一堆個人書信文件的上方，不知這對我而言究竟是凶還是吉。但在平科的這封信的下邊，抽屜裡還躺著一張紙片，那是從練習簿上撕下來的，紙片上用鉛筆潦草地寫了幾句話——我一眼便認出那是科佩爾達的筆跡！不錯，是科佩爾達，勿庸置疑，是科佩爾達，不會是別人！我異常激動地抓起了這張便條。便條的內容簡短，寫得倉促，揉得皺巴巴——一切都說明它是從窗口扔進來的。便條上寫的是：

「我忘記告訴你地址（接著寫下了科佩爾達的地址）。如果你願意跟我一起去，那我也願意。請告知。亨・科。」

科佩爾達！你們還記得科佩爾達嗎？哼，我立刻就全都明白了。我的預感沒有欺騙我！科佩爾達就是那個曾經糾纏過寄宿學校女生的不認識的男孩，關於這件事曾經在午餐桌上提起過！不久以前科佩爾達從姑娘窗前經過的時候，把這張便條從窗口扔了進來。他在大街上糾纏過姑娘，而現在又向她提出了建議——多麼不拘禮節，多麼魯莽、唐突，現代派的建議！「你願意跟我一起去，那我也願意。」——實事求是地、正面地、簡明扼要地提出了建議……他在大街上見到她，感受到她的性誘惑……並且跟她搭上了腔——而現在從她窗前走過的時候又把便條揉成小紙團兒從窗口扔了進來，沒有多餘的客套，完全依照年輕人彼此之間流行的新習慣……科佩爾達！可她——想必她甚至連他的姓氏都不知道，因為他沒有向她作過自我介紹……

這件事一下卡住了我的脖子，使我的喉嚨哽塞。

可這裡還有個平科。一方面是平科，另一方面是科佩爾達。平科，年老的平科利用自己的教授身分，文明、公開、合法、正式、嚴肅地把自己的意志強加於人。你必須，必須在諾爾維德問題上使我滿意，因為我是主人，是你的教授，你是我的女奴，你是寄宿學校的女生！……那一位作為兄弟，作為現代的同齡人，有權對她提出要求；而這一位作為中學教師，作為她的師長，作為領了從業執照的教育工作者……

我再一次給卡住了脖子，使我喉嚨哽塞。那些地主傾訴的私房話，那些律師的呻吟，抑或是那些詩人玩弄的可笑的字謎，與這兩封信相比又算得什麼？這兩封信預示著毀滅、災難的來臨。嚴酷的、現實的危險在於姑娘隨時都會準備向平科和科佩爾達屈服，不帶絲毫感情色彩，只是順應習慣勢力，僅僅是因爲前者和後者都有權控制她。一個是新潮的和私人的權利，一個是——舊派的和公開的權利。可到那時她的魔力也將會不可思議地增長……我的行動中無論是跳舞還是蒼蠅都救不了我的命，她會用這種魔力讓我的喉嚨哽塞窒息而死。如果她實事求是地、不帶感情色彩地、新潮地在肉體上委身於科佩爾達……而如果她到平科那裡去，對她這位教師的命令百依百順……姑娘去找老頭兒，因爲是寄宿學校女生……姑娘委身於年輕人，因爲是現代派女性……

啊，姑娘的這種順從，這種奴性，這就是擺在寄宿學校女生面前，擺在現代派女性面前的崇拜模式！科佩爾達和平科知道，自己如此魯莽，如此簡練地給她寫信是在做些什麼，他們知道，正是由於這樣做姑娘才會準備屈從……畢竟經驗豐富的平科不曾期望姑娘會害怕他的威脅——他期望的不是這個，而是姑娘在受到威脅的情況下向一個老頭兒屈服是令人心醉的——幾乎跟向一個年輕人屈服同樣令人心醉，而姑娘之向年輕人屈服，只是因爲他是用現代派的措詞表達自己的意見。啊，這種導致自我毀滅的奴性，這種對風格的奴性！啊，姑娘的這種百依百順！我已知道，這是不可避免的……可我該怎麼辦？我該往哪裡躲？……面對這種新的洪濤洶湧，面對這種新的氾濫，我該如何自衛？請各位想想，這是多麼不可思議的事！可不管怎麼說都是他們兩個人摧毀了姆沃齊亞克小姐的魔力。因爲平科打算在詩歌這一點上消滅她的運動員的無知；而跟科佩爾達鬼混在一起則更糟——可能會以當上媽咪而告終。但被摧毀的瞬間本身卻使她所有的魅力增長了百倍……我幹嘛要去查看那個抽屜？混沌無知應該受到讚美。假若我不知情——我或許就能將我所採取的針對寄宿學校女生的行動繼續下去。可我現在已經知道——這就使我的力量大大削弱。

啊，這駭人聽聞而又沁人心脾的十七歲少女的私生活祕密！啊，這寄宿學校女生抽屜裡的惡魔般的內容！詩歌……我怎樣才能損害它的美，讓美失去誘惑力？蒼蠅在無聲無息地受苦，大鬍子乞丐叼著樹枝。我手裡拿著那兩封信，心裡思忖，我該怎麼辦，我該做點兒什麼才能阻止這種魅力、美、魔法、渴望……的不可避免而又強有力的增長……

終於，在感官的深度混亂中，我腦子裡產生了某種見不得人的想法，某種計畫——它是那麼不切實際而超越常軌，以至我在尚未將其付諸實施之前就總覺得它是不現實的。我從練習本上撕下了一頁紙。我用鉛筆仿照姆沃齊亞克小姐清秀而漫不經心的筆跡寫道：

「明天，星期四，午夜十二點鐘，你來敲我外廊的窗子，我放你進屋。祖。」

我把短箋裝進了信封，寫上了科佩爾達的地址。我又寫了另一封一模一樣的信：

「明天，星期四，午夜十二點鐘，你來敲我外廊的窗子，我放你進屋。祖。」

信封上我寫下了平科的地址。我的計畫的主旨在於：平科收到這樣一封以「你」相稱的厚顏無恥的短箋作爲對自己的講究禮節的教授公函的答復，定會不知所措。這對老頭兒不啻是當頭一棒。他必會這樣設想：定是寄宿學校女生渴望跟他有個 sensu stricto [89] 約會。這現代派姑娘的傲慢無禮、玩世不恭、道德敗壞和魔性——考慮到她的年齡、社會等級和教養——足以像印度大麻膏那樣徹底將他麻醉。他再也沒有辦法扮演他的教授角色——再也不能保留在嚴格的合法性和公開性的構架之內。他將偷偷摸摸地、不正當地跪到姑娘的窗下去敲窗子。而那時他還將與科佩爾達相遇。

緊接著會發生什麼事？我不知道。但我知道我會引起一陣吵吵鬧鬧的喊叫聲，我會驚醒全家人，我會使整個事件暴露在光天化日之下，我將拿科佩爾達要弄平科，拿平科要弄科佩爾達——我們走著瞧，看看這類偷情的事在現實中是個什麼樣子，看看姑娘的魔力中還能剩下些什麼。

[89] 拉丁語，意爲：狹義的；嚴格意義上的。

第十章　逃跑和重新被抓住

在經受了雨驟風狂的夢魘的折磨的一夜之後，次日凌晨天剛破曉我便起了床。但沒有去上學。我躲藏在分隔廚房和盥洗室的小過道裡的一個掛衣架後面。依照鬥爭的無情發展順序，輪到我必須在盥洗室裡發動對姆沃齊亞克一家的心理攻擊。你好，小屁股！你好，女王！我必須振作起來，振奮精神，跟平科也跟科佩爾達進行一場決戰。我渾身哆嗦，汗流浹背——可這是一場不擇手段的生死鬥爭，我不能丟掉這張王牌。你得設法在盥洗室裡出其不意地俘獲敵人。你要看清他當時的模樣兒！你要盯住他並且記住他！當衣服從他們身上像秋天的樹葉從樹上掉落下來的時候，所有的雅致、闊氣、講究、排場的光彩也將隨之盡失，那時你便能以自己的全部精神力量向其猛撲過去，就像獅子怒吼著撲向羊羔。你不能忽視任何有助於你調動和振奮精神的東西。你必須保持你對敵人的優勢，只要目的正當，可以不擇手段。你必須鬥爭，鬥爭，首先是鬥爭，貫徹始終的鬥爭。你必須集中你全部的精力，採用最現代的方法進行鬥爭。只有鬥爭，別無其他！世界各民族的智慧宣明了這一點。當我進入我的戰略陣地的時候，全家人都還在睡覺。從姑娘的房間裡沒有傳出一絲兒響動，她睡得很安穩，無聲無息，可是姆沃齊亞克工程師卻在自己淺藍色的房間裡鼾聲如雷，就像個外省的管理員或理髮匠那樣……

但女僕已在廚房裡忙活開了，她來回走動著。人們醒來了，聽得見睡意朦朧的聲音。全家開始起床，去沐浴和舉行一系列清晨的儀式。我綳緊了所有的感官神經——精神上處於一種易受驚擾的瘋狂狀態。我就像一頭在文化鬥爭中被文明馴化了的野獸。雞叫了。第一個出現的是姆沃齊亞克太太，她身著淺灰色的睡袍，足登一雙便鞋，頭髮已馬馬虎虎梳理過了。她昂著頭平靜地走著，她的臉上流露出一種特殊的智慧，我簡直可以說，那是一種衛生設備的智慧。考慮到神聖的自然而簡單的需要，考慮到清晨的合理的衛生活動，她甚至是帶著某種虔誠的態度走著的。她走進盥洗室之前，揚著頭拐進廁所待了片刻，她是文明、理智、自覺、有教養地消失在那裡的，就像任何知道不應爲方便這種自然機能感到害臊的婦女所表現的一樣。她從那裡出來時顯得比進去時更加自得，彷彿是——變得輕鬆從容了，元氣恢復了，心情舒暢了，更人性化了，那模樣兒彷彿是剛從希臘神廟裡走出來的！而在那時我也領悟到，她終究也像走進了神廟一樣走進了那個地方。莫非那些現代派的工程師太太和律師夫人都是從這神廟汲取了她們的力量？每天她從那個地方出來的時候，都顯得更完美，更有文化，更高地舉起進步的旗幟，她用以折磨我的智力和本能，也正源自那裡。夠了！她走進了盥洗室。公雞又打鳴兒了。

接著是身穿睡衣的姆沃齊亞克一溜小跑出了臥室，他大聲咳嗽，清嗓子，吐痰，忙得不亦樂乎，爲的是上班不至於遲到。爲了不浪費時間，他手裡拿著報紙，眼鏡架在鼻樑上，毛巾搭在脖子上，用一隻手的指甲摳出另一隻手的指甲殼裡的污垢，他趿著鞋啪嗒啪嗒地走著，任性地吧唧著赤裸的腳後跟。他的目光落到廁所的門上，發出一聲短促的竊笑，這是那種臀部的、後院的笑聲，跟昨天的笑聲一模一樣。他作爲一名有教養的特別富有幽默感的勞動知識份子——工程師，狡猾地、喜劇性地、淘氣地鑽進了廁所。他在那兒待了好長一段時間，抽了一支香菸，唱了一曲卡里奧卡，出來時徹底變了個樣兒，變成一個粗野猥瑣的典型知識份子——土包子，他帶著一副那麼愚蠢、那麼令人作嘔、那麼令人厭惡的滑稽嘴臉，假若我不是以全部意志力抑制住自己，我早就跳上前去揍他那副可憎的嘴臉。事情說來也怪，廁所對他的妻子似乎發揮了某種建設性的作用，而在他身上卻起了一種純屬破壞性的作用，儘管他勿庸置疑還是位建築工程師。

「快點兒！」他放肆地衝妻子吼叫，妻子正在盥洗室洗澡，「快點兒，老太婆！維克托希⑨正趕著上班哩！」

在廁所的作用下，他用維克托希這個名字的小稱稱呼自己，同時拿著毛巾走開了。透過磨

⑨維克托希是維克多的小稱。

砂玻璃上的縫隙，我小心翼翼地朝盥洗室裡觀瞧。工程師太太赤身裸體，正用一條大浴巾擦乾自己的大腿，她的面孔——膚色比較深，聰慧，尖削——懸掛在又白又胖、傻氣無邪、已經沒什麼指望的小腿之上，有如一隻老鷹高懸在牛犢上方。這其中有種可怕的對比性，看起來似乎是老鷹無能爲力地圍著牛犢盤旋，卻不能抓住尖著聲兒哞哞叫的牛犢，而姆沃齊亞克工程師太太則用衛生學的眼光理智地凝視著自己女性的、放蕩的腿腳。她擦乾身子跳將起來。她擺好了姿勢，兩手叉腰，一邊將身子由右向左轉了九十度，一邊吸氣和呼氣。又由左向右轉了九十度，也是同時呼氣和吸氣！她做了個向上踢腿的動作，而她的腳掌卻是小巧的，粉紅色的。然後她又用另一隻腳做了個向上踢腿的動作，展示出另一隻腳掌！她做起了下蹲動作！「一、二、三、四……」她對著鏡子做了十二個動作，一邊數數，一邊用鼻子呼氣吸氣，她的動作很猛，兩個乳房都在撲棱撲棱地抖動，以至我的雙腿也打起了哆嗦，我的腳癢癢的，眞想也蹦將出去跳場不可思議的紳士派頭的快步舞。我從掛衣架後邊跳開了。寄宿學校女生邁著輕快的步子走上前來，我趕緊躲藏在一邊，像在叢林裡一樣。我準備展開心理攻擊，一時獸性大發……非人地、超乎常人地獸性大發……要不就是現在，要不就永遠也別做——我要將邋裡邋遢、蓬頭亂髮、餘溫未散、脫得只剩下一件內衣的她從睡夢裡抓住，使她大吃一驚。我要在自己的心中摧毀她的美，摧毀寄宿學校女生的廉價魅力！讓我們走著瞧，看科佩爾達和平科是否能挽救她的毀滅！

她邊走邊吹口哨，穿件睡衣看上去很好玩兒，毛巾圍在脖子上——她在走動，每個動作都顯得既精確又很輕快。過了片刻她已進了盥洗室，我從藏匿處向她投去一瞥。現在，馬上就做，要不就永遠也別做。現在就做，現在正是她最虛弱，最不修邊幅的時候！——可她行動那麼快捷，以致任何衣著不整都完全不能有損於她。她跳進了澡盆，擰開了冷水淋浴。她抖動著鬈髮，而她那勻稱的軀體卻在打顫，在瀑布般噴射的冰涼水流下縮成了一團，而且不住地嗆水。啊！不是我抓住了她，而是她抓住了我的喉嚨！沒有遭受任何人的強迫，姑娘清晨一起床，沒吃早飯，就將冰涼的水往自己的身上淋，讓軀體凍得肌肉痙攣、顫抖，爲的只是在空腹時用充滿青春活力的吐故納新來獲得日常的秀麗！

我不得不違心地讚美姑娘的健美訓練！借助於速度、精確和敏捷，她善於躲避白天和黑夜之間的那段最難受、最微妙的過渡時間，像蝴蝶總是靠不斷運動的翅膀飛升。不僅如此——她還把自己的軀體放在冷水裡淋浴，爲的是進行富有青春活力的、急劇的生理機能復甦，她本能地感覺到，能以這份兒急劇的生理機能復蘇徹底清除一夜的邋遢。說句實在話——還有什麼能傷害一個如此生氣勃勃的復甦了的姑娘呢？當她擰開水龍頭，赤身裸體地站立在蓮蓬頭下，淋著冷水，喘著粗氣，她的生命就有如重新開始，昨日之我就彷彿已不復存在。嗨！假若她不是用冷水而是用溫水加肥皂沐浴，恐怕就沒有這麼大的效果。只有冷水才能使她的肌體更新，才能迫使她忘卻舊我。

我可憐巴巴而又不光彩地從過道裡的藏身處溜走。我羞慚地返回自己的臥室，確信再繼續偷看下去一點兒用處也沒有，相反，這對我自己還可能是一種致命的失著。混蛋，糟透了！又一次慘敗——在知識份子摩登地獄深淵的最底部，我再次領略到慘敗的滋味。我把手指頭咬出了血，賭咒發誓不認輸，而且還進一步調動自己的一切力量，振奮起來，我用鉛筆在盥洗室的牆上只簡單寫下了這樣幾個字：veni, vidi, vici [91]。至少讓他們知道，我看見了他們；至少讓他們感覺到他們事事處處都受到別人的注視；讓他們知道敵人並沒有睡大覺，敵人在窺視著。振作起來，加油！我上學去了，學校裡什麼新鮮事兒也沒有，依舊是綠色貧血、詩、梅茲德拉烏、霍佩克、accusativus cum infinitivo [92]、加烏凱維奇、許多面孔、各種嘴臉、一堆小屁孩子、塞到皮鞋裡的手指頭和每日裡普遍存在的無能、無聊、無聊，除了無聊還是無聊！正如我所預料的那樣，在科佩爾達身上完全看不出我那封信的影響的痕跡；充其量，也就是他那雙腿邁起步來比平科略微有點兒沉重。但我沒有把握，那是否僅僅是我的想像。還有一點，那就是同學們看我都帶著極端厭惡的神情，敏透斯甚至衝我開口便問：

「我的上帝，你這是在哪裡給自己惹下這麼大的麻煩？」

確實，在經歷了一番振作和自我激勵之後，我的嘴臉變得如此茫然不安，以致連我自己都

[91] 拉丁語，意爲：我到過了，我見到了，我勝利了。這是凱撒說過的話。

[92] 拉丁語，意爲：帶原形動詞的第四格。

不知道該把自己往哪兒擱。可這又有什麼要緊？反正怎麼著都一樣。夜晚，夜晚才是最重要的。我提心吊膽，如坐針氈地等待著夜晚的到來，今夜將會解決問題，今夜將決定一切。今夜可能發生一個轉折，勝利可能屬於我。平科能受到誘惑嗎？像他這麼一個老於世故、經驗豐富的教師，這麼一個熟練的雙料雙筒槍射手，能被人用一封孩子氣十足的性感的情書而使之喪失莊重的模式？一切都以此爲轉移。「但願平科能受到誘惑，」我向上帝祈禱，「但願能使平科喪失莊重，但願他昏了頭。」我突然嚇了一大跳，我被嘴臉、小屁股、書信、平科、被已經發生和將要發生的一切嚇壞了，我想跳起來逃跑，我在教室裡像個十足的瘋子，突然跳將起來——又坐下了——我又能往哪裡逃呢？前、後、左、右都給堵住了，我能逃避自己的嘴臉，自己的小屁股嗎？安靜地坐著，安靜地坐著，無路可逃！今夜將決定一切，今夜！

午飯時沒有發生什麼值得記述的事。寄宿學校女生和工程師太太講話都非常節制，用語也簡潔，沒有像慣常那樣炫耀她們的現代性。她們顯然有些心神不安。她們絕對感覺到了我的振作和自我激勵。我覺察到，姆沃齊亞克太太僵直地坐著，沒有任何不自在的痕跡，還帶著一個知道自己坐椅子的部位被人偷看過的人的尊嚴。這很好玩兒，但這也給她平添了主婦莊重的外表。我不曾預料到會有這等結果。無論如何都勿庸置疑，她讀過了我在盥洗室的牆上寫的題詞。我竭力盡可能透徹地觀察她，我說話內容空泛貧乏，油腔滑調，以一種心不在焉的方式表明，我的特點是目光特別銳利，洞察一切，能透過她的臉部看到她的另一面……她裝做沒有聽我的話，可是工程師卻不由自主地發出一陣陣竊笑，咯咯地笑了許久，痙攣而又機械。姆沃齊亞克——如果我的視覺沒有欺騙我的話——在最近事態的影響下，顯示出對不修邊幅的某種興趣，他將一大片麵包抹滿了黃油，然後將大片大片的麵包塞滿自己的嘴巴，一邊咀嚼，一邊還大聲地吧嗒嘴。

午飯後，從四點鐘到六點鐘，我試圖透過鑰匙孔偷看寄宿學校女生，但什麼也沒有看到，因爲她一次也沒有進入我的視線範圍之內。無疑她是提高了警惕了。我還注意到，姆沃齊亞克太太在偵察我的活動。她幾次走進我的臥室，找的藉口都是微不足道的小事。有一次她甚至幼稚地向我提出建議，讓我花她的錢買票上電影院。他們的不安情緒在增長，他們感覺到受到了威脅，他們嗅到了敵人的氣味和存在的危險，雖說他們尚不十分清楚是什麼在威脅著他們，也不清楚我究竟要幹什麼——他們嗅到了這一點，這使他們情緒低落，陷入混亂，不確定性使他們心神不安，而不安又不能集中在任何一件事情上具體地表現出來。他們甚至彼此之間也不能談論危險，因爲無定形、不確定、含糊不清的言詞只會引導他們陷入泥潭。工程師太太暗中摸索著、嘗試著組織某種形式的自衛，正如我所觀察到的那樣，整個午後時間她都花在閱讀羅素[93]的作品上，而讓丈夫去讀威爾斯的小說。然而姆沃齊亞克卻聲稱，他寧願去讀「華沙理髮匠」

[93] 貝．羅素（Bertrand Russell, 1872-1970），英國唯心主義哲學家、數學家、邏輯學家。

年鑒和博伊94的《言論》，而且我還聽見他每隔一段時間便爆發出一聲大笑。總而言之——他們找不到自己在生活中的位置。最後姆沃齊亞克太太埋頭做起了家庭的收支帳目，撤退到財政收支的現實主義基礎上，而工程師則只在屋子裡逛蕩，一會兒坐上這把椅子，一會兒又坐上另一把椅子，嘴裡哼唱著相當輕佻的歌曲。使他們心煩意亂的是，我坐在自己的房間裡卻又沒有顯示出一點兒活著的跡象。其實我是有意竭力保持寂靜。寂靜，寂靜，寂靜，有時寂靜達到了極點，以至在寂靜裡一隻蒼蠅嗡嗡叫就如吹喇叭似的響遍四方，而寂靜裡的那種模糊的、朦朧的、無定形的東西有時竟會使人起一身雞皮疙瘩，會像水那樣一點一滴地滲出，形成混濁的河漫灘。將近七點鐘時，我看到敏透斯偷偷摸摸地從圍牆後面鑽到了女僕那裡，還朝廚房那邊做了一個心照不宣的動作。

傍晚時工程師太太也開始輪流換著小凳子坐，而工程師則鑽進小儲藏室喝了幾杯。他們既找不到對自己合適的位置，也找不到對自己合適的形式。他們坐不住，剛一坐下立刻又跳將起來，彷彿椅凳烤炙了他們的屁股。他們無止無休地朝各個方向走來走去，彷彿腳下給佈了雷，彷彿後邊有人在追趕。在我的行爲的強烈刺激的影響下，現實漫出了自己的河床，氾濫開來，

94塔·博伊—熱倫斯基（Tradeusz Boy-Żeleński, 1874-1941），波蘭文學評論家、戲劇家、翻譯家。《言論》是他的幽默小品集。

淹沒了一切，晃蕩著，嚎叫著，低沉地呻吟著。而黑暗、可笑的醜陋、沮喪、骯髒和卑污的因素則越來越具體地、可觸摸地包圍著他們，困擾著他們，發酵似的在他們不斷增長的不安中生長。工程師太太剛一坐到晚餐桌旁，便全神貫注地綳緊了面孔和身體的上部，而姆沃齊亞克則相反，他穿件西服背心走到桌前，把餐巾繫到自己的頦下，一邊往咬過的厚麵包片上抹黃油，一邊講著酒吧間的笑話，他的笑話頻頻被突然迸發出的笑聲所打斷。他知道我曾窺探到他的隱祕，這種意識使他蛻化到粗俗的幼稚狀態。他使自己完全適應我在他身上看到的東西，成了一名幼稚的、活潑的、逗人發笑的小工程師，一個迷人的、變幻莫測的淘氣角色。他也曾竭力衝我使眼色示意，也曾給我發出滑稽的意味深長的信號，對於這一切——自然——我沒有作出反應，只是綳著一張失去表現力的蒼白的面孔靜靜地坐著。姑娘漠然地坐在她自己的位子上，緊閉著嘴唇，以眞正的少女的英雄氣概對身邊發生的一切都不予理睬。我簡直可以發誓，擔保她什麼都不知道——啊，我揣著一顆忐忑不安的心讚歎她的這種英雄氣概，這種英雄氣概進一步增強了她的美！但是夜晚將會有個裁決，夜晚將決定一切。如果平科和科佩爾達辜負我的希望，現代派女生肯定會成爲勝利者，那時便再也沒有什麼能把我從被奴役的狀態中解救出來。

夜在逐步降臨，隨之到來的將是決定命運的一刻。事態的進程無法預見，沒有程序表。我只知道，我必須跟將要出現的每一種扭曲的、變形的、可笑的、混亂的、荒唐的、不和諧的因素協同行動，跟每一種具有破壞性的成分協同行動——而就在此時，一種變質發黴的、虛弱的畏葸情緒貫穿了我，跟這種畏葸相比，即便是殺人犯的巨大恐懼也會顯得微不足道和滑稽可笑。十一點鐘剛過，寄宿學校女生便上床休息了。因爲事先我已用鑿子在門上鑿出了一道縫，現在我能看到房間裡迄今處在我的視線之外的部分。她迅速脫掉了衣服，立刻就關了燈，但她並未入睡，只是躺在硬沙發床上輾轉反側。她擰亮了電燈，從小桌子上拿了一本英文偵探小說，我看到她怎樣強迫自己去讀。現代派女生瞪大了眼睛，聚精會神地注視著空間，似乎是嘗試著用目光探察那威脅著她的危險的意蘊，估摸它的形狀，最終看到這外來威脅的外表，具體弄明白是什麼在陰謀反對她。她不知道危險既沒有形態，也沒有意義——實際上是某種無意義、無形態、不規範、混亂、攪和在一起的無風格、無特點的因素在威脅著她的現代派風格。這就是一切，別無其他。

工程師夫婦的臥室裡傳出了提高了嗓門兒的說話聲，我趕緊跑到他們的房門跟前。工程師穿著短襯褲，放蕩地嬉笑著，一副酒吧間逗趣的神態。他在沒完沒了地講述著具有明顯知識份子色彩的趣聞軼事。

「夠了！」姆沃齊亞克太太穿著睡袍，神經質地搓著雙手，「夠了！夠了！閉嘴！」

「等一下，請等一下，雅希卡[95]！」丈夫說，「請允許我把這個故事講完……我馬上就結束！」

[95]雅希卡是約安娜的小稱。

「我不是什麼雅希卡。我是約安娜。快脫掉這內褲，要不就穿上長褲。」

「小內褲！」

「閉嘴！」

「大內褲！嘻，嘻，嘻，大內褲！」

「我說『閉嘴』！聽見了嗎？」

「大內褲，大內褲……」

「閉嘴！」

她猛地一下關了燈。

「開燈，老太婆！」

「我不是什麼老太婆……現在我連看都不想看你一眼！眞不知當初是怎麼愛上你的！……你這是怎麼啦，我們出了什麼事！你清醒清醒吧！要知道，我們得同心協力走向新時代！我們是新時代的鬥士！」

「好，好，胖……我的肥大龍蝦，我的大寶貝，嘻，嘻，嘻，肥大龍蝦合乎我的口味。儘管身子肥大，卻很討人喜歡……不過……已不太鮮嫩了，殼子也嫌老了……」

「維克多！你在說些什麼？你在說些什麼呀？」

「維克托希在給自己逗樂！維克托希在蹦躂！維克托希在用小碎步蹦躂呢」

「維克多，你又在說些什麼呀？別忘了死刑！」她呻吟道，「死刑務必廢除！我們生活的時代務必是文明和進步的！別忘了我們的追求！別忘了我們的雄心壯志！……維克多！啊……至少並不是那麼肥，並不是那麼老，並不是那麼辣，並不是那麼碎……是什麼古怪的念頭纏住了你？是祖塔？啊，多麼可怕！……空氣裡有點兒什麼邪惡的東西！有點兒什麼令人毛骨悚然的東西！背叛……」

「小小的背叛。」姆沃齊亞克說。

「維克多！別用小稱的詞！別用小稱的詞！」

「大大的背叛，維克托希說……」

「維克多！」

他們開始扭在一起折騰。

「開燈，」姆沃齊亞克太太喘著粗氣說，「維克多！開燈！開燈！放開我！」

「等一會兒！」工程師嘻嘻地笑著，同時氣喘吁吁地咕唧說，「等一會兒，讓我吻吻你，讓我吻吻你的小脖子！」

「你敢！放開，要不我會咬你一口！」

「我要吻，我要吻你的胖脖子，小脖子，小小脖子……」

他突然拋出自己儲備的一整套淫猥的做愛詞彙，用的全是小稱形式，從小雞雞開始，到……

我嚇得發抖，連連後退。儘管我自己也不乏令人作嘔之處，但這一套我實在忍受不了。這種該死的小稱形式曾經如此強烈地影響到我的命運，現在又反過來使他們不得安寧。小工程師的越軌舉動是駭人聽聞的，啊，當一個小小不然的知識份子倔強起來，不聽駕馭，扔掉套在嘴上的籠頭，該是多麼可怕！我們生活的時代是個怎樣的時代啊?!突然，只聽得啪的一聲響。不知是他出聲地吻在她的脖子上，還是摑了她一記耳光？

姑娘的房間裡一片漆黑。她睡著了？靜悄悄的，什麼聲音也聽不見。我想像，她是頭枕著胳膊肘兒睡的，被子蓋了半個身子，模樣兒困倦。突然她發出一聲呻吟。這不是睡夢中的呻吟。她在裝有硬彈簧的沙發床上猛烈而神經質地翻了個身。我知道，她蜷縮著身子，瞪著一雙眼睛惶惑地探究著黑暗。莫非現代派的寄宿學校女生已變得那麼敏感，竟然知道我在黑暗裡透過門上的鑰匙孔看著她？從深沉的黑夜裡流溢出的那聲呻吟美得出奇——宛如姑娘那不可思議的命運本身發出的一聲悲歎，又像是一種徒勞地呼喚拯救的叫聲。

她又發出一聲呻吟，沉悶而又絕望。莫非她已預感到正好就在此刻，她那位受我誘導而變得道德敗壞的父親正在粗魯地撫弄她的母親？她莫非已看清從四面八方包圍著她的極端的醜惡？我似乎覺得，我在黑暗中看到了一籌莫展的現代派姑娘正在絞手，正在咬自己的胳膊肘，咬得鑽心地痛，咬得流血。她似乎是想用牙齒咬住封閉在她自身內部的麗質。潛伏在各個角落的外部邪惡行爲激發她去追求自身的魅力。她擁有多少財富，多少魅力！頭一種財富——她是個姑娘。第二種財富——她是個寄宿學校女生。第三種財富——她是個現代派的摩登少女。而這一切全都封閉在她身上，就如核桃仁封閉在殼裡一般。儘管她感覺到我無恥的目光落在她身上，知道她那碰了釘子的傾慕者渴望玷汚、破壞、摧毀她的少女麗質，在心理上將她的美變成醜，她卻不能進入自己的武庫。

當我眼見這個受到潛藏的醜惡事物威脅的姑娘突然徹底發了瘋，我絲毫也不會感到奇怪。她從床上跳了下來，脫掉了睡衣。她圍繞著房間跳起了舞。我已不在乎我是否在偷看她了。相反，她簡直是在向我挑戰，煽動我跟她決鬥。她的雙腿輕盈而敏捷地撐起她的軀體，她的雙手像鳥兒振翅那樣在空中拍打。她一會兒把小腦袋晃來晃去，彷彿在愛撫兩邊的肩膀，一會兒又用雙臂圍住腦袋，一會兒又抖動著一頭鬈髮。她時而臥倒在地板上，立刻又站立起來。她一會兒哭，一會兒笑，一會兒輕聲哼唱。她跳上了桌子，又從桌子上跳到睡覺的硬沙發床上。她似乎害怕停歇，即使是片刻的停歇，就像有許多大大小小的老鼠在追逐她。看樣子她是渴望能以飛翔式的運動使自己升高到那醜惡可怕的怪物之上。她已不知道還能做點兒什麼了。終於她抓起了一根皮腰帶，開始使出渾身的力氣抽打自己的背脊，她這樣做是爲了使自己朝氣勃勃地、痛苦地受折磨……她的舉動使我的喉嚨哽咽！美是在怎樣使她痛苦，迫使她什麼事情都幹得出來：美是在怎樣折騰她，擠壓她，蹂躪她！我一動不動地立在門邊，眼望著門上的鑰匙孔發愣，帶著一副不協調的令人厭惡的嘴臉，臉上的表情半是欽佩，半是仇恨。這時，被美所折騰的寄宿學校女生展示出愈來愈狂熱的舞姿。而我是又愛又恨，我渾身震顫，不寒而慄，我的嘴臉一會兒收縮，一會兒擴張，不啻是一塊古塔膠。啊，上帝，這種對美的愛使我們還有什麼事情幹不出來！

餐廳裡的時鐘敲了十二下。傳來輕悄悄的敲窗聲。敲了三遍，我害怕起來。開始了，科佩爾達，科佩爾達來了！寄宿學校女生中斷了跳躍。又響起了敲窗聲，固執，輕悄悄。她走到窗邊，將窗簾撩開一道縫，諦視著窗外……

「是你？……」在寂靜的夜裡從外廊傳來悄聲的問話。

她拉動窗繩。月光瀉入房間。我看到她穿件睡衣站著，精神集中，警覺……

「你想要什麼？」她問。

我讚歎小喜鵲的精湛策略！畢竟科佩爾達出現在她窗下對她而言是件意外的事。若是換了一個舊派的姑娘處在她的地位，多半會發出老一套的驚叫和空泛的詢問：「對不起！這是什麼意思？在這種時刻先生想幹什麼？」可是現代派的姑娘就能本能地感覺到，驚詫最多只會壞事……不表示驚詫則要漂亮得多……啊，多麼巧妙的手腕！她把身子探出窗外，神態親暱、友好，像親密的夥伴。

「你想要什麼？」她用少女的悄聲重複了一遍，同時用雙手支著腮幫子。

由於他對她講話稱「你」，她也就沒有對他稱「先生」。她改變風格的不可思議的快捷令我欽佩，她這麼不費力一下子就從瘋狂的跳舞轉到社交！誰能猜想到片刻之前她還那樣折騰，那樣蹦跳？科佩爾達雖說也是個現代派，卻被寄宿學校女生非凡的沉著弄得有點兒倉皇失措。但他很快便調整了自己的心態去迎合姑娘的腔調，說話充滿男孩子氣，滿不在乎，雙手插在衣兜裡。

「放我進去。」

「幹嘛？」

他吹著口哨，粗魯地回答：

「你不知道？放我進去！」

他很激動，聲音有點兒發抖，但他竭力掩飾自己的焦躁心情。在這段時間裡，我始終都在打哆嗦，提心吊膽，生怕他提起有關信的事。幸虧現代派脾性不容許他們多說話，也不容許他們彼此表示驚詫，他們必須裝樣子，好像一切都很簡單，都是不言而喻的。漫不經心、舉止粗魯、用語簡練、藐視一切——這就是他們賴以激發詩意的法寶，而不是像早前的情人們那樣借助呻吟、歎息和曼德琳傾訴衷腸。他知道，唯有靠藐視一切才能佔有姑娘，而缺了這一點——是啥也說不上的。他在話裡夾帶點兒肉欲的、現代派的感傷主義，同時把臉埋在爬在牆上的野葡萄藤中，他壓低了嗓門兒，憂鬱地、實事求是地補充說：「這不正是你自己想要的！」

她做了個動作，像是要關窗子。但突然之間——似乎正是這個動作喚醒了她去採取某種相反的措施——她停住了……咬緊了嘴唇。她一動不動地站立了片刻，只是她的眼睛在審愼地、緩慢地朝兩邊張望。她的臉上露出一種神情……一種超現代派的玩世不恭的神情……就這樣，這個寄宿學校女生在那種玩世不恭的神情以及月光下他的眼睛和嘴巴的刺激之下興奮了起來，她出乎意料地將半個身子探出窗外，用一隻手以完全不是開玩笑的方式撫弄著他的頭髮。

「進來吧！」她悄聲說。

科佩爾達沒有表現出驚詫。他沒有理由感到驚詫，不論是對她還是對他自己。些微躊躇便有可能丟失一切，他必須表現得彷彿他們彼此之間發生的事是自然而正常的。啊，好一個調情的高手！他就是這麼表現的。他爬上了窗臺，跳到了地板上，好像他每天晚上都爬進某個剛認識不久的寄宿學校女生的臥室一般。在房間裡他說笑的聲音很輕，爲的是防備驚動別的人。而她卻一把抓住了他的頭髮，轉過他的腦袋朝著她自己，看了看，一時春心蕩漾，便把她自己的嘴唇壓到了他的嘴唇上！

啊，天啦！天啦！如果她是位處女！如果這個姑娘是位處女！如果她是處女，她竟會毫不在乎地委身於隨便哪一個敲她窗戶的男子！啊，天啦！天啦！她的舉動使我的喉嚨哽塞！因爲如果她是個普通的娼婦，是個放蕩的女人，她這樣做歸根結柢還算不得是什麼大不了的事，但如果她是個處女，那麼——應該承認——一個現代派的姑娘必定懂得怎樣直接從自己身上，也從科佩爾達身上激發出野性的美。她就這麼厚顏無恥地、這麼悄悄地、粗暴地、這麼輕易地抓住了一個小夥子的頭髮——我的喉嚨哽塞了……啊！她知道我在透過門上的鑰匙孔偷看她，只要能以自己的魅力戰勝我，她決不在任何事情面前退縮。我感到不寒而慄，渾身發抖。要是……至少是他抓住她的頭髮，這件事多少還能解釋爲她是不得已而爲之，然而，卻是她抓住了他的頭髮！嘿，你們這些以豪華的排場出嫁的姑娘，你們這些經過了一長串禮儀之後才允許新郎偷吻一下的普通新娘，你們看看吧，看一個現代派姑娘是怎樣對待愛情，怎樣對待自己的！她把科佩爾達推倒在那沙發床上。我又一次不寒而慄。狂亂的拼搏開始了！十七歲的女生顯然是在打出自己的美色的最大王牌。我祈禱著，但願平科能趕來——假若平科讓我失望，我就完了，我就永遠、永遠也不能從現代派姑娘的野性魅力控制下解脫出來。我本夢想掐死她，我本夢想戰勝她，而她卻掐住了我的脖子，使我窒息，把我打敗！

這時，處於自己青春的極盛時期、像怒放的花朵一樣的姑娘在那沙發床上跟科佩爾達相互摟抱，她準備借助他的一臂之力達到迷人的魅力的頂峰。她糊裡糊塗、隨隨便便、沒有愛情、色情地跟他摟抱在一起，根本不尊重自己，她這麼做僅僅是爲了用寄宿學校女生的野性詩意掐住我的喉嚨。啊，天哪！天哪！她在一步步得勝，她在一步步得勝，她在一步步得勝！

終於響起了救命的聲音，我聽到窗那邊有人在敲窗。他倆中止了擁抱。終於！平科趕來解圍了。決定性的時刻到了。平科能起到破壞的作用嗎？會不會相反，反而更增添她的美和她的魅力？我一邊考慮著這件事，一邊在門背後準備親自出面去進行干預。現在平科敲窗帶來了些微慰藉，畢竟他們倆被迫中斷了發瘋和忘乎所以，科佩爾達悄聲說：「有人在敲窗。」

寄宿學校女生從那沙發床上跳了起來。他倆凝神諦聽，探究他們是否安全，是否能夠重新去瘋狂作樂。又一次響起了敲窗聲。

「誰在那兒？」姑娘問。

傳來窗外熱切的氣喘吁吁的聲音：「祖特卡！」

她一邊將窗簾撩開一道縫，一邊打手勢叫科佩爾達往後退幾步。但她還來不及說點兒什麼，平科便已心急火燎地爬窗摔進了房間。他擔心有人會從街上看到他。

「祖特卡！」他衝動地、色迷迷地悄聲說，「祖特卡！寄宿學校女生！我的小祖特卡！妳對我稱『你』！妳就是我的女同學！我就是妳的男同學！」

我那封信使他神魂顛倒。這位平庸、陳腐的教師鼻子像管雙筒槍，嘴巴被詩意扭曲得痛苦地歪斜。

「你！對我稱『你』，親愛的祖特卡！是不是誰也沒有看見我們？媽媽在哪裡？」

看來危險比我的信更使他心神不定。

「呵！」他興奮地嚷嚷道，「怎麼會是這樣？這麼個小丫頭，這麼年輕……卻這麼大膽……完全不考慮年齡和地位……妳怎麼能……妳怎麼敢……給我寫信？難道我真的吸引了妳？妳對我稱『你』，以『你』相稱，以『你』相稱！妳告訴我，我身上有什麼地方使妳喜歡？」

哈，哈，哈，哈，好一個色迷心竅的教育家！

「什麼？您都在講些什麼？……」姑娘結結巴巴地說。跟科佩爾達的那件事已成過去，已經完結了。

「這裡有人！」平科在昏暗中叫喊說。

回答他的是沉默。科佩爾達一聲不吭。現代派女生穿件睡衣莫名其妙地站立在他倆中間，像個偷情的小婦人。

這時我在門背後扯起嗓門兒叫喊：「有賊！有賊！」

平科像給繩子牽著轉了幾個圈，藏進了壁櫥裡面。科佩爾達想跳窗逃走，但沒來得及，只好躲進了另一個壁櫥。我衝進了房間，就像先前站在門外那樣，穿條長褲和一件襯衫。我逮住了他們！他們被當場抓獲！緊跟在我身後進來的是姆沃齊亞克夫婦，他——還在出聲地輕輕拍打她，而她——還在被他輕輕拍打。

「有賊?!」小工程師穿條長褲，赤著腳，淺薄而小市民氣十足地叫喊道。對財產佔有的本能在他內心深處覺醒了。

「有人從視窗跳了進來！」我叫嚷著，隨手擰開了電燈。寄宿學校女生躺在被窩裡，裝做正在睡覺。

「怎麼啦，出了什麼事？」她以一種無懈可擊，卻又很虛偽的方式半睡半醒地問道。

「又一個陰謀詭計！」姆沃齊亞克太太叫喊說。她身著睡袍，頭髮蓬亂，面頰上青一塊紫一塊地留下了許多深色的斑痕，她望著我的樣子活像個蛇怪。

「陰謀詭計？」我叫嚷著，同時從地板上撿起科佩爾達的褲子背帶，「這是陰謀詭計？」

「一副背帶。」小工程師呆板地說。

「這是我的！」姆沃齊亞克小姐厚著臉皮宣佈道。

姑娘藐視一切的蠻橫態度產生了一種令人欣慰的作用，雖說顯然誰也沒有相信她的話。我猛地一下拉開了壁櫥的門，科佩爾達身體的下半部分出現在所有人的眼前，確切地說，那是兩條穿著燙得很平整的法蘭絨長褲的修長的腿和兩隻穿著輕便運動鞋的腳。身體的上半部分給掛在壁櫥裡的連衣裙裹住了。

「啊……祖塔！」姆沃齊亞克太太頭一個喊出了聲。

寄宿學校女生連頭一起藏進了被窩裡，只露出兩隻腳和少許頭髮。這套遊戲她玩得多麼藝術，多麼精彩！換了個姑娘處在她的位置，準得在鼻子底下嘟嘟囔囔，試著進行含混不清的辯解。可她只是伸出一雙赤裸的腳，有節奏地擺動著，靠雙腳、運動和魅力來應付這尷尬的局面——那場景就像吹長笛一樣迷人。她的雙親相互使了個眼色。

「祖塔……」姆沃齊亞克說。

驀地他和姆沃齊亞克太太兩人一道大笑起來。親吻、拍打、粗鄙、齷齪的痕跡從他們臉上消失得無影無蹤，呈現出的是一種奇妙的不可思議的美。她的雙親受她的魔法迷惑，興高采烈，讚歎不已，寬容而自如地笑著，幸福地望著姑娘的身體，而姑娘則依然是任性地、輕佻地藏起了腦袋。科佩爾達看到他無需擔心舊時代的那些嚴厲的準則，便從壁櫥裡走了出來，笑眯眯地站立著。白皙的面孔，淡黃色的頭髮，西裝上衣搭在他的手臂上。好一個現代派的討人喜歡的小夥子，跟姑娘一起被雙親當場抓獲。姆沃齊亞克太太皺著眉頭惡狠狠地瞥了我一眼。她勝利了。我不得不依舊處在魔力的控制之下。我本想使寄宿學校女生丟盡臉面，但現代派的小夥兒根本就沒有敗壞她的名聲！爲了讓他們更強烈地感覺到我是多此一舉，姆沃齊亞克太太問道：

「你這個年輕人在這裡幹什麼？這裡的事跟年輕人毫不相干！」

到目前爲止，我是故意不打開藏著平科的壁櫥的。我想的是讓局面以自己的現代派的年輕人的風格特點穩定下來。現在我默默無言地打開了壁櫥。平科，把身子縮成一團，躲在那些連衣裙的後面；只有他的一雙腿，一雙穿著皺巴巴的長褲的教授的腿露了出來。那雙腿立在壁櫥裡，是那麼令人難以置信，那麼不協調，那麼瘋狂，那麼荒謬絕倫，活像一雙被掛在壁櫥裡的腿。

此舉給人的印象是事態發生了翻天覆地的變化，是絕對地令人倉皇失措。姆沃齊亞克夫婦嘴角的笑容突然凝固了。局勢變得不穩定了，搖晃起來了，就像被一名殺手從旁狠狠地砍了一刀。事情實在太荒謬，太可笑了。

「這是什麼？」姆沃齊亞克太太悄聲問，臉色發白。

連衣裙後面傳出輕微的咳嗽聲，還有不自然的笑聲，平科想以此爲自己的登場打好個基礎。從他知道，過一會兒他定會顯得十分可笑，便先發制人地用自己的竊笑聲來沖淡自己的可笑。婦女連衣裙後面發出的竊笑是那麼富有酒吧間滑稽表演的意味兒，以致姆沃齊亞克禁不住噗哧一笑，然後又趕緊煞住。平科從壁櫥裡走了出來，鞠了個躬，外表十分可笑，內裡卻十分不幸……我從內心深處感受到一種報復的快樂，一種勃發的虐待狂，但表面上我卻鄙夷地爆發出一陣大笑。在我的笑聲中迴蕩著我的復仇。

可姆沃齊亞克夫婦卻啞口無言，呆若木雞。在兩個壁櫥裡竟藏有兩個男人！而且在其中的一個壁櫥裡還是個——老頭兒。假若兩個都是年輕人，那還是另一回事！或者乾脆至少兩個都是老頭兒。然而卻一個是年輕人，一個是老頭兒，外加這老頭兒還是平科！這個局面既沒有中心線，也沒有對角線，又怎能找到對這種局面的解釋？他們呆板地朝他們的女兒瞥了一眼，但寄宿學校女生卻躺在被窩裡一動不動，像死了一般。

這時平科乾咳了一聲，又求饒似的笑了笑，他希望能對局面作出解釋，他辯解說有過一封什麼信，說是祖塔小姐寫給他的……說他本想跟小姐講解諾爾維德……但祖塔小姐在信中對他稱「你」，說小姐對他以「你」相稱……說他也想對小姐稱「你」，說他只想跟小姐彼此以「你」相稱……只想直呼其名……

在我的一生中還從未聽見過如此卑劣，同時又如此笨拙的話。這小老頭兒凌亂不堪的胡話裡包含的不可告人的私人內容，在懸於天花板中央的電燈明亮光線的照耀下，簡直無法理解，誰也不想弄懂它，因此也就誰都不懂。平科認識到這一點，但他陷了進去卻爬不出來。教師，一旦被排斥出教師的有利地位，也就徹底完了。簡直令人難以置信，這還是那個曾經把我變成了小屁孩子的專斷、經驗豐富、一貫正確的老教授，還是那管了不起的雙筒槍。他的辯解使他越來越深地陷入泥潭，他的軟弱令人頓生惻隱之心。我原本可以撲上去把他撂倒在地，但我卻只擺擺手表示不予計較。平科的含混、晦澀、雜亂無章、糾纏不清的胡話驅使工程師跟他打官腔——由於我參與了這件事又一時不好說清事情的來龍去脈，這情況給人們造成的不信任感給人的刺激尤爲強烈。只聽工程師吼叫道：「請問，閣下在這種時刻到這裡來幹什麼？」

現在輪到讓平科來定調子了。他立刻恢復了他的風格。

「請不要抬高嗓門兒。」他說。

姆沃齊亞克又問：「什麼？什麼？閣下在我家裡竟允許自己給我提意見？」

這時工程師太太向窗口瞥了一眼，隨後便尖叫起來。圍牆上邊出現了一張鬍子拉碴的面孔，嘴裡叼著樹枝。該死，我把乞丐忘到了九霄雲外了！今天我曾讓他嘴裡叼根樹枝站立著不動，但我忘記了給他幾個茲羅提。大鬍子乞丐頑強地一直站到了夜裡，他從燈火通明的視窗看到了我們，便將他那用樹枝點綴的、要求付款的嘴臉伸到了圍牆上邊，爲的是提醒我！那副嘴臉就像是用餐廳的盤子端著突然送到我們面前的一道菜。

「這個人想幹什麼？」工程師太太叫喊道。她所受的驚嚇是如此巨大，即便是見到幽靈所受的驚嚇也不會比這更強烈。平科和姆沃齊亞克都緘口不言。

那個可憐的人——刹那間所有的人的注意力都集中到他身上——彷佛抖動鬍鬚似的晃了晃樹枝，他不知道該說點兒什麼，便只好說：「好心的女士和先生們，懇求大家發發慈悲吧！」

「給他點兒什麼吧！」工程師太太垂下了雙手，撐開了手指頭。

「給他點兒什麼吧！」她歇斯底里地叫嚷道，「給他點兒什麼，讓他快走……」

工程師開始翻遍他的褲子口袋尋找零錢。可他沒有零錢。平科迅速掏出錢包，他是抓緊每一個可以利用的機會給自己解圍，或許他以爲姆沃齊亞克在混亂中會接受他的零錢，這樣自然就會沖淡他進一步的敵對情緒——但工程師沒有接受。幾個小錢的問題通過視窗闖了進來，對人進行突然襲擊。至於說到我，我帶著自己那副嘴臉站立著，留神地觀察事態的發展，隨時準備猛撲過去，可實際上我看著這一切宛如隔著一層玻璃。我的報復在哪裡？我的攪和、搗亂又在哪裡？被粉碎的現實的嚎叫、風格的爆裂和我的瘋狂又在哪裡？在瓦礫堆中？慢慢地，這場鬧劇開始使我感到厭煩。在我的腦海裡產生了形形色色彼此互不關聯的想法，例如——科佩爾達通常在哪裡買領帶？工程師太太是否喜歡貓？他們買這個住宅得花多少錢？

在這段時間裡，科佩爾達依舊雙手插在衣兜裡站立著。現代派男生沒有走到我跟前，甚至不曾做個表情以說明我們彼此相識，他對我完全像個陌生人。他由於姑娘而與平科建立了同學關係，僅這一層就夠使他惱怒的了，哪有閒情去招呼一個衣衫不整的同班同學。無論是前者還是後者的同學關係都非常不中他的意。就在姆沃齊亞克夫婦以及平科開始尋找零錢的時候，科佩爾達不慌不忙朝著房門的方向走去——我張開了嘴巴正要叫喊，但平科發現了科佩爾達的花招兒，趕緊藏起了錢包，跟在他身後走了。這時工程師看到他們兩個突然開溜的人，便像貓抓耗子似的撲了上去。

「對不起！」他喊叫道，「沒這麼容易溜掉！」

科佩爾達跟平科一起站住了。科佩爾達由於跟平科之間有了這麼一層同學關係而憋了一肚子氣，便從他跟前稍稍挪開了一點兒；而平科在運動慣性的作用下，則機械地往他身邊靠了靠——他倆就這麼站立在一起，活像兩個兄弟——一個年輕……而另一個比較年長……

工程師太太正處在神經質的災難性狀態，她一把抓住了丈夫的手臂。

「別鬧啦！別鬧啦！」其實她這麼說反而激發他非大吵大鬧一場不可。

「對不起！」他吼叫道，「我大概還算個父親！我不得不問，兩位先生鑽進我女兒的臥室是何目的？這是什麼意思？這是什麼意思？」

驟然之間他衝我瞥了一眼，立即便安靜了下來，面頰上流露出一種極端厭惡的神情。他終於弄明白，這是往我的磨盤裡添水，是往醜事的磨盤裡添水——他眼看就要安靜下來，或許眞的能夠安靜下來——但話已出口……因此他只好又重複了一遍。

「這是什麼意思？」聲音很輕，僅僅是爲了把話說圓而已，同時他在心靈深處祈求，但願沒有人把這個話題接續下去……

寂靜籠罩了整個房間，因爲誰也不能回答這個問題。任何一個人想爲自己辯解，終歸都有自己可以理解的理由，但就整體而言，卻是毫無意義的。無意義在寂靜中扼住了大家的喉嚨。驀地，被窩裡傳出了姑娘低沉而絕望的啜泣聲。啊，遊戲的高手！她是帶著從被窩裡伸出的赤裸的小腿一起啜泣的，隨著啜泣聲的變化，小腿也在不停地顫動，啜泣聲越高，小腿露出的部分也越明顯，而這種未成年少女的哭聲把平科、科佩爾達和她的雙親揉合在一起，用魔力把他們所有的人裹成了一體，就像用繩索把他們穿成了一串。轉眼之間事情就不再是滑稽可笑的了，荒誕變得不荒誕，無意義也重新獲得了它的意義，這就是現代派的意義，雖說是朦朧的、昏暗的、戲劇性的、悲劇性的。科佩爾達、平科、姆沃齊亞克夫婦的自我感覺都好得多了——而我卻感到糟得多，我被人扼住了喉嚨。

「是你們使她……墮落的。」她的母親喃喃說，「別哭，別哭啦，親愛的，別哭……」

「該向你道喜啦，教授先生！」工程師發瘋似的吼叫道，「閣下得就此給我一個說法！」

平科，看起來似乎是鬆了一口氣。事情的發展對他來說甚至比迄今的懸空狀態還要好得多。這麼說，是他們使她墮落。局面變得對姑娘有利。

「員警！」我叫嚷說，「得叫員警！」

這是相當冒險的一步。須知長期以來，員警便與未成年少女結合成一個和諧的、漂亮的、陰鬱的整體——正是由於這個緣故，姆沃齊亞克夫婦高傲地抬起了頭；但我總算盡力讓平科嚇了一大跳。他臉色發白，清了清嗓子，又咳嗽了一聲。

「員警！」母親重複了一遍，她在姑娘赤裸的雙腿上方津津有味地說著，「員警，員警……」

「請相信我，」教授結結巴巴地說，「請二位相信我……這是誤會，對我的指控不公平，我是冤枉的……」

「不錯！」我叫嚷道，「我是目擊證人。我是通過視窗看到的！教授先生走進小花園裡，是爲了找個地方方便方便。恰好就在這時祖塔小姐從視窗向外張望，而教授先生除了對她道聲晚安之外別無選擇。教授先生是從祖塔小姐打開的門進入室內的！」

平科因對員警的恐懼而精神沮喪。他卑鄙而怯懦地抓住了這個解釋，卻沒考慮到這個解釋隱含的惡毒的侮辱性的含義。

「不錯，正是如此。我感到內急，便走進了小花園，忘記了你們二位在這裡——恰好這時祖塔小姐從視窗向外張望，我只好假裝，嘿，嘿，嘿，嘿，假裝是登門造訪……二位能夠理解，在這種微妙的處境下……不免會發生 qui pro quo, qui pro quo ⓽⓺。」他一再重複道。

他的這種解釋在所有在場的人中產生了一種極其惡劣的、令人十分反感的效果。姑娘把腿藏進了被窩裡。科佩爾達假裝沒有聽見，姆沃齊亞克太太轉身用屁股對著平科，但她意識到自己是轉過了屁股，又趕快轉身臉對著平科。姆沃齊亞克眨巴著眼睛——啊，他們發現自己再一次落入致命的這一部分的陷阱——庸俗、粗鄙在全速返回，我好奇地觀察他們如何被這種粗俗所淹沒和打翻。這是不是不久前我曾被淹沒在裡面的同一種粗俗？是的，恐怕是同一種——不過此刻它只是發生在他們中間。姆沃齊亞克小姐躺在被窩裡一動不動，如同死了一般。姆沃齊亞克咯咯地傻笑著——不知是什麼胳肢了他——也許是平科的 qui pro quo 使他回想起一家有歌舞表演的酒吧間，這酒吧間當年就以「誤會」作招牌在華沙存在了一段時間——他終於大笑起來，那是一種無名的小工程師的笑，一種從屁股裡發出的笑，一種令人恐怖的笑，一種用面部表情作摹擬表演的笑——他爆發出一陣大笑，而且對平科也大發雷霆，爲的是平科也在咯咯地笑。他連蹦帶跳地衝向了平科，那是一種小碎步的傲慢的帶有工程師派頭的蹦跳，他拍了拍平科的臉，接著就搧了平科一記耳光。他還要搧，但他舉起的手卻僵住了，同時還喘著粗氣。他變得嚴肅了，僵化了。我走進自己的臥室，拿出我的西服上衣和皮鞋，開始慢慢穿了起來，同時還不失時機地觀察局勢的發展。

被搧了耳光的人嗓子眼裡咕咕作響，而且開始渾身發抖——可我深信，他在靈魂深處是帶

96 拉丁語，意爲：弄錯，誤會。

著感激之情接受這一記耳光的，因爲這一記耳光使他安心了。

「閣下得爲此跟我決鬥。」他冷冰冰地、帶著一種如釋重負的心情說。他向工程師鞠躬，工程師也向他鞠躬。平科趕快利用鞠躬的機會向門口走去。科佩爾達也趕緊加入鞠躬行列，並跟在平科背後往外走，他是渴望能學平科的樣偷偷溜掉。姆沃齊亞克跳了起來。什麼?!這裡已弄出了一個後果——決鬥，而這個小無賴卻打算像沒事人一般走出這房間，想逃避責任，溜之乎也？我也得搧他的耳光！工程師舉起一隻手連蹦帶跳地過來了，但在最後半秒鐘裡，他突然考慮到搧這麼一個黃口小兒，一名初中生的耳光，是否有失身分？他覺得那只抬起的手奇怪地脫了臼，沒有打下去，而是一把抓住了對方（因爲舉起的手不能縮回），揪住了對方的下巴。讓人如此不合法地揪住下巴，科佩爾達氣憤的程度遠遠超過臉上挨了一記耳光。尤其不能容忍的是，這種侮辱性的荒唐舉動持續的時間竟長達一刻鍾之久。這樣一來，科佩爾達身上的那種最原始的本能終於被釋放出來了。上帝知道，他當時腦子裡究竟產生出了一些什麼想法，或許他認爲工程師是故意要這麼揪住他不放的，「既然你要揪我，那麼我也揪你。」定是這種想法主宰了他，於是他運用恐怕應稱之爲「傾斜原理」的方法，一彎腰，猛然一把抓住工程師的膝蓋下方部位。姆沃齊亞克隨之砰然倒地。科佩爾達咬住了工程師左邊的腰，他用牙齒咬住了對方，而且咬住不放，活像條凶猛的叭兒狗——他一面咬住腰不放，一面仰著臉，用瘋狂的眼神掃視整個房間。

我繫結著領帶，穿上了西服上衣，但我沉住氣沒有離開，純粹是出於好奇。這種場面在我的一生中眞是見所未見，聞所未聞。工程師太太撲上去救丈夫，她抓住了科佩爾達的一條腿，用盡全力拉。三個人全都倒下，一個壓著一個滾成一團。更有甚者，站在離這混戰的一團僅一步之遙的平科，突然做出了一件令人匪夷所思的怪事，簡直古怪得無法形容。莫非這位教師最終完全失去了自信？莫非他投降了？莫非別人都躺著他也失掉了站著的穩定性？莫非他覺得躺著並不比用雙腳站立更糟糕？無論什麼原因，總之他是自覺自願地在房間的一個角落裡仰面躺下，手腳向上舉起，擺出一副無力自衛的姿勢。我已繫好了領帶。我站著紋絲不動。這時姑娘猛地掀開被子，哭著跳了過來，她圍繞著正在跟科佩爾達滾在一起搏鬥的姆沃齊亞克夫婦蹦來跳去，酷似一位拳擊賽場上的裁判。她一邊蹦跳，一邊哭著叫嚷：「媽媽！爸爸！」

給翻滾搏鬥弄得昏頭昏腦的工程師爲了給雙手尋找支撐點，一把抓住了姑娘腳踝以上的部位。姑娘也摔倒在地。他們四個人靜悄悄地一起在地板上打滾，如同在教堂裡——無論如何羞恥心不允許他們大呼小叫。在某個瞬間我看到，母親在咬女兒，科佩爾達在拉姆沃齊亞克太太，而工程師則在推開科佩爾達；然後我又看到，姆沃齊亞克小姐的一條小腿在母親的頭上一閃而過。

與此同時，房間角落裡的教授開始表現出對那滾成一團的人群越來越強烈的興趣。他仰面躺著，四肢朝上，但他顯然受到這個方向的吸引，並以難以覺察的動作朝那個方向徐徐挪動，因爲毫無疑問，那翻滾和混戰的一團是與他解決問題唯一相關的。他不能站立起來，他沒有任何理由站立起來——但長久仰面躺著也不行。只要有個小小的借力點便足以使他改變處境。因此當那一家人和科佩爾達一起翻滾到他附近，他便抓住了姆沃齊亞克肝臟附近的什麼地方。這樣，搏鬥的漩渦便把他吸走了。我收拾好了行李，把最必要的東西裝進了我的隨身箱子，而且戴上了帽子。這裡發生的一切都使我厭煩。別了，現代派女生，別了，姆沃齊亞克夫婦和科佩爾達，別了，平科。不，你們不用跟我告別，因爲跟某種不再存在的東西如何告別？我輕鬆地離開了。心裡甜甜的，愉快地撣掉鞋上的塵土，離開時身後不留下任何東西。不，不是離開，而是走……是不是眞的有過這樣一些事：平科，一個古典的教師，曾把我變成一個小屁孩子；我曾是個初中生，一個跟現代派女生一起的現代派男生；我曾在臥室裡跳快步舞，揪掉了蒼蠅的翅膀，偷看別人在盥洗室裡洗澡，我曾跟小屁股、嘴臉、小腿糾纏在一起，啊呀呀……這些難道都是眞的？不，一切都消失了。我既不年輕，也不老，既不是現代派，也不是舊派，既不是學生，也不是小夥子，既不是成年人，也不是未成年人，我什麼也不是，我是零……我步行離開，走著離開，甚至沒有帶走一絲兒回憶。啊，美妙的冷漠！啊，愜意的忘卻！你身上的一切都在死亡，而任何人都還來不及重新生出一個你來。啊，値得爲死而活，爲的是能知道我們身上的一切都已死亡，知道已經什麼都沒有了，空空蕩蕩，無聲無息，乾乾淨淨——當我離開的時候，我似乎覺得，我並非獨自行走，而是跟自己一起走——就在我的身邊，或許就在我的內心，或者在我的周圍走著一個跟我一模一樣，完全相同的人，我的——在我心中，我的——跟我在一起，我們彼此之間沒有愛，沒有恨，沒有欲望，沒有厭惡，沒有醜，沒有美，沒有笑，沒有身體的任何部分，既沒有任何感情，也沒有任何思維機制，什麼也沒有，什麼也沒有，什麼也沒有……這種感覺大概只停留百分之一秒的時間，因爲當我經過廚房，在昏暗中摸索著走路的時候，有人從女僕睡覺的臥室裡悄聲叫我：「尤齊奧，尤齊奧……」

原來是敏透斯，他坐在女僕身上，匆忙地穿鞋。

「我在這兒。你要出門？等一等，我跟你一道走。」

低語聲從側面擊中了我，我像挨了槍子兒似的停住了腳步。在昏暗中我無法清晰辨認出他的嘴臉，但從聲音判斷定是非常可怕的。女僕在喘著粗氣。

「噓……別吱聲。我們走吧。」他從女僕身上下來，「這邊走，這邊走……注意，這兒有個籃子。」

我們來到了大街上。

天亮了。小房子、樹木、圍欄整齊地排列成一條條直線，秩序井然。空氣靠近地面的部分乾淨得透明，往上則凝結成令人絕望的霧靄。柏油馬路。空無一人。露水。空曠的空間。敏透斯挨著我邊走邊扣衣服扣子。我竭力不去看他。從別墅那些敞開的視窗——露出蒼白的電燈光，傳出連續不斷的翻滾的沙沙聲和一陣陣喘息聲。寒氣透骨，這是一種不眠之夜的寒冷，鐵道上的寒冷。我開始打哆嗦，上牙磕碰下牙。敏透斯聽見窗後傳來的姆沃齊亞克家推拉磨蹭的沙沙聲，問道：「那兒在幹什麼？有人在搞按摩？」

我沒有回答。他見到我手中拎著小箱子，又問道：「你要逃跑？」

我垂下了腦袋。我知道，他會抓住我，他定會抓住我，因爲我們只有兩個人，彼此又挨得很近。我不能無緣無故就離他而去。而他又向我靠近了點兒，伸手拉住了我的手。

「你要逃跑，那我也逃跑。我們一起走。我強姦了女僕。但不是爲這，不是爲這……長工，長工！你若願意——我們逃到鄉下去。我們下鄉。那裡有長工！下鄉！我們一起去，你願意嗎？去找長工，尤齊奧，去找長工，去找長工！」他忘乎所以地重複著。

我將腦袋挺得筆直而僵硬，眼睛不看他，說道：「敏透斯，你的長工關我什麼事？」

但是當我邁開步子的時候，他跟著我走，我也跟著他走——我們一道走了。

第十一章　孩子氣十足的菲利貝爾特的前言

又是前言……我被前言迷住了，沒有前言我寸步難行。我不能不寫前言，我必須寫前言，因爲對稱法則要求我這麼做，爲的是使「孩子氣十足的菲利貝爾特」與「孩子氣十足的菲利陀爾」相對稱，而將「孩子氣十足的菲利貝爾特的前言」作爲對「孩子氣十足的菲利陀爾的前言」的一種平衡砝碼和對應物。無論我喜歡還是不喜歡這麼做，我都不能，絕對不能規避對稱和類比的鐵的法則。不過現在是時候了，該中斷、停止、了結從綠色和不成熟中冒出來的東西，哪怕只是短短的一會兒；應當在千百萬嫩草、蓓蕾和小葉的重壓下清醒地、切合實際地看待一切，以免別人說我發瘋發狂，說我是個不可救藥的可憐傢伙。不過我在沿著低劣的、間接的、非人的恐怖之路繼續走下去之前，我必須解釋、說明、合理地思考、論證、整理、發掘主導思想，這本書中其他所有的思想都是源於這一主導思想，我必須揭示這裡所涉及和突出的所有苦難的原始淵源。我必須把各種苦難和思想進行分類，以分析的、綜合的和哲學的方法評注作品，以便讀者能知道哪裡是頭，哪裡是腳，哪裡是鼻子，而哪裡又是腳後跟，以免有人指責我，說我沒有弄清自己的意圖，說我沒有像古往今來許多最偉大的作家那樣筆直地、平穩地、倔強地向前邁步，而只是毫無意義地、可笑地用自己的腳後跟打轉兒，說我是個傻瓜。不過，究竟哪種苦難是主要的、基本的苦難呢？哪裡是本書的苦難的原始淵源？哪裡是一切苦難的太祖母？我越是深入地探究、鑽研、領會、消化，便看得越清楚，原來主要的、基本的苦難不是別的，簡而言之，依我所見純粹就是糟糕的形式的苦難，壞的 exterieur [97] 的苦難，換句話說，就是陳詞濫調、怪相、表情、嘴臉的苦難——不錯，這就是根源，就是一切苦難的源泉，一切苦難的發端，所有其他的一切痛苦，瘋狂和憂患都是源源不斷地來自這裡，無一例外。不過，或許應該說，壓倒一切的、首要的、基本的苦難不是別的，只是由於受另一個人的限制而產生的痛苦，由於我們對另一個人的我們的狹隘、窄小、僵硬、刻板的想像裡我們所感受到的壓抑、憋悶和窒息。而說不定根本的、致命的痛苦和苦難，正寓於本書的基礎之中。

痛苦和苦難可以是各種各樣的：

低人一等的綠色和嫩芽、小葉、蓓蕾的痛苦

或者是發育和發育不全的痛苦

[97] 拉丁語，意爲：外表。

或者是未充分形成，未充分成形的痛苦
或者是由於我們自己的我是由別的人所創造而帶來的痛苦
肉體和精神蹂躪的痛苦
促使人際關係緊張的痛苦
扭曲的和未作進一步闡釋的心理偏見的痛苦
心理錯位、心理扭曲、心理失衡的間接的痛苦
背叛和欺詐的接連不斷的折磨
機械化和自動化的自動的折磨
類比的對稱痛苦和對稱的類比痛苦
綜合的分析痛苦和分析的綜合痛苦
或者還有身體的各部分和各肢體的等級差異的干擾的痛苦
溫和的幼稚行爲的痛苦
將成人變成小屁孩子的教學法和迂腐的教育體制的痛苦令人絕望的無邪和天眞的痛苦
遠離現實世界的痛苦
怪念頭、錯覺、空想、虛構、荒誕的痛苦
高級的理想主義的痛苦

低級、蒙昧和神祕的理想主義的痛苦
平庸夢想的痛苦
被人縮小或者更確切地說，被人變小時令人驚訝的痛苦
無休止地當候選人的苦難
胸懷雄心壯志的苦難
沒完沒了當見習生的痛苦
或者乾脆就是試圖提高自己、超越自己的能力的痛苦，以及由此而產生的普遍的和特殊的無能為力的折磨
抬高自己和自我吹捧的痛苦
自認不如人的痛苦
高級詩意和低級詩意的痛苦
或者是走進心理的死胡同的無聲的折磨
拐彎抹角、支吾搪塞、耍手腕、施詭計的不正常的折磨
或者是特殊意義和普遍意義上的時代的折磨
舊派的苦難
新潮的苦難

由於不斷產生新的社會階層的苦難
半知識份子的苦難
非知識份子的苦難
知識份子的苦難
或者簡單地說就是小知識份子的不成體統的有傷大雅的苦難
愚昧的痛苦
聰明的痛苦
醜陋的痛苦
美、魔力、魅力的痛苦
或者可能是愚昧的致命邏輯和後果的痛苦
裝腔騙人的痛苦
摹仿的痛苦
無聊和轉著圈兒地重複的無聊的痛苦
或者是輕度躁狂的輕度躁狂的痛苦
無法形容的無法形容的痛苦
不能昇華爲高尚的痛苦

手指痛

指甲殼痛

牙痛

耳朵痛

非常可怕的並列、依賴、相互滲透、所有的痛苦和所有的部分的相互依存的折磨，以及十五萬六千三百二十四個半其他的痛苦的折磨——就如十六世紀某位法國作者所說，這個數字還不包括婦女和兒童的痛苦在內。

我們將要選擇哪種痛苦、苦難作爲一切苦難的太祖母——作爲基本的原始苦難？我們要將哪一部分選爲我們的出發點？我們將從哪裡著手抓本書的價值？我們將從上述的苦難和部分中抓住什麼？啊，該詛咒的部分！難道我永遠也擺脫不了你們？啊，部分何其多！苦難何其多！作爲一切苦難的原始淵源的首席太祖母在哪裡？須將哪些苦難視爲基礎：是超感覺的苦難還是肉體的苦難？是社會學的苦難還是心理學的苦難？然而我必須，必須作出選擇，我不能不作出選擇，此外別無他法，否則全世界的人都會認爲我沒有弄清自己的意圖，認爲我是在用自己的腳後跟打轉兒，認爲我是個傻瓜。不過在這種情況下，或許不以各種不同的苦難爲基礎，而是用「針對」、「考慮到」、「涉及」這樣的措詞來說明和突出作品的起源和形成過程會更爲合理些。這樣，作品的產生就可能是：

針對教師和在校的學生
針對傻乎乎的聰明人
涉及熱心的和造詣深的人
考慮到當代民族文學中最傑出的形象和批評界最無可挑剔、最多思和最強硬的代表
針對寄宿學校女生
針對成年人和上流社會的人
取決於所有講究穿戴的人、溫文爾雅的人、自我陶醉的人、唯美主義者、藝術至上主義者和閱歷豐富的人
涉及有生活經驗的人
屈服於所有有文化的姑媽
針對城市的公民
針對農村的公民
涉及具有狹窄視野的外省小醫生、工程師和政府官員
涉及具有開闊視野的高級官吏、醫生和律師
涉及世襲貴族和其他貴族
涉及普通平頭百姓。

然而一部作品的產生在某種程度上也有可能源自跟某個具體的人交往而帶來的苦惱，比方說，跟特別令人討厭的XY先生交往，跟我極端蔑視的Z先生交往，跟折磨我和使我厭煩的N N先生交往——啊，跟他們交往是何等可怕的苦難！而且，也有可能寫這本書的原因和目的僅僅是想向這些人顯示我對他們的輕蔑，是想使他們不安，想激怒他們，想使他們暴跳如雷，想使他們退避三舍。在這種情況下，寫作的原因就可能是具體的、個別的、私人的和單一的。

再者，作品的誕生也可能是源於模仿別的寫作高手的精湛之作？

也可能是源於沒有本領創作一部正常的作品？

也可能是源於做了許多夢？

也可能是源於變態心理？

也可能是源於對童年的回憶？

也可能是我一動筆就這麼讓我寫出來了？

也可能是源於恐懼狂精神病？

也可能是源於偏執狂精神病？

也可能是源於一個小紙團？

也可能是源於一丁點兒幽默？

也可能是源於部分？

也可能是源於些微才氣？

也可能是源於手指？

同樣，或許還應該選定、確定、明確該作品究竟是小說？是日記？是模仿滑稽作品？還是諷刺作品？是幻想題材的變體？還是心理研究？——或許還應該確定在這部作品中什麼是佔主導地位的？是玩笑？反話？還是有較深刻的含意？是辛辣的諷刺？嘲弄？奚落？抨擊？胡言亂語？徹頭徹尾的蠢話？抑或是 pur nonsens, pur blagizm 98？此外，還得確定這一切是不是一種擺樣子，裝腔作勢？是不是一種故弄玄虛，一種虛假做作，一種欺詐行爲？是不是一種缺乏機智俏皮、缺乏感情、缺乏想像力、破壞秩序和喪失理性的結果？但是所有這些可能性、苦難、界定和部分的總和是那麼無所不包，那麼無邊無際，那麼無法比擬，那麼不可思議，那麼取之不盡用之不竭，以致即使是以對文字最具強烈的責任感的人，經過最認眞，最一絲不苟的思考、分析之後，也不得不說，什麼都不清楚，咯咯，咯咯，咯咯，就跟母雞叫喚小雞一樣。因此，誰若是願意更深入地探究，更充分地瞭解本書的思想，我只好請他去讀「孩子氣十足的菲利貝爾特」，因爲在這一章的神祕象徵手法裡蘊涵著對所有折磨人的問題的答案。須知「菲利貝爾特」的構思是徹底根據與「菲利陀爾」相似的原則，在其怪誕的不可思議的聯繫中，隱藏著整部作

98 法語，意爲：純粹的廢話，純粹的愚弄。

品的神祕意義。讀者在成功地領悟這一章的內容之後，便再也沒有什麼能阻止他進一步深入那些單個的、單調的部分的密林叢莽了。

第十二章 孩子氣十足的菲利貝爾特

十八世紀末，巴黎的一個農民有個孩子，這個孩子又有個孩子，而孩子的孩子又有了孩子，接著這孩子的孩子的孩子又有了孩子，直到某個晴朗的下午，這最後一個孩子作爲世界冠軍在巴黎拉辛俱樂部的網球錦標賽的賽場上進行網球比賽，比賽的氣氛十分緊張熱烈，常伴有經久不息的、自發的雷鳴般的掌聲。可是（啊，人生是多麼可怕地變幻無常，不可預測！）坐在看臺一側上的觀眾中，有位祖阿夫兵99上校，突然對這兩位世界冠軍準確無誤和激動人心的表演產生了妒忌，他也渴望顯示一下自己的能耐，就當著網球場上聚集的六千觀眾（尤其是他身邊坐著他的未婚妻）的面，出乎人們意料之外地掏出手槍，一槍擊中了飛行中的網球。網球被擊穿了，掉落了下來。兩位冠軍驟然失去了目標，有一段時間還試圖在空中搖晃著網球拍，然而

99祖阿夫兵是法國前殖民部隊中由北非居民組成的部隊的士兵。

他們看到自己在沒有球的情況下空打的動作太荒唐，便彼此向對方撲了過去，扭打起來。觀眾中響起了雷鳴般的掌聲。

顯然事情到此就該結束了。但又出現了一個未預見到的意外事故，感情激動的上校忘記了或者沒有注意到（小心謹愼在一個人的一生中是多麼重要！）坐在球場對面的所謂陽光看臺上的觀眾。不知什麼緣故，他總覺得子彈射穿了網球就該沒事了。但可惜造化弄人，子彈還在繼續往前飛，在飛行中命中了某位工業家——海船船主的脖子。血從被射穿的動脈裡噴射了出來。傷者的妻子一時衝動，想要撲向上校，奪下他的手槍，但因爲她沒能撲過去（她被人群禁錮住了），便直截了當地朝自己右邊的鄰座臉上狠狠搧了一巴掌。她搧了別人的耳光，否則她便不能發洩自己的憤怒，因爲她在自己意識的最深角落裡，是按照純粹女性邏輯行事的。她認爲作爲女人她什麼都可以幹，搧人家一記耳光，別人又能把她怎麼樣？然而並非什麼都可以幹！（啊，我們的想法多麼容易出差錯，我們的命運是多麼不可預見，在考慮做什麼事情時，方方面面都需要考慮周全！）原來挨打的那個人不巧是個潛在的羊癲瘋病患者，在這一記耳光引起的心理震撼下，他的病急性發作，有如一處間歇性噴泉突然噴發，他口吐白沫，全身抽搐、痙攣。不幸的女人置身於兩個男人中間，一個噴血，而一個吐白沫。觀眾中爆發出雷鳴般的掌聲。

這時，坐在附近的一位先生，驚慌失措地跳到了坐在低一排的女士頭上，她站起身，拔腿就跑，又向前一躍，跳到了球場上，背負著那位先生全速奔跑。觀眾中爆發出雷鳴般的掌聲。

事情到此也該結束了，但又出現了一個未曾預料到的意外情況。(啊，多麼需要對什麼事都能預先想到！）離出事的地方不遠處，坐著一個可憐的傢伙，一個從圖盧茲來的潛在的空想家，一個處於休息狀態的退休人員。此人長年以來，無論何時何地，每當出席公開表演場所的演出活動，總是夢想跳到坐在比他低一排的人們頭上，直到目前爲止，他之所以還沒有這麼幹，只是由於他花了老大的力氣才管束住自己。現在，在榜樣的激勵下，他毫不猶豫地立刻便跳到了坐在比他低一排的一位女士身上，這位女士是剛從非洲坦吉爾來的小官員，她還以爲這個舉動是正常的，恰當的，而且是必不可少的，是符合大城市上流社會風氣的——因此她也入鄉隨俗，站了起來，在網球場上奔跑，同時還在動作上極力不表現出任何拘謹，不顯露出絲毫神經緊張和膽怯。

這時觀眾中比較有文化的部分開始有分寸地鼓掌，爲的是在大批出席觀看網球賽的外交使團和各大使館代表的面前掩飾這種丟人現眼的醜事。然而這時又出現了誤會，因爲受教育不足、比較沒有文化的那一部分把鼓掌視爲讚美這種醜事的證據——也紛紛騎到了各自的女士們身上。外國人表現出越來越強烈的驚詫。面對這種情勢，比較有文化的那一部分觀眾還能幹些什麼呢？爲了讓別人無法辨認出自己，他們別無選擇，只好同樣騎到自己的女士身上。

事情至此也眞該結束了。然而就在這時，某個帶著夫人和夫人的親屬坐在底層包廂裡的菲利貝爾特侯爵，突然感到他的高貴血統在他身上不斷高漲，他該顯示一下自己的紳士風度，於是便走出包廂，來到網球場中央。但見他穿一身夏天的淺色西裝，面色蒼白，但神態堅定果敢。他用一種冷冰冰的腔調問道，這裡是否有誰，確切地說，有誰想當眾侮辱他的妻子菲利貝爾特侯爵夫人？同時還將一把印有「菲力浦・海爾塔爾・菲利貝爾特侯爵」字樣的名片用力摔向觀眾席的人群。（啊，人生是多麼艱難和充滿危險，多麼不可預料！我們該怎樣謹慎小心！）網球場上籠罩著死一般的寂靜。

驟然之間一下子至少有三十六名紳士騎在優雅大方、濃妝豔服的女人身上過來了，他們胯下的良種「馬」沒有馬鞍，邁著清秀的腿，溜蹄般地、緩緩地一步步逼近菲利貝爾特侯爵夫人，爲的是要去當眾羞辱她。既然她的丈夫侯爵感到有必要顯示自己的高貴血統，顯示自己的紳士風度，那麼這三十六個男人也感到有必要顯示自己的出身高貴的派頭。而她——侯爵夫人卻被嚇得當場小產——遭到婦女們蹄子蹂躪的侯爵腳邊響起了嬰兒尖細的哭聲。侯爵，這個有些孩子氣的人，當他單個兒作爲紳士風度十足的成年人出場表演的時候，卻如此出人意料地、莫名其妙地被一個嬰兒弄成個雙料的、十足的孩子氣的人——他突然爲自己感到害臊起來，便回家去了——那時觀眾當中正爆發出雷鳴般的掌聲。

第十三章　長工，即新的發現

於是敏透斯和我便一起去尋找長工。我們拐了個彎，別墅連同姆沃齊亞克家剩下的那些翻滾在一起的人便在街道拐角處消失了。我們的前方延伸著一條菲爾特羅瓦長街，一條閃閃發光的長帶兒。太陽出來了，像個黃色的球。我們在一家小食品商店吃了早餐。城市甦醒了，已經到了上午八點鐘。我們繼續往前走，我手裡拎著隨身的小皮箱，而敏透斯則拿著一根有節的旅行拐棍兒。樹上的鳥兒在啁啾。往前走，往前走！敏透斯邁著輕快的步子慢悠悠地走著，滿懷著對未來的希望。他的希望也感染了我——他的奴隸！「到郊區去，到郊區去。」他一再重複說，「到了那裡我們就會找到一個非常出色的長工，到了那裡我們定會找到一個非常出色的長工！」這長工給清晨塗上了一層明亮、歡快的色彩，爲了一個小長工穿過一座城市，這件事令人感到愉快而又好玩兒！我將是個什麼人？他們將會對我做些什麼？又會出現什麼不尋常的事件？等待我的將是什麼？我不知道，我一無所知，我跟在我的主人敏透斯的身後輕快地、像馬兒溜蹄般地走著，我既不能折磨自己，也不傷心，因爲我高興！在這一帶相當稀少的房屋大門都給看門人和他們的家屬敞開透氣。敏透斯朝每一座大門張望，但看門人和長工之間的差別是多麼大！難道看門人並非僅僅是栽在花盆裡的農民？這裡那裡偶爾會碰上一個看門人的兒子——小看門人，但沒有一個會令敏透斯滿意，難道小看門人不正是籠子裡的長工？不正是房屋每個單元樓梯籠子裡的長工？「這裡沒有風。」敏透斯宣佈，「大門裡只有穿堂風，而我不承認穿堂風裡的長工，對於我唯有大風中的長工才有意義。」

我們從許多奶媽和保姆身邊走過，她們用嘎吱作響的童車推著嬰兒散步。她們用從女主人那裡承受下來的漂亮服飾和化妝品把自己打扮起來，穿著後跟已經歪斜的高跟鞋，她們向我們投以賣弄風情的目光。她們身上灑了香水，嘴裡鑲著兩顆金牙，帶著裹在尿布裡的別人的孩子，而腦袋裡裝的都是電影明星嘉寶。我們從許多管理人員和政府官員的身旁走過，他們趕著去上班，去處理日常事務，腋下都夾著公事包，而一切都離不開大量的紙張，顯得非常富有辦事特點和斯拉夫特點。他們是他們的妻子的丈夫，是他們的家僕的東家，他們所有的人都露出袖口，露出袖扣，好像那就是他們的自我的裝飾品，如同錶鏈上的小墜子那樣。他們頭頂上是遼闊的天空。我們從一群年輕婦女的身旁走過，她們都穿著華沙流行式樣的短大衣，有的清瘦、活潑，有的動作比較遲緩，也比較柔弱，她們的腦袋都塞在自己的帽子裡，她們彼此是那麼相像，以致究竟是哪一個趕上和超過哪一個都分不清。敏透斯不屑朝她們瞥上一眼，而我也覺得厭煩透了，我甚至開始打哈欠。

「朝郊區走，」他叫嚷道，「到了那裡我們就能找到長工。這裡沒有什麼好尋找的，都是十個格羅斯一份兒的便宜貨，都是知識份子的母牛和馬，這些帶著保姆的律師太太和她們的丈夫，就像是拉腳的駑馬。眞他媽的，活見鬼！全是劣等貨、瘟疫、母牛和馬騾！你瞧，她們一個個都受過教育——而一個個又是多麼愚蠢！都是些什麼玩意兒！她們一個個打扮得多麼漂亮，裝得多麼高貴——可又是多麼粗俗！狗屁！狗屁！眞是活見鬼！」

在瓦維爾街的出口處，我們見到了幾棟公用建築物，規模都比較大，比較壯觀，它們龐大的外觀是靠廣大飢餓的群眾和疲憊不堪的納稅人的第一道早餐餵養出來的。這些建築物使我們想起了學校，我們便加快了腳步。在納魯托維奇廣場，那裡有幢大學生宿舍，我們遇到一群大學生兄弟，他們的褲腳都已磨破，每個人都有一張睡眠不足的臉，沒有理過髮的腦袋，都趕著去上課，或者是在等候有軌電車。所有的人都把鼻子埋在講義裡吃著煮雞蛋，蛋殼藏進了衣兜，同時在吸著大城市的塵土。

「活見鬼，這些都是過去的長工！」敏透斯叫喊說，「這些都是農民的兒子，正在把自己培養成知識份子，爲學位奔忙！讓這些過去的長工見鬼去！我憎恨過去的長工！當他們還在用手指頭揩鼻子的時候，便已經從各種講義裡學習到了知識！農民腦子裡的書本知識！出自農民的律師和醫生！你只要瞧瞧，他們的腦袋怎樣因死記拉丁文術語而腫脹！他們的腳趾頭怎樣從穿得頭穿底落的鞋子裡戳了出來！不幸呀，」敏透斯激動地說，「這跟要他們去當修道士同樣可怕！唉，從他們中間本可找到多少出色的優秀的長工，可現在還有什麼用處？他們已被改了裝，被謀害，被殺掉了！去郊區，去郊區，那裡有更多的風，更多的空氣！」

我們拐向了格魯耶茨卡街，塵土、灰塵、雜訊、渾濁的空氣、難聞的氣味……我們已經走過了高層的樓房，眼前所見皆是低矮的房屋，還有裝著猶太人全部家產的令人難以置信的大車，裝蔬菜的大車，裝禽類的大車，裝牛奶的大車，裝洋白菜、糧食、乾草、鐵器和垃圾的大車，這些大車咯咯吱吱、咕咕嚕嚕、叮鈴噹啷地塞滿了整條街道。在每掛大車上都搖搖晃晃地坐著一個農民或是一個猶太人，他們是城市化的農民或鄉下派頭的猶太人——簡直弄不清哪一種人更好。我們越來越深、越來越實際地進入一個次等地區，進入城市未充分發展的郊區。我們見到越來越多殘缺的牙齒、塞了藥棉的耳朵、用爛布包紮的手指、用豬油塗抹的頭髮，見到越來越多的打嗝兒、溼疹、痤瘡、麻疹和發霉、腐爛。尿布掛在窗戶上，收音機無止無休地吼叫，宣傳普及教育的活動在沸騰，為數眾多的平科扯起假裝出的天真而誠懇的嗓門兒或者用粗俗的愉快的聲音點化肥皂廠廠主和麵包師們的靈魂，向他們宣講公民的義務，教導他們熱愛科希秋什科[100]。

食品雜貨小店的老闆們都在享受低級報紙上描寫的那種上流社會的豪華生活，而他們的妻子卻在一邊給自己搔背，一邊重溫昨天傍晚跟瑪爾萊娜・迪埃特里希共度的時光。教學活動在不懈地開展，數不清的女教師代表在民眾中忙碌，教育、指導、感化、啓發他們，喚醒他們的覺悟和良知，使他們成爲文明人，ad hoc[101]她們在做這件事時總帶著一種單純、平易近人的面部表情。這裡是一群有組織的有軌電車司機的妻子圍著圈兒跳舞，她們面帶微笑唱著歌，創造著生活的歡樂，她們的活動是在「社會快樂」協會常設委員會特派員的領導下進行的。那裡是一群馬車夫在合唱流行的宗教歌曲，營造了一種奇特的天眞無邪的氣氛。而在另一個地方，一群過去的農村姑娘在學習如何欣賞夕陽西下時的美。數十名理想主義者、教條主義者、蠱惑人心的政客和宣傳鼓動家在傳播自己的觀念、觀點、學說、思想的過程中，不斷對其加工、改造、具體化，使其更加簡明易懂，以適應下層小人物的接受能力。「嘴臉，嘴臉，除了嘴臉還是嘴臉！」敏透斯帶著他常有的粗俗與輕薄的語氣說道，「跟我們學校的那一套一模一樣！毫不奇怪，疾病在啃噬他們，貧窮在窒息他們，對這種大雜燴不啃噬，不窒息，才是咄咄怪事！是什麼魔鬼使他們陷入這種狀況？我深信，假若他們不是被人處心積慮地故意弄成這個樣子，假若不是有人專門爲他們安排了這一切，他們根本就不會產生這麼多令人厭惡、令人噁心的愚蠢行爲和亂七

[100] 塔．科希秋什科（Tadeusz Kościuszko, 1746-1817），波蘭民族英雄，美國獨立戰爭時期的將軍，波蘭 1794 年抗俄民族起義的領導人。

[101] 拉丁語，意爲：爲此。

八糟的骯髒事，爲什麼這些骯髒的東西會如此大量地出現在他們身上，而不是出現在農民身上，儘管農民從來不洗臉？我不禁要問，究竟是誰把這善良和可敬的無產者變成了臭氣熏天的醜惡事物的製造者？是誰教會了他們這些骯髒的事物和裝鬼臉？索多瑪和蛾摩拉[102]！我們在這裡找不到長工。再往前走，再往前走。什麼時候會吹來一陣風？」——但是沒有風，除了停滯、蕭條之外什麼也沒有，人在人堆裡遊，就像魚在池塘裡遊一樣。惡臭升上了天穹。而長工就是沒有，沒有長工。

單身女裁縫在變瘦，挑擔理髮的理髮匠在廉價的舒適環境中發胖，小手工業者肚子餓得咕咕叫，支著兩條又短又粗的小腿的失業的女僕嘴裡吐出的全是不熟練的和笨拙的言詞，以及那矯飾的用錯的短語和自命不凡的腔調。藥劑師的老婆像烏鴉般呱呱叫，同時還矯揉造作地對洗碗女工擺架子；洗碗女工同樣蹬著細高跟鞋裝出高人一等的樣子擺闊氣。有些腳，其實是赤裸的，然而卻穿著矮統兒皮靴，她們穿的皮靴都不合腳，同樣，她們戴的帽子與腦袋也不相稱，鄉下農民的軀幹卻裝飾著資產階級貴婦人和男人的服飾用品。「什麼嘴臉！全是裝出來的，」敏透斯說，「一丁點兒不摻假的和自然的東西都沒有，一切都是仿效的、以次充好的、虛假的、騙人的。而長工就是沒有。」

[102] 典出《聖經·創世記》，索多瑪和蛾摩拉是兩座罪惡深重的城市，被上帝用硫磺與火毀滅。

終於有個相當不錯的人物出現在我們的眼簾。他是個年輕的藝徒，舉止文雅，體格勻稱，淡黃色的頭髮，外貌悅人。可惜的是，他社會意識強，開口閉口一副說教者的腔調。「什麼嘴臉！只不過是裝腔作勢罷了。」敏透斯說，「好一個要命的哲學家！」

我們在街上遇到的另一個人是個典型的流浪兒，牙齒上叼著一把刀，一個從郊區來的機靈鬼。剎那間他看起來似乎是敏透斯所期望的長工，只可惜他戴了一頂圓頂硬禮帽。接著我們在街角又遇到另一個年輕人，並跟他聊了起來，乍一看他似乎在各方面也都合乎要求。有什麼辦法！事情還是不成，當他在談話中用了「然而」這個詞兒時，敏透斯便生氣地悄聲說：「這不是我們要的長工，不是。往前走，往前走。」他焦躁地反覆說，「這一切都是粗製濫造的劣貨。跟我們在學校裡見到的一模一樣。郊區在向城市學習。見他媽的小小的不值錢的鬼！普通學校的各個年級顯然都是低年級。這些都是發蒙的一年級學生，因此肯定都是些流鼻涕的傢伙。眞是急死人，氣死人，就像長了一身的癩瘡一身癬！難道我們永遠也逃不脫學校的困擾？嘴臉，嘴臉，嘴臉！往前走，往前走，往前走！」

我們繼續往前走，往前走，一路經過的都是矮小的木頭房子，母親們在她們的女兒頭上捉蚤子，女兒也給母親捉蚤子，孩子們在明溝裡打滾，工人們下班回家，上邊、下邊，四面八方回蕩著唯一的一個非常重要的詞兒，一個關鍵字，整條街都充滿了這個詞兒，它已在逐漸變成無產者眞正的聖歌，聽起來帶有挑戰和傲慢的意味，它被人狂熱地拋向了空中，雖然它給人以一種對力量和生命的錯覺。「你聽！」敏透斯驚訝地說，「他們這是在給自己鼓勁兒，跟我們在學校裡的做法一模一樣。儘管如此，這樣做對這些流鼻涕的小屁孩子也沒有多大的幫助，他們無法擺脫給他們裝上的十足的、經典的小屁股。可怕的是，如今已沒有一個人不是處在發育成長的時期。往前走，這裡沒有長工！」

就在他說完這些話的時候，一陣清風拂過我們的面頰，我們已經走到了城市的盡頭，所有的房屋、街道、運河、排水溝、理髮師、窗戶、工人、妻子、母親、女兒、寄生蟲、痲疹、渾濁的空氣、發黴的氣味、狹窄、塵土、店主、藝徒、皮靴、襯衫、帽子、高跟鞋、有軌電車、商店、蔬菜、流浪兒、廣告、招牌、外表可笑的人、眼神、頭髮、眉毛、嘴唇、人行道、肚子、工具、器官、打嗝兒、膝蓋、胳膊肘、玻璃、叫嚷、擤鼻涕、吐痰、咳嗽、談話、兒童、敲擊聲和喧鬧都已結束。城市已經結束。在我們的前方——是田野和森林。公路。

敏透斯唱了起來：

嗨，嗨，嗨，綠色的森林
嗨，嗨，嗨，綠色的森林！

「你手上也拿根拐棍兒吧，弄根樹枝也行。在那裡我們會找到長工——在田野！我用想像力的眼睛已經看到了他，我們的長工！」

我也唱了起來：

嗨，嗨，嗨，綠色的森林
嗨，嗨，嗨，綠色的森林！

但是，我邁不動步子。歌聲在我嘴邊凝固了。空間。地平線上——一頭乳牛。土地。遠方搖搖擺擺地走著一隻鵝。遼闊的天空。霧濛濛一派藍色的視野。我在城市的邊緣站住了，我感到，我不能離開人群生活，不能沒有任何手工或工廠生產的產品，不能沒有擠在熙熙攘攘的人群中的人。我抓住了敏透斯的手。

「敏透斯，別到那兒去，我們回去吧，敏透斯，你不要離開城市。」我說，置身於陌生的灌木叢和野草中間我渾身顫抖，如同風中的樹葉。我被排除出人們之外，而他們加諸我的各種變態，沒有了他們便變得荒謬、多餘和無法作出解釋。敏透斯也躊躇了，然而找到長工的光明前景戰勝了他心中的恐懼。「往前走！」他吼叫道，揮舞著他的拐棍兒，「我一個人不去！你必須跟我一起去！我們走吧，走吧！」刮起了一陣風，樹木搖曳，樹葉沙沙響，尤其是其中的一片異乎尋常的葉子讓我嚇了一跳，這片樹葉長在樹的頂端，可以說是給毫不客氣地、冷酷無情地擱在了空中。一隻鳥兒飛上了高空。從城裡跑出一條狗，穿過黑色的田野狂奔而去。但敏透斯在沿著公路的一條羊腸小徑上勇敢地往前走——我跟在他身後，彷彿是一葉扁舟漂向了汪洋大海。陸地逐漸從眼前消逝，菸囪和塔樓逐漸從眼前消逝，只有我們孤零零的兩個人。四野一派寂靜，幾乎可以聽出埋在土地裡睡覺的冰冷、滑溜的石頭的鼻息聲。我步履艱難地走著，已經什麼也不想，什麼也不知道，我的耳朵裡只有風在呼呼地吹，行走的節奏在搖盪著我……大自然。我不喜歡大自然，對我來說，人便是大自然。敏透斯，讓我們趁早回去吧，我寧要電影院的擁擠，而不要田野的臭氧。是誰說過，面對大自然人會變得渺小？相反，我在大自然中不斷變大，不斷成長，變成了巨人，也變得越來越脆弱，就像被人剝得一絲不掛地擺在大自然巨大原野的盤子裡給端了出來，顯示出全部人性的不自然。啊，我的森林跑到哪裡去了？我的眼睛、嘴巴、詞語、眼神、面孔、微笑和各種怪相、鬼臉兒的密林叢莽跑到哪裡去了？離我越來越近的是另一種森林，是靜悄悄的綠色針葉樹木的森林，在這些樹林下一隻野兔正在溜走，一條毛毛蟲正在爬行。而這裡，就像故意跟我們作對似的沒有任何村莊，只有穿越原野的道路和森林。我不知道我們究竟走了幾個鐘頭，我們一直在笨拙地、漠然地、呆板地向前走，如同走鋼絲——除了行走，我們沒有任何別的事好做，因爲站立會比行走更難受，更累，須知在潮溼、冰涼的泥土地上既不能坐，也不能躺。我們總算走過了幾座村莊，然而全都是空無人煙——茅舍的門全都給釘死了，打破了的窗戶露出黑魆魆的空洞。公路上完全看不見車馬行人，一切活動都停止了。難道我們得在這荒野裡長久地走下去不成？

「這是怎麼回事？」敏透斯說，「所有的農民都染上瘟疫了？都死絕了嗎？若是再這麼下去，我們肯定就找不到一個長工了。」

終於我們又見到了一座荒廢了的村莊，我們決定去敲其中一所茅舍的門。回答我們的是一陣凶惡的犬吠聲，彷彿是一群發了瘋的狗，從巨大的獵犬到小小的哈巴狗都在齜牙咧嘴地衝著我們狂吠。

「怎麼會有這麼多的狗？都是從哪裡來的？爲什麼沒有農民？你在我身上擰一下吧，我恐怕是在做夢……」這些話尚未來得及消失在純淨的空氣裡，就從附近的馬鈴薯窖中探出一顆農民的腦袋，而當我們稍許靠近一點兒的時候，那顆腦袋又立刻縮了回去，從地窖裡傳出兇惡的犬吠聲。「天哪！」敏透斯說，「又是狗？農民到哪裡去了？」我們從兩邊包抄了馬鈴薯窖（而這時從茅舍裡又傳出了沒有目的的狂吠聲），我們從地窖裡逼出一個農民和一個帶著四胞胎的娘兒們，她用一個乾癟的乳房給一胎生的四個孩子餵奶（因爲另一個乳房早已沒有奶了），他們像狗吠似的絕望而瘋狂地嚎叫，還企圖逃跑。但是敏透斯縱身一跳追了上去，抓住了農民。此人是那麼虛弱和消瘦，竟然一碰就垮，倒在了地上，呻吟道：

「少爺，少爺，發發慈悲吧，請放了我，饒恕我吧，少爺！」

「人啦，你這是怎麼回事？」敏透斯說，「爲什麼你們要躲起來怕見我們？」

聽到這個「人」字，在那些茅舍裡和籬笆後面，傳出了以加倍的強度吠叫的犬吠聲，而那個可憐的農民臉色蒼白得像塊白布。

「發發慈悲吧，少爺，我不是人，請饒恕我吧！」

「公民，」敏透斯友善地說，「你發了瘋嗎？為什麼你們，您和您的妻子都學狗吠？我們是懷著最善良的意圖來的。」

一聽到「公民」這種表達方式，那些人以三倍的強度吠叫起來，而那個農婦則哭著叫嚷道：

「發發慈悲吧，先生，他不是公民！他算什麼公民啊！天哪，天哪，啊，我們的命運多悲慘，不幸的命運啊！現在又想打我們什麼主意！啊，不幸呀！又給我們送啥『意圖』來了！」

「朋友，」敏透斯說，「怎麼回事！我們並不想傷害你們。我們是為你們好。」

「朋友！」嚇破了膽的鄉下人驚叫道。

「為我們好！」鄉下婦人嚷嚷道，「可我們不是人，我們是狗，我們是狗！汪！汪！」

突然農婦懷裡的一個孩子也像狗一樣狺狺起來，而那個農婦也隨之抬眼向四周張望，發現只有我們兩個外來人，就狂吠起來，並且一口咬住了我的腹部。我趕緊把肚子從那娘兒們的牙齒裡掙脫了出來！可是這時整個村莊都狺狺著，狂吠著，汪汪叫著從籬笆後面闖了出來，吼叫道：

「抓住他，教父！別害怕！咬住他！咬呀，咬呀！撲上去，抓住『意圖』！抓住知識份子！

撲上去！好狗，抓住貓，抓住貓！抓呀！上！上！撲上去……」

他們就這麼像縱狗咬人一樣，嗾著，挑唆著，緩緩逼近——更糟的是，不知是爲了轉移視線還是爲了鼓勵進攻，他們用繩子牽著許多眞正的狗逼了上來，這些狗拴著繩子蹦跳著，狗嘴裡淌著涎液瘋狂地吠叫著，給人一種與其說是肉體上的不如說是心理上的壓力，局面變得越來越危急了。已經是午後六點鐘，天就要黑了，太陽已消失在烏雲後面，開始下起了毛毛雨，而我們——置身於陌生的環境，在寒冷的紛紛細雨下面對著大量僞裝成狗的農民——他們之所以裝狗，爲的是躲避城市知識界的代表的無所不包的能動性的傷害。他們的孩子根本不會說話，只會四肢著地爬行，汪汪作犬吠，可他們的父母還在一個勁兒地鼓勵：「叫吧，叫吧，傻兒子，這樣他們就會讓你安生了，叫吧，叫吧，像狗一樣地叫吧！」我平生第一次有機會看到這麼完整的一群人根據摹擬的法則迫不及待地把自己變成狗。面對城市知識份子過於熱切地要將他們這些兩腳動物迅速變成人，他們都心存恐懼。在他們的進攻面前，要有效地進行自衛顯然是不可能的。如果說大家都懂得如何分別去防範農民和狗，那麼誰也不懂得如何去對付像狗一樣嗥叫、咆哮、狂吠，企圖咬你的農民。

敏透斯丟掉了手中的拐棍兒。我呆呆地望著自己前方又溼又滑的神祕草地，在那裡我命中註定會馬上就糊裡糊塗地一命嗚呼。別了，我身體的各個部分。別了，我的嘴臉，還有你，也跟我告別吧，我的聽話的小屁股！

要不是田野響起了小汽車的喇叭聲突然改變了這一切，興許我們多半會在那裡，正好就是在那個地方，莫名其妙地被吃掉。小汽車開進了人群，停住了，我的一位娘家姓林的胡爾萊茨卡姨媽一見到我便叫嚷道：

「尤齊奧！小傢伙，你在這兒幹什麼？」

不顧危險，不顧一切，就像所有的姨媽一樣，她走出小汽車，裹著圍巾，伸出雙手跑了過來，她要親吻我。姨媽！姨媽！現在能往哪兒躲？我實在是寧願給吃掉，也不願姨媽在大路上把我逮住。在我還是個嬰兒的時候，這位姨媽就認識我，在她的腦子裡保留著對我嬰兒時期小褲褲的記憶！當時我躺在搖籃裡用一雙小腳使勁地搖晃著，亂蹬亂踢，把小褲褲也蹬掉了，姨媽跑了過來，親吻我的額頭。農民們停止了狺狺狂吠，卻爆發出一陣哄笑，整個村莊都在狂笑，笑得發抖……他們看到我並不是什麼擁有無限權力的全能的官員，而是姨媽的小不點兒！神祕性的眞相給揭穿了。敏透斯摘下了他的帽子，而姨媽則伸出一隻姨媽的手讓他親吻。

「尤齊奧，這是你的同學嗎？認識你我非常高興！」她說。

敏透斯親了姨媽的手。我在姨媽的手上親了親。姨媽問我們冷不冷，問我們是從哪裡來的，要到哪裡去，來幹嘛，什麼時候來的，跟誰一起來的，怎麼來的，爲了什麼目的？我回答說，我們是出來郊遊。

「出來郊遊？唉呀，我的孩子們！是誰讓你們離開家到這種潮溼的地方來的？跟我一道坐車走吧，到我們那兒去，去博利莫夫。姨父會很高興的。」姨媽說。

抗議沒有一點兒用處。我姨媽對抗議連聽都不聽。在大路上，在紛紛下著的濛濛細雨中，在逐漸升起的薄霧裡——我們跟姨媽在一起。我們上了小汽車，司機按響喇叭，汽車開動了，農民們捂著嘴巴鬼鬼祟祟地咯咯笑，小汽車從電線杆上的電線下方穿過，開始加速——我們坐在車上走了。

「嗯，怎麼樣，尤齊奧，你不高興嗎？」姨媽說，「我是你姨表的姨媽，我的母親是你母親的姨媽的表姐妹。你那過世的媽媽，我親愛的策霞！我已經有多少年沒有見到你啦。從弗蘭尼奧夫婦的婚禮算起，已整整四年。我還記得，你小的時候怎樣在沙灘上玩耍——你還記得沙灘嗎？那些人想對你幹什麼？呵，他們把我嚇得半死！如今的農民是非常不吸引人的。到處都充滿了病菌，你們千萬別喝生水，千萬別吃沒剝皮或沒用熱水洗過的水果。給你，圍上這條圍巾，如果你不想使我不愉快的話，就拿去圍上吧。你的同學讓他拿另一條圍巾。請吧，別，別，千萬別生氣，我完全做得你這位同學的母親。這會兒媽媽肯定在家裡擔心著急哩。」

司機按著喇叭。小汽車在轟響，風在呼嘯，姨媽在喊叫，電線杆、樹木、農舍、小城鎮、沼澤地一閃而過，樺樹林、赤楊樹林、冷杉林一閃而過，汽車在坑坑窪窪崎嶇不平的路上飛快地奔跑，我們經常在座位上被顛得彈跳起來，而姨媽則一個勁兒地說：

「菲力克斯，別太快，別太快。你還記得弗蘭尼奧舅舅嗎？克雷霞不久就要出嫁。阿魯爾卡得了百日咳，赫尼奧給弄到部隊裡去了。你的身體弱，長得這麼瘦，如果你牙痛的話，我這裡有阿斯匹林片。功課怎麼樣？還好嗎？你應該有學歷史的天分，因爲你過世的母親對歷史有令人驚歎的才能。你這是繼承你母親的。你這雙蔚藍色的眼睛是母親遺傳的，鼻子是父親遺傳的，雖說你的下巴是繼承皮夫奇茨基家族特點的典型例子。你可記得當他們奪走你的鉛筆頭時你哭得多麼傷心嗎？你可記得你是怎樣把大拇指塞進嘴裡吸吮嗎？你一邊啜大拇指，一邊叫嚷：『咿呀，咿呀，咿呀，抱，抱，嗚，嗚，嗚！』（啊，該死的姨媽！）讓我想想，讓我想想，這是多少年前的事啦？二十年，二十八年，不錯，一千九百……當然，當然，那時我經常去維希，因此還買了一隻綠色的衣箱，不錯，不錯，照這麼算，你如今就該有三十歲了……三十歲……不錯，當然，整整三十歲。我的孩子，圍上圍巾，你總是不大注意，坐在風口會著涼的！」

「三十歲？」敏透斯問。

「三十歲。」姨媽說，「在聖彼得和聖巴維爾節就已滿了三十歲！比泰雷尼亞大四歲半，而泰雷尼亞比佐霞，阿爾弗雷德的女兒大六個禮拜。亨利克夫婦是在二月結婚的。」

「可是……對不起，太太，他在我們學校上學，上六年級！」

「正是如此！亨利克夫婦肯定是在二月結的婚，因爲那是我去門通前的五個月，天氣非常寒冷，冰封地凍。海倫卡是六月死的。三十歲。媽媽從波多萊回來。三十歲。博萊克得白喉後整整兩年。在莫吉爾察內開過一次大型舞會——三十歲。你們想吃糖果嗎？尤齊奧，你想吃糖果嗎？姨媽身邊總是帶著糖果——你可記得，你是怎樣伸出小手，叫道：『糖糖，姨媽！糖糖！』我身邊總是帶著同樣的糖果，拿去吧，拿去吧，這對咳嗽很有用，圍好圍巾，別著涼，我的孩子。」

司機按喇叭，小汽車在賓士。電線杆、樹木、農舍、一片片籬笆、一塊塊分割開的田地、一片片森林和牧場、一片片不知名的地域都在迅速移動，迅速後退。一望無邊的平原。下午七點鐘。天黑了。司機打開了小汽車的前燈，放出一道光束，姨媽擰開了車內的燈，用我兒時的糖果招待我們。敏透斯感到很驚詫，不過也在舔糖果，姨媽將小手包拿在手裡也在舔糖果，我們大家都在舔糖果。女人哪，如果我滿了三十歲，那就是三十歲了——難道這一點你不明白？不，她就是不明白。她太好了。她太善良了。她是善的化身。我沉浸在姨媽的善良裡，舔著她甜甜的糖果。對於她——我永遠是個兩歲的娃娃，或者，換句話說，對於她，我這個人是否存在？沒有我，只有我，只有愛德華德舅舅的頭髮、父親的鼻子、母親的眼睛、皮夫奇茨基家族傳下來的下巴，只有家族軀體的某些部分。姨媽沉浸在家族的遐想裡。她用自己的圍巾把我裹得透不過氣來。一頭小牛犢跑到了大路上，叉開四腿站著不動，司機猛按喇叭如同天使吹號，可小牛犢就是不肯離開。小汽車剎住了，司機把小牛犢推出大路——我們繼續往前走，姨媽繼續嘮叨，她講到我十歲的時候如何用手指頭在玻璃上勾畫出字母。她記得我不記得的東西，她了解我自己從來都不了解的我，可她對我太好了，我又怎能去動傷害她的念頭？所有的姑媽、姨媽都了解我們丟臉、可笑而又模糊不清的童年往事的細節，上帝不無理由將她們有關這些細節的知識淹沒在善良裡。我們乘車繼續向前賓士，我們的小汽車駛進了一座龐大的森林，汽車玻璃窗外，閃過一片片給汽車前燈照亮的樹木，我們的記憶裡閃過——一件件往事的片斷，我們處在一個糟糕的環境裡，處在一個不吉祥的地區。我們走得多遠！我們到了哪裡！巨大的一片蠻荒、黑暗、雨濛濛、水淋淋、車輪下打滑的鄉間土地包圍著我們的小盒子，而盒子裡姨媽還在喋喋不休地講述著有關我的手指頭的故事，她說當年我曾砍傷了自己的一根手指頭，至今應該還留著傷痕；而敏透斯則是腦子裡裝著長工，坐在那裡爲我的三十歲而驚訝得發呆。雨下大了，而且連綿不斷。小汽車拐到了岔道上，走的是崎嶇不平的佈滿沙丘和沙坑的土路，然後又拐了個彎，突然跳出一群狗，一群高大、兇猛的看家狗，這些猛犬發瘋似的衝向了我們，一個守夜人上前驅趕它們，可它們仍在咆哮、狂吠、嚎叫。一個僕人出現在房子的外廊，他身後跟著另一個僕人。我們下車。

鄉村。風搖撼著樹木，撕扯著天上的烏雲。在夜色裡一座大建築物的輪廓不太清晰地呈現在我的眼前。這幢房子對於我並不陌生——我是熟悉它的——因爲我曾經在這裡住過，雖說是很久以前的事。姨媽害怕潮溼，兩個僕人把她架起來抬到了前廳。司機從車後頭拿出箱子。一個留絡腮鬍子的老僕幫姨媽脫外衣。一個貼身女僕幫我脫外衣，一名小廝幫敏透斯脫外衣。小哈巴狗在我們身上嗅來嗅去。我了解這一切，雖說我不記得……要知道我是在這兒出生的，而且在這裡度過了生命中的頭十年。

「我帶客人來啦！」姨媽叫嚷道，「科齊奧，瞧，這是瓦迪斯瓦夫的兒子。齊格穆希快過來，這是表兄！佐霞過來！尤齊奧，這是你的表妹。這是尤齊奧，過世的海娜的兒子。尤齊奧——這是科齊奧姨父，科齊奧——這是尤齊奧。」

握手，親吻面頰，身體的某些部分相互接觸，顯示出一種歡樂和殷勤好客的精神。他們把我們領進了客廳，請我們在古老的比德爾馬耶爾風格[103]的沙發上就座，接著便是噓寒問暖，關心我們的健康狀況，問我們身體好不好，後來則輪到我詢問大家的健康狀況，進而又轉到了有關各種疾病的交談，這個話題一開頭便沒完沒了地進行下去。原來姨媽有心臟病，康士坦丁[104]姨父得了風溼病，佐霞前不久得了貧血病，並且容易患感冒，這可憐姑娘的扁桃體不很正常，也缺乏有效的治療手段。齊格蒙特[105]同樣受到易患感冒的折磨，除此之外他的耳朵也遇上了可怕的劫難，就在上個月，當多風而潮溼的秋天到來的時候，耳朵給風吹出毛病來了。夠了！剛

[103]比德爾馬耶爾風格是1815-1848年間流行於德國的一種傢俱和繪畫的風格，這種風格的傢俱以簡樸、實用著稱。

[104]康士坦丁是一全稱名字，科齊奧是康士坦丁的小稱。

[105]齊格蒙特是一全稱名字，齊格穆希是齊格蒙特的小稱。

來乍到立刻就陷入傾聽全家人訴說自己各種各樣數不清的病痛，似乎有礙身心健康，但是，每當談話的勁頭顯出有點兒低落的跡象，姨媽便悄聲說：「Sophie parlé 106。」於是佐霞爲了不使談話中斷，不惜損害自己的青春魅力，立刻端出了一個又一個的疾病：坐骨神經痛、風溼病、關節炎、骨折、痛風病、傷風、咳嗽、喉炎、感冒、癌、神經性丘疹、牙痛、補牙、腸梗阻、全身虛弱、肝、腎、卡爾斯巴德、卡利托維奇教授和皮斯塔克博士。到了皮斯塔克話題似乎就該耗盡了，然而沒有，因爲姨媽爲了不使談話中斷，又插進了一個維斯塔克，說他的聽診比皮斯塔克更好，說他有一雙靈敏的耳朵，接著便翻來覆去地提到維斯塔克、皮斯塔克、聽診、扣診、各種耳病、喉嚨疾病、呼吸道疾病、心膜和二尖瓣封閉不全、會診、膽結石、慢性消化不良、胃灼熱、全身無力、心肺機能不全和紅血球缺乏。我不能原諒自己偏偏要去觸及健康的話題，可是我顯然又不能不詢問大家的健康狀況而去談論別的話題。特別是佐霞更是受盡折磨，爲了使談話不致出現冷場的局面，她吐露了自己患有淋巴結結核病的隱私，這使她感到痛苦，但又不便在新來乍到的兩個年輕人面前沉默不語。是不是每個來到鄉下的人都得落入這種固定的程式？是不是在鄉下只能以談論各種疾病作爲談話開場的唯一的序曲，否則就永遠跟任何人都無法進行交談？鄉下貴族的普遍災難就在於自古以來傳統的良好教養迫使他們跟別人建立聯

106 法語，意爲：佐霞說點兒什麼。

繫都是從傷風感冒一類的事開始，因此，他們坐在煤油燈昏暗的燈光下，膝蓋上抱條叭兒狗，看上去定是一副面無血色的樣子，彷彿是得了重感冒似的。鄉村！鄉村！古老的鄉村莊園主府第！由來已久的守則和由來已久的奇怪的令人無法理解的謎！這與城市的生活方式和元帥大街[107]上的人群是多麼不同！

唯有我的姨媽以她善良和毫不勉強的真誠關心著姨父的低燒和痢疾。紅撲撲的貼身女僕穿著白色的圍裙走進客廳，給燈添足了煤油。敏透斯一直很少說話，給他印象最深的是僕人數量之多，還有兩條古老的斯烏茨克家織的寬腰帶。這一切中蘊含著一種貴族氣派——可我不知道姨父是否同樣也記得兒時的我？他們帶著祖宗傳下來的舉止和教養對待我們有點兒像對待孩子，不過他們把他們自己也看做孩子。我依稀回憶起在殘破的桌子底下進行的某些遊戲，我眼前彷彿閃現出過去立在牆角裡的破舊土耳其沙發的流蘇。我是不是咬過，嚼過那些穗子？是否曾將它們編成小辮兒？是否曾將它們塞進小罐子裡弄溼？是否曾將它們弄髒？——拿什麼弄髒？什麼時候？或者我曾把那些流蘇塞進鼻子裡？姨媽依照過去的習慣坐在長沙發椅上，腰挺得筆直，乳房向前突出，腦袋略微向後仰。佐霞彎腰弓背地坐著，由於要竭力維持談話的氣氛而累得一臉病容，雙手的手指交叉著放在膝蓋上；齊格蒙特將胳膊肘搭在沙發的靠背上，注視著自

[107] 元帥大街是華沙的一條主要街道，也是華沙最繁華的街道。

己的皮鞋尖，而姨父則是逗弄著一條達克斯狗，眼睛盯著一隻秋天的蒼蠅不放，看它如何在巨大的白色天花板上爬來爬去。室外狂風怒號，屋前樹木剩下不多的枯葉在風中沙沙飄落，百葉窗給風吹得嘎吱嘎吱響，客廳裡的空氣出現了輕微流動——而我突然產生了一種預感，覺得自己有一副全新的過度膨脹的嘴臉。許多狗一齊嚎叫。什麼時候我也會嚎叫？因爲，我必定會嚎叫，這是勿庸置疑的。某種古怪的、不眞實的地主習性由於某種原因受到縱容、姑息和精心呵護，不斷地膨脹，發展成了不可思議的空虛、冷漠、懶散、嬌氣、好挑剔、和藹、客氣、文雅、自大、敏感、溫存和誇飾，他們嘴裡吐出的每個字中蘊涵的怪癖和荒唐——使我感到害怕和困惑。然而究竟是什麼在最嚴重地威脅著我？是天花板上孤零零的一隻晚秋的蒼蠅，是我的姨媽和我的童年往事，是敏透斯和他的長工，是家裡人的各種疾病，是長沙發椅上的流蘇，抑或是所有的東西加在一起，積聚、濃縮成的一根小小的烤肉扦？在對一副不可避免的新嘴臉的期待中，我靜靜地坐在一件從祖宗那兒傳下來的紀念品——古老的、家族的、比德爾馬耶爾風格的沙發上，一聲不吭，而姨媽則坐在自己的沙發上，爲了使談話繼續下去不致出現冷場而談起了穿堂風，她說在這種季節穿堂風對關節特別有害。佐霞，一個普普通通的姑娘，像她這樣平凡的年輕婦女在鄉下的地主府邸中能見到成千上萬，她與其他所有的姑娘毫無差別。爲了使談話不致中斷，她聽了姨媽的高論便笑了起來——跟著大家也都笑了起來——嚴格地說，這是一種客氣的社交性質的笑，是一種湊趣的笑——他們停住了笑……他們對誰笑？他們爲誰笑？

康士坦丁姨父又高又瘦，身體虛弱，禿頂，鼻子又尖又長，手指又長又細，嘴唇又窄又薄，舉止文雅而從容，閱歷豐富，見多識廣，待人接物出奇地無拘無束。他以一種見過世面的人不拘小節的優雅姿勢隨隨便便地靠著軟椅背，將一雙穿著黃色麂皮便鞋的腳放在桌子上。

「聯畜馬車[108]，」他說，「以前曾經有過，不過如今已經看不到了。」

蒼蠅在嗡嗡叫。

「科齊奧，別胡攪啦。」姨媽以她的善良體貼地說，「別生氣，生氣傷肝。」同時遞給他一塊水果糖。

姨父嚼完了水果糖，打了個呵欠——他把嘴巴張得那麼大，以致讓我看到了最裡面的那些給香菸熏黃了的牙齒。他以最隨便的方式若無其事地一連打了兩個呵欠。

「嗯，嗯，嗯，」他嘟囔道，「有一回狗在院子裡跳舞，而貓笑得直流眼淚！」

他掏出一隻銀菸盒，用手指在上面敲了敲，菸盒掉到了地板上，他沒有俯身去撿，而是又打了個呵欠——他是爲誰這麼打呵欠的？他是打給誰看的？他的家人，坐在比德爾馬耶爾風格的長沙發上，無言地注視著他的這個舉動。老僕弗蘭齊舍克走進客廳。

「餐桌擺好了。」他穿著僕人的制服上衣宣佈說。

[108] 聯畜馬車與穿堂風在波蘭語中是同一個詞。此處是故意把姨媽的穿堂風說成聯畜馬車。

「晚餐。」姨媽說。

「晚餐。」佐霞說。

「晚餐。」齊格蒙特說。

「菸盒。」姨父說。貼身男僕拾起了菸盒。我們走進了亨利四世風格的餐廳，那裡牆上掛的是古老的肖像畫，角落裡俄式茶炊在吱吱響。給我們端上了澆汁火腿腸和罐頭豌豆。談話重新開始。

「吃吧，吃吧，大口大口地吃吧！」康士坦丁姨父說，同時挑了點芥末和少量的辣根。(可他是跟誰過不去而挑選芥末和辣根的？)「再也沒有什麼能比澆汁火腿腸更好吃的東西了，如果火腿腸配製得好的話。配製得好的火腿腸如今只有在西蒙的餐館才能吃到，除了，嗯，嗯，嗯，西蒙那兒，你在別的任何地方都吃不到！」

「讓我們喝一杯吧。喝點兒什麼呢？」齊格蒙特說。

「你還記得戰前在埃雷旺斯卡街出售的那種火腿嗎？」姨父問。

「火腿很難消化。」姨媽回答說，「佐霞，怎麼吃得這麼少，你又沒有胃口了嗎？」

佐霞回答了句什麼，但誰也沒有聽，因爲大家都知道，她只是爲了說點兒什麼而這麼說。

康士坦丁姨父吃飯的聲音相當響，雖說動作文雅而靈巧。他的手指在盤子上方靈巧地操作著，仔細挑選了一片火腿，抹上辣根或芥末，塞進了嘴裡，有時他會加點兒鹽，有時又會加點兒胡椒麵兒。他給烤麵包片抹上黃油，而有時他甚至會吐掉他覺得不好吃的一口麵包，這時貼身男僕便會立即將其弄走。可是，他是跟誰過不去才吐掉麵包的？他是跟誰過不去才抹黃油的？姨媽不停地吃著，吃得相當多，但吃相文雅，態度溫和；佐霞吃得很少，應付差事似的往自己嘴裡塞點兒食物。齊格蒙特漠然地、沒精打采地吃著，而僕役則是踮著腳尖服侍，照顧得無微不至。敏透斯往嘴裡送的叉子突然中途停住，凝固了，他眼前發黑，面色發灰，嘴巴半張半合，在那張可怕的嘴臉上綻放出美得驚人的神奇的微笑。這是一種打招呼、問候和歡迎的微笑。你好，歡迎！原來是你！我在這裡！他雙手撐在桌上，向前探過身子，上嘴唇噘起，似乎就要號淘大哭起來；但他沒有哭，只是身子前傾得更厲害。他見到了長工！長工在餐廳裡！一個小廝！這年輕的僕人就是長工！毫無疑問——這個端來調配火腿用的豌豆的小廝，正是他夢想的長工。

長工！年齡跟敏透斯相仿，不會超過十八歲，既不大也不小，既不醜也不漂亮——頭髮色淺，但也不是膚色白皙的金髮男子。他忙來忙去，赤著腳，殷勤地服侍我們，他左前臂上搭著一塊餐巾，穿件長袖襯衫，扣著袖扣，沒有衣領，一條鄉下長工節日穿的普通長褲。他有一副嘴臉——不過他的嘴臉與敏透斯的使人不舒服的嘴臉毫無共同之處；這不是一副人工打造出來的嘴臉，而是一副自然的、鄉下人的、未經加工的、輪廓粗糙的、單線條的、質樸的嘴臉。變成了嘴臉的臉便不是臉，而是嘴臉，嘴臉永遠也不能獲得臉的尊嚴。那是一副像腳一樣的嘴臉！

啊，這男孩子不配擁有一張可敬的面孔，正如他不配當個金髮的漂亮男子——小廝不配稱爲貼身僕人！他沒戴手套，赤著腳，給主人們換盤子，而沒有一個人對此表示驚訝——小男孩不配穿僕人的制服。長工！……在這裡，恰恰就在姨父姨母的家中讓我們發現了他，眞是多麼不走運！「開始了。」我暗自思忖，我嚼著火腿如同嚼著橡皮。「開始了……」而正好就在這時，爲了讓談話繼續下去，他們一再鼓勵我們多吃。我不得不嘗嘗水煮梨子——又給我們端上了各種家製小茶點，我不得不表示感謝，我吃了一點蜜餞李子，那玩意兒黏在我的嗓子眼上下不去，而姨媽爲了使談話不致出現冷場，反反覆覆一再爲招待不周表示歉意。

「嗯，嗯，嗯，噢，噢，噢！」康士坦丁姨父懶洋洋地坐在桌旁，嘴巴張得老大，用兩個指頭夾起李子，無精打采地往嘴裡送。

「你們吃吧！吃吧！吃個飽！朋友們！」他說。他一邊吞嚥李子，一邊吧嗒嘴，彷彿是故意炫耀自己吃飽了。

「明天我就要解雇六名馬夫，不給工錢，因爲我沒有錢！」

「科齊奧！」姨媽和藹地叫了聲。可他卻說：

「請遞給我乳酪。」

他是跟誰過不去才這麼說的？僕役踮著腳小心翼翼地服侍著。敏透斯看得出神，用目光吸吮著那張沒有變形的、鄉下人的、田野的、跟腳一樣的嘴臉，貪婪地吸吮著，宛如在渴飲世上罕見的玉液瓊漿。在他呆滯的忘形的凝視下，那小廝慌了神兒，打了個趔趄，差點兒沒把茶潑在姨媽的頭上。老弗蘭齊舍克不引人注目地搧了他一記耳光。

「弗蘭齊舍克！」姨媽和善地說。

「讓他做事留點兒神！」姨父嘟囔道，掏出了香菸。小廝劃著火柴跳了過去。姨父用他那薄薄的嘴唇吐出了菸圈兒，齊格蒙特表弟用同樣的薄嘴唇吐出了第二個煙圈兒。我們回到了客廳，各自坐在自己無價的比德爾馬耶爾風格的沙發上。這種無法估價的珍貴自下而上洋溢著一種可怕的豪華。窗外是狂風怒號的陰雨天。齊格蒙特表弟興致勃勃地提議說：

「打圈橋牌怎麼樣？」

但敏透斯不會打橋牌——齊格蒙特只好閉嘴，默默地坐著。佐霞沒話找話地說秋天經常下雨，而姨媽向我問起了雅佳姨媽。接著，談話就冷了下來。康士坦丁姨父蹺著二郎腿，仰著頭，望著天花板，那裡有只無精打采的蒼蠅在爬來爬去；他自己也無聊得打起了呵欠，張開了嘴，露出了上顎和一排給香菸熏黃了的牙齒。齊格蒙特默默無言地慢悠悠地晃動著一條腿，注視著矮統皮鞋鞋尖上閃爍的反光，姨媽和佐霞雙手放在膝蓋上坐著，矮腳長耳獵犬蹲在桌子上，望著齊格蒙特的腳，而敏透斯則坐在暗處雙手抱頭，一聲不吭，安靜得就像沒有他這個人。姨媽從入定狀態振作起來，吩咐僕役給客人們準備客房，給每張床送瓶熱水，枕頭邊兒上送一小碟核桃仁和蜜餞果脯，以作夜裡點心用的小點。姨父聽到此話，隨即漫不經心地說，他也想吃一點兒，殷勤的僕役立即便送來了。我們都吃了，儘管已經不怎麼吃得下——可我們不能不吃，因爲都已是裝在了託盤裡準備吃的，同時也因爲我們的主人請我們吃，一再堅持非請我們吃點兒不可。他們不能不一再請我們吃，因爲那些食物已經擺在了桌子上。敏透斯一再婉拒，他無論如何都不肯吃蜜餞，我猜到了是爲什麼——是考慮到長工在客廳——但是善良的姨媽好心地給他裝了雙份蜜餞，而只是從小袋子裡拿出糖果招待我。甜，實在是太甜了！我再也吃不下去，甜得膩人，但是自己面前已有這麼一小碟糖果，我又不能不吃。我感到噁心，想嘔吐，所有的不快一起湧上了心頭：童年、姨媽、小褲褲、家族、蒼蠅、矮腳長耳獵犬、長工、敏透斯、脹得滿滿的胃、窒息、窗外的陰雨天、過剩、過飽、過多、可怕的富裕、比德爾馬耶爾風格的沙發從屁股底下吸住我。我不能站立起來說聲「晚安」。做什麼都不能沒有一個序曲……我們終於試著站起來，但是他們一再請我們再坐坐，一再請我們吃，不放我們離開。康士坦丁姨父跟誰過不去而把一顆又一顆的蜜餞草莓塞進他那疲勞而太甜的嘴巴？佐霞突然打了個噴嚏，這給我們離開客廳提供了方便。告別，鞠躬，道謝，身體某些部位的接觸。貼身女僕領著我們沿著螺旋式木樓梯上樓，這樓梯我多少還有些記憶……一個僕人端著裝有蜜餞和核桃仁的托盤跟在我們身後。又悶又熱。我打嗝兒反胃出的都是蜜餞味。敏透斯也打嗝兒。鄉下的府邸……

房門在貼身女僕的身後一關，他立即就問：

「你看到了嗎？」

他坐了下來，雙手捂住了臉。

「你指的是小廝？」我裝成無所謂的樣子問道。我趕快拉上窗簾——我害怕燈火通明的視窗出現在園林的黑暗空間。

「我必須跟他談談。我下樓去！或者，最好是你按鈴叫他上來！他多半是分配來侍候我們的。你按兩次鈴！」

「你幹嘛要這樣做？」我試圖勸說他，「這樣做可能會引起一些麻煩。你要記住，姨父姨母……敏透斯！」我叫嚷說，「你別按鈴，你得先告訴我，你想找他幹什麼？」

他按響了鈴。

「活見鬼！」敏透斯吼叫道，「蜜餞還不夠，又在這兒給我們擺上了蘋果和梨。你把它們藏進衣櫃裡。扔掉熱水瓶。我不希望讓他看到……」

他大發了一通脾氣，這是一種由憤恨而引起的盛怒，在這盛怒背後隱藏著對命運的擔憂，這是一個人對所有的事最隱祕的惱怒。

「尤齊奧，」他哆哆嗦嗦、真誠、坦率地悄聲說，「尤齊奧，你看到了，他有一副沒有虛飾，沒有扭曲的普通嘴臉！一副沒有做怪相的嘴臉！典型的長工！我到別的任何地方都找不到比他更好的。你幫我一把！我獨自一個是應付不了的！」

「冷靜點兒吧！你想幹什麼？」

「我不知道，我不知道。如果有可能，我想跟他交朋友，如果能成功，我想跟他拜……把子……」他羞澀地坦白道，「我想跟他拜……把子！結……交！我必須這樣做！你幫幫我！」

小廝走進了房間。

「有什麼吩咐？」他問。

他站立在了門邊等候命令，因此敏透斯便吩咐他把水倒進臉盆裡。他倒了水，重又站住不動。於是敏透斯便吩咐他把氣窗打開，而當他打開了氣窗又站住不動時，便吩咐他把毛巾掛到毛巾架上；當他掛好了毛巾，敏透斯又吩咐他把短上衣掛到衣架上。所有這些命令使敏透斯極其痛苦。他不停地下命令，長工不停地執行，毫無怨言——他下的命令越來越多，越來越像一場噩夢。啊，他在不斷地給自己的長工下命令，而不是跟長工拜把子，交朋友！他帶著老爺式的古怪念頭，按照老爺式的臆想，就這麼下了整整一個晚上的命令！終於，他已不知道該命令長工幹什麼。在沒有別的任何命令好下的情況下，他命令長工拿出藏在衣櫃裡的熱水瓶、蘋果和梨子，並且沮喪地對我說：

「你來試試吧。我沒有辦法了！」

我不慌不忙地脫下西服上衣，坐在床頭上，輕輕擺動著雙腳——這似乎是跟長工打交道的比較合適的姿勢。我懶洋洋地問，出於無聊。

「你叫什麼？」

「瓦萊克。」他回答。顯然，他不是用小稱，而是認爲這個名字與他的身分相符，彷彿他不配擁有瓦倫蒂這樣的名字，也不配擁有全稱的姓氏。敏透斯打了個寒噤。

「你在這裡侍候人很久了嗎？」

「將近一個月。少爺。」

「在這以前你在哪兒侍候人？」

「在這以前我侍候馬匹，是個馬童兒。少爺。」

「你在這兒好嗎？」

「好。少爺。」

「去給我們弄些熱水來。」

「遵命。少爺。」

他走出去的時候，敏透斯熱淚盈眶。他哭得像個水獺，大顆的淚珠滾落在極端疲憊的面頰上。

「你聽見了嗎？」他說，「你聽見了嗎？瓦萊克！他甚至連個姓氏都沒有！這一切跟他是多麼相稱！你看到了他的嘴臉嗎？一張沒有做怪相的嘴臉，一張普通的嘴臉！尤齊奧，如果他不跟我拜……把子，我眞不知道自己該怎麼辦！」他心緒極壞，對我橫加指責，怪我不該吩咐小廝去取熱水，他也不能原諒他自己，怪自己由於缺乏其他命令而命令小廝拿出藏在衣櫃裡的熱水瓶。

「他肯定從來不用熱水，」敏透斯說，「更不用說上床前用裝在熱水瓶裡的熱水。他肯定從來不洗臉，而他也不髒。尤齊奧，你是否注意到，他不洗臉，但不骯髒——在他身上汚垢是某種無害的東西，不令人作嘔！嘿，嘿，可我們的汚垢，我們的汚垢……」

在古老莊園宅第的客房裡，敏透斯的激情以不可抗拒的力量迸發出來。他大發一通脾氣之後，擦乾了眼淚——小廝拎著一大壺熱水返回房間。這一次敏透斯開始沿著我的思路提出問題。

「你多大啦？」他問，眼睛直視前方。

「多大……少爺，我哪裡知道？」

此話使敏透斯大吃一驚。他竟然不知道！他不知道自己的年齡！天賜的小長工，擺脫了人生許多可笑的附加物的自由的小長工！他假裝要去洗手，走近小廝站立的地方，一邊強迫自己不打哆嗦，一邊悄聲說：

「你多半跟我一般大。」

這已不是問話。他給小廝留下了充分自由，可以回答，也可以不回答。這應是交朋友，結成拜把……兄弟的開始。小長工回答說：

「您說什麼，少爺？」

敏透斯不得已只好又回到提問的方式。

「你會讀，會寫嗎？」

「我哪裡會！少爺。」

「你有家人嗎？」

「我有個姐姐。少爺。」

「姐姐幹什麼工作？」

「擠牛奶。少爺。」

小廝站著不動，而敏透斯則圍著他打轉轉——看起來似乎是除了提問和命令，命令或者提問，沒有其他出路。於是他又坐了下來，命令說：

「給我脫掉皮鞋。」

我也坐著。這間客房長而狹窄，我們三個人如果同時在這間房間裡活動，就不怎麼轉得開。這幢死氣沉沉的大房子聳立在黑暗、潮溼的園林裡。風或許會減輕一點兒潮氣，原先恐怕更糟——刮大風的時候或許會好一點兒。敏透斯伸出一隻腳，長工跪了下來，把自己的嘴臉垂到了敏透斯的腳上。敏透斯居高臨下地伸出自己的嘴臉，以封建老爺的方式凌駕於小廝上方。敏透斯的嘴臉蒼白、可怕，因不停下命令而變得呆板、冷酷。他不知再問些什麼。於是我便問道：

「你可是經常挨地主老爺的耳光？」

小廝臉上突然容光煥發起來，他高興而質樸地叫嚷說：

「哦，挨的，經常挨耳光！哦，挨的，經常挨耳光！」

他這句話剛出口，我便像玩偶匣裡給彈簧頂出來的玩偶一樣跳上前去，揮起手就在他左邊的臉頰上狠狠搧了一記耳光。在夜的寂靜裡這「啪」的一聲不啻是一聲槍響。小夥子用雙手捂住嘴臉，但立刻又將雙手垂了下來，站起身。

「少爺也搧我耳光！」他帶著驚詫和崇敬的神情悄聲說。

「滾！」我吼叫道。

他走了出去。

「你幹了什麼好事？你幹了什麼好事！」敏透斯絞著手喃喃說，「我本想要向他伸出手的！我本想跟他手牽著手！到那時我們的嘴臉就會是平等的，一切都會是平等的。可你用手搧了他的嘴臉！而我向他的雙手伸出的是腳！他給我解鞋帶！他給我脫鞋！你爲什麼要這麼做？」

我不知道爲什麼要這麼做，我一點兒概念都沒有。事情就這麼發生了，就像是給彈簧頂出來的，我叫喊「滾！」因爲我打了他，可我爲什麼打他？有人敲門——齊格蒙特表弟舉著蠟燭，穿著便鞋和睡褲出現在門口。

「是誰開的槍？」他問，「我覺得，似乎聽見了從勃朗寧手槍射出來的一聲槍響，是誰開的槍？」

「我朝你的瓦萊克臉上搧了一記耳光。」

「你搧瓦萊克的耳光？」

「他偷了我一支香菸。」

我寧願他從我這裡知道事情的眞相，按照我的看法，而不願他明天早上聽到僕役們的說法。

齊格蒙特略微顯出驚訝，但過了一會兒便友好地笑了起來。

「很好。這會讓他戒除惡習！怎麼——你當場就給了他一記耳光？」他問，露出不相信的神情。我意味深長地一笑，可敏透斯卻向我投來凶狠的一瞥，我永遠也不會忘記這一瞥，它充滿了一個被朋友背叛的人的怨恨。敏透斯走出了房間，我猜想，是上廁所去了。我表弟目送他離開。

「你的朋友似乎對你不滿意，怎麼回事？」他帶點兒輕微的譏諷說，「他生你的氣了？」

「典型的小市民！小市民！小市民！」我說，我只好這麼說，因爲除此之外我還能說什麼呢？

「小市民，」他說，「這麼個瓦萊克，你搧他耳光，他反倒會像尊敬主人那樣尊敬你！得了解他們這種人，他們喜歡挨搧！」

「他們喜歡？」我說。

「他們喜歡，他們喜歡。哈，哈，哈！他們喜歡挨搧！」

我幾乎認不出這位表弟了。他自見面以來對我的態度始終是拘謹而冷淡的，此刻他的冷淡消逝了，眼睛閃閃發光，摑瓦萊克的耳光令他開心，他喜歡上我了，刹那間他從一個萎靡不振、悶悶不樂的大學生變成了一個眞正的出身高貴的少爺，彷彿他的鼻孔突然吸進了森林和平民百姓的氣息。他把手裡的蠟燭放到了窗臺上，嘴裡叼著香菸在我的床腳坐了下來。

「他們喜歡挨摑！」他說，「他們喜歡！可以打，只是打過後得給點小費。打後不給小費我認爲不合適。我父親和塞維倫叔叔當年在『格蘭達』旅館都打過門房的耳光。」

「而埃烏斯赫舅舅，」我說，「也曾打過理髮師的耳光。」

「任何人摑耳光都沒有埃維琳娜奶奶摑人耳光的樣子漂亮，不過這已是過去的事了。就在前不久亨利希·帕茨喝醉了，狠狠摑了稽查員一嘴巴。你認識亨利希·帕茨嗎？——那是個非常正派的人。」他說。

「我認識好幾個姓帕茨的人，」我回答說，「所有我認識的帕茨都特別樸實，正派。只是亨利希至今我無緣謀面。還有博比希·皮特維茨基在『白鸚』飯店打碎了玻璃窗，還摑了堂倌一記耳光。」

「我只是有一次狠狠摑過檢票員，把他的眼眶打青了。」他說，「你認識皮波夫斯基夫婦嗎？女的是個古怪的勢利小人，卻有著非凡的審美力。明天我們可以去打山鶉。」

敏透斯在哪裡？他到哪裡去了？爲什麼他還不回來？但齊格蒙特表弟一點也沒想要去睡覺的意思，給瓦萊克摑的那一記耳光就像一杯烈性酒，使我們彼此接近了。他抽著香菸，聊著掌嘴、山鶉、皮波夫斯基太太、正派、樸實、酒吧間、舞女、亨利希、塔齊奧，他說要做個會過日子的現實的人，又談到農業學校，說等他大學畢業就要去賺錢。我說的或多或少也是這一套。他重複了這一套，我也重複了這一套。於是他再一次談到掌嘴，說必須知道在什麼時候，掌誰的嘴，給多少小費，然後我又說，打耳刮子比掌嘴更來勁。然而在所有這些神聊裡，我覺得有某種不眞實的東西，我多次試著插嘴打斷他的話頭，告訴他，這一切其實都不是這麼回事，一切都不是眞的，告訴他，今天誰也不搧誰的耳光，沒有這麼一回事，或許從來就不曾有過，剛才說的這些都是神話，都是貴族老爺的幻想。但我不能說，因爲他談興正濃，因爲我們都覺得很愉快，我們都陶醉于貴族的神話、貴族的幻想裡，我倆就像貴族莊園的兩位年輕的貴族坐在一起無邊無際地神聊。

「有時不妨掌掌嘴！正相反，再也沒有什麼比這更有用，再也沒有什麼能比朝著一個人的嘴臉狠狠搧一巴掌更帶勁的事了！」最後他說，「嗯，我該走了，我在這兒坐得太久……我們在華沙將會經常見面。我要把你介紹給亨利希·帕茨。瞧，都快到午夜十二點了。你的朋友還沒回來。在廁所裡呆了這麼久，他准是鬧肚子！晚安！」

他擁抱了我。

「晚安，尤齊奧！」他說。

「晚安，齊格穆希！」我回答。

爲什麼敏透斯還不回來？我擦掉了額頭上的汗水。怎麼會有跟表弟的這場談話？是怎麼聊起來的？我通過氣窗朝外一望，雨停了，目光所及，能見度不超過五十步。在稠濃的夜色裡，我只能猜出某些地方樹木的輪廓，但是它們的輪廓似乎比夜的黑暗更黑，更模糊不清。窗外黑暗裡的園林潮呼呼、溼漉漉，貫穿其間的是謎一般的田野的遼闊空間，顯得那麼神祕，那麼不可知。我望著窗外，卻猜不出自己望著的東西是副什麼樣子，除了比夜色還要黑的輪廓我什麼也看不見，我啪的一聲關上了氣窗，退回到房間的另一頭。所有這一切都是沒有必要的，多餘的。我沒有必要無緣無故去打長工的耳光。我跟齊格蒙特表弟的聊天也是沒有必要的多此一舉。誠然，在這幢房子裡打耳光猶如一杯烈性酒，跟城市的民主的乾巴巴、冷冰冰的打耳光是多麼不同！眞是活見鬼，在這古老的地主莊園宅第裡一個僕人的嘴臉又算得什麼？不幸的是，我以一記耳光使一個小廝的嘴臉引起別人的關注，而且我還跟一個年輕地主少爺大談特談。敏透斯在哪裡？

他在午夜一點鐘左右回來了。他不是立刻走進房間來，而是先通過虛掩的房門朝房裡看了看，看我是否睡著了——然後就像從徹夜的縱飲狂歡回來，偷偷溜進了房間，迅速轉亮了煤油燈的燈芯，匆忙脫掉了衣服。當他俯身在煤油燈上的時候，我注意他的嘴臉發生了醜陋不堪的新的形變——左邊的臉頰又腫又脹，看上去酷似一個蘋果，應該說，酷似裝在糖煮水果盤裡的蘋果丁兒。他臉上的一切看起來都小得像麥梗兒。該詛咒的變小！在我的一生中又一次看到這種變小，不過這一次是在我朋友的臉上看到的！他嘗到了做個浪蕩兒的可怕滋味——我給自己也下過這樣的定義——他嘗到了做個浪蕩兒的可怕滋味。是什麼可怕的力量如此整治了他，使他如此變了形？他回答我的問話時聲音過於尖細，像鳥似的嘰嘰叫：

「我到備餐間去了。我跟長工拜了……把子。他搧了我耳光。」

「小廝搧了你耳光？」我問道，簡直不敢相信自己的耳朵。

「他搧了我，」他高興地肯定說，不過這是一種做作的高興，聲音始終太細，「我們是兄弟。我終於說服了他，跟他達成了默契。」

可他說這句話卻像個吹噓自己的錢包的業餘運動員，像個吹噓自己在農村的婚禮上喝過酒的城市職員。他處在一種粉碎性和毀滅性的力量的控制下——可他對這種力量的態度是不認眞的。我一個接著一個地向他提出一連串的問題，他終於勉強承認了事實，同時把臉藏到了暗處。

「我命令他打的。」

「什麼？」我覺得一股熱血衝上了頭頂，「什麼？你命令他搧你的耳光！他會把你看成瘋子！」我覺得彷彿就是我自己挨了耳光。「恭賀你啦！要是我的姨父姨母知道這件事！」

「這都是由於你，」他陰鬱而簡短地說，「本來就不該打。是你開的頭。你想當貴族老爺！因爲你打了他，我不得不去挨他的耳光……假如不這麼辦就沒有平等，我也就不能跟他拜……把子……」

他熄了燈，斷斷續續地敍述了自己爲達到平等的目的所做的令人痛苦的努力的故事。他在備餐間找到了正在給主人擦皮鞋的長工，便在他身旁蹲了下去，可是小廝立即站了起來。如此 da capo [109] 地重複了幾次，他試著跟小廝交談，力爭得到他的信任，使他振作起來，彼此開誠相見，交個朋友，但是話到嘴邊就變成了甜得膩人的毫無意義的感傷主義牧歌。長工能回答點兒什麼就回答點兒什麼，但是看得出來，談話使他感到厭煩，他不明白這位發了瘋的年輕紳士究竟想幹什麼。在絕望之際敏透斯求助於廉價的誇誇其談，搬出法國大革命、《人權宣言》等一大堆冗詞贅語，向長工解釋說，所有的人都是生而平等的，並且以此爲藉口，他要求長工向他伸出手來——但遭到長工的斷然拒絕。

「我的手是不能伸給少爺握的。」他說。

這時敏透斯腦海裡便產生了一種異想天開的瘋狂想法，認爲如果能迫使長工搧他一記耳光，那麼他們之間的隔閡自會消除。

「你搧我一記耳光吧！」他不顧一切地懇求說，「你搧我一記耳光！」說著他便彎下身子，把自己的臉送到長工的手邊，讓他搧耳光。但小廝仍是像先前一樣拒不服從。

「嗳，」他說，「我幹嘛要打仁慈的少爺呢？」

[109] 拉丁語，意爲：從頭開始；周而復始。

敏透斯一次又一次地懇求，終於被小廝的執拗激怒了，吼叫道：

「打呀，狗東西，我命令你打！他媽的，你還等什麼？」

就在這一瞬間，敏透斯頓感眼前直冒金星，天旋地轉，猶如挨了攻城槌毀滅性的一擊——這是長工狠狠搧了他一記耳光。

「再來一下，」他吼叫道，「狗東西！再來一下！」又一次攻城槌毀滅性的一擊，又一次眼前直冒金星，又一次天旋地轉。他睜開眼睛，看到小廝站立在他面前，搓著手，準備隨時執行命令！然而服從命令的搧耳光不是眞正的搧耳光——這跟往臉盆裡倒水和脫皮鞋一樣——羞愧的紅暈覆蓋了臉上挨打泛出的紅暈。

「再來一下！再來一下！」殉難者喃喃說，讓長工拿他的臉跟他結爲拜把子兄弟。一次又一次攻城槌毀滅性的打擊，一次又一次的眼前直冒金星，一次又一次的天旋地轉——啊，這是在空無一人的備餐間裡，在溼淋淋的抹布和裝著熱水的鐵盆之間往臉上狠狠地掄巴掌！

幸好，高貴少爺的古怪念頭讓農民的兒子覺得好笑。可能他得出了這樣的結論，認爲這位高貴的少爺腦子裡出了毛病（再也沒有什麼能比高貴的少爺的精神病更能讓農民覺得好笑的了）。於是他便以農民的方式把這一切都看做玩笑，自己也逐漸放肆起來，這樣便出現了一種親暱隨便的氣氛。沒過多久，他們彼此的交情達到了這種程度，以至小長工開始試著從敏透斯那裡榨出幾個小錢。他在敏透斯的肋骨下面揍了一拳，伸出手說道：

「少爺，給點兒錢買菸抽吧！」

但是所有這一切——都不是他所嚮往的，所有這一切——都是敵意的，非兄弟式的，不友好的，都帶有農民的嘲弄、逗趣兒的意味，都是暗藏殺機的，與他夢寐以求的結成拜把子兄弟相距十萬八千里。可他忍受住這一切，他寧願讓長工任意支使他，虐待他，也不願自己以貴族老爺的方式去虐待一個小長工。廚房打雜的婢女瑪爾齊茨卡手裡拿著擦地板的抹布從廚房裡跑了出來，見到這胡鬧的場面大為驚訝，叫喊道：

「啊，耶穌！這是怎麼回事！」

全家人都在睡覺——她和小廝可以不受懲罰地跟這位到備餐間來拜訪他們的年輕的少爺盡情嬉鬧一番，以他們鄉下農民的戲謔耍弄他，嘲弄他。敏透斯自己還幫他們的忙，跟他們一起笑。但逐漸地，他們在挖苦、嘲笑敏透斯的同時，又開始嘲笑他們自己的主人。

「主人一家子人都是又懶又貪食！」他們用一種農民的、廚房的、備餐間的猛烈的冷嘲口吻說，「他們都是又懶又貪食！主人一家一天到晚什麼事也不做，只是一個勁兒地吃，吃，吃，把肚子都撐破了！他們總是吃，總是生病，總是懶散地躺著，要不就是在房間裡走來走去，說呀，說呀，說個沒完！他們還有什麼不吃的呢！耶穌的聖母啊！我恐怕連他們吃的一半都吃不下，雖說我是個鄉下人。一會兒是午餐，一會兒是午後茶點，一會兒是糖果，一會兒是蜜餞，第二道早餐還要吃煎雞蛋。主人一家都非常能吃，也非常好吃，吃飽了就肚子朝上躺著不動，他們的病都是這麼惹上的。地主老爺要是去打獵，便總是往護林員身上爬！地主老爺背著雙筒獵槍去獵野豬，護林員維岑蒂就總是背著另一管雙筒獵槍站在老爺身後。地主老爺朝野豬開了槍，野豬朝地主老爺衝了過來，地主老爺便扔掉了雙筒獵槍並往維岑蒂的身上爬！——別插嘴，瑪爾齊茨卡——他眞的是往維岑蒂身上爬，因爲附近連一棵樹也沒有，他就只好往維岑蒂身上爬！然後地主老爺就給了維岑蒂一個茲羅提，並且一再吩咐他要管住自己的嘴巴，不准對外人吱一聲，否則就要解雇他。」

「啊，耶穌！這種事你也敢說！快住口，我的肚子都笑痛了！」瑪爾齊茨卡雙手叉腰，笑得前仰後合。過了一會兒，她說：

「而小姐走路則總是左顧右盼，她去散步也是這麼左顧右盼。主人一家走路、散步都是這麼左顧右盼。齊格蒙特少爺總是盯著我看，可他又覺得丟面子！有一次他纏住我，可是，怎麼啦，他的眼睛總是這邊瞧瞧，那邊看看，看是不是有人來了，是不是有人在看我們，我都要把肚子笑破啦，我笑著跑開了。後來，齊格蒙特少爺給了我一個茲羅提，一再吩咐我對誰都不能講，對任何人都不能吭一聲，還說，他那會兒是喝醉了！」

「嘿，什麼是喝醉了！」小長工插嘴說，「據我所知，別的許多姑娘也都不願跟他往來，因爲他總是左顧右盼，看是不是有人發現他。他在村子裡有個老尤澤夫卡，是個寡婦，他跟她在池塘邊上的灌木叢裡幽會，可他要那寡婦賭咒發誓，不對任何人吱一聲。眞的！」

「嘿，嘿，嘿，嘿！快住嘴，瓦魯希[110]！主人一家子人是很愛惜名譽的！主人一家子人是很敏感和嬌氣的！」

「不錯，是很嬌氣，嬌氣得甚至得給他們揩鼻涕，因爲他們自己什麼也做不了。他們開口閉口只會說：『遞給我』、『推過來』、『拿來』，拿來大衣還得幫他們穿上，因爲他們自己不會穿。我剛到這裡幹活兒的時候，我覺得這一切太奇怪了。要是有人老是這麼圍著我忙得團團轉，把什麼都安排好，事事處處都順著我，老實說，我寧可去死。我每天晚上還得給地主老爺塗抹香膏！」

「而我還得給小姐按摩，」婢女打岔說，「我用雙手給小姐按摩，她是那麼嬌嫩，經不起我幾下揉搓！」

「主人一家都是那麼柔弱，他們的手是那麼軟綿綿！嘻，嘻，嘻！那麼軟綿綿的小手！啊，親愛的耶穌！他們只知道散步、吃喝、說法語，說呀，說呀，最後連自己都煩死了。」

「閉嘴，瓦魯希！別瞎說，你可知道地主太太是個非常善良的人！」

「不錯，她非常善良，只要看看她是怎樣吸全村人的血就知道她是多麼善良！村子裡的人在挨餓，餓得嗷嗷叫，可他們在吸村裡人的血。村子裡每個人都在給他們幹活兒，地主老爺到

[110] 瓦魯希是瓦萊克的暱稱。

地裡走走，只是爲了看看別人是在怎樣爲他吃苦賣命。地主太太害怕乳牛。不錯，地主太太確實害怕乳牛！！！地主老爺和太太散步、交談時就是這麼說的！」

「嘻，嘻，嘻，地主老爺和太太的皮膚都是那麼白淨和柔滑！……」打雜的婢女嘰裡呱啦地嚷嚷著，驚叫著，小長工譴責著，訴說著，大驚小怪地說個沒完沒了，直到弗蘭齊舍克走進了備餐間……

「什麼！弗蘭齊舍克去了？」我大聲問道，「那個主管膳食的貼身僕人？」「弗蘭齊舍克！定是魔鬼把他帶去的。」敏透斯用尖細的嗓音說，「想必是瑪爾齊茨卡的嘰裡呱啦叫把他吵醒了。對我，自然，他不敢說什麼，但他狠狠地訓斥了長工和瑪爾齊茨卡，說那不是聊天的時候，叫他們『滾』，幹活兒去，深更半夜的神聊，杯盤碗碟都還沒洗。他倆立刻就溜走了。這個卑劣的奴才！」

「你們的談話他聽見了嗎？」

「我不知道，可能聽見了。這個討厭的傢伙，蓄絡腮鬍子、穿硬領僕人制服的奴才！蓄絡腮鬍子的農民都是叛徒，都是叛徒和告密者。如果他聽見了，他准會去告密。那會兒我們聊得多愉快！」他尖聲叫著。

「可能會引起一場可怕的大亂子……」我悄聲說。

但他還在執拗地用他那尖銳刺耳的聲音嘮叨著。

「都是叛徒！你也是——叛徒！你們所有的人都是叛徒，叛徒……」

我久久不能入睡。在天花板上邊，在頂樓上不知是黃鼠狼還是耗子在轟轟隆隆地奔跑，我聽見了它們的尖叫聲，聽見它們在怎樣地蹦跳、逃跑、互相追逐，聽見了那些野性動物的可怕的交配的喘息聲。大顆的水滴從屋頂上掉落下來。狗在機械地狂吠，房間，窗戶被遮得嚴嚴實實，宛如一個黑暗的小匣子。敏透斯躺在那邊的一張床上，也沒有入睡，我躺在這邊的一張床上，怎麼樣也睡不著。我仰面躺著，用雙手托著腦袋，臉朝天花板，瞪著眼睛盯著天花板——我們兩個人都醒著，我們那難以覺察的細微呼吸聲表明了這一點。在黑暗的遮蓋下他在幹什麼？是的，他在幹什麼？既然他沒有入睡，肯定在幹點兒什麼……我也一樣，既然醒著，就得幹點兒什麼。一個人既然沒有睡覺，就得幹點兒事，不可能什麼也不幹。因此他在幹著某件事，我也在幹著某件事。他在想什麼？他繃緊了身子，緊張地躺在那裡，就像給一把鐵鉗緊緊夾住，正在尖聲細氣地幻想著什麼。我祈求上帝，讓他睡著，如果他睡著了，或許就不會這麼安靜，這麼悄無聲息，或許就會多一點兒眞誠，少一點兒神祕性——就會輕鬆點兒，少一點兒拘束……

折磨人的黑夜！我不知該怎麼辦？天一亮就溜之乎也？我深信，老僕弗蘭齊舍克會去向姨父姨母報告有關跟長工談話和搧耳光的事，那時就會出現魔窟般的混亂，就會鬧得烏煙瘴氣，就會出現不和諧、虛僞、欺騙，就會開始妖魔鬼怪大聚會的日子。嘴臉！就會再次重提嘴臉！還有小屁股！難道我們就是爲此而逃離姆沃齊亞克家的？我們喚醒了沉睡的妖魔鬼怪，我們給家僕解開了鎖鏈，使其肆無忌憚！在這可怕的黑夜，我一夜無眠地躺在床上，逐漸領悟到鄉村地主莊園的祕密，領悟了地主和共和國的公民的祕密，這種祕密的多種多樣的紛亂如麻的徵兆從一開始就使我充滿了一種恐懼的預感，擔心臉面和嘴臉受到傷害！這個祕密就在於僕役。地主的祕密就在於鄉下百姓。跟誰過不去姨父才打呵欠的？跟誰過不去他才往自己嘴裡多塞一顆蜜餞草莓？那是跟老百姓過不去，跟自己的僕役過不去！爲什麼他沒撿起掉到地板上的香菸盒？是爲了讓僕役給他將菸盒撿起來。爲什麼他要如此誠摯、殷勤地接待我們？爲什麼要對我們那麼客氣，那麼關心，那麼慷慨？爲什麼他的舉止又是那麼落落大方，那麼文雅？那是爲了把自己跟僕役區別開來，是爲了跟僕役過不去才保持那些紳士習慣。無論他們做什麼，在某種程度上都考慮到僕役；面對僕役，他們做的每件事都能追溯到對他們的家僕和農莊僕役的態度上。

再者，能是另一種樣子嗎？在城市裡，我們甚至沒有感受到我們是高人一等的有產者，我們大家都是穿一樣的衣服，說一樣的話，打一樣的手勢，大量不引人注目的中間色將我們跟無產者聯繫在一起——順著小鋪老闆、有軌電車司機、馬車夫的梯級往下走，可以不知不覺地下降到貧民窟，進入從垃圾堆裡撿破爛的人的行列。可是在這裡，貴族精神卻還在不斷地成長，就像那光禿禿的地面上的一棵孤零零的楊樹一樣。在主人和僕役之間沒有可以相互溝通的通道，因爲地主總管住在莊園，教區牧師住在牧師的私邸。姨父母家族的傲慢精神是直接從鄉下百姓的土壤上培養、生長起來的，是從鄉下百姓那兒吸取自己的液汁的。在城市裡，效勞是按照迂回曲折的途徑運行的，是以信任、委婉的形式進行的——在某種程度上可以說是每個人都在爲大家效勞，大家都在爲每個人效勞——但是在這裡，每個主人都有一個具體的、貼身的下人，主人向自己的下人伸出腳，讓他給自己擦皮鞋……姨父、姨母肯定都知道，這些下人在備餐間都在議論他們些什麼，知道那些下人的眼睛是怎樣看待他們的。他們知道——但他們不允許這種看法肆無忌憚地傳播開來，他們鎮壓，窒息，將這種看法推到下人意識的最深部，埋藏到他們大腦的地窖裡。

主人的一切會被自己的下人看到！被下人思考、議論、品頭論足！持續不斷地在僕人愚昧的棱鏡中折射出來！這個僕人有權進入你的房間，有權聽見你的談話，有權看到你的一舉一動，有權端著咖啡接近你的餐桌和你的眠床！——主人的言談舉止成了那些粗糙的、褪了色的、乏味的廚房流言蜚語的題材，永遠也不能對他們作出解釋，永遠也不能跟那些人平等地交談！這才是莊園權貴的悲哀！確實，只有通過僕役，如貼身男僕、馬車夫、婢女、僕婦才能看透鄉村士紳的本質。沒有貼身男僕你便永遠不能了解地主。沒有婢女、僕婦，你便永遠不能洞悉農村貴婦的精神實質，不能洞悉她們高尚抱負的內在含義，便不會懂得這家的少爺原是出自強壯的村姑。啊，我終於明白了他們不可思議的恐懼和局促不安的原因，這種恐懼和局促不安使每一個來到農村地主府邸的城裡人感到震驚。原來是鄉下百姓使這些人畏懼。這些人受到鄉下百姓的束縛。鄉下百姓把他們狹在胳肢窩裡，可以任意處置他們。瞧，這才是眞正的原因。這是一種永恆的神祕刺激。這是一種暗地裡的生死搏鬥，滲入一切的隱蔽的地下鬥爭的毒汁比純粹的經濟爭鬥要糟糕百倍。這鬥爭受差異和排他性——肉體的差異和精神的排他性——所左右。他們的靈魂處在農民卑賤的靈魂中間，如同處在龐大的密林裡；他們嬌嫩的鄉紳肉體受到農民粗壯肉體的包圍，猶如置身叢莽。鄉紳的手嫌惡鄉下佬笨拙的手，鄉紳的腳憎恨鄉下佬的大腳，鄉紳的臉憎恨鄉下佬的嘴臉，鄉紳的眼睛討厭鄉下佬土裡土氣的眼睛、鄉紳嬌小的手指討厭鄉下佬粗大的手指頭，尤其讓他們惱火的是，他們總是受到鄉下佬——他們的僕役的觸摸，不停地受到「照料」，就像長工所說的那樣，讓侍僕塗抹香膏，保養得如此嬌嫩……在自己家裡，就在自己身邊，轉來轉去的都是這種人，都是機體的不同的陌生的部分——沒有別的什麼人！因爲在方圓數公里的範圍之內沒有別的，有的只是粗重的肢體和粗俗的語言，開口閉口「得了吧」、「今兒個」、「昨兒個」、「俺娘」、「俺爹」，恐怕唯有教區牧師和莊園裡的總管跟地主老爺有點兒親緣關係。但總管是受雇的工作人員，而牧師實際上是穿裙子的。難道不是由於孤寂才使他們對我們表現出那種熱切的殷勤，晚餐後還把我們留在身邊那麼久？跟我們在一起他們感到自在得多。我們曾是他們的盟友。可是敏透斯背叛了貴族的面孔，跟小長工鄉下佬的嘴臉結了盟。

違反常情的事實是，小廝摑了敏透斯的耳光——不管怎麼說，敏透斯畢竟是他主子的客人，本身也是主子——這個舉動必然會引起非同尋常的後果。亙古以來的等級制度都是建立在機體的貴族部分佔優勢的基礎上的，這是一種強化的封建等級制度，在這種制度裡，主子的手等於僕人的嘴臉，而貴族的一隻腳則等於半個農民。這種等級制度是傳統的、古老的，是自古以來不可侵犯的體系、準則、教律和法規。這是千百年來被習俗神聖化了的、連接貴族部分和鄉下佬部分的神祕的搭扣，只有在上述制度內部貴族才能觸及和接觸鄉下佬。從而才有搧耳光的戲法兒。從而才有瓦萊克對搧耳光的近乎宗教的崇拜。從而才有齊格蒙特的貴族老爺式的放蕩。當然，今天他們已經不打僕役（雖然瓦萊克承認他有時挨姨父的揍），但是搧耳光的潛在的可能性總是留在他們中間。今天鄉下佬粗壯的手搧在年輕紳士的臉上難道就不能使他們親近起來？

僕役們已經可以昂起他們的腦袋。廚房的議論已經開始，如今的鄉下佬，由於機體各部分之間更加親近而變得紀律渙散，肆無忌憚，開始公開嘲笑和誹謗他們的主子，鄉下佬的批判像潮水般上漲——一旦姨父和姨母發現這一切，一旦貴族的面孔突然跟鄉下佬笨拙、強壯的嘴臉面對面湊到一起，又將會出現什麼情況，發生什麼事呢？

第十四章 瘋狂掌嘴和再次被抓住

第二天早餐過後，姨媽把我領到了外間休息室。這是個空氣清新、陽光明媚的早晨，土地——又黑又潮溼，一叢叢披著秋天深藍色簇葉的樹木立在寬大的庭院裡；樹下一群群養熟了的母雞在扒土，啄食。時間似乎停滯在清晨，一縷縷金色的陽光投射在吸菸室的地板上。姨媽的激動不安似滾滾的波濤從內心深處湧流出來。

「我的孩子，」她說，「請你……給我解釋解釋……弗蘭齊舍克告訴我，似乎你那位同學在廚房裡跟僕役們鬼混在一起。他會不會是個煽動分子？」

「他是個理論家。」齊格蒙特回答，「請媽媽別在意，別著急，他只是個連生活的基本知識都不懂的理論家，他裝了滿滿一腦袋的理論到鄉下來，他充其量不過是個沙龍民主派罷了。」

他還是高高興興，在昨天晚上發生的種種事件過後，他還是個有浮華習氣的年輕少爺。

「齊格穆希，那年輕人不是個單純的理論家，而是個實踐家！弗蘭齊舍克說，他似乎看到那青年向瓦萊克伸出了手！」

幸好，老僕沒有把所有的事都說出來，而姨父，據我猜測，壓根兒就沒有人把昨夜發生的事告訴他。我只好裝做什麼也不知道，什麼也沒聽見，咧著嘴傻笑（生活是多麼經常逼迫我們發笑），我含糊其辭地提到了敏透斯的左傾思想，事情就算暫時被擱置起來。至於敏透斯，自然沒有人向他透露一個字。午餐之前我們一起玩「國王」，因爲佐霞爲了解悶兒，建議玩這種上流社會流行的紙牌遊戲，我們自然不便拒絕。直到吃午飯，遊戲把我們管束住了。佐霞、齊格蒙特、敏透斯和我一邊笑著，一邊厭煩得要死。我們把紙牌擲在綠色的呢子上，大牌蓋小牌，誰有一順的花色或者帶有紅桃王牌就算贏家。齊格蒙特玩得簡潔、乾脆、不帶感情，一副玩牌的行家裏手的樣子，他嘴上叼著香菸，出牌的動作敏捷，水平式往外擲，贏了的牌他用白淨的手指刷刷地收集在一起。敏透斯往手指上沾唾沫，紙牌在他手裡都被揉皺了。我注意到他有點兒不好意思玩「國王」，因爲這種牌戲過於貴族化；他還時不時朝門口張望，擔心那個長工會看到他，他寧願趴在地板上玩「抓傻瓜」。我最擔心的還是午餐，因爲我預見到敏透斯會忍受不了在桌邊跟長工碰面——事態的發展充分證明我的擔心是有根據的。

端上餐桌的有冷盤、酸白菜熬肉、純番茄湯、剪小牛肉餅、澆了香草汁的梨子，所有這一切全都是廚娘用她那鄉下人的手指頭烹調出來的，而僕役們都在踮著腳小心翼翼地服侍著——弗蘭齊舍克戴著白手套，小廝赤著腳，手臂上搭著餐巾。敏透斯臉色蒼白，低垂著眼睛，全神貫注地吃著瓦萊克給他送來的著意烹調的精緻菜餚。他吃著長工提供的美餐，心裡感到十分痛苦。此外，我的姨媽期望以委婉的方式使他明白，他在備餐間的那些越軌行爲是完全錯誤的，還對他採取了異常和藹可親、令他著魔的態度，反復詢問有關他家庭的一切，詢問他過世的父親。他不得不搬用一些措詞巧妙的漂亮空話，痛苦地回答，還盡量把嗓門兒壓到最低的程度，爲的是不讓長工聽見，他甚至不敢朝長工所在的方向瞥一眼。或許這就是爲何他在上甜食的時候失態的原因。正餐最後送上甜點心，他似乎忘記了一切，沒有回答姨媽向他提出的問題，而是手裡握著小匙子，他那張稚嫩而又充滿矛盾的嘴臉上露出羞怯而又溫順的微笑，兩眼直愣愣地望著小長工。我不能用我的胳膊肘輕輕碰他一下，提醒他注意，因爲我坐在他的對面。姨媽沉默了，小長工卻爆發出令人窘迫的鄉下人粗野的大笑，就像鄉下人常有的那樣。當他發現主人在看著他的時候，便急忙用手捂住了自己的嘴巴。姨父的貼身男僕揪著他的耳朵把他拉走了。這時姨父正好點著了香菸，抽了一口。他是不是看到了？敏透斯的失態表現得那麼明顯，我眞害怕姨父會命令敏透斯離開餐桌。

康士坦丁姨父用鼻孔呼出煙圈兒，而不是用嘴。

「葡萄酒！」他喊叫道，「葡萄酒！拿葡萄酒來！」

他的情緒極好，懶洋洋地靠在椅子上，手指頭敲著桌子。

「葡萄酒！弗蘭齊舍克，你去吩咐人從地窖裡拿瓶『亨利科娃奶奶』葡萄酒來！讓我們喝一杯！瓦萊克，來杯黑咖啡！還有雪茄菸！讓我們抽抽雪茄菸，叫紙菸見鬼去吧！」

他舉杯祝敏透斯健康，接著便開始緬懷往事，講述他當年是怎樣跟塞維倫公爵一起打野雞的。他專門向敏透斯祝酒，而不理睬其他人。接著他又講到「布里斯托爾」旅館的理髮師，說那是他一生中遇到過的理髮師中最好的理髮師。三杯酒下肚之後他暖和起來了，顯得生氣勃勃。僕役加倍小心服侍，用手指麻利靈巧的動作迅速斟滿酒杯。敏透斯像具僵屍，手端酒杯不知爲什麼要跟姨父碰杯，不知該把康士坦丁姨父突如其來的恭敬歸因於什麼。他非常痛苦，但又必須當著瓦萊克的面嚥下一杯又一杯芳香、醇美、柔和的陳年老酒。姨父的表現對於我也是出乎意料之外。午餐後姨父挽著我的手，把我領到了吸菸室。

「你的朋友，」他以現實同時又是貴族氣派的態度說，「你的朋友，嗯，眞是個怪人……哼……他在追求瓦萊克！你注意到了嗎？哈！哈！哈！但願女士們沒發覺才好。塞維倫公爵時不時也喜歡這一套！」

他向前伸出兩條長腿。呵，他以多麼高超的貴族眼光說出了這番話！是帶著怎樣的貴族閱歷——要獲得這種閱歷至少也須接觸四百個飯店堂倌，七十個理髮師，三百個賽馬的職業騎師和同等數量的 maitre d'hotel [111]——帶著怎樣的愉悅心情突出自己有關 bon vivant [112] 和 grand

[111] 法語，意爲：餐廳侍者總管；旅館經理；管家。

seigneur[113]生活的帶辣味兒的餐館知識！這是個名符其實的純種貴族，一旦遇到某種類似性欲倒錯或性變態的情況，他准會顯示出自己從飯店堂倌和理髮師那裡學到的男性的充滿活力的陽剛之氣。然而姨父的帶辣味兒的飯店生活知識立刻惹惱了我，就像貓惹惱了狗一樣。他的玩世不恭，他以最便當最不費力的方式對事物作出的貴族老爺式的解釋引起了我的氣憤。我忘記了所有的擔心。我爲了要激怒他，故意說出了事情的眞相，我揭露了一切！願上帝寬恕我——在他那飯店的男子氣概的衝擊下，我急劇地往下滑，跌落到綠色的不成熟。我決定讓他嚥下一份比他在所有餐館、飯店吃過的菜餚都更生，更沒煮熟，更沒煎透的菜餚。

「這事根本不是姨父想像的那樣。」我天眞地說，「他只不過是想跟瓦萊克拜……把子。」

康士坦丁姨父大吃一驚。

「拜把子？怎麼……拜把子？」我面前的這個破落貴族皺著眉頭望著我，「你怎麼理解『拜把子』這個詞兒？」

「拜……把子……」我回答說，「就是想……結爲兄弟。」

「跟瓦萊克結爲兄弟？怎麼……結爲兄弟？你或許是想說——他在煽動僕役？他是個煽動

[112] 法語，意爲：顯貴。

[113] 法語，意爲：大莊園主；大領主。

分子？是個布爾什維克分子？——還是什麼？」

「不，他不是個煽動分子，他只想作爲小夥子跟另一個小夥子結爲兄弟。」

姨父站了起來，抖落了菸灰——他沉默不語，他在搜索合適的詞句。

「結爲兄弟，」他重複了一遍，「跟鄉下人結爲兄弟，是嗎？」

他試圖對這種現象給出一個從世界的、社交的和生活的觀點看都是可以接受的說法，純粹的男孩子之間的拜把子對於他是不能接受的，他覺得在高級餐廳裡絕對不會端上這樣一道菜餚。尤其令他心煩意亂的是，我也仿照敏透斯的樣子略帶點兒羞怯、膽小、支吾的語氣，結結巴巴地說出了「拜……把子」這個詞兒。這使他徹底倒了胃口。

「跟鄉下人結爲兄弟？」他小心翼翼地問。

而我回答說：「不，他是跟一個男孩拜把子。」

「跟一個男孩拜把子？」

「那又怎樣？」

「他是想跟他一起打球還是怎麼的？」

「不，他們僅僅是好朋友，他們只是作爲男孩，男孩跟男孩拜把子結爲兄弟。」

康士坦丁姨父臉紅了，這恐怕是打自他開始出入理髮店以來第一次臉紅。啊，這是一個老於世故的成年人在一個天眞的男孩面前 a rebours ⑪⑭ 臉紅。姨父掏出他的懷錶，朝錶盤瞥了一眼，上了上弦，腦子裡在搜索科學的、政治的、經濟的和醫學的術語，爲的是用這種術語封住不文雅的話題，就像將它封閉在小盒子裡一樣。

「這是某種反常？某種情結？拜……把子？或許是個社會主義者？是個波蘭社會黨人？是個民主黨人？還是別的什麼？拜……把子？mais qu'est -ce que c'est [115]拜……把子？comment [116]拜……把子？fraternite quoi, egalité literté [117]？」

他說起了法語，但並不帶進攻性，而是相反，就像是個想自衛，或者更準確地說，是個想「逃到」法語裡避難的人。面對這個男孩他竟是個毫無防禦能力的人。他點著了一支香菸，又滅掉了，蹺著二郎腿，捋著他的小鬍子。

「拜……把子？什麼是拜……把子？活見鬼！塞維倫公爵……」

我帶點兒溫和的執拗一再反覆說明「拜……把子」是怎麼回事，我無論如何不願放棄我用來給姨父施塗油禮的這樣絨茸茸、軟綿綿的天眞。

[114] 法語，意爲：顚倒了的。
[115] 法語，意爲：但是，什麼是……
[116] 法語，意爲：怎樣。
[117] 法語，意爲：友愛、平等、自由。

「科齊奧，」姨媽和藹地說，她手裡拿著一小袋糖果站立在門邊，「莫激動，親愛的，他多半是以基督的精神拜把子，以博愛的精神拜把子。」

「不是！」我執拗地回答說，「不是，他是簡單明瞭地拜……把子，沒有什麼精神不精神！」

「照這麼說，他就是個性變態者！」姨父叫嚷道。

「根本就不是。他僅僅是拜……把子，沒有任何反常，沒有任何變態，什麼也沒有。只是作爲一個男孩跟另一個男孩拜把子。」

「男孩？男孩？這是什麼意思？pardon, mains que'st-ce que c'est ⓫⓲男孩的拜把子？」姨父假裝糊塗地說，「作爲男孩跟瓦萊克拜把子？跟瓦萊克，在我的家裡？跟我的小廝？」他感到很惱火，按了鈴。

「我叫你們瞧瞧這個男孩！」

小廝跑進了房間。姨父走到他跟前，伸出了一隻手，眼看就要狠狠地搧他一耳光，乾脆俐落、不動聲色地搧耳光，可是姨父卻突然站住了，中途迷失了方向，腦子一陣暈眩、心理上動搖了，他不能打，在這種情況下他不能觸動瓦萊克的嘴臉。搧一個男孩，只是因爲他是個男孩？之所以搧他，是因爲他拜把子？不行。如果他端咖啡時灑了咖啡，康士坦丁姨父會想都不想抬

118 法語，意爲：請原諒，什麼是……

手便給他一記耳光，但此刻姨父放下了那只抬起的手。

「滾！」他吼叫道。

「科齊奧，」姨媽關切地大聲說，「科齊奧！」

「這樣做一點兒用處也沒有。」我說，「恰恰相反，搧耳光只能加強拜……把子。他喜歡挨耳光。」

康士坦丁姨父眨巴著眼睛，做了個手勢，彷彿是用手指彈掉馬甲上的一條毛毛蟲，但他沒有吭聲。這位沙龍——餐廳的嘲諷大師，受到來自下方的、以天眞作武器的我的戲弄，這就好比一位擊劍家受到一隻鴨子的進攻。閱歷豐富、老於世故的鄉下地主面對天眞表現出孩子般的幼稚。更有趣的是，儘管他具有豐富的人生閱歷和經驗，他連想都不曾想過，我會與敏透斯和瓦萊克結盟跟他作對，享受他那地主老爺的震顫的樂趣——他的特點是對上流社會社交界的盲目信任，這種社交界不允許處在自己圈子裡的成員出現背叛行爲。老弗蘭齊舍克走了進來，他蓄著絡腮鬍子，身著僕人制服，站立在房間中央。

康士坦丁姨父原本有些激動，氣呼呼的，但一見到他便迅速恢復了常態，表現出一副滿不在乎的樣子。

「有什麼事，我的弗蘭齊舍克？」他寬厚地問道，但在他的語氣裡可以感覺出他對精明的老僕的好感，如同見到陳年的匈牙利葡萄酒時情不自禁地表現出的情景一般。「弗蘭齊舍克，你到這裡來有什麼事？」

老僕朝我瞥了一眼，但姨父把手一擺，說道：「弗蘭齊舍克，有什麼事就講吧。」

「尊貴的老爺跟瓦萊克談過了？」

「是的，我談過了，談過了。我的弗蘭齊舍克，我已跟瓦萊克談過了。」

「我想講的就是這件事。好在尊貴的老爺已經跟他談過了。尊貴的老爺，要是我，連一分鐘也不願把他留下！我會掐著脖子把他攆出去。他對主子太隨便，太放肆了！尊貴的老爺，大家已是議論紛紛。」

三名婢女跑過庭院，炫耀她們赤裸的大腿。她們後邊跟著一條瘸腿的狗，汪汪叫著。齊格蒙特闖進了吸菸室。

「議論紛紛？」康丁坦丁姨父問，「他們都在議論些什麼？」

「他們都在議論主子！」

「議論我們？」

所幸的是老僕不想多說什麼，只是說：「他們在議論主子，瓦萊克跟新來的那位元年輕紳士關係過於親密。現在，恕我冒昧，老爺，他們在議論主子，毫無敬意。主要是瓦萊克和廚房打雜的婢女。是我親耳聽見的。昨天他們跟這位紳士一起神聊，一直聊到深夜。他們像瘋了似的什麼都說，把什麼都說了出來。老爺，他們信口開河，想到什麼說什麼。老爺，他們說的那些話，我都不敢重複！尊貴的老爺，要是依著我的脾氣，我定會立刻掐著這個無賴的脖子把他攆出去。」

儀表堂堂的老僕臉紅得像朵芍藥花，他身穿紅色的制服，臉上泛起紅暈，就這麼整個兒紅通通地站立在那裡。啊，這種老僕的紅暈！紅暈迅速蔓延開來，微妙地蓋滿了主人的面孔，作爲對奴才的無聲回答。姨父和姨媽默默無言地坐著——不便問他什麼——或許這老僕還能補充點兒別的什麼。他們都惴惴不安地等待著他的嘴巴皮子翻動，可他什麼也沒補充。

「嗯，對吧，好吧，我的弗蘭齊舍克，」康士坦丁姨父終於開了口，「弗蘭齊舍克可以離開這裡。」

老僕走了出去，就像他進來時一樣莊重。

「他們都在議論主子」，只此一句，更多的內容他們沒有打聽出來。姨父也只是給姨媽提點酸溜溜的意見：「你對僕役管得太鬆了，我的心肝寶貝兒，他們怎麼都被慣成了這種樣子？不過，他們又能講些什麼閒話呢？」

接著他們又談起了別的事。老僕離開房間之後他們還交談了許久，彼此議論了一些無足輕重的觀察結果和一些微不足道的小事，比如佐霞在哪裡？郵件送來了嗎？——他們有意大事化小，小事化了，爲的是不表現出弗蘭齊舍克半吞半吐、欲言又止的報告在多大程度上觸到了他們的痛處。他們就這麼閒扯了將近一刻鐘時間，然後康士坦丁姨父便開始伸懶腰，打呵欠，不慌不忙地朝著客廳的方向走去。我猜想到他到那裡去尋找什麼——尋找敏透斯。他必須找到他，直接跟他談談。他在心理上感到某種壓力，他必須毫不遲疑地把這些事弄清楚，得到明確的解釋，他再也忍受不了這種紛亂的混沌局面。姨媽跟在他身後走出了吸菸室。

但敏透斯不在客廳。只有佐霞一個人坐在那裡，她膝蓋上放著一本有關合理栽培蔬菜的教科書，眼睛卻望著牆壁，望著蒼蠅。敏透斯既不在餐廳，也不在書房。整座府邸都在睡午覺，沉浸在一派午餐後的寂靜中。唯有那只蒼蠅在嗡嗡叫，室外有群母雞在枯萎的草坪上四處覓食，用牠們的喙啄著泥土；一條杜賓狗在和一條獅子狗嬉戲，牠在獅子狗的尾巴上咬了一口。姨父、齊格蒙特和姨媽都在不引人注目地走遍整座房子，尋找敏透斯，人格尊嚴不允許他們承認自己在尋找什麼。眼看他們各自分散活動，表面上漫不經心，不慌不忙，實際上卻是在頑強地、不屈不撓地奔波，這情景比最激烈的追捕更加令人感到緊張，更加膽寒。我苦苦思索，希望能找到什麼辦法可以防止這兒不斷增長的擾動，這種擾動就像出現在地平線上的膿瘡。我已無法接近他們。他們已將自己封閉了起來。我已不能跟他們談這件事。穿過餐廳的時候，我看到姨媽停留在備餐間的門前，門後就像平常一樣傳出洗杯盤碗碟的婢女們的說話聲、尖叫聲、咯咯的笑聲和餐具的叮噹聲。豎起耳朵偷聽自己的僕役講話的家庭主婦帶著沉思而警覺的神情站立在門外，她臉上尋常的那種善良、和藹的神情已消失得無影無蹤。她一發現我便乾咳了一聲，離去了。與此同時，姨父胡走亂闖從外邊來到廚房附近，站立在窗邊，恰逢做廚娘的女僕從窗口伸出腦袋，尖著嗓子叫喚園丁，姨父便大聲喊道：「傑林斯基！傑林斯基！去叫諾瓦克來修排水管！」

他離開了窗邊，沿著千金楡林蔭道悠悠忽忽地走了，身後跟著手裡捏著帽子的園丁傑林斯基。齊格蒙特來到我的身旁，挽起了我的胳膊：「我不知道你是否也會喜歡這麼一個年歲較大、青春已逝的鄉下娘兒們——因爲我喜歡，徐娘半老的娘兒們給人一種奇妙的印象——是亨利希・帕茨引進了這種時髦的風尙。我喜歡這種娘兒們，我不得不說，我有時就喜歡這種娘兒們，j'aime parfois une simple[119]娘兒們，我喜歡鄉下娘兒們，眞見鬼！我喜歡豐滿的鄉下娘兒們，我喜歡普普通通的鄉下娘兒們，只要是半老徐娘我就喜歡！這種娘兒們很有味道！」

哦！哦！哦！他擔心僕役們是否會議論他的老娘兒們，是否會議論跟他在湖邊灌木叢裡幽會的寡婦尤澤夫卡。他製造了一個「風尙古怪」的藉口給自己留退路，還把亨利希・帕茨拉進來作陪襯。我沒有回答，知道再也沒有任何辦法可以制止這家人的古怪行徑，那顆瘋狂的星辰再一次出現在我的天穹，我回憶起自從平科把我變成小屁孩子以來所有的奇遇——可這一次的奇遇在我看來是所有奇遇中最糟糕的。我跟齊格蒙特一起來到庭院，不久姨父也從千金楡夾道的路口出現在那裡，他身後跟著手裡捏著帽子的園丁傑林斯基。

[119] 法語，意爲：我有時就喜歡普通的。

「多美好的天氣！」姨父在純淨得透明的空氣中叫喊道，「多美好，地都乾了！」的確，天氣非常美好。在蔚藍色曠野的背景下，金黃色的樹葉沙沙響，杜賓狗仍在跟獅子狗調情。可還是不見敏透斯。姨媽手上拿著兩棵大蘑菇走了進來，從老遠就帶著溫和、善良的微笑舉著蘑菇給大家看。我們所有的人都集合在外廊前。由於誰也不肯承認我們實際上是在尋找敏透斯，所以我們彼此之間籠罩著一種特殊的微妙的和有禮貌的氣氛。姨媽關切地詢問是不是誰也不覺得冷。幾隻烏鴉飛過來落在樹枝上。幾個孩子坐在庭院的大門口，把剛揩過鼻涕的骯髒的手指塞進嘴裡；他們在竊竊私語，眼望著走來走去的這群人，直到齊格蒙特跺著腳把他們轟走；但沒過多久他們又透過柵欄目不轉睛地望著這群人，於是齊格蒙特又一次去轟走他們，園丁傑林斯基也朝他們扔石塊兒趕他們走。他們逃走了。不久他們又從井臺後面伸出腦袋偷看我們，齊格蒙特只好擺擺手讓他們看去。康士坦丁姨父卻吩咐人送來蘋果，炫耀性地吃了起來，把果皮扔得到處都是。他是跟孩子們過不去才吃蘋果的。

「嗯，嗯，嗯……」他嘟囔著。

敏透斯不在，這一點在談話中誰也沒有特別強調，雖說大家都感到急需找到他，要他把事情說清楚。如果說這是一場追捕，那就是一場空前萎靡不振、漫不經心、懶懶散散、實際上幾乎是靜止不動的追捕，故而——是一場預示凶兆、令人驚心的追捕。這家的主人在追捕敏透斯，但是老爺和太太都幾乎邁不動步子了。繼續留在庭院裡顯然已沒有意義，尤其是那些孩子一直都在透過柵欄瞪大眼睛偷看著我們。齊格蒙特建議到糧倉去看看。

「我們到場院走走。」他說。於是我們便以散步的方式緩慢地朝著那個方向移動，康士坦丁姨父身後跟著手裡捏著帽子的園丁——孩子們從柵欄下邊蹦跳著轉移到糧倉附近。我們一走出大門便踏上了泥濘之路，幾隻鵝圍住了我們，但管家急忙跳出來，「噓」的一聲把牠們嚇走。瘸腿的狗齜牙咧嘴地嚎叫，但守夜的更夫迅速讓它安靜了下來。用鏈條鎖在馬廐旁邊的幾條狗開始狺狺狂吠，牠們被陌生的服裝激怒了——其實我穿的是一套灰色的城市西服，硬領，紮領帶，足蹬一雙矮統皮鞋；姨父穿的是一件雙排鈕扣的粗呢春秋長大衣；姨媽穿的是黑色的裝飾著毛皮的長大衣，戴一頂船形禮帽；齊格蒙特穿的是一雙蘇格蘭長統襪和一條長及膝蓋的褲子。這是一條通往十字架的艱難的路，一條只能慢慢走的路，是我一生中走過的所有的路中最艱苦、最難熬的一段路。將來有一天你們還會了解到我在北美的大草原和在非洲黑人中的種種奇遇，但是跟這次穿過博利莫夫場院的漫遊相比，黑人簡直算不得什麼。任何地方再也沒有比這更濃、更糟糕的異國情調了。任何地方都找不到比這更毒的毒物。走到任何地方腳下都不會出現比這更不健康的幻覺效應，腳下都不會開出比這更奇特、更罕見的花朵——蘭花，任何地方都找不到這麼多的東方蝴蝶。啊，任何遙遠國度的蜂鳥就其異國情調而言都比不上我們的雙手從未觸摸過的鵝。啊，誠然，這裡沒有任何東西曾被我們的手觸摸過，無論是倉房裡的長工，馬廐裡的馬夫，還是在糧倉附近幹活兒的農莊姑娘，都不曾被我們的手觸摸過。從來不曾被我們的手觸摸過的還有家畜和家禽、禾叉、輓具、輥軸、鏈條、皮帶、麻袋以及野禽、野馬——美洲野馬、野姑娘、野豬。至多馬夫的嘴臉可能被姨父的手觸摸過——搧耳光，而姨媽的手則可能被馬夫的嘴臉觸摸過，他們的嘴在她的手上壓出過鄉下人崇敬的親吻。除此之外，就什麼也不了解，什麼都是陌生的，什麼都沒體驗過。我們踩著我們的腳後跟朝前走，這時有人趕著一群乳牛通過大門，一大群牲口擠滿了場院，被一幫十來歲的男孩追趕著，驅趕著，侵入了我們的活動場所，於是我們就被這群陌生的、沒領略過的牲口團團圍住。

「Attention![120]」姨媽叫喊道，「Attention, laissez les passer[121]!」

「阿塔匈拉塞帕！阿塔匈勒塞帕！[122]」糧倉旁邊的孩子們滑稽地模仿著，但守夜的更夫和管家跑了過來，趕走了孩子們，也轟走了乳牛。在牛欄幹活兒的幾個不認識的野姑娘唱起了民間小調：「啊咿！達娜，達娜！」但是她們的歌詞誰也沒聽懂。也許她們唱的是有關少爺的事？然而最令人不快的是，地主老爺似乎是在農民無微不至的關懷和體貼下生活，是僕人在溺愛、嬌縱他們的主子，儘管地主老爺在統治著他們，控制著他們，支配著他們，經濟上剝削他們。

[120] 法語，意爲：注意；當心。

[121] 法語，意爲：注意，讓他們走。

[122] 這是用波蘭語拼音的對上句法語的發音的近似的模仿。

從外表上看，地主老爺和鄉下人彼此之間的關係是親切融洽的，是充滿深情的。總之，整個兒看來似乎是鄉下人在嬌寵地主老爺，而地主老爺在鄉下人眼裡則被視爲寵兒。那管家，作爲一名奴僕，攙扶著我的姨媽過水坑，可是他的姿勢看起來倒像是一種愛撫。地主老爺在經濟上榨取農民，但除了經濟上的榨取外，還有一種幼兒意義上的榨取，他們不僅吸農民的血，而且還吸農民的奶。姨父嚴厲而冷酷無情地責罵馬夫，姨媽像母親一樣懷著家長的慈愛伸出手給農民親吻，這一切全都沒有多大的意義——無論是家長的慈愛還是最嚴厲的命令都淹沒不了這樣的印象，即地主是農民的嬌兒子，地主太太是農民的嬌女兒。因爲這裡的農民還不像城市郊區的那些裝狗躲避我們的烏合之眾那樣給知識份子揉得軟綿綿。這裡的農民是亙古就有的和未受過觸動的，是自我封閉的，甚至我們從老遠便能感覺到他們的威力，那是一種有如十萬匹奔騰的馬的力量。

在離雞塒不遠的地方，女管家正在往一隻肥大的火雞咽喉裡塡塞食物。爲向主人表示敬意，迎合主人的貴族口味，她們拼命給火雞餵食，讓火雞吃得撐破肚皮，給主人準備一道美味佳餚。有人在鐵匠房外面給一匹拉聯畜馬車的馬駒子修剪尾巴——爲了美觀，符合時式。齊格蒙特一會兒拍拍牠的臀部，一會兒抱著馬脖子瞧瞧牠的牙口，須知馬是允許少爺觸摸的爲數不多的動物之一。而那些陌生的、被吸過血的姑娘則以加倍的青春活力給他唱歌：「啊咿！達娜，達娜！達娜，達娜！」但是一想起那青春已逝的老娘兒們，立刻就破壞了他的少爺情趣。他無精打采地放下馬脖子，疑慮重重地朝著那些姑娘瞥了一眼，不知她們會不會譏笑他。一個同樣是陌生的，同樣是被吸過血的瘦骨嶙峋的老農走上前來親吻姨媽身體上允許觸摸的部分。我們行進到場院的邊緣。場院的外邊便是道路和棋盤似的田地和遼闊的曠野。遠處有個被吸過血的雇農在耕地，他遠遠看見我們便扶著犁站立了片刻，還在拉犁的馬身上抽了一響鞭。潮溼的土地沒有體驗過讓我們坐下或久站的滋味。在主人右手的那一邊是——新翻耕的土地，收割過黑麥的留梗地，還有泥炭沼澤。在主人左手的那一邊是——永遠蔥綠的森林，是針葉林的蔥綠。哪裡都沒有敏透斯。無精打采的野雞在啄著燕麥。

驀地在幾百步距離之外，敏透斯從森林裡出現了，他並非獨自一人，而是身邊帶著小廝。他沒有發現我們——他全神貫注地望著小長工，聚精會神地聽他講話，對他著了迷，徹底忘記了周圍的世界。除了小長工他看不見任何人，也看不見任何東西。他圍著小長工轉來轉去，蹦跳著，像個一本正經的小丑。他還時不時抓住小長工的手，盯著小長工的眼睛看，宛如被小長工的符咒攝住了。小長工以其農民的、大眾的、粗野的逗笑狠狠地嘲弄他，親暱地拍著他的肩膀。他們沿著幼林的邊緣行走，敏透斯帶著小長工——不，是小長工把敏透斯帶在身邊！在他的符咒的蠱惑下，敏透斯不時把手伸進衣兜裡，掏出什麼塞給小長工——多半是一塊錢的硬幣——而小長工則是親暱地不斷打他。

「他們喝醉了！」姨媽悄聲說。

他們沒有喝醉。西沉的太陽照亮了他們，也使他們更加醒目。在西下的夕陽中，小長工搧了敏透斯一記耳光……

齊格蒙特頓時叫喊道：「瓦萊克！」

小廝逃進了森林。敏透斯隨即止步，彷彿是從符咒的魔力下掙脫了出來。我們開始斜穿留梗地向他走去，見此情景，他也開始向我們走了過來。但康士坦丁姨父不想在田地中央跟他算帳，因爲孩子們仍在場院裡看著我們，而被吸過血的農民正在耕地。

「我們是不是到森林去走走？」他突然以罕見的和藹態度建議說。於是我們便直接從田地裡進入幽暗的幼林。沉默，寂靜。在密佈的小松樹中間開始了算總帳。由於小松樹栽種得太密，能站的地方非常狹窄，我們一個挨著一個擠在一起。康士坦丁姨父內心氣得發抖，但是表面上加倍地和藹可親。

「我看，瓦萊克的陪伴很合少爺您的心意。」他帶著微妙的嘲諷開口說道。

敏透斯尖聲尖氣地回答，聲音裡顯露出些微憎恨：「合心意……」

他隱蔽在滿是針刺的小松樹下，樹枝遮住了他的嘴臉，活像是一隻被圍獵逼得走投無路的狐狸。在針葉的矮樹林中離他兩步之遙站著的是姨媽，挨著姨媽的是姨父、齊格蒙特……姨父講話的口氣極其冷淡，帶著難以覺察的挖苦：「少爺似乎是在跟瓦萊克拜……把子？」

回答他的是充滿憎恨和狂怒的尖叫：「不錯，我是在拜……把子！」

「科齊奧，」姨媽帶著她特有的慈祥插嘴說，「我們走吧。這裡潮氣太大！」

「這幼林太稠密，得砍掉三分之一才行。」齊格蒙特對父親說。

「我是在拜……把子！」敏透斯發出了像狗一樣的哀嚎。

我不曾料到他們會這樣折磨他。他們鑽進幼林，只是爲了掩人耳目？他們窮追不捨地追捕，只是爲了追到之後嗤之以鼻？這還有什麼解釋？還有什麼算總帳？他們狡猾地變換了角色，他們沒有把敏透斯狠狠收拾一頓，沒有痛罵他一番——他們是如此傲慢，他們是如此急於顯示他們蔑視一切，甚至放棄他們想把事情弄清楚的願望。他們竭力大事化小，小事化了。他們想使自己相信一切都是正常的，他們蔑視區區小事，他們對這類事情竟然裝得視而不見，聽而不聞——呵！這些發了瘋的、可惡的、卑鄙的地主老爺！

「可您，地主老爺爬到護林員身上去了！」敏透斯吼叫道，「地主老爺給野豬嚇得爬到護林員身上去了！我知道這件事！大家都在議論！嗯，嗯，嗯！嗯，嗯，嗯！」他滑稽地模仿著姨父的口頭禪，在狂怒中他徹底失去了自制力。

康士坦丁姨父咬緊了嘴唇，而且——沉默不語。

「瓦萊克將被掐著脖子扔出去！」齊格蒙特冷淡地對父親說。

「不錯，瓦萊克將被掐著脖子扔出去。」康士坦丁姨父接上話梗兒冷冰冰地說，「我很抱歉，但我不習慣寬容墮落的僕役。」

他們要拿瓦萊克報仇了！啊，這些陰險、奸詐、卑鄙的地主老爺！他們甚至不肯屈尊回答敏透斯的話，只是攆走瓦萊克——通過瓦萊克刺痛敏透斯。老弗蘭齊舍克在備餐間難道不是同樣對他敏透斯不說一句話，而只是狠狠訓斥了瓦萊克和婢女嗎？松樹搖晃了，敏透斯眼看就要跟他們大吵大鬧一番，如果不是這時恰好護林員來了的話——護林員身著綠色的護林員制服，肩上扛著獵槍，突然從密林深處冒了出來，站立在我們身邊，恭恭敬敬地向大家行了個舉手禮。

「您，地主老爺快爬到他身上去呀！」敏透斯吼叫道，「快爬到他身上去！野豬來了！野豬！！！……老娘兒們，老娘兒們，尤澤夫卡來了！」他還捎帶刺了齊格蒙特一下，接著便像瘋了似的跑進了森林。我在他身後追趕：

「敏透斯！敏透斯！」我叫喊著，但毫無效果，松樹枝反彈回來撞擊我，擦傷了我的嘴臉！我無論如何都不想讓他獨自待在森林裡。我跳過被風連根拔起的樹木、深溝、洞穴、裂縫、樹根。我們跑出幼林，跑進了松林，他提高了速度，奔跑，奔跑，酷似一頭髮了瘋的野豬！猛然間我瞥見了佐霞，她在松林裡散步，爲了排遣無聊，她在苔蘚地上撿蘑菇。我們徑直朝她奔了過去，我嚇了一跳，擔心敏透斯在發瘋的情況下會對她做出什麼蠢事。

「當心！」我叫喊道，「當心！」

我的聲音一定是急迫的，因爲她扭頭便逃跑——而敏透斯眼見她逃跑，便開始追趕她！我鼓起自己最後的力氣拼命奔跑，爲的是至少能在敏透斯追上佐霞的時候追上他——幸虧他給樹根絆倒了，躺在一塊狹小的林間空地上。我追了上去。

「幹什麼？」他嘟囔道，他的臉緊貼著苔蘚，「幹什麼？」

「回家去吧！」

「尊貴的老爺太太！」他從牙縫裡擠出了這句話，「尊貴的老爺太太！走吧，你走吧！你也是——尊貴的老爺！」

「我不是，不是。」

「哼！你跟他們是一路貨色，尊貴的老爺！尊貴的老爺！」

「敏透斯，回家去吧，這事已經鬧夠了，該收場了！否則會引起不幸的後果！得趕快收場，一刀兩斷，徹底結束——得以另一種方式重新開始！」

「尊貴的老爺！尊貴的老爺太太，統統見鬼去吧！他們不會善罷甘休的！一群混蛋！啊，耶穌！他們把你也拉過去了，把你也變成了混蛋！」

「住嘴，這不是你的語言！你怎麼這樣說話？你對我怎麼這樣說話？」

「我的，我的……我不會拋棄他！他是我的！你把他留下吧！他們想攆走瓦萊克！我不讓，他是我的，我不讓……」

「回家去吧！」

這是丟人現眼的回家！敏透斯嚎淘大哭，邊哭邊發牢騷，以鄉下人不受約束的慟哭數落著自己的絕望：

「啊呀，我的上帝，我的老天爺！這是什麼世道！什麼命運！什麼命運呀！」

場院裡村姑、女僕、馬夫、用人都在好奇地看著一位少爺學著他們鄉下人的樣子連哭帶喊地訴苦，一個個都驚訝得發呆。我們穿過園林偷偷溜進屋裡的時候，天已經黑了。我吩咐敏透斯待在樓上我們的房間裡，我決定親自去找康士坦丁姨父談談。在吸菸室我遇到將雙手插進衣兜在房間裡踱來踱去的齊格蒙特。這位少爺內心波濤翻滾，外表上卻是僵硬得幾乎沒有表情。我從他那些乾巴巴的話裡得知，佐霞從森林裡跑回家時已經是奄奄一息，而且——似乎還突然患了感冒，姨媽正在給她量體溫。瓦萊克已回到廚房，但禁止他到各個房間服侍主人，明天一大早就解雇他，把他攆走。接著他又審慎地提到對「敏塔爾斯基少爺」荒唐的越軌行爲他不準備追究我的責任，雖然——照他的看法——我在擇友方面或多或少應該更加留點神兒。齊格蒙特還說，他感到遺憾的是，他再也享受不到有我作伴的樂趣，但是他不認爲我若繼續留在博利莫夫對於我們大家而言會是一件愉快的事。明天早上九點鐘就有去華沙的火車，他已吩咐馬車夫套好馬車，明天一早就送我們去火車站。至於晚餐，我們很可能更樂意在樓上自己的房間裡吃；弗蘭齊舍克已受命照料我們，他會把食物給我們送去。上述的安排，齊格蒙特是以不容討論的語氣，代表他的雙親半官方地通知我的。

「至於我本人，」他慢吞吞地說，「我將作出另一種反應。我會不揣冒昧懲罰敏塔爾斯基少爺，爲他對家父和家姐的侮辱。我是阿斯托里亞拳擊俱樂部的成員。」

他竟然拋出了打耳光的威脅！我明白他想幹什麼。他是想取消那張面孔作爲臉面的資格，由於那張面孔曾被一隻鄉下人的手打過，他就想用打耳光將那張面孔從光榮的貴族臉面名單裡劃掉。

幸好，康士坦丁姨父走進了吸菸室，聽見了他的威脅。

「什麼『敏塔爾斯基少爺』？」他叫喊道，「我的齊格蒙特，你想打誰的耳光？打那個還在上學的幼稚的小青年的耳光？該揍那乳臭小兒的小屁股！」

齊格蒙特欲言又止，爲自己準備維護榮譽的許諾羞得滿面通紅。聽了姨父的這番話他再也不能去搧敏透斯的耳光了。像他這麼一個二十幾歲的少爺，去搧一個還不滿十八個春秋的黃口小兒的耳光確實不夠光彩，尤其是後者年幼無知的特點已經用這種方式表現了出來，並引起了大家的關注。然而最糟糕的是，敏透斯正處在過渡性的年齡，如果說地主老爺可以把他視爲乳臭小兒的話，那麼在成熟得較早的農民的心目中，他已是個完全成熟的紳士，他的面孔在他們看來具有出身高貴的人的面孔的全部尊嚴。因此，當瓦萊克在這張臉上搧耳光的時候，是把它視爲完全成熟的紳士的面孔的。而若地主老爺要去搧它，這張臉又沒有成熟到足以使他們獲得心理上的滿足的程度。這是一張多麼奇怪的面孔！齊格蒙特望著他的父親，心裡充滿了對大自然這種不公平的憤怒。但康士坦丁姨父甚至連想都不願想，敏透斯除了是個乳臭未乾的小崽兒之外，還能是什麼別的東西？雖說在午餐桌上由於把敏透斯假想成一個同性戀者，曾跟他平起平坐地為他的健康乾杯。現在已跟他斷絕了一切交往，就可把他看做一個小崽兒，看做一個黃口小兒，可以在年齡上蔑視他！姨父的自豪感不允許對敏透斯採取別的什麼態度！他那純種的血統不允許！列祖列宗的血在他身上沸騰了！歷史的無情進程非法剝奪了他的財產和權力，但他在精神上和肉體上，尤其是在肉體上卻仍然是個純種的貴族，他的貴族血統沒有被觸動過！他作為一位貴族老爺，能夠忍受土地改革，能夠忍受一般性的法律—政治平等，但他不能忍受人身的、肉體的平等，一想到這種人身的、肉體的平等，一想到跟下人拜……把子，他身上的貴族熱血便沸騰了。在這裡平等已侵入了他的人格的最黑暗領域——侵入了古老的祖傳的門第、血統的禁區，守衛這個禁區的是本能的仇恨的條件反射，是排斥、反感、憤怒和惶恐！讓他們去掠奪財產吧！讓他們去推行各種改革吧！但是貴族的手不准去碰長工的手，貴族的面頰不准卑賤者的手搧耳光！一個人怎能出於純粹的想入非非而自願投入下人之中？怎能背叛自己的血統，討好一個僕人，表現出對一個僕人的肢體、動作、粗俗語言的直接的幼稚的崇拜？怎能戀慕下人的生活方式？一位紳士的僕人在眾目睽睽之下公然成了另一位紳士熱切關注的對象，作為僕人的主子的紳士又會置身於何等尷尬的境地？

「不，不，敏透斯不是什麼紳士，只是一個普普通通的小崽子，一個乳臭小兒！他這種乳臭小兒式的越軌行為乃是受了布爾什維克宣傳鼓動的影響。我看，這種政治思潮正在今天的中學生中起主導作用。」姨父說，似乎敏透斯是個具有革命思想的學生，而不是個高貴血統的情人。

「該打他的屁股！」他笑著說，「該打他的屁股！」

這時，透過半開半掩的氣窗我們突然聽到從廚房附近灌木叢中傳來的嘈雜聲和咯咯的笑聲。這是個暖和的傍晚，又是禮拜六……莊園裡的長工來找廚房裡的女傭嬉戲，頓時熱鬧了起來……康士坦丁姨父把腦袋探出氣窗。

「誰在那邊？」他叫喊道，「不許胡鬧！」

有人溜進了灌木叢。有人在哈哈大笑。一塊用力扔過來的石頭落在了窗外。灌木叢後面有人用故意裝出的假嗓音大聲唱起來：

嗨，鵪鴣鳥，鵪鴣鳥，鵪鴣鳥，

嗨，槲櫟上的鵪鴣鳥！

嗨，搧老爺的嘴巴，嗨，搧嘴巴！

嗚哈！嗚哈！

又有人尖叫，又有人大笑！消息已經在村民中傳播開了。他們都知道了。這肯定是廚房的女傭口沒遮攔對長工們洩露的。早該預見到這一點，但地主老爺的神經還是忍受不了窗外唱歌人的那種目空一切的放肆。他不再把這件事等閒視之，憤怒的紅暈浮現在他的兩頰，他默默無言地掏出了手槍。幸好，就在這關鍵時刻姨媽出現在吸菸室。

「科齊奧，」她沒有浪費時間詢問緣由，便以她慣有的善良和藹地大聲說，「科齊奧，快放下那玩意兒！快放下！我求你啦，放下它，我受不了裝了子彈的兵器，如果你想把它帶在身邊，就把子彈取出來！」

如同片刻之前他無視齊格蒙特的威脅一樣，現在她藐視他的憤怒。她親吻他，而他——手裡捏著手槍，由著她親吻——她給他整理了領帶，這個動作使他的手槍徹底發揮不了作用。她關上了氣窗，因為有穿堂風，她完成了一系列類似的其他動作，竭力使大事化小，小事化了。她將自己滾瓜溜圓的一個人兒整個兒扔進了事態的秤盤上，她身上散發出的柔和的母性的溫馨像棉絮一樣裹住了一切。她把我領到一旁，偷偷從她的小手袋裡掏出幾塊糖果塞給了我。

「哎呀，你們這些頑皮鬼，頑皮鬼，」她以一種非常慈祥的斥責口吻說道，「你們都幹了些什麼好事！佐霞病倒了，姨父煩躁不安，哎呀，你們跟鄉下人的這些羅曼蒂克！你得善於駕馭僕人，不可跟他們過於隨便，你得了解他們——這是一些像孩子一樣未開化、缺教養的人。基庫希——斯塔希舅舅的兒子——曾經有段時間也是個民粹派，」她望著我說，「而你甚至還長得有點兒像他，啊，瞧，就是這兒，就在鼻子角邊的地方。好啦，我不生你的氣，不過晚飯你們別下樓來吃，因爲姨父不樂意。我會派人給你們送點兒蜜餞作爲安慰的東西。啊，你還記得我們家從前的僕人瓦迪斯瓦夫是怎麼打過你的嗎？只是爲了你給他取了個『邋遢鬼』的諢名。可惡的瓦迪斯瓦夫！至今想起此事我還渾身打哆嗦！我當即就把他解雇了。打這樣一個小天使！我的寶貝！我的心肝！我的金不換！」

她突然動了感情，熱烈地親吻了我，又塞給我幾塊糖果。我趕緊離開她，嘴裡含著童年的糖果，我離開的時候，還聽到她怎樣叫齊格蒙特給她量脈搏。少爺捏著她的手腕子，一邊量一邊看錶——他給母親量脈搏，母親靠在長沙發上，眼望著空間。我帶著糖果上樓去了，我感到不太眞實，然而面對這個婦女每個人都會變得不眞實。她有一種非凡的天賦，能把所有的人都溶化在她的和氣裡，使他們沐浴在各種各樣的疾病中，使他們身體的各個部分跟別人身體的各個部分融合在一起——這莫非是出於對僕役的恐懼？「她很好，因爲她令人窒息。」我想起了瓦萊克給她下的定義，「她令人窒息她又怎能不善良呢？」

形勢變得危險了。他們彼此之間相互把大事化小，小事化了。姨父是出於傲慢，姨媽是出於恐懼，也只是多虧了這一點，至今還沒有開火。齊格蒙特沒有搧敏透斯的耳光，姨父也沒有開槍。我懷著歡快的心情想到明天一早就會離開此地。

我發現敏透斯躺在地板上，腦袋埋在胳膊肘裡——他現在有個愛好，就是把腦袋藏起來，用胳膊肘將腦袋圍住，抱緊。我進屋時他躺著一動不動，腦袋埋在胳膊肘裡，幼稚而任性地悄聲啜泣，嗚咽著，嘴裡還念念叨叨。

「趕快，趕快！」他嘟囔道，「趕快，趕快！」接著還說了一些彼此沒有聯繫的話，一些像泥土一樣灰暗而粗糙，像幼榛樹一樣稚嫩的話，一些農民的、大眾的、幼稚的話。他已徹底喪失了羞恥心。甚至弗蘭齊舍克端著晚飯走進房來也沒能中斷他的哭訴，沒能中斷他那悄聲的莊稼人的牢騷；他已達到了這樣一種極限，超過這極限我們便不再羞於當著僕役的面思念另一名僕役，當老僕的面爲一個小廝哀聲歎氣。到目前爲止，我還從未見過知識份子中有任何一人落到這般地步。弗蘭齊舍克眼睛沒有朝他那邊看，但是雙手已由於厭惡而瑟瑟發抖。他把食盤放在桌上，出去時砰的一聲關上了房門。敏透斯什麼也沒吃，仍是鬱鬱不樂——有什麼東西使他在那裡嘀咕、痛惜、思念、悲歎，有什麼東西蒙上了一層霧，他就在那裡雲遮霧障地歎息、嗚咽、抱怨，還在援引什麼權利……很難確切地說他究竟想幹什麼。一會兒又是一陣普通的粗野的狂怒爆裂了他的喉頭。他把自己跟長工打交道的失敗歸咎於我的姨父母，說全是主人一家的過錯，說若不是主人設置了障礙，若不是主人表示厭惡，他肯定早就拜了……把子！主人一家爲什麼要妨礙他？爲什麼要趕走瓦萊克？我徒勞地向他解釋，說明天一早我們也得離開這裡。

「我不走，我對你說，我不走就是不走！他們想走，就讓他們自己走好了！瓦萊克在這裡，我也留在這裡，跟瓦萊克在一起！跟我唯一的瓦萊克在一起，啊，好啦，好啦，跟小長工在一起！」

我跟他講不通，他被小長工弄得神魂顚倒，人世間所有需要考慮的事他一概置之不理。而當他終於弄明白不能留下之後，他大吃一驚，一再懇求我，千萬別拋棄小長工，他說：「沒有瓦萊克我不走！我不能留下瓦萊克不管！我們可以把他帶走！我要去幹活兒，掙錢糊口，解決住房問題；離開瓦萊克我活不成，沒有我的瓦萊克我不走！尤傑克，看在上帝的份兒上，沒有瓦萊克我不走！他們會把我趕出府邸，我到村子裡找住處，我住到那老娘兒們家裡去。」他又惡狠狠地補充說，「我住到那老娘兒們家裡去！他們能把我怎麼著！他們不能把我從村子裡趕走！每個人都有權住在村子裡！」

我不知如何是好。完全不能排除這種可能性，他眞的會住進齊格蒙特的那個不幸的老娘兒們家裡，住進就像小廝所說的「寡婦」家裡，他會從那裡折磨府邸，他會敗壞姨父母的名譽，他會用粗俗的語言到處散佈地主老爺的祕密，他這個叛徒和密探！他會讓我的姨父母丟盡臉面，成爲鄉下人的笑柄，成爲他們挖苦諷刺的對象！

這時窗外庭院裡突然「啪」地響起了一聲極其響亮的搧耳光的聲音。窗玻璃都在顫動，所有的狗一齊狂吠了起來。我們把臉貼到窗玻璃上往外看。在從屋子裡射出的光線下，清楚地看到康士坦丁姨父站立在前廊，手裡端著一管有來福線的雙筒獵槍，用一雙眼睛凝視著，他又一次把槍舉到了自己的臉頰，放了一槍。一聲巨響，有如爆竹在黑夜裡炸開，傳播到黑暗的地方。所有的狗又都發了瘋似的狂嚎。

「衝長工放槍！」敏透斯痙攣地抓住我說道，「他在衝瓦萊克瞄準！」

康士坦丁姨父開槍嚇唬人。是不是莊園的僕役又在唱些什麼？是不是他神經上受不了才開的槍？打自在吸菸室他從抽屜裡掏出手槍的那一刻起，他的神經就給射擊繃緊了，是不是他再也忍耐不住？誰知他心裡在想些什麼！是不是傲慢和自尊心激發了這一恐怖行爲？怒氣衝衝、殺氣騰騰的地主老爺用這一聲巨響，向四面八方，直至最遠的大路、田埂上孤獨的垂柳宣告，他是全副武裝在警覺著。姨媽跑到外廊急忙遞上糖果兒，將圍巾給他圍在脖子上，把他拉進了屋內。但是巨響已然無可挽回地傳播開了。莊園宅第的狗吠聲靜止了片刻，這時我聽見村子裡的狗遠遠的回應，我腦海裡閃過一個念頭，半夜槍聲定會在村子裡百姓中引起轟動——村子裡的農民、農莊的長工和姑娘們定會相互詢問：「怎麼回事？地主府邸爲什麼有槍聲？他在向誰開槍？」於是有關搧耳光的流言——地主少爺挨了瓦萊克的耳光的流言——就會由於這極其響亮的示威性的槍聲而更加口口相傳，會傳得更加神乎其神。我再也控制不住自己的神經。我下定決心立即逃跑，我害怕這表面上冠冕堂皇、暗地裡卻是肆無忌憚的充滿了有毒瘴氣的封建府邸的夜晚。逃跑！立即逃跑！但敏透斯沒有瓦萊克不肯走。於是，爲了能盡快逃走，我同意帶走長工。反正他也是要被解雇的。最後作出了這樣的決定：我們暫且等一等，等家裡所有的人都已入睡，那時我便去找小廝，勸說他逃跑，他若是反抗——我就給他下命令。我將帶著他回來見敏透斯，我們三個人將一起商量，如何溜出府邸到田野去。府邸的看門狗都認識瓦萊克。夜晚剩下的時間我們將在田野裡度過，然後乘火車進城。進城，要趕快！進城，在城市裡人比較渺小，不引人注目，比較容易在自己的同類中間找到自己的位置，也比較像人。時間過得很慢，每分鐘都拖得無限長。我們整理好了行裝，數了錢，用手帕包好了幾乎沒觸動過的晚餐。

午夜十二點過後，我們通過窗口檢查了一下，發現所有的房間都熄了燈，一片漆黑。我脫掉了皮鞋，赤著腳走進一個小過道，爲的是能盡快走到備餐間。敏透斯關上了我身後的房門，奪走了我最後一縷光線。我開始了自己的行動，在沉睡的屋子黑暗中摸索前進。我明白，我的舉動是何等愚蠢，我的目的是何等瘋狂——讓自己深入黑暗的空間，爲的是拐帶、劫持一名長工。「莫非只有行動才能從一種瘋狂裡誘出所有的瘋狂？」我思忖著，一步一步向前方挪動步子，地板有時發出嘎吱嘎吱的響聲，天花板上耗子在互相咬架、戲耍、奔跑。在我身後，房間裡關著民粹派的敏透斯；在我腳下，底層的各個房間裡關著姨父、姨媽、齊格蒙特和佐霞。我正赤著腳無聲無息地走向他們的僕人。在我前方，那個成爲全部努力的目標的僕人就在備餐間裡。我必須十分小心。假若有人發現，我又怎能解釋清楚自己爲什麼要在深更半夜摸著黑在過道裡蹓躂？是通過什麼途徑使我們走上這種曲裡拐彎兒的不正常的道路？正常是在不正常的深淵上走鋼絲。普通的正常秩序蘊涵著多少隱藏的瘋狂——你自己永遠也不會知道，什麼時候，由於怎樣的巧合導致你去劫持一名長工，帶著他一起逃到田野。如果要劫持什麼人，也該劫持佐霞。從一個鄉村的貴族府邸劫持佐霞或許還是件正常的、自然的、合乎規律的事。如果必須劫持什麼人，那就劫持佐霞，佐霞！而不是劫持一個愚蠢的白癡似的長工。也就是在這昏暗的曲折的小過道裡，我產生了劫持佐霞的想法，這種想法像一股魔力誘惑著我。啊，這明確的、純潔的、合乎理性的劫持佐霞的想法！啊，光明正大地劫持佐霞！

嗨，劫持佐霞！以成熟的方式劫持佐霞，按地主、貴族的方式，曾有多少人多少次幹過劫持姑娘的事！我不得不一再抗拒這種想法，一再說明這種想法沒有根據——但我沿著不可靠的暗藏著危險的地板走得越遠，正常的誘惑力就越大，引誘我去進行與當前的這種對長工的複雜劫持相反的簡單、自然、正常的劫持。我在一個破洞上絆了一下——我的腳趾絆上了一個破洞，地板上的破洞。哪裡來的破洞？我覺得似曾相識。你好，你好，我的破洞！要知道這是我多年前自己弄出來的破洞！我過命名日時從姨父那裡得到一把小斧子，我用這小斧子在地板上剁出了一個破洞。姨媽跑了過來。當時她就站在這裡，呵斥我。我想起了她斥責我的鬆散的片段，她那嚴厲的語調就像是剛發生過的一樣。我還記得，當時不知爲什麼我從下面用斧子衝著她的腳剁了一下！「哎喲！哎喲！」她叫了起來！她的叫聲還留在這裡——就在我站立的地方。彷彿那一幕抓住了我的腳。那一幕已經沒有了，可它就發生在這裡，在我站立的地方。我衝著她的腳砍了一斧子！我在黑暗中清晰地看到，我是怎樣砍她的。我是莫名其妙地、下意識地、機械地砍了她的。我聽到了她的叫喊。她叫喊著，跳開了。我當前的行爲跟我過去——很久以前——有過的行爲攪和在一起，糾纏在一起。冷不防我打了個哆嗦，咬緊了牙關。我的上帝，假若我砍得再狠點兒，豈不是要砍斷她的腳？幸虧我沒有那麼大的力氣。該受到祝福的柔弱。然而現在我已經有力氣了。與其去找長工，爲何不到姨媽的臥室去，狠狠地砍她一斧子？滾開，我的童年，多麼孩子氣！孩子氣？可是，神聖的上帝啊，長工不也是孩子氣嗎？我們倆，一個跟另一個一樣孩子氣！既然我能去找長工，爲何我就不能去姨媽的臥室，去砍斷姨媽的腳？兩件事同樣值得去做——去砍，去砍！啊，孩子氣的行爲！孩子氣！我小心翼翼地用腳在地板上試探著，因爲每一個稍響一點兒的嘎吱聲都可能出賣我，可我似乎覺得，我像孩子似的摸索著，我像孩子似的向前走著。啊，孩子氣！我受著三種孩子氣的折磨——如果僅僅是一種孩子氣，我還有辦法對付，可要對付三種孩子氣，我便無能爲力了。第一種孩子氣，便是這次尋找小廝——長工——的探險。第二種孩子氣，便是在這裡回憶多年前在這裡經歷過的事。第三種孩子氣，便是這個封建家庭的孩子氣。作爲這個家庭的一部分，作爲一個老爺我也是個孩子。啊，世界上，生活中有許多地方或多或少都存在孩子氣，但是鄉村的地主府邸恐怕是最孩子氣的地方。在這裡地主老爺和農民都把他們自己變成了孩子，相互維護著把他們自己變成孩子的行爲，在這裡，每個人對每個人而言都是孩子。我赤著腳在黑夜的掩蔽下沿著過道往前走，我似乎重新進入了貴族的過去，也重新進入了我自己的童年，感性的、肉體的、難以預測的童年世界包圍了我，吸吮我，引誘我。盲目的行爲。不可抗拒的衝動。隔代遺傳的本能。孩子氣的貴族幻想。我似乎是屈服於時代錯亂現象，去迎接力大無比的超級掌嘴，它同時也是不知多少個世紀以來的古老傳統，只須一記孩子氣的耳光，立刻便能解放地主老爺和孩子。我摸到了樓梯的扶手，當年我曾順著這扶手滑了下去——自上而下地自動降落！裝做騎大馬的王子——孩子氣的國王，幼稚的紳士。啊，假如我現在用斧頭砍我的姨媽，她就會再也站不起來——我爲自己的力氣嚇了一大跳，我爲一個孩子擁有男人的爪子、拳頭、男人的力氣嚇了一大跳。我在這裡幹什麼？我在這樓梯上幹什麼？我要到哪裡去？爲什麼要去？我腦海裡再次閃現出劫持佐霞的想法，這是這次探險唯一合理的藉口，唯一男子式的解決辦法，是一個成年男子爲自己辯解的唯一正當的理由。劫持佐霞！按照男人的方式劫持佐霞！我竭力丟開這種想法，但它纏住我不放……它在我的腦海裡嗡嗡作響。

下了樓，到了穿堂，我在穿堂裡站住了。一派靜悄悄——任何地方都沒有任何東西在動一下，他們都睡覺去了，就像他們每天在這個鐘點所做的一樣。肯定是姨媽把所有的人都趕上了床，給裹上了被子。至於說今夜的休息不同於往常的休息，這是另一回事。今夜他們多半不是眞正在休息，每個人在自己的被窩裡都會在思考這一天經歷過的事件。廚房裡也是寂靜無聲，只有備餐間的門縫露出了些微亮光。小廝在擦皮鞋，在他的嘴臉上我沒發現一天經歷的任何痕跡，仍是一副普普通通的嘴臉。我慢慢擠進了門去，關上了門，將一根手指放在嘴邊，示意他別吱聲。我套著他的耳朵悄聲說話，以最小心謹愼的方式說服他，讓他立即抓起帽子，扔掉一切，跟我們走，說我們要乘火車去華沙。我扮演的角色簡直是糟透了，我寧願去幹任何別的事也不願幹這種愚蠢的白癡式的勸告。再者，還是套著耳朵悄聲說話！更糟糕的是，他一再表示不同意。我對他說，反正主人是要解雇他的，從他的角度看，逃得遠遠的更好；可以逃到華沙去，跟敏透斯在一起，敏透斯會幫助他，會讓他有吃有喝。可是他始終不明白，也無法弄明白。

「我幹嘛要逃跑？」他回答說，帶著對地主老爺的一切著數的本能的厭惡。我腦子裡再次產生了那種想法，即認爲若是佐霞，她定會比較容易接受。跟佐霞作這種夜靜更深的竊竊私語也不會那麼沒有道理。沒有時間再進行耐心的勸說了。我搧了他一記耳光，命令他跟我走，那時他就聽從了。可我是隔著一層抹布打他的，我隔著一層抹布搧他的左臉，我不得不在他的臉上隔著抹布打他，隔著抹布搧他耳光是爲了減弱打擊的聲音。啊，啊！我半夜三更隔著抹布搧長工的耳光！他聽從了，雖說抹布在他思想上喚起了某種懷疑，因爲鄉下百姓不喜歡偏離標準常規。

「走吧，狗東西！」我命令他說。我走到了穿堂，他跟著我。樓梯在哪裡？漆黑一片，伸手不見五指。

屋子深部吱嘍一聲門響，姨父大聲問道：「誰在那邊？」

我一把抓住小廝，把他推進了餐廳。我倆躲藏在門背後。康士坦丁姨父緩步走了過來，進入餐廳，幾乎是貼著我的身邊走了過去。

「誰在那邊？」他從容地重複了一遍問話，以防萬一見不到任何人而使自己顯得有些像在耍活寶。扔出這句問話之後，他便走到了餐廳的深部。他站住了。他身邊沒帶火柴，房間裡漆黑一片。他轉身離去，但剛邁出幾步又站住了，屏聲息氣地一動不動——他突然完全屏住了呼吸，立刻就一點聲息也沒有——是他在黑暗中嗅出了長工的特殊的鄉下人的氣味，還是他那貴族的嬌嫩的皮膚感覺出了長工的爪子和嘴臉？他站得那麼近，以致一伸手就能碰到我們，但也正是由於太近才讓他垂下雙手讓其緊貼著自己的兩側。他站得離我們太近了，是這近距離像捕獸夾子一般抓住了他。他一動不動地站著，而他這種靜止狀態開始是緩慢地，而後則是越來越迅速地凝結、濃縮成驚慌的表情。我並不認爲他是個膽小鬼，儘管有人說他由於恐懼爬到了護林員身上——不，他不是由於害怕才不能動，而是由於不能動他才害怕。既然他一下子靜了下來，停止不動，那麼鑒於純粹形式上的理由，隨著每一秒鐘的流逝，他越來越難以使自己重新活動起來。恐懼早已深入他的骨髓，現在只不過是有所流露，具體化了而已；他那纖巧的貴族喉結成了堵在他咽喉裡的一塊骨頭。長工大氣兒也不敢出。我們三人就這麼站著相隔半公尺。我們的皮膚都處在警覺狀態，頭髮根根豎立。我沒有打擾這種局面。我估量姨父最終會恢復自我控制的能力，會離開餐廳，同時也讓我們離開餐廳，通過穿堂逃到樓上去。可是我沒有考慮到不斷增長的恐懼會起一種使人癱瘓的作用——因爲現在我可以說，他身上發生了一種內在的變化和逆轉，已經不是由於不能動而害怕，而是由於恐懼而不能動。我猜想他定是一臉莊重的表情，由於恐懼而繃緊了每一根神經，顯得無比嚴肅……輪到我開始害怕了——不是怕他，而是怕他的恐懼。假若我們後退，或者哪怕是做出最輕微的動作，他立刻就會撲上前來，抓住我們。如果他手上有手槍，他會扣動扳機。也許不會，因爲我們離他太近了，即便是肉體上能開槍，心理上也不能開槍——一個人在扣動扳機之前必須作好開槍的心理準備，必須先在內心深處，在思想上開槍，而要做到這一點，缺乏足夠的距離是不行的。但他能撲過來用手抓住我們。他不知道他面前是什麼在窺伺著他，不知他伸出的手會碰上什麼。我們知道他的輪廓，但他辨不清我們的輪廓。我本想站出來結束這種局面，我本想叫聲「姨父」或說句什麼類似的話。但是在過了這許多秒鐘之後，甚至可能過了許多分鐘之後，我已經不能說了，已經爲時晚矣——該怎樣解釋我的沉默？我想笑，就像有人胳肢了我一樣。我意識到成長、壯大的意義，意識到黑暗中成長的壯大，在黑暗中壯大的成長。我意識到膨脹和收縮及緊張聯繫在一起的擴張，意識到逃避及某種總體和部分的蛻皮長大，某種僵化的緊張和緊張的僵化。我意識到有某種東西懸掛在一根繃緊的細線上，有某種東西在轉變，在加工成別的什麼東西。再往後，我便有一種跌落的感覺，彷彿墮入一種堆積和升高的機制，彷彿是待在一塊狹窄的小木板兒上，被提升到六層樓的高度；所有的器官都警覺著，同時還有人在胳肢，呵癢癢。穿堂裡響起了啪嗒啪嗒的腳步聲，但我們中誰也沒有動彈一下。齊格蒙特趿著一雙便鞋來了。

「這裡有人嗎？」他走到餐廳門口問道。

他朝餐廳的內部走了一步，又問了一句：「這裡有人嗎？」隨後便住了嘴，他感覺到這裡似乎有點兒不正常，便一動不動地站住了。他知道他父親在這裡的什麼地方，此前他定是聽見了康士坦丁姨父的腳步聲和說話的聲音。可他父親為什麼不回答？因為父親被亙古以來始終存在著的畏懼和恐怖的心理堵住了嘴巴。哈，哈，哈！他不能，他不能回答，因為他害怕！父親的恐懼又堵住了兒子的嘴巴。他給大量世代相傳的畏懼嚇壞了，他不再做聲，似乎就要永遠這樣沉默下去。或許他從一開始就感到有點兒茫然，而現在這種茫然又增上了恐怖的含義，而且本身還在不斷增長。Da capo ⑫③又意識到蛻皮長大、膨脹、壯大，倍增到101次冪，意識到擴張、繃緊、嬌縱、愛撫、在單調中諦聽、堆積、升高、懸掛——沒完沒了，沒完沒了，沒有盡頭，一個勁兒沉沒和飛升。齊格蒙特還走得更遠。窒息、咽喉梗塞、呼吸障礙、昂著頭、崩潰、炸裂、浮出、沉沒、排斥、滲透、改造、緊張……能堅持多久？一分鐘？一個鐘頭？以後又該怎麼辦？往事紛紛掠過我的腦海。我回憶起當年我正是躲藏在這兒，為的是嚇唬保姆——就在這同一個地方——我差點兒沒哈哈大笑。噓！哪裡來的笑聲！夠了，得結束，得中止這場遊戲。假若他們發現我這麼長的時間跟小廝混在一起，如果真的暴露出了我的孩子氣，到那時該怎麼辦？事情真是奇怪，無法解釋。啊，佐霞！我本該跟佐霞在一起，跟佐霞，而不是跟長工待在這裡連大氣兒都不敢出！跟佐霞在一起就不會顯得這麼孩子氣！突然我邁出了放肆的一步，我躲進了門簾

⑫③義大利語，意為：從頭兒；重新。

後面，可以肯定，他們不敢移動。果然他們沒敢移動。黑暗中除了恐懼又出現了某種令人尷尬的情況。在所有的尷尬中，最令他們尷尬的是打破寂靜，或許他們有這種打算，他們想過要打破寂靜，但是不知該採取什麼步驟。我這裡說的是他們自己的寂靜，因爲我的寂靜我已經用自己的挪動打破了。或許他們考慮的是如何打破這種局面的形式，或許他們是在裝樣子，是在尋找藉口，尋找外在的根據。最糟糕的是他們兩個中前者的存在束縛著後者，兩者相互制約著，於是兩個思考者只好毫無作爲地繼續站著，沒有能力打破寂靜結束這種局面，而排斥和滲透仍在不停地進行。我重新獲得自己的活動能力之後便決定去抓長工，把他拉走，盡快離開餐廳到穿堂去，但我尚未來得及執行自己的決定，便看到了亮光，亮光！——地板上照映出的微弱的反光。緊接著便是地板嘎吱作響，啪噠啪噠的腳步聲。弗蘭齊舍克！弗蘭齊舍克舉著一盞燈進來了，現出了姨父的一隻腳，姨父的腳暴露在光線下，給燈光照得清晰可見！！幸虧我躲藏在門簾後邊！但這老奴才無情地用燈光照亮了其餘所有的人，連同在黑暗裡發生的一切！他們都出現了：我的姨父、齊格蒙特和小廝——他們不能不出現！姨父，他的頭髮有點散亂，跟長工面對面站著，彼此相隔一步，而齊格蒙特則是戳在餐廳更深一點兒地方，像根長竿。

「誰在這兒？」弗蘭齊舍克喘著氣兒問道，手裡舉著一盞小小的煤油燈。但他這句話問得太晚了，只是爲了證明他到這裡來是有道理的，因爲他看到了他們所有的人，就像看自己的手掌一樣清楚。

康士坦丁姨父動了動。弗蘭齊舍克看到他挨著小廝站得這麼近心裡會怎麼想？他們爲什麼彼此緊挨著？他不能立即後退，但他一動便跟瓦萊克分開了。隨後他往旁邊邁出了一步。

「你在這兒幹什麼？」他吼叫道，同時把自身的恐懼變成了狂怒。

小廝沒有回答。他找不到任何答案。他站在那裡神態十分輕鬆自然，只是他嘴裡的舌頭不聽使喚。他是獨自跟兩位主人待在一起的。但這個農民兒子的沉默，他的無知，他的無法解釋的處境給人們投下了可疑的陰影。弗蘭齊舍克朝姨父瞥了一眼——主人父子跟瓦萊克在這黑咕隆咚的餐廳裡幹什麼？難道是地主老爺跟他有交情？老僕舉著煤油燈挺直了腰板兒站著，臉上慢慢蓋滿了紅暈，燒得有如黃昏時的晚霞。

「瓦萊克！」齊格蒙特吼叫道。

所有這些吼叫在時間上都安排得不好，不是出現得太早，就是出現得太遲。我蜷縮在門簾後邊。

「我聽見有人在這裡走動，」齊格蒙特開始東一榔頭西一棒子語無倫次地解釋說，「我聽見有人走動。走動。在這裡做什麼？你在這裡幹了些什麼？快說！你想在這兒幹什麼？回答呀!!!老老實實說！我跟你講，快回答，狗東西！」他激動得前言不搭後語。

「誰都知道是怎麼回事，」臉紅得像火的僕人在長得令人難以忍受的沉默之後開口說道，「誰都知道他想幹什麼，尊貴的主人。」

他撫摩了一下自己的絡腮鬍子。

「抽屜裡有銀餐具。而明天，尊貴的主人就要把他解雇，讓他捲舖蓋走路，於是他就想……順手牽羊。」

順手牽羊！他想偷銀器！總算找到了似乎有道理的解釋——一個僕人想偷銀器被當場抓獲。所有的人，包括瓦萊克在內，全都寬慰地舒了一口氣。躲在門簾後面的我也感到輕鬆多了。康士坦丁姨父離開了年輕的僕人，在桌旁的一張椅子上坐了下來。他恢復了地主對待長工的正常態度，重新獲得了充分的自信。他想偷銀器！

「到這邊來，」康士坦丁姨父說，「到我這兒來，你聽我說……走近點兒，走近點兒」

他已不再害怕挨得比較近了，而且顯然是在享受不再害怕的樂趣。

「走近點兒，」他說，「走近點兒！」

瓦萊克不信任地緩緩地向他走了過去，越走越近，近得幾乎可以觸到他。這時康士坦丁姨父猛地揮起手，就這麼坐著，狠狠地抽著小長工的嘴巴子，正手一記耳光，反手又是一記耳光，就如寫下了這樣的文字：彌尼、提喀勒、毗勒斯[124]。

「我教你偷！」姨父喊叫道。

啊，這種經歷了黑暗中的恐懼之後在燈光下打人的樂趣！啊，這種狠揍曾經引起過自己恐懼的嘴臉的樂趣！啊，這種在以明確的盜竊概念劃定的框架內搧耳光的樂趣！啊，這種經歷了那許多不正常之後終於恢復正常的快樂！齊格蒙特學著父親的樣子左右開弓地搧小廝的嘴巴，宛如搧的是塞彌拉彌斯的空中花園[125]！搧得劈啪響，搧得空氣都在顫抖！躲在門簾後的我像穿在烤肉叉上挨火烤炙似的整個兒縮成了一團。

「我沒偷！」長工說，同時吸了口氣。

他們等待的就是這句話。這句話能使他們最大限度地利用盜竊作藉口撐門面。

「你沒偷？」康士坦丁姨父說，從椅子上一探身又搧了一記耳光。

「你沒偷？」少爺說，同時也站著搧了一記短而清脆的耳光。他們越打越來勁。「你沒偷？」「你沒偷？」伴隨這句話的是一次又一次的搧耳光。他們的手颼颼地揮動，冰雹似的落在僕人的臉上，打得乾淨俐落，打得有彈性，打得劈啪響！小廝用手臂左遮右擋，但他們總能找到下手的地方！很長的一段時間他們只是打嘴巴，但我感到，小廝挨揍的部位在擴大；地主老爺似

[124] 典出《舊約．但以理書》。伯沙撒王爲他的一千大臣設擺盛筵，用他父親從耶路撒冷殿中所掠金銀器皿飲酒，當時忽有人的指頭顯出，在王宮與燈檯相對的粉牆上寫字，所寫文字爲：彌尼，彌尼，提客勒，毗勒斯。按但以理的講解是這樣的：彌尼就是神已經數算你國的年日到此完畢。提客勒就是你被秤在天平裡顯示出你的虧欠。毗勒斯就是你的國分裂，歸與瑪代人和波斯人。

[125] 典出希臘神話。塞彌拉彌斯是西元前九世紀的亞述女王，傳說她建造了巴比倫空中花園。

乎已完全克服了心理障礙，一把揪住了小廝的頭髮，由於揪住了頭髮，就把小廝的腦袋往餐櫃的面板上撞。

「我教你偷！我教你偷！」

啊，開始了！啊，萬惡的毆打不斷升級的夜晚！萬惡的殺機四伏的黑暗！啊，萬惡的洩露祕密的黑暗！如果不是先前一切都沐浴在黑暗裡，就不會發生這件事。在這件事上有黑暗給人留下的沉重感覺。地主老爺康士坦丁兇相畢露，喪心病狂。他以企圖盜竊銀器爲藉口肆無忌憚地搧小廝的耳光，爲的是報復他曾體驗過的恐懼、驚駭、憤怒，報復老僕替他害臊的臉紅，報復小廝跟敏透斯的拜……把子，報復他所經歷過的一切。

「這是我的！我的！」姨父一邊揪住小廝的腦袋往抽屜、往餐櫃的櫃角、餐櫃的裝飾物上撞，一邊反復說：「這是我的，我的！狗東西！」

只不過「我的」這個詞兒慢慢地改變了自己的含義。不知他指的是銀器、餐具，還是同時也指肉體和靈魂、頭髮、習俗、手、貴族精神、貴族風度、氣派、文化、血統。他已不再是揪住小廝的腦袋往抽屜上撞，而是往空間撞——他拋棄了藉口！似乎他撞擊小廝的腦袋，痛打小廝不是爲了把盜竊的罪名強加於小廝，而是想把自己強加於小廝。既不是爲了銀器，也不是爲了財物，而是爲了自己。他想把自己強加於人！恐怖！恐怖！實行恐怖統治，用暴力制服，讓小廝再也不敢跟人拜……把子，再也不敢胡說八道，傳播流言蜚語，再也不敢編些神奇的故事嘲笑主人，讓他敬奉主人如同敬奉神靈！康士坦丁用地主嬌嫩的手搧小廝的耳光，把自己的存在印在小廝的臉上！如同火雞向麻雀灌輸對火雞的崇拜！如同狐狗向普通的看家狗灌輸對狐狗的崇拜！如同貓頭鷹對松鴉逞威風！如同水牛對狗逞威風！

躲在門簾後邊的我揉了揉眼睛，我想大聲叫嚷，我想呼喊幫助，我想求救！但我不能。弗蘭齊舍克站在一旁，舉著一盞小小的煤油燈照著這個場面。姨媽！姨媽！是我的眼睛在欺騙我還是我眞的看到了姨媽站在吸菸室的門口，手裡拿著糖果？我腦海裡掠過一絲兒希望，或許姨媽能挽救局面，能平息、消除這場風波。沒那回事！姨媽舉起雙手，似乎是想喊叫，然而代替喊叫的是，她臉上露出了莫名其妙的微笑，毫無意義地擺了擺手，她完成了這兩個同樣都是莫名其妙的毫無意義的動作之後，便退回吸菸室去了。她裝做根本沒到這兒來過，她接受不了自己見到的一切，這刺激的劑量過大，她實在無法消受——於是她逃掉了，逃回自己的內心世界，退回到吸菸室的深部，或者更確切地說是整個兒向後彌散開了，她以如此朦朧的方式退走，以致使我懷疑她是否眞的在那裡出現過。康士坦丁姨父已是精疲力竭——可他還是一再跳起來向小廝逞威風。而齊格蒙特也在一旁跳來跳去，同樣用暴力爲自己樹立威信，同樣大耍威風，大耍威風，每次只要他的手能搆得著小長工，總要給他一嘴巴。每當姨父耗盡了力氣，齊格蒙特便跳上前來，並以自己所能施展的暴力逞威風！直到姨父重新積蓄了力量。他們一邊狠揍小長工，一邊咬緊牙關，氣喘吁吁地從牙縫裡擠出一些詞句：「啊，說我爬到了護林員的身上！叫你說我是不是爬到了護林員的身上?!啊，有人還想拜……把子！叫你說，是不是?!」

「啊，說我有個老娘兒們！叫你說，有沒有?!」

他們要用狠揍小長工一勞永逸地抹去對自己的嘲笑，用暴力永遠打掉一切流言蜚語！他們逞威風，但遵守一定的規則，他們從來不打小廝的腿腳，從來不打小廝的背部，只是揮動著雙手，攢夠了力氣，狠狠地抽小廝的嘴巴子！他們不是跟小廝打架，也不是毆打小廝，他們只是搧耳光！他們這樣做是完全許可的，形式上是多少個世紀以來毫無異議的。在此期間，老僕弗蘭齊舍克始終舉著煤油燈照著這個場面，而當他們的手都打累了，都打得發麻了，他才得體地說：「尊貴的主人在教導你不再偷！尊貴的主人在教導你戒掉偷竊的惡習！」

他們終於住了手，坐了下來。小長工大口大口地吸氣，他的耳朵裡流出鮮血，臉和腦袋到處傷痕累累，樣子十分可怕。主人父子相互遞菸，老僕趕緊劃著了火柴送過去。看起來似乎他們已結束了耍威風。不過，齊格蒙特吐出了一個煙圈兒之後又開了口。

「去給我們把老傢伙弄來！」他叫嚷道，「給我們把老傢伙弄來！」

難道他們發了瘋？怎麼給他們把老傢伙弄來？小長工眨巴著佈滿血絲的眼睛。

「她在村子裡，尊敬的少爺！」

我揉了揉額頭。可他們指的不是村子裡那個丟人現眼的老娘兒們尤澤夫卡，而是老爺家裡儲存的醇美的陳年純葡萄酒，那老傢伙就在他們身邊的餐櫃裡裝在瓶子裡！小廝終於明白了過來，急忙奔向餐櫃，拿出酒瓶和酒杯。齊格蒙特跟父親碰了杯，一口灌下一杯高級的陳年純葡萄酒。接著是第二杯！第三杯和第四杯！

「我們得教會他當個好僕人！我們要對他進行特別訓練，讓他懂得怎樣對待主人！」

於是一切又從頭兒開始……我開始懷疑，是不是我產生錯覺，因爲再也沒有什麼比感覺這種東西更不可靠的了。難道我眼前發生的這一切是眞的嗎？躲在門簾背後，赤著腳的我不能肯定我眼前出現的場面究竟是眞的，還是黑暗中種種幻象的延續。一個赤著腳的人能看到眞實嗎？赤著腳？你脫掉皮鞋躲到門簾後邊去試試看！你去看看！赤著腳去看看！多麼可怕的場面啊！他們一邊喝著醇美的陳年純葡萄酒，一邊著手把長工訓練成合乎他們口味的精明懂事的小廝！「去把這拿來！」「去把那拿來！」他們吼叫著。「酒杯！餐巾！麵包，小白麵包！下酒菜！火腿！擺好桌子！趕快端上來！」小長工跑來跑去忠實地執行著他們的命令，忙得就像落進了熱水裡的蒼蠅。他們當著他的面吃了起來，吃得津津有味兒。喝著陳年老酒，嚼著火腿——他們拿吃喝逞威風，拿貴族的吃喝逞威風。「貴族爺們兒，喝！」康士坦丁姨父叫喊著，灌下了一杯陳年老酒。「貴族爺們兒，吃！」齊格蒙特隨聲附和。「我吃我的食物！」我喝我的陳年老酒！我喝我的！我吃我自己的東西！這是我的佳餚！這是我的美酒！不是你的！」「叫你認識認識自己的主子！」他們叫嚷著，將他們自己本人擺在長工的鼻子跟前，拿他們自己所有的性格特徵向長工逞威風，讓他至死再也不敢評論他們，再也不敢懷疑他們，再也不敢嘲笑他們抑或對他們的舉動感到詫異，讓他必須承認他們的舉動ding an sich ⑫⁶天然合理！他們叫嚷說：「主人吩咐的，僕人就必須執行，叫幹什麼就得幹什麼！」接著他們就給僕人下命令，沒完沒了地下命令，而長工則是一個勁兒地執行，執行！「親吻我的腳！」他親了。「給我鞠躬。」他鞠了躬。「給我跪到腳邊！」他跪下了。弗蘭齊舍克像吹喇叭伴奏似的用抑揚頓挫的語調說：「尊貴的主人在訓練你！尊貴的主人在教導你！」

坐在濺滿陳年老酒的桌邊，在小小煤油燈的光線下，他們在訓練長工！這是允許的，因爲他們在把一個鄉下長工訓練成一個馴服的小廝！我想喊叫：不，不，夠了！該停止了！但我不能。我羞於暴露自己看到了眼前的場面。我不知我自己是否能相信自己看到的一切都是真的！我是否看走了眼？我是否看錯了？展現在我眼前的可怕場面多麼令我毛骨悚然！假如我穿著鞋看，也許我就看不出這場面是如此可怕，也許我看到的就有所不同。我打了個寒噤，但願不要有第三者陌生的目光在看到這個場面時把我也包括在內，但願不要把我視爲這個場面的組成部分。隨著長工挨的一陣陣冰雹似的耳光，我一再蜷縮，絕望和恐怖令我窒息，然而我卻想笑，不由自主地想笑，彷彿有人在撓我的腳板心。啊，佐霞，假如佐霞在這裡，就劫持佐霞，作爲一個成年男子跟佐霞一起逃之夭夭！而他們仍在不停頓地訓練，很老練地訓練，以貴族的方式

⑫⁶德語，意爲：就其本身而言。

訓練一個未成年的男孩，他們姿態優雅，甚至精神煥發地坐在桌子後邊的椅子上，一邊訓練，一邊呷著醇美的陳年純葡萄酒。

敏透斯出現在餐廳門口！

「你們放開他！你們放開他！」

他不是叫喊，而是用他那尖細的嗓音刺耳地說出了這幾個字。他朝姨父奔了過去！我突然發現，這兒不只是我們這幾個人，這裡發生的一切都受到了監視！有數不清的眼睛在盯著我們！窗戶外邊站著一大群人。長工、使女、馬夫、農民、農婦、女管家、農莊的僕役和家裡的僕役，所有的人都瞪大了眼睛看著這個場面！窗戶沒有拉上窗簾，他們是給半夜三更的喧鬧聲吸引到這兒來的！他們恭敬地望著他們的主子如何給瓦萊克下命令——如何教訓他，制服他，指導他，把他訓練成一個機靈、懂事的小廝。

「敏透斯，當心！」我叫喊道。但爲時已晚。康士坦丁姨父已及時側過身子輕蔑地看著他，還順便摑了小廝一記耳光。敏透斯撲了過去，一把抓住長工，用手臂護住他，把他抱在了懷裡。

「他是我的！我不給！我不給！放了他！」敏透斯哀嚎著，「放了他！我不給！」

「你這個乳臭小兒！」康士坦丁姨父咆哮道，「打屁股！你等著看怎麼打你的屁股！你這個乳臭小兒！」

姨父和齊格蒙特倆一齊撲向了敏透斯。敏透斯那孩子氣的哀嚎使兩位地主老爺氣得發瘋。

他們用打屁股對他表示輕蔑！剝奪了他拜……把子的一切意義，當著瓦萊克的面，在窗外人群的眾目睽睽之下懲罰他，打他的屁股！

「哎喲！哎喲！」敏透斯尖叫著，怪模怪樣地縮著身子，一步跳到長工背後。而後者，似乎由於跟敏透斯結成了拜把子兄弟，突然恢復了勇氣和面對主人父子的膽量，竟然放肆地衝著康士坦丁姨父的臉狠狠地搧了一記耳光。

「你想幹什麼？」他粗野地吼叫道。

符咒的魔力破碎了！僕人的手落到了主人的臉上。攻城槌摧毀性的一擊。主人眼前直冒金星。康士坦丁姨父對這出乎意料之外的打擊毫無思想準備，以致當即摔倒在地。不成熟的行爲四處氾濫。聽到了打碎玻璃的嘩啦啦聲。從窗口飛進一塊石頭，準確地落到煤油燈上，砸碎了煤油燈。餐廳裡唯一的燈光熄滅了，黑暗籠罩著一切。窗戶全都大敞開，鄉下百姓大耍威風，人群爬過視窗蜂擁而入，黑暗中整個餐廳擠滿了鄉下人軀體的各個部分。空氣又悶又濁，有如莊園總管的辦公室，憋得人透不過氣來。爪子和腳掌——不，鄉下人沒有腳掌，只有蹄子——爪子和蹄子，無數巨大、厚實、沉重的爪子和蹄子。鄉下百姓受到那異乎尋常的魯莽行爲的場面的鼓舞，對地主老爺全無敬意，也渴望拜……把子。我還聽到齊格蒙特的尖叫以及姨父的尖叫……他們似乎把他倆一齊揪住不放，並且相當笨拙地、粗魯地收拾他們倆。只是我沒有看見，因爲屋子裡一片漆黑……我從門簾後邊跳了出來。姨媽！姨媽！我想起了姨媽。我赤著腳跑進吸菸室，一把抓住了姨媽，她躺在沙發上，竭力裝做並不存在。我又是拉又是推，想把她推向那一堆人的地方，想讓她跟那堆人混雜在一起。

「我的孩子，我的孩子，你想幹什麼？」姨媽哀求著，掙扎著，又跺腳又踹，還拿糖果給我吃，可我正是像個孩子那樣一個勁兒地拉她，往那堆人裡頭送，硬把她拉進那堆人裡頭。他們已看到了姨媽，他們已抓住了姨媽！姨媽已經在人堆兒裡，已經跟人堆兒混雜在一起了！我從一個房間奔到另一個房間……不是逃跑，只是奔跑，奔跑，不是別的，只是一個勁兒地催促自己奔跑，一雙赤腳跑得噗噗響！我跑到了前廊！月亮鑽出了雲層。但那不是月亮，只是屁股。一個其大無比的屁股正懸在樹梢上方。一個孩子氣的屁股懸在世界上。屁股，別無其他。只有屁股。在我身後，他們滾成了一團，而在我眼前，就是這個大大的屁股。灌木叢的葉子在微風的吹拂下瑟瑟發抖。還有這屁股。

致命的絕望控制了我，使我痛苦不堪。我變得極度幼稚。我往哪裡跑？回到屋子裡？那兒除了劈劈啪啪搧耳光、踉蹌、掙扎、滾成一團之外什麼也沒有。到哪裡去？怎麼辦？我在這個世界上哪裡能找到自己的安身之所？我該如何安排自己？我孤零零的一個人，比孤零零的一個人更慘，因爲我像孩子一樣幼稚。我不能長期要孤僻不跟任何人任何事發生聯繫。我像一隻螳螂奔跑著跳過乾枯的樹枝。我在尋找跟事物的新聯繫，尋找新的連結點，尋找一種新的依存關係，哪怕只是暫時的關係，只要不再懸在空虛無聊中。有一個影子從樹後閃現出來。佐霞！她一把抓住了我。

「那邊出了什麼事？」她悄聲問，「是農民襲擊了我的雙親？」

我抓住了她的手。

「我們快逃吧！」我回答。

我倆一起穿過田野逃向未知的遠方，她像個被劫持的人，而我——像個劫持者。我們沿著田埂穿過田野奔跑，直到跑得喘不過氣來。夜裡剩餘的時間我們是在水邊的小牧場上度過的。我倆隱藏在蘆葦叢中，凍得渾身發抖，上牙磕碰下牙。螳螂唧唧叫。拂曉時分那其大無比的新屁股，紅彤彤的，比先前更漂亮百倍，更令人頭暈目眩。它高高掛在天空，使整個世界沐浴在它的光輝裡，讓所有的物體都投射出長長的影子。

眞不知該怎麼辦。我無法給佐霞解釋和描繪宅邸裡發生的事，因爲我羞於啓齒，再說我也找不到合適的詞語。她很有可能或多或少猜測到那裡發生了什麼，但她同樣羞於啓齒，同樣不知該怎麼說。她坐在水邊的蘆葦叢中，時不時咳嗽一聲，因爲蘆葦中散發出的潮氣使她受不了。我數了數錢——我身邊帶著五十個茲羅提，還有一些零碎的鋼鏰兒。

從理論上講，我們應該徒步走到附近的某個莊園宅邸，到那裡去請求幫助。但是到了這樣的宅邸我們又如何開口，如何向人描述整個故事？羞恥心不容許我們去求助於人。我寧可在蘆葦叢中度過餘生，也不願大模大樣地走到人前去說出這件事。不，永遠不能說！較好的做法是只當劫持了佐霞，說我們一起從她父母的家裡逃了出來，這樣做要成熟得多——她也更容易接受。一旦我承認劫持了她，也就無須向她作更多的解釋和說明，因爲女人總是樂意接受別人愛她的這樣一個事實。有了這樣的藉口，我們便能偷偷走到火車站，乘火車去華沙，到了那裡我們就能開始新的生活。而且還可對所有的人保守祕密——這種保密大可歸因於我的劫持。

於是我親吻了她的面頰，並且對她傾訴了我熾熱的感情，同時請求她寬恕我劫持了她。我解釋說，她的家庭永遠也不會同意她跟我結合，因爲我的家境不夠富裕；說我對她是一見鍾情，而且感到她對我也是心心相印。

「沒有別的辦法，只好劫持你，佐霞！」我說，「唯一的辦法就是我們一起逃走。」

開頭她有點兒驚詫，但聽了我的愛情表白後過了一刻鐘，她便開始脈脈含情地望著我，因爲我正望著她，還撫摸她。她把莊園宅邸裡的農民和混亂忘到了九霄雲外，已經開始覺得眞的被我劫持了。這使她感到無比自豪，因爲到目前爲止她只是做做女紅，或是看書學習，或是閑坐著望著什麼地方發呆，或是煩悶無聊，或是出門散步，或是望著窗外，或是彈鋼琴，或是在「社會團結」機構做點兒慈善工作，或是準備通過蔬菜栽培課程考試，或是在音樂聲中跳舞，向人送秋波，或是去療養院，或是跟人交談，或是隔著玻璃窗望著遠方。她活到今天從來不曾期望會遇到一個傾心於她的人。這會兒不僅出現了這麼一個人，而且竟然還劫持了她！於是她動員了自身全部愛的力量愛上了我——因爲我愛她。

這時那超級屁股升上了高空，向世界灑下千萬道令人目眩的光芒，而這個世界宛如世界的仿製品，是用硬紙板剪出來的，給塗上了一層綠色，並被上方熊熊燃燒的光焰所照亮。我們踏著偏僻的小徑避開村莊和地主宅邸，偷偷摸摸走向火車站，我們要走很長一段路——二十幾公里。她走著，我走著，我走著，她走著，我們就這麼相互扶持形影不離地走著，在無情、閃閃發光、目眩、孩子氣和使人變得幼稚的屁股的光輝照耀下，往前走。螳螂在蹦跳，蟋蟀在草裡唧唧叫，小鳥蹲在樹上或在飛翔。只要前方出現任何人的影子我們便立即避開，或是躲進路旁的灌木叢中。可佐霞一再向我保證說，她認識路，因爲她或是乘四輪馬車，或是乘二輪輕便馬車，或是乘轎式馬車，或是乘雪橇曾經上千次從這一帶經過。炎熱和乾渴折磨著我們。幸好我們能在暗地裡靠牛奶恢復自己的精力——吸吮著路旁的一頭無件的乳牛的乳汁。我繼續往前走。鑒於我的愛情表白，整個時間我不得不談情說愛，不得不一再地獻殷勤，比方說，幫助她走過搭在小溪上的跳板，給她趕蒼蠅，詢問她累不累——還有許許多多其他細微的殷勤、關懷和情意綿綿的表示。她回報我的也是問我累不累，也是給我趕蒼蠅，也是向我表示類似的無微不至的關懷。我已是筋疲力盡，累得要死。啊，但願能快點兒到達華沙，讓我能擺脫佐霞，重新開始生活！我只不過是想利用她作爲藉口和掩護，使我能以相對成熟的方式逃離莊園宅邸裡混戰的一團，勉強掙扎著回到華沙，到了那裡，過一段時間我或許就能安排好自己的生活。但是目前我必須表示對她感興趣，關心她，而且一般地說，要將這場親暱的談話進行下去，就像兩個彼此愉悅的人，對相互作伴兒感到幸福。而佐霞，正如常言所說的，被我的愛情表白所征服，變得越來越積極，越來越主動。而那其大無比的屁股已升到了數十億三次方公里的高度，以其不可思議的輝煌照耀著萬物，它瀉下的洪水般的光芒淹沒了人世的幽谷。

她是個鄉下長大的年輕姑娘，受到她的母親，也就是我的姨媽，娘家姓林的胡爾萊茨卡夫人的養育，同時也受到僕人的教養——到目前爲止，她受過一點兒教育，在高等園藝學校讀過書，還上過商業培訓班，或者多少做過一些蜜餞，或者削過一些水果，或者多少磨練過她的才智和心靈，或者閑坐過，或者額外在某辦公室幹過一些輔助性的工作，或者多少彈過一點兒鋼琴，或者偶爾散散步，偶爾說點兒什麼，但她的日子主要是在等待中度過的，等待，等待，等待有朝一日會有一個男人出現在她面前，愛上她，劫持她，帶她遠走高飛。她是個了不起的等待專家，溫和、消極、膽小，因此她經常患牙病，是那種最適合於在牙科醫生的候診室裡排隊等候的角色，而她的牙齒也深知這一點。現在總算是天遂人願，她長期等待的那個人終於出現了，並且劫持了她，她所期盼的偉大的一天終於到來，她開始了緊張的活動，竭力去表現自己，炫耀自己，展示出自己的所有高招兒、王牌，一會兒眉目傳情，一會兒喜氣洋洋，連蹦帶跳，一會兒向我送秋波，一會兒滿懷生活的歡樂齜著牙傻笑，一會打著手勢嘮嘮叨叨，一會又低聲哼起了流行曲調，顯示自己的音樂才華（因爲她會彈點兒鋼琴，而且會彈月光曲）。除此之外，她還極力展示和突出她身體各個比較可愛的部分，而將其餘不太令人中意的部分隱藏起來。而我卻不得不看，不得不望著她，不得不裝做感興趣，不得不裝做受到她的吸引……我們頭頂上方那其大無比的屁股高高懸在無邊無際的碧空，主宰著人間世界，照耀著，輝映著，閃爍著，發射出灼熱的白色光芒，烘焙著，烤炙著，烤乾了牧草和藥草。而佐霞，因爲她知道，熱戀中的人是幸福的，所以她感到幸福，她時不時瞪著一雙炯炯發光的明亮的眼睛瞧瞧我，而我也不得不瞧瞧她。只聽她悄聲說：

「我眞希望所有的人都過得好，希望所有的人都像我們一樣幸福——如果大家都是好人，那麼大家就都會幸福！」

或者說：

「我們年輕，我們彼此相愛……世界是屬於我們的！」

她不時溫情脈脈地偎依著我，而我也不得不偎依著她。

由於確信我是愛上了她，因此她對我敞開了心扉，向我傾訴衷腸，跟我說話既坦誠又親暱，這是她平生對任何人都不曾有過的舉動。因爲到目前爲止她害怕見人怕得要命，她是由我的姨媽，娘家姓林的胡爾萊茨卡夫人（已經消失在混戰的一團中），同時也是由僕人在某種與世隔絕的貴族環境裡教養大的，她從來沒有向任何人吐露過心曲，擔心受到別人批評和被人作出錯誤的判斷，她似乎是道未解決的難題，是個不明確的、未定形的、無法下定義的、未受過驗證的姑娘，她對自己缺乏信心，對自己給別人造成的印象也沒有把握。她極其需要善意，沒有善意她無法生存。她只能跟那種她事先知道對她 a priori [127] 懷有善意、對她態度溫和的人交談。現在她看到我愛上了她，認爲她終於贏得了一個本來就存在的熱情的無條件的崇拜者，無論她說什麼，這個人都會情意綿綿地接受。因爲在談戀愛，她開始向我吐露心曲，傾訴衷腸，向我講述她的歡樂和悲哀，她的興趣和愛好，她的熱情和幻想，希望和失望，她的抱負和感傷，她回憶起的所有細微的事，不厭其煩地說著——唉，她終於找到了一個愛她的人，在這個人面前她可以說個痛快，她可以不受懲罰地盡情訴說，而她所說的一切又都會被對方充滿愛意地熱情地欣然接受……而我不得不一再表示肯定，表示接受，表示讚歎……她說：

「人應該是全面發展的，應在精神上和肉體上自我完善，應該永遠是美好的！我贊成完美的人生。傍晚時分我喜歡把額頭靠在玻璃窗上，閉上眼睛，那時我便得到休息。我喜歡電影院，但我更喜歡音樂。」

我不得不一再點頭表示同意，她則繼續唧唧喳喳說個不停，說她早上醒來後總要揉揉鼻子，說她相信她的鼻子對於我肯定不是什麼無關緊要的東西。她爆發出一陣大笑，而我也爆發出一陣大笑。然後她傷心地說：

「我知道，我是個傻姑娘。我知道，我什麼也做不好。我知道，我不漂亮……」

[127] 拉丁語，意爲：先驗地。

我不得不頻頻搖頭表示異議，表示否認。而她知道我的異議、否認並非實事求是，並不是眞的，只是因爲我愛上了她，所以她愉快地接受了我的否認。使她興奮不已的是，她終於找到了一個本來就存在的無條件的崇拜者，這個人愛上了她，這個人善意地、熱情地接受了她，同意和贊許她的一切，一切……

啊，我經歷著一場怎樣的酷刑！爲了挽救至少是成熟的外表，走在這些穿過留梗地的羊腸小徑上，自始至終不得不忍受著極度的痛苦。此刻，在我身後，在那遙遠的莊園宅邸，地主老爺正和鄉下人不體面地拳腳相加，滾成了一團，而在我的上方，那其大無比的屁股可怕地、冷酷無情地懸掛在天穹上，噴射出箭矢般的光焰，射出多得不可勝數的利箭——啊，平和的善意，致命的溫情，捆縛手腳的陶醉，彼此間淡而無味的讚美，枯燥的戀愛！……啊，這些小女人的冒失！她們對愛情是如此貪得無厭，如此熱切地渴望愛的配合，如此急於成爲讚美的對象……這個軟綿綿、空虛無聊、無足輕重、毫無價值的妞兒，怎敢濫用我的熱情，贊成我的奉承，接受我的崇拜？怎敢貪婪地、狼吞虎嚥地消受我的敬意？在這個人世間，在這個熾熱、灼人的超級屁股的光芒照射下，是否存在比這甜膩的女人的溫情更可怕的東西？是否存在比這羞人的、親暱的盲目崇拜和溫柔的偎依更可怕的東西？……更糟糕的是，她爲了報答我，爲了使相互讚賞的結構完美，她開始對我表示讚賞，她開始滿懷興趣、全神貫注地向我打聽有關我的事，這並非因爲她對我眞的感興趣，而是根據禮尚往來的原則——因爲她知道，如果她對我感興趣，那麼我自會對她更加感興趣。於是我被迫只好向她談起了我自己，她聽著，腦袋靠在我的肩頭，還時不時插進一、兩句問話，爲的是強調她在聽。現在輪到她用她的讚賞來滿足我了，她緊緊地偎依著我，對我表現得情意綿綿，悄聲對我說，她是多麼喜歡我，說一見面我就給她留下了強烈的印象，說她越來越愛我，說我是如此大膽，如此勇敢……

「你劫持了我，」她說，用她的話語使我陶醉，「並非每個人都敢這麼做的！你愛上了我，便劫持了我，連問都不問一聲，就劫持了我，你不怕我的父母……我喜歡你這雙大膽的、無畏的、貪婪的眼睛……」

我在她的讚美下扭來扭去，宛如在挨魔鬼的鞭笞，這時頭頂上方的那個其大無比的屁股，那惡魔般的可怕的屁股，就像宇宙的終極標誌、解決所有問題的關鍵、天地萬物的最終主宰一樣，以其耀眼的光焰劃破長空，照耀著大地。她溫柔而膽怯地偎依著我，在我身上下功夫，極力哄騙我，奉承我，以適合她的方式將我神話化。我感覺到她是在笨拙地、毫無生氣地崇拜我的長處和優點，在極力搜尋和找出我值得欽佩的品質，然後自己激動起來，容光煥發……她抓起我的一隻手，緊緊地握著，而我則去握住她的一隻手，這時那孩子氣、幼稚和惡魔般可怕的屁股升到了中天，達到了頂點，從上面垂直地烤炙著下方。

它高高懸在遼闊太空的頂點，向整個幽谷射出金色和銀色的光焰，照亮了四面八方。佐霞越來越溫柔地偎依著我，越來越緊密地跟我粘合在一起，越來越把我拉向了她自己。我昏昏欲睡。我再也不能繼續往前走了，既聽不進她的話，也不能回答，然而我卻不得不往前走，不得不聽，不得不回答。我們走過好幾塊不知是誰家的牧場，在這些牧場上長滿了蔥綠的青草，綠油油的青草中間夾雜著黃色的驢蹄草，但那些驢蹄草都很膽怯，擠在了青草中間，而青草則有點兒滑，有點兒潮乎乎的。有些潮溼的青草在來自上方的無情烈焰蒸發下，冒著熱氣。小徑兩旁出現了許多櫻草花，但它們只是一些貧血的櫻草花，非藥用的，只能當茶飲。再往前走便是坡地，小山坡上長了許多銀蓮花，許多甜瓜。溝渠的水面上長了許多睡蓮，蒼白、嬌嫩，在炎熱的烤炙和蒸發下褪了色，發白，處於完全靜止的狀態。而佐霞仍舊溫柔地偎依在我身上，仍舊在傾訴心曲。而那其大無比的屁股仍在照射著世界。樹木都比較矮小，樹質疏鬆，像患了佝僂病，東倒西歪的，看起來更像是蘑菇，而且是那麼易受驚嚇，我一觸摸它立刻就會斷裂。大群喳喳叫的麻雀。頭頂上方飄著粉紅色、發藍和發白的雲彩，看起來像是薄薄的洋紗，可憐兮兮，多愁善感。所有的一切輪廓都不甚分明，都是那麼模糊、寧靜、靦腆，充滿了期待，都是那麼似有似無，將生未生，不明確，事實上這兒沒有任何東西是孤立的，是與別的東西截然不同的。恰恰相反，這兒每樣東西都是跟別的東西結合在一起的，混成了一團黏稠的糊狀物，蒼白，毫無生氣，寂靜無聲。淺而細長的小溪流水淙淙，滋潤著，滲透著，蒸發著，這裡那裡汩汩地流著，冒著水泡，翻起細小的浪花。這世界變小了，彷彿蜷縮了，縮成了一團，收縮的同時也繃緊了，宛如一道細軟的項圈，套在你的脖子上，摩擦著你，擠壓著你，使你感到窒息。

而那絕對孩子氣的幼稚的屁股，依舊從高高的天頂深奧莫測而令人恐怖地照射著下界幽谷。我揉了揉額頭。

「這是什麼地區？」

她將自己那張可憐兮兮的消瘦的疲憊不堪的臉轉向了我，羞怯而多情地回答，同時溫柔地偎依在我的肩頭：

「這是我的地區。」

這一下掐住了我的喉嚨，使我透不過氣來。她把我領到了這裡！原來是怎麼回事，原來一切都是她的……可我昏昏欲睡，腦袋耷拉了下來，渾身乏力——啊，我沒有力量擺脫她，哪怕只離開她一步，哪怕只把她推開一臂的距離。啊，拒絕她，對她發怒，打擊她，對她說點兒什麼不友善的話，跟她鬧彆扭，把她打發走！啊，對佐霞不客氣！是的，我應當對佐霞惡言相加！我應當這樣做！我昏昏沉沉地思忖著，腦袋耷拉到了胸口……是的，我必須對佐霞不客氣！啊，冷得像冰的救命的使人振作起來的嚴酷！時間緊迫，我必須是不友善的，我必須當個惡人！……可我是個好人，又怎能對她不友善？既然她對我滿懷善意，既然她以自己的友善打動了我，而我也以自己的友善打動了她。她偎依著我，我偎依著她，我倆彼此相互偎依……從哪裡能找到救援，幫助我們擺脫困境？在這些牧場和田野裡，在膽怯的青年中間，只有我們倆——她和我，我和她——任何地方，任何地方再也找不到任何一個人能援救我。我只是獨自跟佐霞在一起，而那其大無比的屁股則彷彿以其絕對的固執固定在天穹，全神貫注地俯視著下界幽谷，燦爛輝煌，放射出炫目的光焰，普照著一切；那幼稚的、充滿孩子氣的屁股自我封閉，莫測高深，自我熔化，自我加強，達到了僵化的頂峰的極點……

啊，但願出現一個第三者！但願有人來幫我，來救我！救命啊！救命啊！快來吧，第三者，快到我們倆這兒來，快來吧，救星，快點兒出現吧，讓我能纏住你，救救我！但願這會兒立刻就出現第三個人，出現一個陌生的、從來不認識的、冷漠的、冷酷的、純潔的、遙遠的、中立的人，但願他像海浪一樣以自己的陌生衝擊這正在蒸發的親暱，把我從佐霞身邊衝開……啊，第三者，快來吧，給我一個反抗的支點，讓我能從你身上吸取力量，快來吧，生機的氣息，快來吧，力量，解脫我，推開我，把我帶走！可是佐霞卻更動情、更溫柔、更親暱地偎依在我身上。

「你叫喚什麼？你衝誰叫喚？這兒只有我們倆……」

她把嘴巴伸給了我。我無力抗拒，睡夢襲擊了清明，我不能……既然她用她自己的嘴巴親吻我的嘴巴，我自然不能不用自己的嘴巴親吻她的嘴巴。

現在你們來吧，嘴臉！不，我不會對你們說再見，來吧，陌生的嘴臉，陌生人的陌生的嘴臉，不相識者的嘴臉，所有將要讀我這本書的人的嘴臉！來吧，我歡迎你們，我向你們致敬，身體各個部分的優美集成，我不會對你們說什麼再見。不妨把現在視爲剛剛開始！你們來吧，向我靠攏，走近點兒，你們動手揉搓吧，給我裝上一副新的嘴臉，這樣我就可以再次避開你們逃到別的人那裡去，我將一直奔跑，奔跑，跑過整個人類。須知誰也逃不脫一副嘴臉，最多只能是換上另一副嘴臉。而想要躲避一個人，則只能是投入另一個人的懷抱。至於屁股，那是根本就無法逃避的。如果你們樂意，你們就來抓我吧。我就把嘴臉捧在手裡逃跑。

維托爾德・貢布羅維奇

全書至此結束，扔出一枚炸彈。
誰若去讀它，誰就大大受騙！

10550 台北市南京東路四段25號11樓

廣 告 回 信
台灣北區郵政管理局登記證
北台字第10227號

大塊文化出版股份有限公司 收

地址：□□□□□ ＿＿＿＿市／縣＿＿＿＿鄉／鎮／市／區

＿＿＿＿＿路／街＿＿段＿＿巷＿＿弄＿＿號＿＿樓

大塊 LOCUS 文化

編號：TO 41 書名：費爾迪杜凱

大塊文化 **讀者服務卡**

謝謝您購買本書！

如果您願意收到大塊最新書訊及特惠電子報：

一 請直接上大塊網站 **locus**publishing.com 加入會員，免去郵寄的麻煩！

一 如果您不方便上網，請填寫下表，亦可不定期收到大塊書訊及特價優惠！
請郵寄或傳真 +886-2-2545-3927。

一 如果您已是大塊會員，除了變更會員資料外，即不需回函。

一 讀者服務專線：0800-322220；email: locus@locuspublishing.com

姓名：______________________ **性別**：□男 □女

出生日期：_____年_____月_____日 **聯絡電話**：______________

E-mail：__________________________________

從何處得知本書：1.□書店 2.□網路 3.□大塊電子報 4.□報紙 5.□雜誌
6.□電視 7.□他人推薦 8.□廣播 9.□其他

您對本書的評價：
(請填代號 1.非常滿意 2.滿意 3.普通 4.不滿意 5.非常不滿意)
書名_____ 內容_____ 封面設計_____ 版面編排_____ 紙張質感_____

對我們的建議：__________________________________

____

____

____

____

國家圖書館出版品預行編目資料

費爾迪杜凱 / 維.貢布羅維奇(Witold Gombrowicz)著；
易麗君, 袁漢鎔譯. -- 初版. --
臺北市：大塊文化, 2006[民95]
面； 公分. -- (to ; 41)
譯自：Ferdydurke
ISBN 978-986-7059-41-3(平裝)

882.157 95022516

LOCUS